io | imprensasocial

Esta publicação foi possível graças
a um programa de ação social da

imprensaoficial

VOZES DA DEMOCRACIA

HISTÓRIAS DA COMUNICAÇÃO NA REDEMOCRATIZAÇÃO DO BRASIL

GOVERNO DO ESTADO DE SÃO PAULO

Governador	Cláudio Lembo
Secretário-chefe da Casa Civil	Rubens Lara

imprensaoficial — IMPRENSA OFICIAL DO ESTADO DE SÃO PAULO

Diretor-presidente	Hubert Alquéres
Diretor Vice-presidente	Luiz Carlos Frigerio
Diretor Industrial	Teiji Tomioka
Diretora Financeira e Administrativa	Nodette Mameri Peano
Chefe de Gabinete	Emerson Bento Pereira

INTERVOZES - COLETIVO BRASIL DE COMUNICAÇÃO SOCIAL

Conselho Diretor	Adriano de Angelis
	Gustavo Gindre
	João Brant
	Jonas Valente
	Márcio Kameoka
	Priscila Carvalho
	Tatiana Lotierzo
Coordenação Executiva	Álvaro Malaguti
	André Deak
	Beatriz Barbosa
	Diogo Moyses
	Lúcio Mello
	Marina Gonzalez
	Michelle Prazeres
	Ronaldo Eli

VOZES DA DEMOCRACIA

HISTÓRIAS DA COMUNICAÇÃO NA REDEMOCRATIZAÇÃO DO BRASIL

INTERVOZES – COLETIVO BRASIL DE COMUNICAÇÃO SOCIAL

intervozes
coletivo brasil de comunicação social

imprensaoficial

SÃO PAULO, 2006

DADOS INTERNACIONAIS DE CATALOGAÇÃO NA PUBLICAÇÃO (CIP)
(CÂMARA BRASILEIRA DO LIVRO, SP, BRASIL)

Vozes da Democracia : histórias da comunicação na redemocratização do Brasil. -- São Paulo : Imprensa Oficial do Estado de São Paulo : Intervozes - Coletivo Brasil de Comunicação Social, 2006.

Bibliografia.
ISBN 85-7060-419-X

1. Comunicação - Aspectos políticos - Brasil 2. Democracia - Brasil 3. Democratização - Brasil.

06 - 2626 CDD - 302.20981

Índices para catálogo sistemático:

1. Brasil : Redemocratização : Histórias da comunicação : Sociologia 302.20981

Foi feito o depósito legal na Biblioteca Nacional
(Lei nº 1.825, de 20/12/1907)

Intervozes - Coletivo Brasil de Comunicação Social
Rua Rego Freitas, 454 - 8º andar
01220-010 - São Paulo - SP
Tel.: (11) 3214-3766 - ramal 219
www.intervozes.org.br
intervozes@intervozes.org.br

Imprensa Oficial do Estado de São Paulo
Rua da Mooca, 1.921- Mooca
03103-902 - São Paulo - SP
Tel.:(11) 6099-9800
Fax: (11) 6099-9674
www.imprensaoficial.com.br
livros@imprensaoficial.com.br
Grande São Paulo SAC (11) 6099-9725
Demais Localidades 0800-0123 401

A OUTRA IMPRENSA ALTERNATIVA

A Imprensa Oficial do Estado de São Paulo tem empenhado esforços para preservar e difundir a lembrança da luta secular travada no Brasil contra diferentes formas de censura e pela democratização dos meios de comunicação social. Em 2004, publicou em co-edição com o Sindicato dos Jornalistas, a obra *Páginas da resistência* e com o Arquivo do Estado / Ateliê Editorial, a obra organizada pelos professores Boris Kossoy e Maria Luiza Tucci Carneiro, *A imprensa confiscada pelo Deops: 1924-1954*. Lançou ainda, a coletânea organizada pelo professor José Marques de Melo, *Imprensa brasileira: Personagens que fizeram história* volumes 1 e 2.

A obra ora apresentada sobre o papel da comunicação social na redemocratização do Brasil é de caráter parcial. Primeiro, porque se concentra em experiências vinculadas a sindicatos de trabalhadores, a comunidades de base da Igreja Católica ou a movimentos de bairros. Não aborda iniciativas mais conhecidas e de repercussão nacional, como o semanário satírico *O Pasquim*, os semanários analíticos *Opinião e Movimento*, o jornal político-cultural *Ex* ou as revistas Civilização Brasileira e Paz e Terra. Segundo, porque, privilegiando iniciativas populares e localizadas, não pretende oferecer uma visão abrangente da resistência democrática ao regime militar nem da árdua luta pela liberdade de expressão travada naqueles anos sombrios por diferentes correntes políticas e culturais. O ângulo dos autores é mais restrito e comprometido com as experiências que relatam.

Essa debilidade da obra, se levada em conta pelos leitores, pode transformar-se numa virtude, porque, concentrando o foco, a pesquisa resgata iniciativas a que se costuma dedicar pouca atenção na reconstrução histórica desse período da vida brasileira. Outro mérito da investigação, também raro nos livros sobre o tema, é a abrangência nacional, que recupera, para um conhecimento amplo, realizações já esmaecidas até mesmo na memória local.

Co-editando a obra *Vozes da democracia*, elaborada pelo coletivo Intervozes, a Imprensa Oficial do Estado de São Paulo acrescenta novas peças a esse quebra-cabeça plural que tem sido, entre nós, o combate pela liberdade de informação – requisito essencial para que as demais liberdades possam ser exercidas.

HUBERT ALQUÉRES
Diretor-presidente da Imprensa Oficial do Estado de São Paulo

MARINGONI

SUMÁRIO

PREFÁCIO UMA INICIATIVA FUNDAMENTAL

VENÍCIO A. DE LIMA

[sociólogo, mestre e doutor em comunicação e professor da UNB - Universidade de Brasília]

Desde que se constituiu um sistema nacional de comunicações com a integração do Brasil via microondas, promovida pelo regime militar no final da década de 1960, surgiram também iniciativas que revelam a consciência de que a democratização desse sistema é condição necessária para a democratização do país.

Se inicialmente a questão estava restrita a setores da academia e teve origem em discussões no âmbito de organismos internacionais como a Unesco, aos poucos ela vai sendo assumida por parcela do movimento sindical de jornalistas e empregados em telecomunicações, dos partidos políticos e outros segmentos da sociedade civil organizada.

Existe, portanto, uma inserção historicamente importante da sociedade civil organizada que se dá, basicamente, de duas maneiras: na prática concreta de experiências de comunicação alternativa e através de uma ação deliberada de busca de participação na formulação de políticas públicas democráticas.

Praticamente inexistem, no entanto, estudos que tentem reconstruir a história dessa contribuição. Além disso, na maioria das vezes, não se tem dado a devida importância às dissensões havidas dentro da sociedade civil no encaminhamento e consolidação de práticas e propostas.

Considerando o paradoxal fortalecimento e organização crescentes da sociedade civil no Brasil, desde a década de 1970, é de se esperar que tenha também ocorrido um aumento importante do número de atores (entidades sindicais, ONGs, instituições religiosas, associações e outras) envolvidos em práticas democratizadoras e interessados em participar da formulação e implementação das políticas públicas para as comunicações.

A maioria dos registros históricos sobre a democratização da comunicação, no entanto, desconsidera a discussão da década de 1970 sobre as políticas nacionais (democráticas) de comunicação, realizadas no âmbito acadêmico e também de entidades como a Abepec (Associação Brasileira de Ensino e Pesquisa da Comunicação, criada em 1972) e identificam o início do movimento da sociedade civil apenas a partir da constituição da Frente Nacional de Luta por Políticas Democráticas de Comunicação, que veio a ocorrer doze anos depois, em 1984.

A coleção que o Intervozes agora publica, sob o sugestivo título de Vozes da Democracia, mesmo sem esgotar o tema, representa um inédito passo no sentido do registro da história das experiências práticas e das propostas da sociedade civil para a democratização da comunicação no Brasil.

São 28 textos, pesquisados e escritos por 32 repórteres, que contemplam uma impressionante diversidade, incluindo depoimentos, entrevistas e relatos de ações de resistência coletados em todas as regiões do País e – mais importante – a grande maioria deles desconhecidos porque até hoje restritos ao espaço local de sua incidência histórica.

Aqui são encontrados, dentre outros, relatos que revelam as ações de democratização da comunicação construídas, por exemplo, na igreja católica através da UCBC (União Cristã Brasileira de Comunicação), do Cimi (Conselho Indigenista Missionário), do Cemi (Centro de Comunicação e Educação Popular), das CEBs (Comunidades Eclesiais de Base) e da Rádio 9 de Julho; no coletivo OBORÉ de São Paulo e nos Enecoms (Encontros Nacionais dos Estudantes de Comunicação).

São descritas experiências como do *Coojornal* de Porto Alegre; e outras menos conhecidas como do *Grita Povo* da Zona Leste da cidade de São Paulo; do grupo "Salamandra-Boi" da Vila Penteado, também de São Paulo; do jornal *Posição* do Espírito Santo; da *Rádio Papa Goiaba* do Rio de Janeiro; das experiências dos jornais *Diário da Manhã* e *Top News* de Goiânia; do *Fifó* de Vitória da Conquista; do *Jornal da Cidade* de Aracaju; da Coojornat de Natal; do Tesc (Teatro Experimental do SESC) de Manaus; do *Porantim*; do *Resistência* e do *Jornal Pessoal* de Belém e do *Varadouro* de Rio Branco no Acre.

Toda a diversidade e riqueza desses depoimentos, entrevistas e relatos de ações de resistência mostram um lado quase oculto de nossa realidade histórica: atores anônimos enfrentando os tempos sombrios da ditadura militar e contribuindo no longo e inacabado processo de redemocratização do país. Ao mesmo tempo, esses atores marcaram posição na disputa em torno de políticas públicas democráticas de comunicação entre nós.

Esse esforço do Intervozes, que agora se transforma em livro, faz parte de um movimento mais amplo e de importantes conseqüências. O principal paradigma conceitual que tem orientado boa parte dos segmentos organizados da sociedade civil comprometidos com o avanço na área de comunicação, não só no Brasil, tem sido a idéia-força da sua democratização. Essa é, certamente, uma bandeira consensual. Todavia, uma das falácias dessa construção discursiva é que ela indica a possibilidade de que a grande mídia hegemônica, privada e comercial, seria passível de ser democratizada. Isso equivale a acreditar que os grandes conglomerados de mídia abririam espaço para a pluralidade e a diversidade de vozes de nossa sociedade. Recentemente Bernard Cassen considerou essa "crença" uma ilusão fundamental, não só da esquerda, mas, sobretudo, daqueles que trabalham na perspectiva de que "um outro mundo é possível".

Pois bem. As construções discursivas não surgem independentemente das circunstâncias históricas nas quais elas são geradas. E é por isso que a tentativa de "re-enquadrar" a luta pela democratização na perspectiva de que o direito à comunicação é um direito humano fundamental e se expressa, sobretudo, através da criação de um sistema público de comunicação igualmente independente do Estado e da iniciativa privada, pode mudar os rumos de como essa luta tem sido conduzida até agora.

É isso que o coletivo Intervozes está tentando fazer. A proposta conceitual de um direito à comunicação não é coisa nova. O novo é a retomada do conceito, apoiada numa articulação internacional, como foco principal da organização de movimentos e de propostas de ação e, além disso, vinculada à discussão concreta de um sistema público de comunicação.

É verdade que os obstáculos para sua articulação são inúmeros. Em primeiro lugar, o direito à comunicação não logrou ainda o status de direito positivado. Isso ainda não aconteceu nem mesmo em nível dos organismos multilaterais que têm a capacidade de provocar o reconhecimento internacional do conceito. Isso faz com que, simultaneamente à articulação política de ações específicas, se desenvolva também a luta pelo reconhecimento formal do direito. Em segundo lugar, há históricas e poderosas resistências ao conceito, exatamente pelo poder que ele teria de abarcar, sob suas asas, um imenso leque de reivindicações e bandeiras em relação à democratização da comunicação. O coletivo Intervozes está consciente dessas – e de outras – dificuldades, mas está disposto a ir em frente.

Nesses tempos em que assistimos a um esforço deliberado – e aparentemente bem sucedido – de reconstrução da memória nacional através da ótica parcial de grupos de mídia dominantes, a iniciativa do Intervozes adquire uma relevância fundamental, ao mesmo tempo em que consolida esse grupo de jovens comunicadores como ator imprescindível no cenário contemporâneo da luta permanente pela democracia das comunicações no Brasil.

Brasília, maio de 2005.

FILHOS DE UM PAÍS EM CONSTRUÇÃO

Não existe democracia sem comunicação democrática. Foi com base nessa reflexão que, no final de 2002, começamos a elaborar o que viria a ser este livro. Buscávamos entender o papel da comunicação no processo de redemocratização do Brasil. Para essa tarefa, reunimos 32 repórteres, que levantaram histórias e personagens em diferentes cantos do Brasil. Um trabalho que poderia ser definido como árduo não tivesse sido tão divertido e gratificante. Nessa longa jornada em busca da história recente do País, aprendemos muito. E é o fruto desse aprendizado que agora dividimos com os leitores.

Desde o princípio, o que nos moveu a olhar o passado foi a vontade de entender o Brasil na perspectiva de transformá-lo. Do resultado desse mergulho, acreditávamos, traríamos material suficiente para poder compartilhar com nossos leitores descobertas capazes de apontar caminhos. Foi o que ocorreu. E o resultado, na nossa avaliação, mais do que o recorte de um momento das comunicações no País, traz a percepção de que valores e princípios democráticos não morrem jamais – mesmo sob o jugo de uma ditadura militar. Pelo contrário, tendem a crescer, a se fortalecer, ao passo que a roda da história prossegue e deixa seus rastros.

Oficialmente, a ditadura militar durou 21 anos (1964-1985). Poderíamos demarcar seu término com a eleição de Tancredo Neves pelo Colégio Eleitoral. Mas essa indagação sobre quando, de fato, o País voltou a viver em um modelo político estruturado sobre a vontade de sua população nos acompanhou durante todo o processo de feitura do livro. Como analisar, por exemplo, os dias de luta pela Anistia, que culminaram com a volta de líderes políticos, intelectuais e militantes expulsos do Brasil pelos generais? Ou a rearticulação, no final do anos 70, das lutas sindicais, a partir do Grande ABCD? Ou mesmo o renascimento das lutas camponesas, especialmente nas regiões Sul e Nordeste, retomando o sonho das Ligas Camponesas – sufocadas a pontapés de coturno?

A lista é extensa: a campanha por eleições diretas para presidente da República, que a história registrou como Diretas Já, uma mobilização que contou com enorme participação popular e uniu em torno de uma mesma bandeira vários setores progressistas da política nacional. Há também a Constituinte, para a qual a população elegeu deputados para construírem uma nova Constituição, que ficou pronta em 1988 e recebeu a alcunha de "Constituição Cidadã". A eleição de Fernando Collor de Mello, em 1989, e o processo de impeachment três anos depois, em que a mobilização da sociedade, especialmente dos estudantes, teve notória importância.

Essa dúvida permanente acendeu-se ainda mais quando o cineasta Nélson Pereira dos Santos, de *Vidas Secas*, *Memórias do Cárcere* e *Rio 40 Graus*, que viveu o antes e o depois da ditadura, sempre como uma das máximas expressões da cultura brasileira, afirmou que a democracia só voltou a raiar no horizonte do Brasil em 2002, quando a população elegeu o operário Luiz Inácio Lula da Silva presidente da República. E, ainda assim, a dúvida permaneceu.

Ao final da edição do livro, temos como uma de nossas principais conclusões a percepção de que a democracia se fortaleceu em cada um desses momentos, mas prossegue em busca de complementações, para não se tornar uma mera simplificação retórica. Porque a democracia é um processo. Uma construção coletiva, árdua, conflituosa – por vezes vigorosa – que caminha de braços dados com as lutas sociais. E é isso que esses 28 textos, produzidos por uma rede de repórteres de todo o País, mostram.

Com todas suas variáveis, alguns descaminhos, tantas histórias, o resultado desse esforço é uma publicação que, entendemos, consegue lançar um olhar sobre o Brasil como um todo, com suas diferenças e contradições, e que conseguiu mostrar o papel fundamental na luta pela democracia que a comunicação exerceu do final dos anos 70 para cá. E dessas histórias, podemos apreender que não existe democracia se todos os cidadãos não tiverem igual acesso à informação. Não existe democracia sem o direito de cada pessoa se comunicar.

Isso nos permite afirmar que no passado não vivemos, e continuamos a não viver, na democracia que sonhamos. Mas também nos abre caminho para concluir que estamos justamente construindo essa democracia e que, se vivemos o hoje para escrever o amanhã, foi porque homens e mulheres, solitariamente ou em conjunto, transformaram o ontem.

São essas inúmeras gerações, que trabalharam pela construção de uma nação sólida e soberana, que viram companheiros caírem, as responsáveis pela nossa existência. O

Intervozes reivindica para si filiação nessa história. Porque nos sentimos filhos desse País em construção. E como filhos, sentimos necessidade de conhecer mais sobre nossos pais e mães, avôs e avós, lutadores e lutadoras, que criaram as condições para que pudéssemos nos unir nessa construção do porvir.

As histórias relatadas nesse livro são algumas demonstrações da grande jornada de luta por uma comunicação e um país mais democráticos. Sabemos que a valorização dessas histórias e personagens pode servir de estímulo ao surgimento de outras. E também sabemos que mesmo que elas não surjam graças a esse livro, ou graças ao Intervozes, elas certamente surgirão. Quanto a nós, buscaremos, sempre, conhecê-las e valorizá-las. E, à medida do possível, tentaremos construí-las coletivamente, fortalecê-las e torná-las possíveis.

Nesse esforço de compreender o papel que a comunicação teve na redemocratização do Brasil, vislumbramos o fortalecimento da comunicação comunitária, a volta da liberdade nas redações, a multiplicação de veículos de informação populares, alternativos, livres e independentes. Também nos deparamos com inúmeras iniciativas, movimentos e atores diretamente relacionados à construção de políticas democráticas de comunicação, que têm na democratização ou nos direitos à informação e à comunicação suas bandeiras.

Também topamos, evidentemente, com o outro lado da moeda. A face que mostra o avanço da censura econômica, ideológica e da auto-censura nas redações e que nos coloca diante do processo de crescente concentração dos meios de comunicação. Topamos com as artimanhas e a força dos oligopólios, verdadeiros estandartes do capitalismo contemporâneo, extremamente organizados e claros em seus objetivos e que bloqueiam qualquer tentativa de democratização em suas áreas de interesse – qual seja, todas aquelas que seus tentáculos puderem alcançar.

Enquanto realizávamos o livro, é preciso registrar, com histórias de resistência à ditadura militar e de contribuições para a redemocratização do Brasil, nos deparamos com algumas desagradáveis coincidências. Entre elas, o brutal assassinato da missionária Dorothy Stang no Pará em 2005, repetindo a morte de Chico Mendes no Acre em 1988. O novo ataque de *O Estado de S. Paulo* aos povos indígenas, no dia 8 de maio de 2005, repete, lamentavelmente, uma das histórias contadas neste livro. O jornal publicou um texto "revelando" que a demarcação das terras indígenas seria parte de uma estratégia de dominação dos "países hegemônicos". Baseado em um suposto relatório secreto da Agência Brasileira de Inteligência (Abin), afirma que o Conselho Indigenista Missionário (Cimi) "teria recebido, entre 1992 e 1994, US$ 85 milhões da Fundação Nacional para a Democracia, dos Estados Unidos, mantida pelo governo e dirigida pelo Congresso americano". Também nos sentimos afrontados, no final de 2004, com a agressão de Rômulo Maiorana, diretor do jornal *O Liberal*, um dos mais poderosos do Pará, ao jornalista Lúcio Flávio Pinto, do célebre *Jornal Pessoal*, numa demonstração típica de autoritarismo e coronelismo à brasileira. Mais uma vez – e nesse ponto a lista poderia ser ainda maior – recebemos notícia da morte de dois sem-teto em 2005 em uma ação da Polícia Militar, desta vez em Goiânia. Um fato que, como os anteriores, demonstra que, infelizmente, há ainda muito por fazer no Brasil pela democracia, principalmente superar as heranças da ditadura e os contrastes de uma sociedade estruturada de forma desigual e injusta.

Para que a publicação de todas essas histórias fosse possível, lá se vão horas e horas de debates, contatos, reportagem, edição. Um processo realmente demorado, mas igualmente rico e que conseguiu, do começo ao fim, respeitar todos os envolvidos, envolvendo muitos do Intervozes. Envolvendo o Intervozes com outros tantos.

As dificuldades não foram poucas. Certamente, não é fácil consolidar uma rede de comunicadores de Porto Alegre ao Vale do Juruá, no Acre, e, feito isso, definir as pautas mais importantes para os objetivos a que o livro se propõe. Tivemos dificuldade para trabalhar uma edição que contemplasse os mais variados temas, realidades, cotidianos e possibilidades de dedicação. Dificuldades, também para superar as limitações de falta de financiamento, de diferentes vivências e conhecimentos em relação ao tema.

Mas tais obstáculos apenas fortaleceram o processo do livro. Geraram mais aprendizados. Foram deixados para trás, juntando-se às outras virtudes do projeto. Ao abarcar histórias do papel da comunicação na redemocratização do Brasil em boa parte do País, destacamos aqui a importância de projetos, pessoas e iniciativas não conhecidas pelo público em geral. Histórias que, em boa parte, são desconhecidas no campo dos estudantes, profissionais e militantes de comunicação. O que as torna ainda mais importantes de conhecer, estudar, valorizar e reproduzir.

Histórias que, entendemos, permitem à comunicação dialogar com a universidade, com os movimentos sociais, com os comunicadores, com os vários Brasis. E que colocam a comunicação novamente em parceria com a democracia. Que afirmam a comunicação como um direito, um direito em diálogo e colaboração com os outros direitos humanos fundamentais, indissociáveis e inalienáveis.

Além de todas as lutas e personagens aqui relatados e valorizados, pudemos também contar com a contribuição de importantes pesquisadores e militantes da comunicação no livro. A reunião dessas contribuições, voltadas ao trabalho de contextualização política e social das matérias que retratam as lutas nas cinco regiões do País, é motivo de orgulho para todos nós que realizamos este projeto.

Uma das maiores conquistas desta publicação foi reservada para o final de seu processo de edição, com o histórico e complexo acordo entre o Intervozes e a Imprensa Oficial para que o livro fosse publicado sob a licença Creative Commons. O acerto contou com o apoio fundamental do Centro de Tecnologia e Sociedade da Faculdade de Direito da Fundação Getúlio Vargas do Rio de Janeiro (FGV-RJ) e com a visão pública e cidadã da Imprensa Oficial a respeito de seu papel como difusora do conhecimento, bem como das entidades participantes do Conselho Editorial do programa Imprensa Social. A prerrogativa de permitir a livre utilização não-comercial do livro pelo público segue deliberação da Assembléia Geral do Intervozes de 2005 a respeito de suas publicações. E fortalece a participação do Coletivo na luta pelo compartilhamento do conhecimento e pela democratização da informação e das comunicações.

Estamos nos consolidando como um Coletivo Nacional, reunido em cada região do País, que participa de forma intensa da luta pelo direito à comunicação. Mas seguimos amadurecendo e colaborando com a construção deste grande sonho chamado Brasil.

É preciso registrar, por fim, que cada uma das conquistas que hoje alcançamos só é possível graças às gerações que nos antecederam. É a elas – e também às futuras gerações – que dedicamos este livro.

A ilustração acima, do livro *Macambúzios e sorumbáticos – Os anos 77-80 nas charges de Luiz Gê*, ingressou em nosso livro quando foi solicitada ao seu autor uma autorização para publicação da foto da página 89, em que Luiz Gê aparece junto aos amigos Angeli, Laerte e Sérgio Gomes e ao professor Guido Stolfi. Luiz Gê autorizou a publicação da foto, mas destacou que achava injusto o livro não trazer nenhuma ilustração dele, que – assim como Laerte e Angeli, como os irmãos Caruso, como Ziraldo, Zélio, Jaguar, Millôr, Henfil e toda a turma do *Pasquim* e como tantos outros ilustradores –, durante anos participou da luta contra a ditadura com suas charges. Ao publicar a ilustração no texto de abertura do livro, superamos em parte as lacunas, ao mesmo tempo em que buscamos homenagear todos os comunicadores e cidadãos acima citados e também aqueles por citar. Aproveitamos para nos desculpar antecipadamente por outras eventuais ausências, que muito possivelmente serão registradas. E fica aqui nossa torcida e compromisso para que venham outros livros e iniciativas voltados a contar novas histórias como as presentes em *Vozes da Democracia*.

CONTEXTO SUL

CAMPO DE LUTAS, BERÇO DE MOVIMENTOS

No final da década de 1970 e início dos anos 80, a região Sul do Brasil foi palco do fortalecimento de diversos movimentos sociais, que tiveram grande importância na redemocratização do País. No campo, ocorre o processo que leva ao surgimento do MST (Movimento dos Trabalhadores Rurais Sem Terra). Consolidam-se também os movimentos inspirados pelas pastorais sociais das igrejas, especialmente a católica. Em Santa Catarina, ocorre a criação da Frente Nacional por Políticas Democráticas de Comunicação, embrião do atual Fórum Nacional pela Democratização da Comunicação (FNDC).

Conforme explica o jornalista Elson Faxina, do Paraná, "a presença da igreja católica no meio popular, influenciada pelas CEBs (Comunidades Eclesiais de Base) e pela Teologia da Libertação, gerou dezenas de movimentos de reivindicações que cumpriram importante papel". A organização em torno da igreja católica foi natural na região, pois a instituição contava com grande capiliaridade e o trabalho de mobilização dos vários setores havia sido iniciado ainda nos anos 60 e 70 com as CEBs.

Faxina, que participou dos movimentos estudantil e da igreja, conta que, no Paraná, o Movimento dos Desempregados, o Movimento em Favor dos Atingidos por Barragens, as Pastorais da Juventude, da Terra, das Favelas, Operária, a Comissão de Justiça e Paz, entre outros, "arregimentaram milhares de pessoas e fizeram mobilizações importantes, gestando, inclusive, quadros que passaram a ocupar espaço nos partidos de esquerda, nas universidades, em diferentes instituições sociais e até nos governos eleitos a partir de 1982".

CAMPO DE LUTA

O início da atuação do MST na década de 1980 é lembrado com detalhes pelo jornalista Rafael Guimaraens, do Rio Grande do Sul. Guimaraens acredita que a ocupação da Fazenda Anoni, no Norte gaúcho, em 1984, pode ser considerada um marco nesse sentido, bem como o acampamento de Encruzilhada Natalino, em 1980. Guimaraens ressalta que "a resistência dos colonos adquiriu uma importância simbólica tão grande que o Exército enviou para a região o famigerado major Curió[1], que semanas depois deixou a região sem realizar a sua missão de dissolver o acampamento".

O surgimento e organização do MST, explicado a partir das lutas de décadas anteriores, contou também com fundamental apoio da CPT (Comissão Pastoral da Terra) e da Comissão de Justiça e Paz da igreja. O movimento tem origem, de acordo com Elson Faxina, "em experiências dos três estados do Sul, com o surgimento de movimentos locais, como foi o caso do Mastro (Movimento de Agricultores Sem Terra do Oeste do Paraná)".

Em pouquíssimos casos, os movimentos sociais e articulações políticas verificados na região no período da redemocratização podem ser classificados como isolados. Existiam, no entanto, particularidades, ênfases maiores num e noutro local. A análise de Faxina é que no Sul a questão da terra foi um dos temas mais fortes. "Havia uma conexão com o restante do país, mas as características da posse e da luta pela terra e a proximidade de comunicação entre os três estados do Sul foram mais fortes".

TROMBETA DAS TRANSFORMAÇÕES

O jornalista Gastão Cassel, que vive em Florianópolis (SC) desde 1987, relembra um episódio em Santa Maria (RS) que ilustra o importante papel que o movimento estudantil cumpriu no período de redemocratização. Cassel hoje possui uma assessoria de imprensa que trabalha sobretudo com sindicatos e ressalta que o que aconteceu em Santa Maria foi uma movimentação extremamente espontânea de indignação – mas nem por isso menos corajosa e importante.

Nas palavras de Cassel, iria ocorrer em Santa Maria "um comício num sábado de manhã, na principal praça da cidade, do candidato do governo, do PDS. E o [*presidente João Baptista*] Figueiredo foi lá pedir voto e as pessoas começaram a se aglutinar por curiosidade no comício... Quando o animador perguntava 'E quem é o futuro governador?!', o pessoal respondia o nome do cara da oposição. Virou quase uma guerra campal".

De acordo com Cassel, ao sair das aulas nos prédios da Universidade Federal de Santa Maria no centro, os estudantes iam direto para o calçadão da cidade. As pessoas começaram então a se aglutinar e, enquanto o presidente Figueiredo falava, os estudantes, mobilizados, respondiam: 'Saúde e Educação, é direito da nação!'. Ficava claro, ali, que já existia algo latente na sociedade, que começa a aparecer nesses movimentos, nessas manifestações eleitorais, muitas delas contidas através de fraudes.

Ao lembrar deste episódio mais espontâneo, Cassel registra que a reorganização dos movimentos no Sul do Brasil no período possui igual importância. Cassel, que hoje dá aulas no curso de comunicação do Ielusc (Instituto Superior e Centro Educacional Luterano), em Joinville, participava diretamente do movimento estudantil nos anos 70 e 80. Ele acredita que o movimento "desempenhava um papel muito curioso, porque talvez não fosse conseqüente o suficiente para propor mudanças efetivas. Mas tinha a característica de mostrar para as pessoas que era possível se indignar, que era possível ir para as ruas, que dava pra fazer uma passeata, pra desafiar aquele poder, naquele momento".

O jornalista Rafael Guimaraens registra que as correntes estudantis que operavam no Rio Grande do Sul tinham caráter nacional: "a Nova Proposta, de caráter trotskista moderado; a Liberdade e Luta (Libelu), trotskista radicalizada; e a Unidade e Luta, vinculada ao PCB e ao PC do B, esta última majoritária no país, mas minoritária no estado".

Guimaraens aponta que, no período da redemocratização, o movimento estudantil cumpriu novamente com sua "função histórica de trombeta das transformações". Através de lutas específicas, tratando, por exemplo, do preço dos restaurantes universitários e das carteiras de estudante, o movimento iniciou um processo de mobilização que redundou em grandes passeatas. Nesse sentido, o jornalista gaúcho destaca os atos contra os decretos 477 (que proibia a participação política dos estudantes) e 228 (que atrelava as entidades estudantis à burocracia das universidades), bem como as mobilizações mais direcionadas à luta contra a ditadura.

Em suas passeatas e caminhos, o movimento estudantil passa a fortalecer também a atuação e a organização posterior de outros movimentos, especialmente o sindical.

OPOSIÇÕES E COMUNICAÇÃO

Em meados da década de 1970, foi organizada no Rio Grande do Sul a chamada Intersindical, que teve o Sindicato dos Bancários – com Olívio Dutra, ex-ministro das Cidades e ex-governador do estado, na presidência – como principal ator. A partir da Intersindical, o movimento sindical ia deixando para trás a retração que marcara o período anterior, retomando aos poucos uma postura reivindicatória e organizativa. Em diálogo com os movimentos grevistas do ABCD Paulista, os bancários promoveram a Greve de 27 dias do Sindicato dos Bancários de 1979, um marco do novo sindicalismo gaúcho. Foi a primeira paralisação no estado desde 1964.

A atuação do movimento sindical no Sul do Brasil era completamente articulada com outros lugares do País. Havia muita gente que transitava de um estado para outro, de uma região para outra, levando e trazendo experiências. Gastão Cassel explica que o movimento sindical se fortaleceu muito através da organização das oposições: "o pessoal ia organizar aqui, nos metalúrgicos de Joinville, ia disputar sindicato, vinha o pessoal dos metalúrgicos do ABC trazer sua experiência de oposição... e junto com isso vinha toda a discussão política de forma de organização. No movimento dos bancários, a mesma coisa". Para Cassel, esse intercâmbio foi marcante a tal ponto que teve, de certo modo, seu clímax representado pela criação da CUT.

No processo de fortalecimento dos sindicatos no Sul, a comunicação teve papel determinante também, especialmente a partir do início dos anos 80. Cassel, por exemplo, organizava junto aos sindicatos dos bancários seminários de comunicação e de formação sindical. O jornalista recorda-se que os bancários eram muito articulados nacionalmente e passaram a cumprir com funções importantes nesse campo, "ao fazer o transbordo de conceitos, de valores para outras categorias". Para ele, as discussões mais avançadas com relação à comunicação se davam justamente nos Seminários de Comunicação Bancária, um espaço no qual as concepções divergentes de comunicação dentro da própria CUT apareciam de maneira mais concreta. As diferenças verificadas no campo das idéias se repetiam nas questões de infra-estrutura e recursos materiais, mas mesmo com essas disparidades, havia uma articulação nacional nesse campo.

Ao mesmo tempo em que a comunicação colaborava no fortalecimento dos sindicatos, a retomada de fôlego das entidades levava também a um ganho de consistência gradativo na sua comunicação. Em Santa Catarina, Cassel destaca o papel desempenhado no fortalecimento da comunicação sindical por Samuel Pantoja Lima, o Samuca, antigo aluno do curso de Jornalismo da UFSC (Universidade Federal de Santa Catarina) e também funcionário do Banco do Brasil. Em 1987, Lima torna-se presidente do Sindicato dos Bancários de Florianópolis e Região, por meio do MOB (Movimento de Oposição Bancária). Em sua gestão, leva para o coração do sindicato a discussão de uma comunicação consistente, permanente, regular. De acordo com Cassel, nos idos de 1987 Samuca cria junto aos bancários o primeiro jornal importante do movimento sindical de Santa Catarina – a *Folha Sindical*.

O estado também foi palco, entre 1982 e 1987, de outra importante mobilização no campo sindical: o MOS (Movimento de Oposição Sindical), do Sindicato dos Jornalistas. O MOS causou um certo furor na capital Florianópolis e movimentou várias categorias e outros sindicatos.

Francisco José Castilhos Karam, jornalista e professor do curso de Jornalismo da UFSC, destaca que na categoria dos jornalistas o MOS levou a importantes mudanças políticas e profissionais. Segundo Karam, o movimento culminou com a vitória da oposição em 1987, elegendo Celso Vicenzi presidente do Sindicato dos Jornalistas de Santa Catarina. Para o professor da UFSC, superava-se, naquele momento, "o quadro de atrelamento político à ditadura e ao que restou dela na representação dos jornalistas catarinenses".

A eleição de Vicenzi, porém, só ocorreu no segundo pleito que o MOS disputou. No primeiro, o movimento acabou perdendo a eleição, graças a fraudes operadas sobre os votos encaminhados pelo correio. A história é contada em detalhes por Cassel em livro lançado pelo Sindicato dos Jornalistas de Santa Catarina em meados de 2005, ano em que a entidade comemorou meio século de história. A fraude da primeira eleição dá lugar ao orgulho da vitória na eleição de 1987, a partir da qual, nas palavras de Karam, "construiu-se um novo Sindicato dos Jornalistas no estado catarinense".

No Paraná, Elson Faxina conta que o movimento de oposição só conseguiu vencer a eleição para o Sindicato dos Jornalistas em 1991, na chapa em que ele figurava como candidato a vice-presidente. Já no Rio Grande do Sul, Rafael Guimaraens explica que "a partir do final dos anos 70, o Sindicato dos Jornalistas passou a ser dirigido por um grupo de oposição, vinculando-se à Intersindical e contribuindo para a criação da CUT".

As vitórias da oposição em Florianópolis e região, nos sindicatos dos Bancários e dos Eletricitários, são outros processos que merecem registro. A renovação fez com que ambas entidades passassem a representar, nos anos 80 e 90, uma forma mais consciente de atuação política e profissional. Além disso, a articulação de bancários e eletricitários teve importância direta na derrota da ditadura, bem como as mobilizações dos servidores públicos estaduais e professores da rede pública. A APUFSC (Associação dos Professores da UFSC) completa o rol de entidades que, para Cassel, contribuiu bastante para a redemocratização. Em sua análise, o jornalista avalia que esses movimentos apresentaram posições iniciais mais avançadas, abrindo caminho para a chegada de sindicatos de todas as áreas.

Para Elson Faxina, os processos que mais marcaram o período de redemocratização no Sul foram mesmo a reorganização dos sindicatos e as mobilizações surgidas no interior das universidades, especialmente no movimento estudantil. "Foram momentos de muita luta, greves, pressões, tanto por lutas locais quanto por demandas nacionais". No Paraná, Faxina destaca também a importância do movimento pela Anistia Ampla, Geral e Irrestrita, no final da década de 1970 e início dos anos 80, "que também foi um grande momento de mobilização, mais precisamente nas capitais".

COMUNICACAÇÃO E DEMOCRATIZAÇÃO

No Rio Grande do Sul, o início da luta pela Anistia teve no *Coojornal* (*veja matéria "Coojornal: o fim da ditadura – e da reportagem", à página 36*) um de seus protagonitas. O jornalista Rafael Guimaraens explica que, no final da década de 1970, três cidadãos gaúchos estavam presos em países vizinhos. Flávia Schilling (filha do sociólogo exilado Paulo Schilling) estava presa no Uruguai acusada de ligação com os tupamaros[2]; Flavio Koutzii (hoje deputado estadual gaúcho e ouvidor nacional do Partido dos Trabalhadores) encontrava-se detido na Argentina, por atividades políticas, e o jornalista Flavio Tavares, exilado na Argentina, correspondente do jornal *O Estado de S. Paulo*, foi preso quando fazia uma reportagem em Montevidéu. O *Coojornal* deu toda a cobertura jornalística à campanha pela libertação dos três, além de ter realizado importantes reportagens no final de 1978, quando um casal de uruguaios foi preso em Porto Alegre. "Lilian Celiberti e Universindo Diaz atuavam numa organização que denunciava a violação de direitos humanos por parte da ditadura de seu país", explica Guimaraens. Ele destaca que o casal foi seqüestrado numa operação envolvendo policiais e militares uruguaios e brasileiros, "comprovando a existência de uma articulação das ditaduras do chamado Cone Sul".

Em um terceiro episódio, quatro jornalistas do próprio *Coojornal* – Osmar Trindade, Rosvita Saueressig, Elmar Bones e Rafael Guimaraens – foram presos. A justificativa dos militares para a prisão foi a publicação de dois relatórios do Exército nas páginas do *Coojornal*, a Operação Pejussara, relatando o combate à guerrilha do Vale do Ribeira (SP) e a Operação Registro, que tratava da caça ao capitão Carlos Lamarca no interior da Bahia. Por ordem do comandante do III Exército, Antônio Bandeira, foi aberto um processo com base na Lei de Segurança Nacional, que levou às prisões. Guimaraens explica que o caso teve repercussão nacional, "já que foram as primeiras prisões com caráter político pós-Anistia e reabriram as discussões sobre liberdade de informação e o direito de conhecer a história recente do país".

O destaque dado por Rafael Guimaraens ao importante papel do *Coojornal* no processo de redemocratização encontra na análise do jornalista Elson Faxina uma interessante complementariedade. Para Faxina, "não há um veículo que pode ser considerado decisivo nesse trabalho no Sul. Mas houve, no entanto, diversos veículos que cumpriram sua função naquele momento".

O olhar do jornalista do Paraná volta-se especialmente para o jornal *Nosso Tempo*, um dos mais conhecidos no estado nos anos 70 e 80. Faxina conta que um de seus diretores-editores, Juvêncio Mazzarollo, foi preso em plena década de 1980 por motivações políticas: "ele foi o último preso político do Brasil", afirma. De acordo com Faxina, o jornal enfrentou, em outro momento, "até perseguição do Sindicato dos Jornalistas do Paraná, uma vez que seus proprietários-editores não eram jornalistas profissionais". Para que o jornal pudesse seguir seu trabalho, Faxina e mais dois jornalistas profissionais – Fábio Campana e Noemi Osna – decidiram assinar o jornal como editores por diversos anos gratuitamente.

Além de destacar a repercussão e o respeito nacional que algumas reportagens do *Coojornal* alcançavam, Rafael Guimaraens explica que o fenômeno de surgimento dos veículos alternativos da "imprensa nanica" no Rio Grande do Sul também ocorreu nas décadas de 1970 e 1980, embora em escala menor do que no Sudeste. Por outro lado, no período de redemocratização, a principal caracterísitica a se destacar da grande imprensa no estado é que ela se manteve estreitamente vinculada ao pensamento conservador e à elite, como sempre ocorreu e ainda hoje ocorre. Segundo Guimaraens, "a grosso modo, o grupo Caldas Junior, do tradicional *Correio do Povo*, era porta-voz do capitalismo rural, enquanto o grupo RBS relacionava-se com um tipo de capitalismo mais moderno".

O processo de redemocratização do País fortaleceu a certeza da necessidade de se democratizar os meios de comunicação no Brasil também. Em Santa Catarina, o professor da UFSC Francisco Karam destaca o surgimento da Frente Nacional por Políticas Democráticas de Comunicação, em 1984. Karam explica que a Frente, surgida no âmbito do curso de Jornalismo da UFSC, era liderada pelo jovem professor Daniel Herz. A Frente deu origem ao Fórum Nacional pela Democratização da Comunicação e hoje Herz é representante da sociedade civil no Conselho de Comunicação Social do Congresso Nacional.

Outros nomes que tiveram papel importante no processo de democratização da comunicação junto a Herz foram Airton Kanitz, Celzo Vicenzi e Sérgio Murillo de Andrade, sobretudo no processo de reformulação da atuação política e profissional dos jornalistas catarinenses no período.

A importância do papel de Herz é reforçada pelas palavras do jornalista Gastão Cassel: "Me lembro que nessa época eu estava na faculdade e a gente tentava importar para Santa Maria toda a discussão que havia em Florianópolis. Aquelas informações, que diziam que '9 famílias controlam a Comunicação no Brasil'... Tínhamos ali a consciência do monopólio, que até então era uma coisa esquisita, uma coisa sem dados, uma coisa sem consistência". Para Cassel, o trabalho de Herz, junto ao próprio Karam, a Adelmo Genro Filho e outros, foi especialmente importante em termos de formulação, gerando argumentos e socializando conhecimento.

A atuação dos movimentos em Santa Catarina nas questões da comunicação logo se ampliou, com alianças a instituições de outros estados e regiões que trabalhavam, por exemplo, para implantar o voto direto e universal para a Federação Nacional dos Jornalistas e outras entidades. Karam registra uma outra faceta dos movimentos de comunicação em Santa Catarina, que geraram "várias candidaturas às câmaras de vereadores, Assembléia Legislativa e Câmara Federal que contribuíram para a democratização do País".

Tal mobilização foi fortalecida por um sem-número de projetos no campo da comunicação que contribuíram para a redemocratização. "Eram incontáveis as iniciativas que colaboraram para a criação de uma nova mentalidade, de uma necessidade de abertura, de desmascaramento do regime militar, de denúncia de suas mazelas e corrupções", destaca Elson Faxina. Para ele, é injusto apontar aqui alguns projetos como de maior importância, mas igualmente injusto seria não destacar o *Boletim da CPT* e o informativo *O Metalúrgico*, da oposição sindical dos metalúrgicos do Paraná em parceria com a Pastoral Operária. Já os anos 80 foram marcados também pelo surgimento de diversas iniciativas de teatro de rua e de teatro popular na periferia das grandes cidades e de inúmeras produções de vídeos populares.

Sem demérito às histórias mais conhecidas e épicas, Faxina faz questão de frisar que "também não se pode esquecer das infinitas ações até mesmo individuais de centenas de profissionais da comunicação que buscavam, cada qual em seu espaço de atuação – inclusive em rádios, jornais, revistas e televisões da época – furar bloqueios e ocupar espaços importantes para forjar um novo imaginário de liberdade fora daquele regime".

PARTIDOS POLÍTICOS E DIRETAS JÁ

A redemocratização do Brasil tem nas Diretas Já seu clímax e anticlímax, processos que desembocam na Constituinte em 1987 e 1988. Elson Faxina destaca que o surgimento do PT foi igualmente um grande momento de mobilização, "embora também de rachas na esquerda, entre aqueles fervorosos seguidores dos partidos já existentes e aqueles que não se sentiam representados por eles".

Na campanha pelas Diretas Já em Santa Catarina, o MOS (Movimento de Oposição Sindical) colaborou de forma decisiva, na análise de Gastão Cassel. "Era um dos núcleos aglutinadores da campanha. Não estou dizendo isso de uma maneira absoluta, não estou dizendo que não havia outros tantos de uma enorme importância, mas o MOS se destacava". Cassel recorda-se de um detalhe interessante da comunicação na redemocratização: um dos coordenadores mais importantes do MOS, Artur Scabone, era "simplesmente o locutor de todos os eventos das Diretas!".

As Diretas Já conseguiram agregar os movimentos sindical, estudantil e os movimentos sociais em geral, abrindo caminho para outras transformações. Especialmente para os sindicatos, Cassel acredita que a campanha tenha sido "um marco importante, não só pela reivindicação em si, mas pelas pessoas verem que elas podiam reivindicar a partir dos sindicatos mais do que os seus salários no final do ano". Para ele, nessa época havia muita discussão corporativa do sindicato: "o sindicato tem que cumprir o papel de negociar o salário, de garantir tíquete alimentação e pronto... A campanha das Diretas mostra de uma maneira muito transparente para todo mundo que há possibilidade de interferir na cena política institucional", papel até o momento relegado aos partidos políticos.

As histórias todas aqui relatadas registram de forma evidente a importância que a região Sul teve na redemocratização do Brasil, tanto como berço de movimentos como campo de lutas. Apesar disso, e de a politização de boa parte da sociedade gaúcha em específico ser conhecida no Brasil todo, Rafael Guimaraens faz questão de reforçar essas impressões. "Em primeiro lugar, é preciso salientar que o Rio Grande do Sul esteve no centro dos acontecimentos que levaram ao golpe militar de 1964". Ele continua: "Três anos antes, quando Jânio Quadros renunciou à Presidência da República e os militares vetaram a posse de João Goulart, foram os gaúchos que se mobilizaram para evitar o golpe, no chamado Movimento pela Legalidade. Nos anos seguintes, Jango governou o País tendo seu cunhado Leonel Brizola, governador do Rio Grande do Sul e posteriormente eleito deputado federal pela Guanabara, atuando pela radicalização das reformas. Deu-se o golpe e ambos foram para o exílio". Por fim, Guimaraens registra que "três dos cinco presidentes militares eram gaúchos – [*Arthur da*] Costa e Silva, [*Emílio Garrastazu*] Médici e [*Ernesto*] Geisel – e dois deles – [*Humberto*] Castello Branco e [*João Baptista*] Figueiredo – serviram às Forças Armadas no Rio Grande do Sul".

Histórias contadas e recontadas. Nunca superadas. Mas hoje no passado, graças aos tantos lutadores da região Sul e do Brasil todo.

[1] Sebastião Rodrigues de Moura, também conhecido como major Curió, foi um dos comandantes da repressão militar ao movimento armado do Araguaia na década de 1970. Ganhou notoriedade no País por sua brutalidade na perseguição aos opositores do regime militar. Hoje, é prefeito da cidade de Curionópolis, no Pará.

[2] Tuparamaros: integrantes do Exército de Liberação Nacional, guerrilha urbana atuante no Uruguai nas décadas de 1960 e 1970, cujo nome homenageia o revolucionário inca Tupac Amaru.

[COLABOROU]
CAMILA STÄHELIN

[HISTÓRIA] CONTEXTO SUL
[ONDE E QUANDO] RIO GRANDE DO SUL, SANTA CATARINA E PARANÁ; DE 1960 A 2005, ESPECIALMENTE 1970 A 1989
[QUEM CONTA] ELSON FAXINA, FRANCISCO KARAN, GASTÃO CASSEL, E RAFAEL GUIMARAENS
[ENTREVISTAS REALIZADAS] DE SETEMBRO DE 2004 A MARÇO DE 2005

COOJORNAL: O FIM DA DITADURA – E DA REPORTAGEM

DANIEL CASSOL é jornalista, assessor de imprensa do deputado estadual Frei Sérgio Görgen (PT-RS), colaborador do jornal *Boca de Rua* e integrante do Intervozes

Em fevereiro de 1983, quatro repórteres da Cooperativa dos Jornalistas de Porto Alegre foram condenados à prisão pelo Supremo Tribunal Militar. Motivo de revolta e evidência do anacronismo da ditadura, a prisão de jornalistas em pleno processo de abertura política foi o último golpe desferido contra uma das mais originais experiências de imprensa independente que o Brasil já conheceu. Fundada por 67 jornalistas asfixiados pela censura e falta de emprego, em 27 de agosto de 1974, a primeira cooperativa do gênero do País aliou organização coletiva com jornalismo crítico e independente, provocando estragos na ditadura e deixando, para museus e bibliotecas, uma lição hoje esquecida pela imprensa.

A participação de muitos de seus fundadores na experiência da *Folha da Manhã*, jornal editado pela empresa Caldas Jr., entre 1972 e 1974, foi a gênese da cooperativa. "Éramos um estado de oposição, mas a imprensa não atendia a esse público. Havia espaço para uma imprensa independente", lembra Elmar Bones, secretário de redação da *Folha da Manhã* e, depois, diretor da Coojornal. O sucesso obtido com a profissionalização da redação e a abordagem de temas que mobilizavam a oposição não impediu que a empresa cedesse às pressões do regime. Após um incidente com a publicação de uma reportagem sobre problemas nas portas dos aviões da Varig, Elmar Bones, autor da matéria para a *Folha da Manhã*, pediu demissão. Em seguida, uma reportagem, do então desconhecido Caco Barcellos, provocou mais uma crise dentro do jornal. Cerca de 20 jornalistas se demitiram em massa, o jornal recuou e a imprensa gaúcha – que já havia perdido o *Pato Macho*, que promoveu uma "rebelião impressa" em 1971 – ficou órfã de uma alternativa.

Nesse contexto nasceu a Coojornal. "A questão do mercado de trabalho – lembra Bones – mobilizava mais, mas havia um grupo pequeno que acreditava na possibilidade de se criar um jornal independente". A cooperativa começou editando jornais para terceiros. Enquanto juntava capital para criar o sonhado jornal, criou um boletim interno para discutir as questões do cooperativismo e da imprensa no Brasil. O boletim cresceu e, em 1976, a cooperativa decidiu transformá-lo em um jornal mensal, intitulado *Coojornal, o jornal dos jornalistas*. Na capa, uma reportagem sobre o assassinato da esposa do deputado gaúcho Euclides Kliemann, em 1962, que nunca fora esclarecido. "O *Coojornal* foi às bancas numa fase já mais definida de abertura política. O regime militar começava a entrar para a história. E o *Coojornal* se tornou o contador dessa história", escreveu o professor e jornalista Bernardo Kucinski em seu livro *Jornalistas e Revolucionários*.

O *Coojornal* foi o primeiro jornal do País a falar na Guerrilha do Araguaia, na edição de julho de 1978. Em 1977, fez um levantamento completo dos políticos cassados em 13 anos de "revolução democrática". Abordou as ditaduras nos países da América Latina e deu voz aos líderes históricos da esquerda, como Luiz Carlos Prestes, Miguel Arraes, Leonel Brizola e aos personagens que iniciavam suas trajetórias, como Luiz Inácio Lula da Silva e Olívio Dutra. Também dedicou-se a temas da economia, da cultura e do esporte, mantendo sua característica inicial de fazer a crítica da imprensa. "Era um assunto em que, simplesmente, não se tocava", aponta Bones. Em pouco tempo, o jornal ganhou importância e influência. Chegou a alcançar uma tiragem de 35 mil exemplares, dos quais mais da metade circulava fora do Rio Grande do Sul.

Para José Antonio Vieira da Cunha – autor da idéia da Coojornal a partir de uma nota em uma publicação, que falava de uma cooperativa de jornalistas na Itália – o êxito se devia à profissionalização do projeto. "Era isso que dava credibilidade e prestígio para o *Coojornal*, na medida em que ele procurava tratar os assuntos da maneira mais objetiva e isenta, do ponto de vista de vícios partidários", explica. O veículo não teria essa força se não fosse a estrutura de propriedade coletiva, na opinião de Bones. "O jornalista era o dono da empresa e isso gerou uma grande simpatia no meio", afirma. Nas palavras de Kucinski, "tratava-se, não de organizar partidos ou vanguardas, mas de permitir aos associados a prática de um jornalismo livre e independente, cujas 'expectativas' seriam satisfeitas, muito mais no resultado do confronto geral do projeto com a ditadura, do que como expectativas pessoais".

Com a repressão aos sindicatos, as assembléias da cooperativa extrapolavam as questões administrativas e tornavam-se grandes fóruns de discussão sobre a conjuntura política brasileira. "Eram assembléias que chegavam a durar oito horas", recorda Vieira

[Reprodução]

Capas do *Coojornal*: protagonismo e registros históricos

da Cunha. Internamente, os conselheiros editoriais, repórteres e fotógrafos permitiam uma democratização das decisões diárias da cooperativa.

Editorialmente, o *Coojornal* passou a testar os limites que a ditadura impunha. Assim, puxou a imprensa para os temas antes censurados, impelindo baixas à ditadura, ao mesmo tempo que soava o alarme nos gabinetes militares. "Houve um plano deliberado para detonar a Coojornal", atesta Bones. Militares faziam visitas aos anunciantes, pressionando para que retirassem o apoio. "Eu tenho vários testemunhos de empresários que foram visitados", lembra. A maioria obedeceu. Bombas explodiram em algumas bancas que vendiam o jornal. Nesse meio tempo, chegaram à redação os documentos oficiais do Exército relatando as ações de desmantelamento dos focos de guerrilha no Vale do Ribeira e da execução de Carlos Lamarca. "Tínhamos uma desconfiança muito forte de que aquilo era uma armação. Só que os documentos eram autênticos e revelavam coisas que tinham acontecido em 1970, 1971, mas que ninguém sabia. Era uma bomba", recorda Elmar. A reportagem foi publicada e acabou provocando a prisão de Osmar Trindade, Rosvita Sauerssig, Rafael Guimaraens e Elmar Bones, em 1983, já com a abertura política sendo retomada.

Sem clientes nem anunciantes, a Coojornal passava por um processo de desgaste interno, por conta de divergências entre o grupo dirigente e a oposição. Esse desgaste provocou, por fim, a falência do projeto. A última edição do jornal saiu em março de 1983. Despejada de sua sede por ordem judicial, teve todos os seus documentos e sua biblioteca recolhidos a um depósito judicial e queimados, sob a alegação de falta de espaço, destruindo fração importante da memória do jornalismo brasileiro – cada vez mais carente de iniciativas como essa.

ELMAR BONES: "PRECISAMOS DE UM CONJUNTO DE PEQUENAS MÍDIAS, PARA A SAÚDE DA DEMOCRACIA".

Espécie de fio condutor da história do *Coojornal*, Elmar Bones hoje dirige o *Já*, um pequeno jornal de bairro de Porto Alegre (RS) que ainda insiste em fazer jornalismo: em

2004, por exemplo, o *Já* viu uma de suas reportagens conquistar o Prêmio Esso de Jornalismo.

Foi na redação do jornal, onde também funciona a *Já Editores* e sua casa, que Elmar concedeu essa entrevista, para contar a experiência empreendida na década de 70 e falar sobre a situação da imprensa no Brasil.

_ O objetivo da Coojornal era criar uma alternativa de mercado ou uma válvula de escape para o jornalismo crítico e independente?

A questão do mercado de trabalho era um problema concreto em Porto Alegre e motivou um grupo maior. Mas tinha um grupo menor que tinha uma visão crítica da imprensa local, que sempre foi muito governista, oficiosa.

_ Qual foi a influência da experiência que vocês tiveram com a *Folha da Manhã*?

A experiência da *Folha* aglutinou o grupo que criticava o oficialismo da imprensa. Fizemos um jornal ativo, em contraposição aos jornais passivos. A nossa tese se revelava verdadeira à medida que o jornal crescia muito em vendas. Mas ele começou a trazer problemas para a Caldas Jr [*empresa que editava o jornal*], uma empresa que, como todas as outras, apoiou o regime militar. A imprensa sempre adere aos movimentos da elite.

_ Depois do fim da *Folha da Manhã*, como esse grupo continuou?

Seguíamos nos reunindo com a idéia de que havíamos descoberto um caminho. Com uma cooperativa, poderíamos aglutinar mais gente. Começamos a nos aproximar das cooperativas agrícolas, fortes por causa da expansão da lavoura de soja, que receberam bem a idéia de uma cooperativa de jornalistas. Desde o início, pensávamos em fazer um jornal, mas vimos que não tínhamos recursos. Tratamos de organizar a cooperativa, aglutinar mais gente e juntar dinheiro para fazer um semanário.

_ Se o *Coojornal* fosse editado por uma empresa convencional, ele teria a mesma força?

Claro que não. O grande diferencial era a participação. O jornalista era o dono da empresa e isso gerou uma grande simpatia no meio. O cooperativismo é a forma mais democrática de organização. Essa coisa do controle da empresa, que está na mão do jornalista, era bem original.

_Como surgiu a tendência em se fazer uma memória da ditadura que ainda não havia acabado?
Não queríamos atrair a censura, que recém havia saído das redações. Trabalhávamos no limite que o regime permitisse. Avançávamos aos poucos. Falávamos indiretamente das questões que estavam no ar, que a esquerda estava levantando, mas que não tinham espaço. E, à medida que começamos a notar o interesse das pessoas, passamos a ficar mais ousados. O Ernesto Geisel começou a colocar, muito discretamente, o discurso da abertura lenta, gradual e segura. Aparentemente, a revolução era vitoriosa: tinha eliminado seus inimigos e podia se dar ao luxo de descomprimir um pouco o ambiente político.

_Mas como explicar a prisão de vocês, já na década de 80?
A abertura teve vários solavancos. Um dos problemas que a abertura encontrou foi o crescimento da imprensa alternativa. Ela puxou a imprensa convencional para novos temas – e aí vem a importância dela. Havia mais espaço, mas a imprensa convencional se acomodou na posição de não incomodar o regime. Até porque o regime censurava e financiava essa imprensa. Esses grupos todos que estão aí ganharam muito dinheiro. Mas esse refluxo na abertura política é uma parte da história que ainda não foi bem contada. Houve um plano deliberado para detonar a Coojornal, desde medidas oficiais tomadas pelo governo até ações terroristas, como o caso das bombas nas bancas. Eu sei que houve reunião do III Exército com empresários, em que se orientou a não apoiar a "imprensa comunista".

_ Isso acabou acirrando, também, uma cisão interna na cooperativa?
O grupo que dirigia a Coojornal achava que o importante era preservar a organização, a estrutura de trabalho. Achávamos que aquele processo ia passar. Mas havia um grupo mais à esquerda, que defendia o fim dos serviços prestados para terceiros, para concen-

trarmos esforços no jornal, fazer um jornal mais agressivo e buscar apoio no leitor, o que era uma coisa utópica. Na hora em que começa a ter bomba em banca, até o leitor te abandona. Aí veio o processo, veio a prisão, se acirrou a disputa interna. O grupo da oposição ganhou a eleição e as pessoas – a essa altura tínhamos cerca de 400 sócios, mas a maioria não tinha essa perspectiva política – se afastaram. No meu caso, como os salários começaram a atrasar e eu ainda divergia com a linha deles, me afastei. Hoje a gente vê que havia uma briga interna muito forte. Por isso que a pequena imprensa é necessária. Aqui no *Jornal Já*, por exemplo, posso abordar temas que a *Zero Hora* não pode. Na nossa edição sobre o golpe de 1964, publicamos a manchete "O dia em que o Rio Grande vacilou", nos referindo aos dias em que o estado poderia ter comandando uma reação contra o golpe. Se fizesse isso na *Zero Hora*, o pessoal que apoiou o golpe iria pra cima do jornal, dizendo que, ao contrário, os gaúchos estiveram sempre do lado certo, apoiaram a revolução e impediram a implantação do comunismo no Brasil.

_ Já outros jornais não precisaram ser muito sutis e falaram logo em "revolução".
Mesmo na *Zero Hora*, a palavra "golpe" apareceu aqui e ali. Mas o pequeno jornal pode fazer isso, e isso influi no grande jornal. Se o pequeno traz uma informação quente, o grande jornal não pode ignorar por muito tempo. Um conjunto de pequenos jornais consegue expressar opiniões que precisam de espaço. Para a saúde do sistema democrático é preciso um conjunto de pequenas mídias instigando a mídia grande, que tende a se acomodar, porque ela é uma mídia empresarial, está muito mais ligada aos seus próprios interesses.

[Daniel Cassol]

[história] Coojornal
[onde e quando] Porto Alegre (RS), de 1976 a 1983
[quem conta] Elmar Bones (foto) e José Antonio Vieira da Cunha
[entrevistas realizadas] Abril de 2004

UM HERÓI FAMINTO

A imprensa alternativa gaúcha conheceu um herói, que também passou pelas páginas do *Coojornal*. Ele era feio, faminto, tinha barriga d'água, catava restos num depósito de lixo e cultivava um grande sonho a cada novo dia: fazer o desjejum. Seu nome, *Rango*, que pelas bandas do Sul quer dizer "comida". Seu pai, o desenhista Edgar Vasques.

"Ele nasceu do sentimento de resistência à mentira oficializada", diz Vasques. Ao denunciar a fome dos brasileiros, *Rango* denunciava a falácia da ditadura, de que o País ia bem. Nascido numa revista de estudantes de Arquitetura da Universidade Federal do Rio Grande do Sul (UFRGS) em 1970, *Rango* estreou na grande imprensa na *Folha da Manhã*, em 1973. Com a demissão dos jornalistas, entre eles Vasques, *Rango* foi pulando de jornal em jornal, sendo o pivô, inclusive, de uma apreensão nas bancas, do velho *Pasquim*.

Antes de um mártir da luta contra a ditadura, *Rango* foi um sucesso editorial. Talvez porque a linguagem do humor atraísse o público, assim como a qualidade da piada e as alfinetadas nos militares. "O *Rango* ajudou a formar uma opinião pública contra a censura e a ditadura, a favor da democracia. Certamente, nós, humoristas, contribuímos", entende Vasques. *Rango* queria comer, apenas. Mas era justamente por aí que as grandes questões da política nacional eram colocadas por Vasques. Afinal, como falar de desenvolvimento num país em que a miséria do povo era maquiada por uma bem arquitetada censura entre governo e empresários da imprensa? "O que mais me preocupava na época da censura era a alegação do milagre econômico. O grande problema era resolver a questão da fome no País. Isso era um ponto estratégico da discussão sobre democracia", avalia.

Hoje, Vasques participa do Sindicato dos Grafistas de Porto Alegre e possui uma série de problemas nas articulações das mãos, devido à compulsão por desenhar. *Rango* já tem 17 livros, mas está desempregado porque, para o autor, cada tirinha sua é uma porrada no estômago. E ironia do destino: sua fome é cada vez mais atual, tanto que em 2005, no prestigiado HQ Mix, o prêmio para os maiores cartunistas do Brasil foi justamente um troféu do *Rango*. Vasques ri: "Hoje, acho engraçado ver o presidente instituindo um programa chamado Fome Zero. Quando eu falava disso, dava cadeia".

[Reprodução]

Herói e Milagre: a fome vem de antes

[história] Rango
[onde e quando] Porto Alegre (RS), de 1970 a 2005
[quem conta] Edgar Vasques
[entrevistas realizadas] Abril de 2004

CONTEXTO SUDESTE

A SOCIEDADE EXIGE — E VAI CONQUISTANDO — SEUS DIREITOS

As imagens que a história congelou talvez tenham sido aquelas das assembléias em praças e campos de futebol, onde operários da região do estado de São Paulo conhecida como ABCD – as cidades de Santo André, São Bernardo do Campo, São Caetano e Diadema – decidiam as greves que mudariam os rumos do País. Tudo registrado naquele colorido falho das câmeras Super 8, quando não em preto e branco, filmado na maior parte das vezes pelos próprios metalúrgicos, que já conheciam a importância da comunicação e experimentavam as novas tecnologias da época. Quando se fala no período da redemocratização na região Sudeste do Brasil, aqueles anos que começam em meados da década de 1970, talvez essas sejam as imagens que ficaram eternizadas. Mas o movimento dos metalúrgicos do ABCD, que começa a tomar corpo em 1975, apesar de ser o mais conhecido nas lutas pela reabertura para a democracia, não foi o único a experimentar os meios que fossem possíveis para enviar e registrar a mensagem de que essa abertura não poderia ser tão lenta e gradual quanto alguns desejavam.

"Nos bairros, nas fábricas, estava em curso um longo caminho de disputa contra-hegemônica. Isto se multiplicava também nas escolas, que tinham sido dizimadas de seus militantes pela repressão. De 1977 para cá, recomeçava o movimento estudantil", lembra o jornalista e pesquisador do Núcleo Piratininga de Comunicação, Vito Giannotti.

Essa disputa contra-hegemônica havia começado já em 1968, quatro anos depois do golpe, quando trabalhadores nas fábricas, militantes de esquerda e ativistas dos mais variados grupos nascidos do trabalho das Comunidades Eclesiais de Base (CEBs), organizavam-se clandestinamente, já começando a falar de reagir, protestar, exigir melhores condições de trabalho ou de vida, no caso dos bairros. Gianotti diz que "eram centenas de pequenas reuniões, de cursinhos de Mobral, de Madureza [*Mobral era a alfabetização; Madureza, o atual supletivo*], organizados com a finalidade de juntar trabalhadores e puxar o papo para a política. Eram muitos jornaizinhos feitos à noite e rodados nos fundos das igrejas, enquanto o ditador Geisel e sua tropa de torturadores e assassinos continuava se deliciando com o extermínio dos tradicionais militantes comunistas."

Foi em 1977, a partir da publicação do que ficou conhecido como "a farsa do reajuste de 1973", quando a falsificação dos índices econômicos provocou um arrocho salarial fortíssimo, que então a classe operária voltou à cena. Já havia vários movimentos de contestação, de setores descontentes com a ditadura. Nesse momento, já existiam os movimentos pela Anistia e os declaradamente defensores do fim da ditadura. Para o pesquisador, o que foi realmente determinante para o início da reabertura foi a volta da classe operária, "através das oposições sindicais e dos sindicalistas autênticos agrupados em torno da liderança do Lula no ABC Paulista".

A partir da explosão das greves, em maio de 1978, começou um processo de organização dos trabalhadores, com encontros decisivos, como o Encontro Nacional das Oposições Sindicais (ENOS) e o Encontro Nacional dos Trabalhadores em Oposição à Estrutura Sindical (ENTOES), ambos em 1979. Enquanto isso, também se articulava o nascimento de um novo partido político, o Partido dos Trabalhadores. E os partidos comunistas tradicionais, atordoados pela nova conjuntura e destroçados pela repressão dos anos 70, reorganizavam-se por caminhos próprios.

JORNALISTAS E REVOLUCIONÁRIOS

O jornalista Bernardo Kucinski, professor licenciado da Escola de Comunicações e Artes da Universidade de São Paulo (ECA-USP) e hoje assessor especial da Secretaria de Comunicação da Presidência da República, lembra-se do Movimento Contra o Custo de Vida. "Mas também havia as oposições sindicais, as comunidades de base e a imprensa alternativa". Em seu livro *Jornalistas e Revolucionários*, referência sobre o período da ditadura militar, Kucinski registra o papel essencial que diversos veículos da imprensa alternativa – como os jornais *Opinião*, *Movimento* e *O Pasquim* – tiveram no processo de redemocratização, especialmente no Sudeste.

Para José Salvador Faro, professor da Pontifícia Universidade Católica de São Paulo (PUC-SP) e da Universidade Metodista de São Paulo, a iniciativa de Geisel em promover uma abertura "lenta, gradual e segura" tinha o objetivo de oferecer uma resposta ao isolamento social em que o governo militar se encontrava, "fato agora praticamente comprovado pelo jornalista Elio Gaspari, através da demonstração das divergências no núcleo do sistema de poder na época".

No Sudeste em geral, e mais espeficicamente em São Paulo – talvez a região socialmente mais explosiva por conta dos efeitos trazidos pela segregação da modernização econômica –, uma verdadeira rede de movimentos sociais foi se formando. Faro diz que era difícil encontrar um segmento que não tivesse se articulado em torno de demandas de natureza específica, mas "nem por isso desprovidas de significação política".

A abertura seria, portanto, uma forma de canalizar as pressões que resultavam desse processo. "Vale lembrar, nesse sentido, o papel que a igreja católica desempenhou através das Comunidades Eclesiais de Base, mas também a rearticulação do movimento sindical, do movimento estudantil, o papel da OAB – Ordem dos Advogados do Brasil, ABI – Associação Brasileira de Imprensa, SBPC – Sociedade Brasileira para o Progresso da Ciência etc.", explica o Faro. Em todos esses casos é possível verificar um acúmulo de discussões que acabavam por convergir para a necessidade do restabelecimento das garantias democráticas.

Os anos 80 abrigam o surgimento de vários movimentos sociais urbanos, que se originam na maiore das vezes nos locais de moradia (*leia o texto "Grito do Povo da Zona Leste", à página 58*). Reivindicam direitos básicos de cidadania, como abastecimento de água e coleta de esgotos, iluminação, transporte, calçamento, atendimento médico e acesso à escola. Lutam também pela legalização de loteamentos clandestinos, cada vez mais comuns nos bairros de periferia. Em vários momentos, partem para a ação direta. Nos anos 80, há ocupações de terrenos e de conjuntos habitacionais em construção em várias capitais e quebra-quebras de ônibus e trens urbanos.

Para Vito Giannotti, a abertura veio apenas e exclusivamente por conta de toda essa pressão popular. "Este povo que, logo após a crise do petróleo, começou a acordar. Claro, foi muito lento este despertar. A ditadura, com sua *Rede Globo*, tinha feito e continuava fazendo seu serviço de alienação do povo. O terror completava a ação, acompanhado da mídia dos Marinhos e seus compadres de classe. Não faço nenhum elogio ao ditador Geisel. Não é nenhum sacerdote da abertura e não tem nada de mãos limpas como alguém quer fazê-lo passar".

O professor aposentado do departamento de História da Universidade Federal do Rio de Janeiro (UFRJ), Sérgio de Souza Brasil, também diz que os militares não tiveram outra escolha senão a abertura. Entretanto, para ele, as pressões teriam sido menos populares. Para Souza Brasil, a chamada abertura lenta e gradual, foi fruto não do desejo unilateral dos comandantes militares, mas das condições históricas que determinavam a recuperação do espaço democrático, advindas da pressão e iniciativa de intelectuais orgânicos de esquerda. Na análise do professor da UFRJ, todos os "chamados 'movimentos sociais' não eram mais do que grupos de esquerda que preconizavam, com apoio da burguesia insatisfeita, transformações na ordem política, e menos das pressões verdadeiramente populares". Por outro lado, Souza Brasil entende que tais processos determinaram o surgimento, no âmbito da universidade, de um retorno às *discussões sobre como constituir uma instituição refletindo a realidade social brasileira*, "não mais fundamentada num esquerdismo pseudo-revolucionário".

Segundo Souza Brasil, que ingressou como professor na UFRJ em 1967, e foi membro do Partido Comunista Brasileiro (PCB), a universidade (professores e estudantes), que até antes da ditadura militar efervescia em expressões populistas e sem correta análise histórica, "viu-se obrigada a pensar o que é uma universidade múltipla, participante, reflexiva e realmente voltada à preparação de quadros intelectuais compromissados com as transformações sociais. Ou seja, saiu-se de uma universidade que se 'conduzia para fazer a revolução', para uma universidade que necessitava pensar em como transformar historicamente a sociedade".

A universidade não esteve diretamente ligada à produção e à articulação dos movimentos e dos veículos e projetos alternativos de comunicação. Teve, porém, um papel importante nesse processo, por meio de docentes, estudantes e funcionários que produziam reflexões que, depois, eram absorvidas pelos movimentos. O professor de História da UFRJ lembra da "enorme importância que tiveram os professores cassados – exilados ou não – na produção da autocrítica que ocorreu. Tais professores, qualificados por suas inteligências e produções acadêmicas, transformaram-se em agentes 'provocadores' para os que permaneciam 'lutando' na universidade."

Para ele, a interação nacional entre professores em exercício, professores cassados, exilados e não-exilados, estudantes que se tinham qualificado em universidades estrangeiras e que, portanto, traziam experiências interessantes sobre as lutas socais em outros países, permitiram que se pudesse produzir diretrizes para uma universidade realmente plural. "A universidade passou a dialogar com jornalistas, comunicadores, midiólogos e intelectuais orgânicos até então afastados das discussões acadêmicas e que, portanto, anteriormente, não conheciam as 'intimidades teóricas dos procedimentos revolucionários'".

Ou seja, antes do golpe, segundo Souza Brasil, a universidade era dominada pelo "esquerdismo populista", que começou, com as possibilidades vislumbradas da abertura, a interagir com outros segmentos de intelectuais que haviam sido rechaçados anteriormente. "Para essa transformação colaboraram jornalistas e comunicadores que resistiram aos imperativos da ordem militar sob a ditadura".

MINEIROS PELA DEMOCRACIA

Fernando Massote, professor da Faculdade de Filosofia e Ciências Humanas da Universidade Federal de Minas Gerais (Fafich-UFMG), diz que, com o objetivo de acelerar a crise do regime militar, Minas Gerais deu vida ao Movimento do Manifesto dos Mineiros pelas Diretas Já. "Apoiávamo-nos no exemplo histórico do Manifesto dos Mineiros de 3 de outubro de 1943, que abriu caminho para a derrubada da ditadura de Vargas. Queríamos partir de Minas, como em 1943, para mobilizar o Brasil e virar novamente a mesa da história aprofundando a democracia com as Diretas Já". O professor da UFMG explica que a sede da iniciativa e um dos seus principais promotores foi o Instituto Mata Machado de Análises Políticas, Econômicas e Sociais, que encabeçou o movimento juntamente com a Associação dos Professores Universitários de Belo Horizonte.

Massote, que foi porta-voz do instituto, lembra que Edgar da Mata Machado, o patrono da instituição, havia sido secretário do governo Magalhães Pinto, entre 1963 e o golpe de 1964, quando se demitiu diante das manobras golpistas. Mais tarde, nos chamados anos de chumbo da ditadura, perdeu o filho, José Carlos da Mata Machado, que fora dirigente da União Nacional dos Estudantes (UNE) e militante da Ação Popular (AP)[1].

Um dos representantes mais atuantes do Instituto foi o vereador Arthur Vianna, do Partido do Movimento Democrático Brasileiro (PMDB), que leu o Manifesto dos Mineiros Pelas Diretas Já na Câmara dos Vereadores de Belo Horizonte, lembra Massote. "Um militante do Partido Comunista do Brasil (PC do B), Luiz Carlos Bernardes, que é economista e jornalista, deu uma contribuição especial na articulação do movimento e ficou encarregado – juntamente comigo – de redigir o Manifesto. Redigidos, discutidos e aprovados os termos do Manifesto, partimos para colher assinaturas da população, o apoio dos movimentos populares para além dos que já integravam o movimento e as lideranças políticas de todos os partidos". Assinaram logo, sem dificuldade, vinte deputados estaduais do PMDB. Nenhum dos vereadores do Partido Democrático Social (PDS, sucessor político da Arena) na Câmara Municipal da capital mineira aderiu ao movimento. Darcy Ribeiro, à época Secretário de Cultura do Estado do Rio de Janeiro, também deu seu apoio ao movimento, assim como vários artistas que foram convidados a se integrar ao movimento e o apoiaram.

"Não eram processos isolados, absolutamente", afirma o professor José Salvador Faro. Muitos deles, lembra, tinham a ver com a realidade paulista ou carioca ou ainda gaúcha "certamente as regiões mais sensíveis às demandas de natureza associativa". Faro observa que, em todos os casos, eram movimentos articulados por entidades nacionais (igreja, OAB, ABI, SBPC), "o que conferia às suas reivindicações um caráter nacional, além do efeito que tinham sobre as instâncias de representação política, ou seja, partidos e Congresso Nacional".

O pesquisador Vito Giannotti ressalta que a aglutinação desses movimentos, os contatos nacionais, tudo isso deve muito à ala da igreja católica que defendia a Teologia da Libertação, "que foi possível também graças à tradição comunista de milhares de militantes de esquerda sobreviventes da ditadura, que desde o começo mostraram seu caráter nacional, sua necessidade de aglutinação e expansão, justamente para se contrapor à ditadura, que tinha uma abrangência nacional".

TRABALHADORES E DELEGADOS

De todo esse caldeirão, em 1980 nascerá o Partido dos Trabalhadores, aglutinando diversos setores da esquerda brasileira e dos lutadores populares contra a ditadura. Também foi desse esforço de aglutinação que, em 1981, será realizado o primeiro grande encontro de trabalhadores após o golpe de 1964, a Conferência Nacional das Classes Trabalhadoras (Conclat). Reuniu 5.030 delegados no município de Praia Grande, em São Paulo, e foi dali que surgiu a Comissão Nacional Pró-CUT. Dois anos depois, em 1983, nasceria a CUT.

Em 1983, o País continuava agitado pela longa crise do regime militar, que oscilava sempre entre a propalada abertura e o continuísmo golpista, como define o professor da UFMG Fernando Massote. "A eleição para presidente da República pelo voto direto era a solução mais adequada para a crise e o movimento popular a adotava sempre com maior intensidade", diz. O movimento pelas Diretas Já desenvolvia-se, alimentado por essas situações e apoiando-se, também, na necessidade de consenso crescente por parte dos governadores eleitos pelo voto popular, direto, em 1982. A presença de um general-presidente – Figueiredo – na direção do País era um fato anacrônico e em dissonância com o ritmo democratizante já impresso à vida nacional pelo menos depois das eleições para governador em 1982. E nesse contexto, um dos governadores em função, Tancredo de Almeida Neves, de Minas Gerais, já articulava a sua candidatura à presidência.

JOÃO FERRADOR, COMUNICADOR

A comunicação dos trabalhadores foi decisiva na organização da resistência. Vito Giannotti explica que "de 1975 em diante multiplicaram-se os boletins de fábrica.

Todos clandestinos, evidentemente, muitas vezes com o título de *Interfábricas*. Era o germe avançado da organização. Para se fazer um boletim *Interfábrica* era necessário realizar um monte de pequenas reuniões, de discussões. E tudo isto juntava trabalhadores e estudantes, jornalistas, padres e intelectuais. A imprensa operária foi um fator determinante desta reaglutinação e da mobilização nestes anos", diz.

Havia, nessa época, todo tipo de publicação, com jornais da imprensa alternativa vendidos em banca, bem como novos instrumentos intermediários entre o trabalho de bairro e o trabalho de fábrica, como o famoso *ABCD Jornal*. No final da década de 1970, nascem os boletins feitos de recortes de jornais da grande imprensa, dos quais o mais célebre foi o *Jornal dos Jornais*, vendido de mão em mão nas fábricas de São Paulo. Em sindicatos de luta, como o dos Metalúrgicos do ABC, o jornal do sindicato, a partir das greves de 1978, passou a ter um papel cada vez mais importante (*leia matéria "C'os sons do boré, mil gritos reboam", à página* 76). Assim, tornou-se diário, como continua até hoje. Sindicatos e oposições sindicais passam, a partir de 1979, a produzir muitas cartilhas, algumas delas totalmente ilustradas por militantes políticos que se integravam ao renascido movimento operário.

A importância das ilustrações nos materiais dos sindicatos pode ser explicada por meio de diversas histórias. Uma das mais elucidativas remete ao fim dos anos 70 e começo dos 80, quando *João Ferrador* foi celebrizado em camisetas à época das greves do ABC. *João Ferrador* era um personagem que apareceu, incialmente, em março de 1972, no boletim *Tribuna Metalúrgica*, do Sindicato dos Metalúrgicos do ABC, em uma chamada que dizia: "Bilhete do *João Ferrador*". Sujeito de cara enfezada, que aparecia ao lado de um slogan: "Hoje eu não tô bom", foi uma criação de Henfil e Laerte que virou logomarca do jornal do sindicato. "Era o símbolo do trabalhador sindicalizado, mas que não se limitava apenas ao sindicato. Estava presente nas residências, bares, campos de futebol, parques de diversões, camisetas de operários, nas feiras", afirma a doutora em História Social pela PUC-SP, Telma Bessa.

Como uma forma de identificação operária, o *João Ferrador* expressou a situação de vida dos trabalhadores e foi porta-voz da categoria, dando visibilidade aos protestos, reivindicações e anseios da categoria no período, tratando de questões como arrocho salarial, custo de vida, lutas sindicais. "Sua maneira de se colocar, de escrever os bilhetes de forma irônica, examinar temas, questionar, falar e pensar sensibilizou os trabalhadores em seu cotidiano", explica Bessa.

Vito Giannotti completa a análise, explicando que a gama de materiais de comunicação produzida nos sindicatos não parava de crescer. "Para uma classe operária migrante vinda do Nordeste, produziam-se cordéis; para o Sul industrializado, faziam-se grupos de teatro, entrosando ainda mais a classe operária e a classe média no projeto que explodiria a partir de 1980", recorda-se. Junto a isso, multiplicavam-se os debates e palestras sobre o momento atual e a história da classe trabalhadora. Sindicatos e CEBs investiam muitos esforços na formação de militantes. Para o pesquisador do Núcleo Piratininga, "Era preciso vencer a tentativa de lobotomia que a ditadura e sua televisão, a *Globo*, tinham começado a fazer desde 1968, com o AI-5 (Ato Institucional Número 5). E conseguiu-se".

O professor Faro destaca três "suportes comunicacionais" que foram decisivos durante o período da redemocratização para toda essa rede de movimentos sociais: os vídeos comunitários, as rádios comunitárias e a imprensa alternativa – incluídos, neste último caso, os jornais sindicais. Tudo isso, permitido em parte pelo desenvolvimento tecnológico e em parte por sua própria dinâmica social. "Fui testemunha de comunidades de base que reproduziam suas experiências de discussão através de vídeos gravados por lideranças locais e retransmitidas em emissoras de baixa freqüência". Ao mesmo tempo, uma variedade muito grande de folhas impressas – algumas articuladas por jornalistas que operavam na chamada "imprensa nanica" – ajudava a dar consistência a esse movimento. "Não tenho dúvidas de que os processos de comunicação cimentaram, por assim dizer, a participação da sociedade civil no processo de democratização", ressalta.

O material produzido no Sudeste não ficava restrito à sua cidade de origem – e nem mesmo era realizado sem contato com outras regiões do Brasil. Sem internet, a comunicação e a troca de material tinha que ser feita com criatividade e ajuda das organizações nacionais que tivessem representações regionais. No período, existiram muitas iniciativas de ajuda mútua entre movimentos de vários estados. Mais uma vez, as tentativas de enviar publicações ou ajudar a realizá-las em outros estados mais distantes, eram facilitadas pela estrutura das CEBs e pela articulação das esquerdas que precedeu a criação da CUT e do PT.

Para a articulação dos sindicatos e movimentos populares, Vito Giannotti registra que era fundamental a troca de materiais de informação, formação e propaganda, como boletins, jornais, cartilhas, livros e etc. "Houve toda uma rede de contatos que se desenvolveu através de viagens de organização pelo Brasil afora. E sempre, o fator permanente de aglutinação e organização era a imprensa, a comunicação".

[1] Ação Popular (AP): organização que surgiu da Juventude Universitária Católica (JUC) na década de 1960, com um perfil de esquerda. Seus integrantes, que dirigiram a UNE durante os primeiros anos da ditadura militar, foram influenciados pelas idéias da Revolução Cubana, do marxismo-leninismo e pelo pensamento de Mao Tsetung. A maioria dos seus integrantes entrou para o Partido Comunista do Brasil (PC do B) a partir de 1968.

[HISTÓRIA] CONTEXTO SUDESTE
[ONDE E QUANDO] SÃO PAULO, RIO DE JANEIRO, ESPÍRITO SANTO E MINAS GERAIS; DE 1960 A 2005, ESPECIALMENTE 1970 A 1989
[QUEM CONTA] BERNARDO KUCINSKI, FERNANDO MASSOTE, JS FARO, SÉRGIO DE SOUZA BRASIL E VITO GIANNOTTI
[ENTREVISTAS REALIZADAS] DE SETEMBRO DE 2004 A JANEIRO DE 2005

GRITO DO POVO DA ZONA LESTE

PRISCILA D. CARVALHO é assessora de comunicação do Conselho Indigenista Missionário (Cimi) e integrante do Intervozes

"O *Grita Povo* a gente lia. Por causa desse envolvimento que a gente tinha na comunidade e sabia que de lá vinham as informações. O *Grita Povo*, de uma forma muito mais politizada, com experiência do que fazia, tinha as informações que nós da rádio gostaríamos de passar para a comunidade. O que estava acontecendo no mundo, no Brasil, e os assuntos da nossa comunidade. Era o que a gente queria fazer na rádio. Logicamente isso contribuiu, porque a referência de todo mundo acabou sendo o *Grita Povo*, era o acesso que nós todos tínhamos ao que acontecia em todo lugar. Um jornal até pequeno, mas com muita informação".

Quem conta a história é Sueli Maria de Almeida. Ela tinha 22 anos quando fazia um programa de uma hora todo sábado de manhã, numa rádio-corneta, instalada na torre de uma igreja do Jardim Verônia, bairro da Zona Leste de São Paulo. Era 1987. *O Grita Povo*, jornal que ela cita, existiu de 1982 a 1991 e acompanhou toda a mobilização social da época: ocupações do MST (Movimento dos Trabalhadores Rurais Sem Terra), luta contra os problemas causados pelas enchentes, o Movimento Contra o Custo de Vida, as eleições, greves, o processo da Constituinte e tantos outros processos de conquista de direitos em um momento em que o fato de ter direitos, por si só, era notícia.

O *Grita Povo* era planejado e impresso em uma casa ao lado da paróquia de São Miguel Paulista, onde funcionava o Cemi (Centro de Comunicação e Educação Popular). Lá, a comunicação era trabalhada como instrumento de apoio aos movimentos sociais.

"Chega um momento em que a gente começa a perceber uma dificuldade muito grande na comunicação entre esses diversos grupos, movimentos, comunidades. Daí surge a idéia de criar um centro que, de alguma maneira, sistematizasse essas experiências. E que, ao mesmo tempo, propusesse, de uma forma mais organizada, mais didática, a questão da educação popular, do método Paulo Freire, e a questão da comunicação. Não só criar um veículo de comunicação que servisse a esses movimentos e comunidades, mas ensinar ao pessoal dos grupos a trabalhar melhor a comunicação como uma ferramenta indispensável para o crescimento e fortalecimento dos movimentos", lembra Carlos Strabelli, ex- padre que foi um dos coordenadores do Cemi e do *Grita Povo*.

O bairro São Miguel Paulista cresceu a partir da década de 1950 repetindo o modelo de expansão periférica da cidade de São Paulo. Para fugir dos aluguéis caros, a população comprava – ou ocupava – terrenos distantes do Centro, em bairros com muito pouca – ou nenhuma – estrutura urbana. Em 1950, eram 16 mil moradores; em 1960 eram 66 mil e, entre 1970 e 1980, o número de pessoas cresceu de 236 mil para 320 mil.

Ao mesmo tempo em que a cidade atraía imigrantes com ofertas de empregos e promessas de ascensão social, colocava grande parte dessa população em espaços desprovidos de estrutura urbana básica. Isso fez com que a construção da infra-estrutura para acesso a água, luz e esgotos fosse posterior à chegada dos moradores e só viesse graças a esforços coletivos. Uma das conseqüências do aumento intenso da população foi o crescimento – não menos intenso – da organização dos moradores para obter serviços públicos, principalmente no final da ditadura militar.

Outra característica dessa mobilização foi a presença da igreja católica. Seus setores progressistas abriram espaço para a organização da sociedade civil nas pastorais sociais, nas paróquias e nas Comunidades Eclesiais de Base (CEBs). Nestes espaços, foram organizados pequenos grupos, nos quais se valorizava a proximidade entre os participantes e a atuação dos leigos.

Sueli conta a experiência de Ermelino Matarazzo, bairro vizinho a São Miguel. "Quando a gente começou, Ermelino Matarazzo era muito diferente do que é hoje. Todo esse processo de organização das comunidades influenciou muito porque quem estava na comunidade também estava nos movimentos, sabe? Leite, moradia, asfalto, saúde, creches, educação, eram as mesmas pessoas que estavam. Foi uma fase em que a gente começou a brigar pelos direitos, e a gente instigava a população a participar de tudo. Tudo foi feito desse período pra cá. A população foi muito importante nessa pressão contra o governo pra construção desses benefícios".

Ex-seminarista e depois fotógrafo de movimentos sociais, Douglas Mansur acredita que "o mais forte e importante daquilo era a integração que gerava entre as pessoas. Elas abriam suas casas umas para as outras, isso era mais importante que água, esgoto".

Em 1987, segundo o pesquisador Pedro José Gomes, existiam 51 paróquias e 179 CEBs na Região Episcopal de São Miguel Paulista, que compreendia 10 bairros da Zona Leste e que tinha um bispo progressista, Dom Angélico Sândalo Bernardino.

Em 1981, foi criado o Cemi, com o incentivo de Dom Angélico, formado em jornalismo, e com o trabalho de jovens da região, estudantes de comunicação e seminaristas engajados. Muitas dessas pessoas, como os jornalistas Regina Vilela e Gilberto Nascimento e o fotógrafo Douglas Mansur, continuam atuando em ONGs, movimentos sociais e movimentos ligados às comunicações e artes. O Cemi contava com uma gráfica, um estúdio de rádio, equipamento de vídeo, a redação de um jornal, um centro de documentação e um núcleo de cursos que trabalhava com o método Paulo Freire. Havia também uma Kombi que rodava pelas comunidades carregando equipamento para projetar vídeos produzidos pelo Cemi ou por algum outro centro de comunicação popular da América Latina. Depois dos vídeos, discussões com as comunidades.

"Estava começando o vídeo naquela época. Nós gravamos e editamos a minissérie *Morte e Vida Severina*, que passou na *Globo*. Muito bem feita por sinal. A gente deve ter passado isso em mais de 100 lugares. A gente tinha o aparelho, tinha a fita, pegava uma televisão e passava por etapas, e toda a discussão vinha em cima das idéias do João Cabral de Melo Neto, a questão do retirante, da terra, da injustiça, da exclusão, e ao mesmo tempo a garra, a luta daquele cara que quer superar. Isso foi pra gente, a comunicação como ferramenta pro fortalecimento do movimento", lembra Carlos Strabelli.

Havia cursos de técnicas de montagem de jornal mural e de como fazer cartazes para a divulgação de atividades (encontro, show, outro curso) usando técnicas caseiras e baratas para tiragens pequenas. E cursos de análise crítica da comunicação, falando sobre o que se via nos jornais, na TV, na publicidade. Participavam das atividades os coordenadores de grupos de rua, de pastorais e lideranças dos grupos de jovens.

Strabelli conta que a visão de comunicação como ferramenta veio da experiência nos movimentos. "As filipetas, os folhetos, eram sempre muito mal-feitos, a linguagem era inadequada. A idéia era: será que a gente não pode juntar a experiência que temos, buscar outras experiências de quem melhorou linguagem e maneiras de fazer comunicação, e criarmos um centro que aglutine e espalhe isso? Foi aí que chegou a Regina Festa, jornalista que estava na região nessa época e que conhecia algumas experiências na América Latina, principalmente Peru e Colômbia, onde havia centros de comunicação popular importantes".

"A verba para financiamento do Cemi veio através da Misereor [*instituição da igreja católica alemã*]. Mas, em época de ditadura, nem mesmo o aval da igreja era garantia de permissão para que o financiamento para projetos como esse chegasse". Strabelli lembra que houve interferência da embaixada brasileira para que não financiassem. "Quando souberam que a Igreja de São Miguel, de Dom Angélico, que dava muita dor de cabeça pra eles, ia receber um financiamento de U$ 300.000 pra três anos, houve uma tentativa de fecharem a torneira. Demorou quase dois anos esse processo, com cartas, pressão da Igreja de São Paulo. Nesses dois anos, catamos uma sala da torre da Igreja de SMP, tiramos as pombas e montamos o nosso QG. Paróquias que tinham papel doavam papel. Tínhamos um mimeógrafo elétrico, à tinta. Aprendemos no Peru técnicas para desenhar em estêncil e saiam boletins interessantes. Foi aí que Dom Angélico falou: 'vamos botar um jornal'".

O objetivo do jornal era retratar as lutas do movimento, além de ser material para formação política e divulgação de notícias que não saíam na grande imprensa. Depois de reuniões e desentendimentos para escolher um nome ("tudo era muito democrático naquela época"), ficou-se com *Grita Povo*, sugerido por Dom Angélico.

"A gente montava naqueles espelhos de máquina de escrever elétrica, letraset pros títulos, desenhos, tudo muito artesanal. Saímos com uma tiragem de 2 mil exemplares", lembra. Cada paróquia recebia uma quota de jornais e o padre e algumas pessoas da comunidade garantiam a venda. "Tinha retorno, tinha sempre alguém da comunidade que avisava o jornal do que ia acontecer. Então, a gente pautava e ia fazer as matérias. E tudo isso sempre acontecia nos finais de semana, que era quando o pessoal dos movimentos saía pra lutar pelos direitos, porque todo mundo trabalhava. As coisas fervilhavam no fim de semana. De segunda a sexta, todo mundo levava sua vidinha normal.

[Reprodução]

GRITA POVO

• ANO ■ Nº 78 - JORNAL QUINZENAL DA REGIÃO SÃO MIGUEL - DE 20/08 a 03/09/87 - Cz$5,00 •

BÍBLIA NA MÃO DO POVO

ASSEMBLÉIA DE BIBLIA E GRUPO DE RUA

Dia: 30 de agosto de 1987

Horas: 14:00hs.

Local: Igreja São Miguel

A VIOLENCIA É TAMANHA A OMISSÃO BEM PIOR

Diante da agressão feita por policiais a 2 trabalhadores no ônibus, um membro das nossas comunidades resolve gritar.
O que aconteceu?

Leia na pg. 09 e você saberá.

ENCONTRO NACIONAL DE LEIGOS EM SÃO PAULO

A nossa Igreja se prepara para o Sínodo dos Bispos em Roma.

Os Leigos se organizam no país inteiro.

Leia na pg. 05

VOCE É IGUALZINHO AO SEU VIZINHO

Você precisa saber quem são os "loucos" da Zona Leste e o que causa essa loucura.

Leia na pg. 03

HAJA PACIENCIA...

Saiba o porque do "grande" aumento salarial que o governo deu aos trabalhadores, e o que está por trás de tudo isso.
Leia na pg. 04

EDUCAÇÃO POPULAR

A Educação Popular tem sido debatida em nossa Região.
Veja o que pensa os jovens de Guaianases lendo a pg. 08

A BÍBLIA NA VIDA E A VIDA NA BÍBLIA.

D.Angélico e o Sr.Lima Falam da importância da Bíblia em nossa vida!

Leia nas pgs. 02 e 05

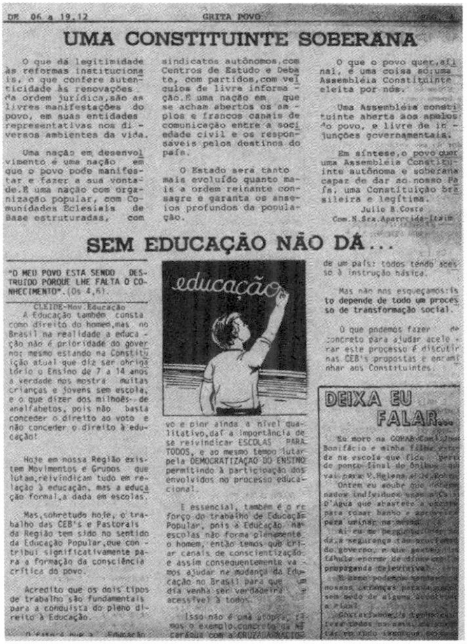

DE 06 a 19.12 GRITA POVO

UMA CONSTITUINTE SOBERANA

O que dá legitimidade às reformas institucionais, o que confere autenticidade às renovações da ordem jurídica, são as livres manifestações do povo, em suas entidades representativas nos diversos ambientes da vida.

Uma nação em desenvolvimento é uma nação em que o povo pode manifestar e fazer a sua vontade. E uma nação com organização popular, com Comunidades Eclesiais de Base estruturadas, com sindicatos autônomos, com Centros de Estudo e Debate, com partidos, com veículos de livre informação. E uma nação em que se acham abertos os amplos e francos canais de comunicação entre a sociedade civil e os responsáveis pelos destinos do país.

O Estado será tanto mais evoluído quanto mais a ordem reinante consagre e garanta os anseios profundos da população.

O que o povo quer, afinal, é uma coisa só: uma Assembléia Constituinte eleita por nós.

Uma Assembléia constituinte aberta aos apelos do povo, e livre de injunções governamentais.

Em síntese, o povo quer uma Assembléia Constituinte autônoma e soberana capaz de dar ao nosso País, uma Constituição brasileira e legítima.

Julio B.Coste
Com.N.Sra.Aparecida-Itaim

SEM EDUCAÇÃO NÃO DÁ...

"O MEU POVO ESTA SENDO DESTRUIDO PORQUE LHE FALTA O CONHECIMENTO". (Os 4,6).

CLEIDE-Mov.Educação

A Educação também consta como direito do homem, mas no Brasil na realidade a educação não é prioridade do governo; mesmo estando na Constituição atual que diz ser obrigatório o Ensino de 7 a 14 anos a verdade nos mostra muitas crianças e jovens sem escola, e o que dizer dos milhões de analfabetos, pois não basta conceder o direito ao voto e não conceder o direito à educação!

Hoje em nossa Região existem Movimentos e Grupos que lutam, reivindicam tudo em relação à educação, mas a educação formal, a dada em escolas.

Mas, sobretudo hoje, o trabalho das CEB's e Pastorais da Região tem sido no sentido da Educação Popular, que contribui significativamente para a formação da consciência crítica do povo.

Acredito que os dois tipos de trabalho são fundamentais para a conquista do pleno direito à Educação.

vo e pior ainda a nível qualitativo, daí a importância de se reivindicar ESCOLAS PARA TODOS, e ao mesmo tempo lutar pela DEMOCRATIZAÇAO DO ENSINO permitindo à participação dos envolvidos no processo educacional.

É essencial, também é o reforço do trabalho de Educação Popular, pois a Educação nas escolas não forma plenamente o homem, então temos que criar canais de conscientização e assim consequentemente vamos ajudar na mudança da Educação no Brasil para que um dia venha ser verdadeira e acessível à todos.

de um país: todos tendo acesso à instrução básica.

Mas não nos esqueçamos: isto depende de todo um processo de transformação social.

O que podemos fazer de concreto para ajudar acelerar este processo é discutir nas CEB's propostas e encaminhar aos Constituintes.

DEIXA EU FALAR...

Em pauta no *Grita Povo*: dos bairros da Zona Leste paulistana a Brasília

Eu trabalhava num banco", conta a jornalista Regina Vilela, na época ainda estudante.

O jornal cobria manifestações, divulgava reuniões e atividades nas comunidades. Durante um longo período, a página central falava de cada um dos 10 setores em que era organizada a diocese. O *Grita Povo* dava notícias de lutas e de direitos, abordava temas nacionais e internacionais, principalmente latino-americanos.

A capa da edição número 77, de agosto de 1987, dá idéia dos temas tratados pelo jornal. A página foi dividida em retângulos. No primeiro deles, destaque para o texto "Contra a política atual: Greve Geral dia 28/08/87" e um desenho de grevistas com faixas: "Não Voltar ao FMI – Direito dos Trabalhadores – Pagamento das perdas salariais – Reforma Agrária – Repúdio ao Plano Bresser".

No retângulo abaixo: "Plenário Pró-participação Popular na Constituinte - A entrega estadual das assinaturas de iniciativa popular". E, distribuídas em retângulos menores, as chamadas: "Assembléias nas favelas", "Movimento dos Sem Terra", "Semana da Juventude", "Espantando Bruxas" e "Desatando Nós", "A Bíblia na Região" e "Se cuida Brasil!".

O arquivo dos jornais, hoje encadernados e guardados na sede da Cúria de São Miguel, evidencia a quantidade de mudanças gráficas e editoriais pelas quais o *Grita Povo* passou. "Havia muitas discussões sobre a maneira como fazia, que tipo de linguagem, de enfoque, de pauta. Alguns achando que devia se massificar mais, ser um boletim muito mais leve, que ainda era muito massudo", lembra Strabelli.

Houve uma primeira fase que durou de agosto de 1982 a agosto de 1984 (número 1 ao 23), em que o *Grita Povo* era um tablóide mensal com 8 páginas de 6 colunas, impressão *off-set* e contava com uma equipe de estudantes de jornalismo na sua produção – o que permitia uma cobertura mais quente de manifestações e acontecimentos regionais. "Pra eles era uma experiência prática e pra gente era interessante porque trouxeram formatação", diz o responsável pelo jornal até 1988.

O jornal deixa de ser publicado entre 1984 e março de 1985. Volta quinzenal, com 12 páginas de papel ofício. Desenhos e caricaturas, que já existiam antes, passaram a ser mais usados que as fotografias, por causa da impressão mais simples. Segundo um editorial da edição da volta do jornal: "Vimos que fazer um jornal popular, com cara de grande imprensa, não era possível (...). Portanto, achamos melhor parar e discutir (e como discutimos...). Voltamos. Uma sexta-feira sim, outra não, você terá este jornal na mão. Dependendo de sua participação e das demais comunidades, podemos melhorar. Contamos com o seu apoio" (número 23 – página 2). Foi uma adequação do jornal aos recursos técnicos que o Cemi tinha, para gastar menos com impressão. Segundo algumas das pessoas que estavam lá, foi também um momento de mudança da orientação do jornal, que se afastou de temas nacionais e passou a cobrir mais dos temas locais.

"O *Grita Povo* mudou na visão da Arquidiocese, passou a ser voltado pra questão religiosa. Quando começou a abandonar esse lado social, a maioria das pessoas foi saindo", lembra Regina Vilela.

Strabelli vê aquela mudança de forma diferente: "A gente acabou criando uma rede de repórteres populares, que fizeram os cursinhos de como fazer uma redação, como redigir uma notícia. Dependendo das coisas que a gente sabia que ia acontecer num determinado local a gente pedia pra alguém fazer a cobertura. Foram duas experiências que poderiam ter casado muito bem, mas a gente não tinha como segurar a rapaziada, que começava a ter que procurar emprego pra sobreviver". A conseqüência mais visível da mudança foi o aumento de matérias frias ou opinativas.

Na página 2, ficava uma coluna de Dom Angélico, onde o bispo comentava algum fato – eclesial ou não – da quinzena. As seções fixas variaram muitas e muitas vezes nos anos de jornal. Encarte de quadrinhos, uma seção de culinária (com receitas caseiras simples que tinham o objetivo de melhorar a saúde da população) e uma coluna sobre santos foram algumas delas.

Com o passar dos anos, os temas tratados pelo jornal foram voltando-se mais e mais para os assuntos da igreja, ao mesmo tempo em que enfraqueciam ou se transformavam os movimentos populares da região.

Os motivos para o fim do Cemi e do *Grita Povo* tiveram a ver com a mudança do cenário político nacional e com uma mudança da orientação da igreja católica que fez

[Reprodução]

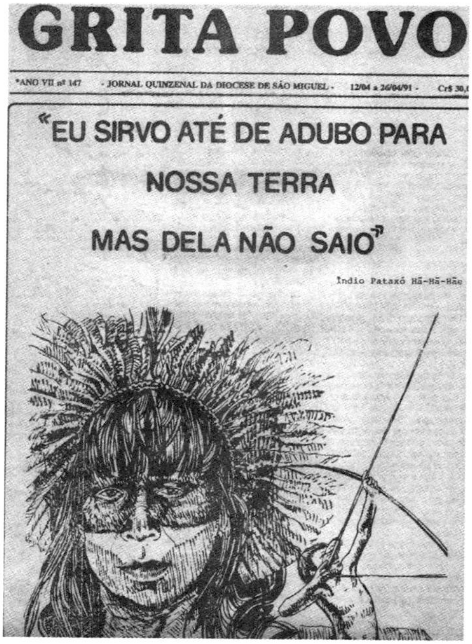

GRITA POVO

*ANO VII nº 147 - JORNAL QUINZENAL DA DIOCESE DE SÃO MIGUEL - 12/04 a 26/04/91 - Cr$ 30,

“EU SIRVO ATÉ DE ADUBO PARA NOSSA TERRA MAS DELA NÃO SAIO”

Índio Pataxó Hã-Hã-Hãe

GRITA POVO

Nº 23 JORNAL QUINZENAL DA REGIÃO DE SÃO MIGUEL ANO IV

VITÓRIA NA LUTA DA TERRA

Leia ainda:

- TANCREDO E O CUSTO DE VIDA (página 04)
- QUEM PAGA O PACTO? (página 03).
- O CHILE CHORA (página 07)

e muitas outras notícias !!!

Solidariedade em foco: questão indígena e reforma agrária

com que os setores progressistas perdessem força dentro da instituição e que as prioridades saíssem dos trabalhos sociais e comunitários. Nesse processo, que incluiu trocas de bispos e fechamento de portas para os trabalhos das CEBs, Dom Angélico foi transferido em 1989 para a diocese de Brasilândia, bairro da Zona Norte de São Paulo, e depois para a cidade de Blumenau (SC).

Com a abertura democrática, a criação de partidos, a volta da possibilidade de militância em sindicatos, a igreja deixou de ser um dos únicos espaços possíveis de atuação política. Na análise de Gilberto Nascimento, "a igreja ajudou demais na organização, na cessão dos espaços e no apoio aos movimentos populares. Mas geralmente quando uma liderança avançava, crescia, começava a questionar muito, acabava saindo dos espaços da igreja. Isso explica um pouco porque as coisas organizadas pela igreja perderam força mais tarde, quando outros caminhos de participação voltaram a existir". Nascimento participava também do Movimento Popular de Arte, o MPA, que, entre outras atividades, organizava a "Praça do Forró", com manifestações culturais e populares no centro de São Miguel.

A nova orientação da igreja fez com que a existência de estruturas como a do Cemi perdesse sentido e a manutenção do Centro – que chegou a ter 23 funcionários, em 1988 – tornou-se cara e pouco atrativa para os financiadores estrangeiros.

As pessoas que participaram daquele momento, no entanto, lembram dele como um período intenso de formação. Potencializados por ferramentas de comunicação – rádios-corneta, vídeos, jornais e outros – os movimentos fizeram parte de um processo de "perda do medo de se comunicar. Reconquista do direito à cidadania ou, antes, à palavra, à reflexão". É o que avalia Regina Festa em sua tese de doutorado *Comunicação Popular e Alternativa: a realidade e as utopias*, de 1984.

A interpretação dos fatos pelos entrevistados é semelhante. Conta Regina Vilela: "Quando explodiu o movimento das Diretas Já, a grande participação foi por conta disso: as pessoas vêm fazendo os trabalhos no Brasil inteiro e as discussões vão amadurecendo. Chega um momento em que todo mundo quer aquilo, que todo mundo vai à rua pedir. Não vem por acaso, quem está na liderança tem o termômetro, não dava pra ter acontecido antes. A gente fez parte desse processo de ajudar a amadurecer, de ajudar a que as pessoas questionassem, pensassem e buscassem essa mudança".

A história do Cemi, entretanto, está ameaçada pela falta de cuidado com a preservação de seu acervo. "Essa é uma das grandes mágoas que eu tenho da igreja. Quando a gente saiu, o Centro ainda ficou uns dois anos, depois resolveram derrubar. Tem depoimentos do pessoal de que eles enchiam carrinhos de mão e iam jogando. A última notícia que eu tive foi de uma pesquisadora que ficou sabendo dessa documentação. Ela disse que descobriu na torre da Igreja de São Miguel Paulista, tudo jogado. Eu liguei pro padre responsável e disse que me interessava, que ia recolher e colocar à disposição das pessoas de novo. Disseram que o Instituto de Teologia ia fazer isso. Se fizeram, não sei", lamenta Strabelli.

No prédio da quadra da Igreja de São Miguel há uma sala sem luz, mas com as paredes cobertas por seis estantes de aço, todas elas cobertas de poeira. Para ver o que está escrito em uma das caixas de papel que estão nas estantes, é necessário afastar o pó diversas vezes. Dentro das caixas, em meio a jornais do início da década de 1990, documentos antigos e um xerox de "O Estado e A Revolução", V.L. Lênin, páginas 225 a 309, um cronograma de atividades de 1982, folhas com o "mapeamento do *Grita Povo*", com os campos comunidade, telefone, número de assinantes, nome do responsável e observações. Há ainda pilhas e pilhas de livros empoeirados sobre cinco arquivos de metal cinza, com pastas suspensas. A história vai se transformando em memória e poeira.

[HISTÓRIA] JORNAL GRITA POVO
[ONDE E QUANDO] SÃO PAULO (SP), DE 1982 A 1991
[QUEM CONTA] CARLOS STRABELLI, DOUGLAS MANSUR, GILBERTO NASCIMENTO, PEDRO JOSÉ GOMES, REGINA VILELA E SUELI MARIA DE ALMEIDA
[ENTREVISTAS REALIZADAS] DE DEZEMBRO DE 2003 A ABRIL DE 2004

RÁDIO CORNETA

Entre 1980 e 1990, cresceram em São Paulo as rádios-corneta. Eram kits com quatro cornetas, instaladas nas torres das igrejas. Os programas eram feitos por membros da comunidade, em geral saídos dos grupos de jovens. "Era fita K7, gravadorzinho pra entrevista, nem editava. Foi uma febre", diz Strabeli.

A rádio da qual participou Sueli Maria de Almeida ficava em um bairro próximo a São Miguel, na Zona Leste paulistana. "O Jardim Verônia fica de frente para uma favela e fica no alto. O alto-falante ficava numa torre bem acima do nível da igreja para pegar o máximo, espalhar o som. Toda noite, uma pessoa fazia a hora da ave-maria. Antes das celebrações, a gente chamava a população. E aos sábados tinha uma feira que tem até hoje perto da comunidade onde a gente pegava, além do pessoal da favela e das casas das imediações, o público que vinha de fora para essa feira. As pessoas ficavam curiosas para ouvir o que era aquilo".

Sueli lembra que as técnicas de "como chegar à população como se você tivesse falando com seu vizinho mesmo, através do alto-falante", foram aprendidas em um curso no CEMI. A rádio no Jardim Verônia durou nove meses, tocava músicas de artistas locais e de artistas famosos, a pedido do público. As pessoas ouviam a rádio de suas casas. "Não tinha como não ouvir, por causa da localização", conta.

[HISTÓRIA] RÁDIOS-CORNETA
[ONDE E QUANDO] SÃO PAULO (SP), ANOS 80
[QUEM CONTA] CARLOS STRABELLI E SUELI MARIA DE ALMEIDA
[ENTREVISTAS REALIZADAS] DE JANEIRO A ABRIL DE 2004

SALAMANDRA-BOI LEVOU IRREVERÊNCIA A MANIFESTAÇÕES POLÍTICAS

Nem sempre as reivindicações políticas e manifestações por direitos básicos precisam estar acompanhadas de caras fechadas para serem levadas a sério. No segundo Fórum Social Mundial realizado em Porto Alegre em 2002, por exemplo, ativistas do Greenpeace vestidos de borboleta invadiram um auditório onde ocorria um seminário sobre plantas geneticamente modificadas. Com a ação, o grupo quis alertar sobre os impactos negativos de transgênicos a insetos benéficos para a agricultura como, claro, as borboletas.

Nos Estados Unidos, os tempos republicanos inspiraram um grupo a ironizar os seguidores de George W. Bush: os integrantes do "Billionaires for Bush" (Bilionários por Bush, ou BfB). Vestidos como trilhardários, os BfBs já organizaram uma turnê de limusine pelos Estados Unidos para apoiar o atual presidente norte-americano. Ainda que pontuais, a ironia de tais manifestações teve como mérito chamar a atenção pelo humor e criatividade a problemas sérios que, tratados de maneira rígida, poderiam facilmente cair no esquecimento.

Na periferia de São Paulo, no final da década de 1970, um grupo de jovens da Vila Penteado, na Zona Norte da capital paulista, já havia percebido que uma manifestação de folclore popular poderia chamar a atenção de muitas outras pessoas para os problemas enfrentados pela região, como falta de saneamento básico, saúde e infra-estrutura. Foi quando a salamandra-boi, uma cobra de 20 metros, carregada por mais de 10 pessoas, invadiu parte das manifestações ocorridas durante a efervescência daquele período, quebrando a seriedade dos discursos políticos e chamando muitas pessoas às ruas.

Inspirado em uma cartilha sobre folclore popular, o grupo da Vila Penteado montou a salamandra-boi, alegoria de origem pernambucana, para amenizar a rigidez das manifestações por políticas públicas e liberdade de expressão. A cobra, como era mais conhecida, foi para as ruas de bairros carentes da zona norte, para passeatas promovidas por sindicatos e até para as manifestações pelas Diretas Já, em 1984.

O pano colorido sustentado por armações de madeira que dava origem à cobra já chamaria a atenção mesmo que não fosse carregado para as manifestações. Seu caráter lúdico ajudou a dar leveza aos movimentos e aos discursos defendidos. "Não é porque fomos lutar por uma causa que precisávamos estar rançosos, bravos", avalia Jabes Campos que, em meados da década de 1970, fazia parte da coordenação da Pastoral da Juventude do Setor Brasilândia, ligado à igreja católica. "Íamos nos encontrar com nossos amigos, propor uma ação positiva, com seriedade sim, mas com diversão também", defende.

A cartilha sobre folclore, com o passo-a-passo para a montagem da salamandra-boi, foi adquirida por Jabes Campos. Ao mostrar o material para outros jovens da Vila Penteado, na casa dos irmãos Valmir Moreno e Maria Izilda Gomes, a decisão de construi-la foi instantânea. "Ela seria uma forma engraçada de protestar e de juntar o povo", conta Campos. A partir de então, começou a corrida para obter retalhos, armações de metal e madeira e mão-de-obra para a fabricação da "alegoria política". Com 20 metros de comprimento por 2 metros de largura, a salamandra-boi era feita nas horas vagas das costureiras da região. A armação foi feita por um serralheiro da vila, também em suas horas de folga. "Foi um processo de doação", diz Izilda, ao mostrar, na laje de sua casa, o espaço que a cobra tomava quando foi preparada. Artista plástica, Izilda ajudou a dar os toques finais antes que a alegoria chegasse às ruas.

Em cerca de 15 dias, a cobra ficou pronta. Para ser carregada, eram necessárias 10 pessoas, que seguravam a salamandra-boi em suas extremidades. Duas pessoas davam conta da cabeça: uma a sustentava enquanto a outra abria e fechava a boca da cobra. "Era preciso fazer uma coreografia para dar a impressão de que ela estava se arrastando", diz Campos.

A cobra foi levada inicialmente aos bairros da região, sempre para chamar a atenção dos moradores para as manifestações. "As pessoas que viam aquilo vinham imediatamente para a rua", lembra Moreno. "Era algo muito divertido. Eu ficava abrindo e fechando a boca da cobra. Quando a abria, via a cara de espanto das pessoas que nos assistiam passar. Todos caíamos na risada", conta Campos.

A passagem da cobra era diversão também para as crianças. "A molecada entrava debaixo, depois os adultos vinham atrás e, em pouco tempo, não era possível fazer mais nenhuma coreografia, porque não existia mais espaço no interior da alegoria", conta. Com a população nas ruas, era feita panfletagem de material político, com boletins da Frente Nacional dos Trabalhadores (FNT), espécie de embrião da Central Única dos Trabalhadores (CUT), e defesa das mais diversas causas. "A salamandra-boi foi para a rua principalmente por defesa de políticas públicas, como saneamento básico, moradia, asfalto, água. E também pela liberdade contra a ditadura", diz Campos. "Aquele era o momento da gente subir em um muro, em qualquer lugar e falar. Era o momento de mandar a mensagem para o povo", ressalta.

ORIGENS

O trabalho descontraído surgiu após anos de formação iniciada em uma Comunidade Eclesial de Base (CEB), com as atividades pioneiras de um padre recém-ordenado e entusiasmado com a Teologia da Libertação. Patrício Maloughney chegou ao Brasil vindo da Irlanda em 1971 e, ao instalar-se na comunidade Nossa Senhora de Fátima, na Vila Penteado, não demorou a se identificar com as necessidades e a situação vivida. "A Irlanda sofreu com a opressão dos ingleses por séculos, e eu vim de uma família de operários. Por isso, foi fácil me identificar com o povo. E a aceitação foi incrível", diz Maloughney. A época coincidia com a revolução eclesial promovida com a chegada de D. Paulo Evaristo Arns à Arquidiocese de São Paulo, o que ajudou a impulsionar a procura por fiéis para a composição das CEBs. As comunidades mudaram o perfil da participação das comunidades: de simples ouvintes das missas, os paroquianos passaram a discutir políticas públicas, direitos humanos e cidadania, dentre tantos outros temas. "A igreja tornou-se um lugar onde era possível falar com segurança de problemas que, em outros lugares, não havia o direito de falar", lembra Maloughney.

Com o trabalho do padre irlandês, um grupo formado por cerca de 30 jovens começou a ter os primeiros contatos com assuntos muito presentes, mas pouco familiares, como política e exclusão social. As primeiras discussões eram entremeadas pela participação nas atividades paroquiais, como preparação de missas e ensaios de músicas religiosas. Porém, nos primeiros tempos, os jovens empolgaram-se mais com o estilo jovem e brincalhão de Maloughney do que com as discussões propostas. "Ele usava jeans – coisa rara aos padres da época – e ainda andava de moto. Queríamos mais era nos divertir com ele, não entendíamos nada sobre discussões sérias", lembra Maria Eunice de Souza, uma das jovens que entrou para os grupos formados na comunidade Nossa Senhora de Fátima.

Mas, aos poucos, os assuntos ditos políticos começaram a fazer parte da vida daquele grupo de jovens. "Tudo foi feito de maneira suave, e fomos nos conscientizando com as discussões mais politizadas", diz Eunice. Com a crescente participação nas atividades paroquiais, os jovens sentiam-se importantes e começavam a notar que podiam ser agentes de mudança.

A CEB formada na Vila Penteado tornou-se um núcleo fomentador das ações por políticas públicas e melhorias de infra-estrutura. Manifestações tornaram-se comuns nos arredores, que ainda eram carentes de escolas, postos de saúde, transporte e saneamento.

Ao longo dos anos 70, muitos dos jovens que faziam parte da CEB da Vila Penteado envolveram-se também em diferentes chapas sindicais e participaram dos primórdios da fundação do Partido dos Trabalhadores. A participação não estava mais restrita aos eventos liderados pela igreja católica, mas a muitos dos comícios e manifestações por direitos trabalhistas promovidos por sindicatos. Muitos passaram a fazer também panfletagem em portas de fábrica, com jornais mimeografados. Foi quando a salamandra-boi tornou-se elemento imprescindível e companhia constante nos mais diversos protestos.

EPISÓDIOS

Em uma das manifestações, a salamandra-boi virou a cobra "papa-pacote", após o anúncio de mais um pacote pelo então ministro da Fazenda Delfim Netto. Um pacote gigante foi confeccionado para ser "engolido" pela cobra. Em outra ocasião, a cobra foi levada a uma manifestação no Jardim Carumbé, também na periferia da capital paulista, acompanhada por um carro de som do grupo, onde Campos chamava as pessoas para a rua e dizia palavras de ordem. A polícia acompanhava tudo atentamente. "Contaram-me depois que o policial que seguia a manifestação tinha um companheiro que repetia para ele tudo o que eu dizia no carro de som", diz. "Se alguém dissesse algo de ofensa às autoridades, talvez tentassem apreender a cobra", acredita. Na Ladeira Rosa, localidade próxima à Vila Penteado, houve o medo de a cobra ser apreendida pela polícia. "Chegamos para montá-la e, quando vimos que a polícia já estava esperando, fugimos", diz Campos.

A cobra foi levada também para as manifestações pelas eleições diretas. Ela não atraiu só a atenção de quem estava nas ruas nos momentos em que ela passava, mas também de entidades, como sindicatos e associações. A salamandra-boi era levada a quem solicitasse. "Era algo muito espontâneo, a cobra não era de posse de ninguém e emprestávamos a quem pedisse", diz Valmir. De tanto ser emprestada, acabou sumindo em meados dos anos 80. Em seguida, outra versão foi confeccionada, para as mesmas funções. E seu paradeiro também é desconhecido. "Acho que o fato mais marcante da história das cobras foi o fato delas terem sumido", diz Eunice. "Elas não eram propriedade de ninguém, iam para tantos lugares que, no fim, ninguém mais sabe dizer onde elas estão", conta.

As atividades com a cobra e do grupo da Vila Penteado perderam força no decorrer dos anos. Acredita-se que a cobra tenha sido usada até o início dos anos 1990, em manifestações e campanhas eleitorais para políticos ligados ao PT. Mas as eleições de 1989, com a derrota de Luiz Inácio Lula da Silva para Fernando Collor de Mello no segundo turno, contribuíram para minar muitos dos trabalhos desenvolvidos. A profissionalização da militância política e o envolvimento direto de alguns dos participantes em gabinetes e campanhas eleitorais também afastou alguns dos antigos colegas da convivência cotidiana.

MEMÓRIA

Algumas fotos e filmagens registram a presença da cobra salamandra em manifestações ocorridas na região. Mas pouca gente lembra-se de datas específicas depois de quase 20 anos. "Fomos pouco organizados", reconhece Patrício Maloughney, que ficou na comunidade Nossa Senhora de Fátima, na Vila Penteado, até a metade dos anos 80. "Apoiamos todas as iniciativas que surgiam, mas quase não tivemos registros", afirma. Desde abril de 2004, Maloughney trabalha em uma comunidade na pequena cidade de Juruena (MT), com 36 mil habitantes, como pároco. Mas as atividades na Vila Penteado ainda são vivas na memória do irlandês. "Acredito que fizemos muito pouco, mas as mudanças conseguidas são quase cósmicas. Quando uma pessoa trabalha em qualquer lugar do mundo, todos os esforços se somam e a mudança acontece na hora em que deve acontecer", ressalta o padre.

Muitos daqueles que participaram das manifestações e grupos da Vila Penteado seguiram carreira política, como Jabes Campos, que foi chefe de gabinete da Subprefeitura de Vila Maria e Vila Guilherme, na Zona Norte de São Paulo. Para ele, o envolvimento com as atividades foi fundamental para sua formação como cidadão. "Foi um momento histórico que vivi com aquelas pessoas, que mudou minha vida para melhor". Eunice é bibliotecária e tem trabalhos paralelos e voluntários. Um deles é o de contadora de histórias. Com Izilda, ela também desenvolve trabalhos relacionados à arte e montagem de bonecos e cenários para contadores de histórias e atividades voltadas à educação. "Acho que seremos sempre um pouco 'alternativos', e é uma coisa que vejo também nos amigos daquela época com os quais temos contato", observa Eunice. "O nosso jeito de ser hoje ainda reflete muito daqueles tempos".

VILMA BALINT é jornalista e trabalha como assessora de imprensa

[história] Alegoria da Salamandra-boi
[onde e quando] São Paulo (SP), de meados dos anos 70 à década de 1990
[quem conta] Jabes Campos, Izilda Gomes, Maria Eunice de Souza, Patrício Maloughney, Valmir Moreno
[entrevistas realizadas] Maio de 2004

C'OS SONS DO BORÉ, MIL GRITOS REBOAM

ANTONIO BIONDI é jornalista e integra o Intervozes

LIDIA NEVES é jornalista, mestre em relações internacionais e integrante do Intervozes

|COLABORARAM|

CAIO RAMOS é jornalista

BIA BARBOSA é jornalista da *Agência de Notícias Carta Maior* e integra o Intervozes

Se as matas estrujo
C'os sons do boré
Mil arcos se encurvam
Mil setas lá voam
Mil gritos reboam
GONÇALVES DIAS, (O Canto do Piaga).

A OBORÉ fez 25 anos em 2003. A expressão que dá origem ao nome da empresa está no "Canto do Piaga", de Gonçalves Dias. Mas Sérgio Gomes, um dos fundadores da OBORÉ e por isso aqui entrevistado, conheceu-a por meio do jornal de sua escola, de mesmo nome, batizado pelo professor de latim. Boré, em tupi, é uma corneta usada para reunir a tribo.

A OBORÉ possuiu um trabalho de importância na redemocratização do Brasil, junto aos trabalhadores e aos movimentos sociais na luta pelos direitos e na democratização dos meios de comunicação no País.

Fundada em 1978 por dez jovens comunicadores, a maioria deles formados pela USP, a OBORÉ inicialmente dedicou-se a dotar o movimento sindical urbano de imprensa própria, contribuindo com centenas de categorias. Com o tempo, a OBORÉ passa a colaborar com projetos para outros setores, e hoje desenvolve atividades relevantes nos campos da saúde, educação, cultura, agricultura, rádios comunitárias e outros, alguns em parceria com o poder público, outros junto à sociedade civil.

Nas origens do projeto, ainda na época do movimento estudantil e das fileiras do PCB (Partido Comunista Brasileiro), era forte no grupo do qual Sérgio fazia parte a idéia de "união com os de baixo". Hoje, na OBORÉ, tão importante quanto isso é a busca por se manter cada vez mais como um espaço de encontro, de debate, de formação para os novos jornalistas que queiram estar com o povo.

O entrevistado diz que gostaria de ter feito muito mais, sentimento acompanhado por esperança e apoio a novas iniciativas no campo da democratização do Brasil e da comunicação – e a OBORÉ tem sido uma grande parceira do próprio Intervozes, seja na consolidação do coletivo, seja na realização de projetos conjuntos.

Após mais de sete horas de entrevista, realizadas por dois jornalistas, e depois de inúmeras contribuições, chega-se ao texto final. Com as previsíveis limitações de espaço, mas contando uma história importante e apresentando um personagem ímpar da comunicação na redemocratização do Brasil.

SÉRGIO GOMES, ESTUDANTE NA DITADURA

_ Vamos começar por sua passagem pela Escola de Comunicações e Artes da Universidade de São Paulo. Quando foi isso?

Fiz o curso de 1970 a 1973, justamente no período do AI-5 (Ato Institucional Número 5).

_ Na época da universidade, vocês freqüentavam a casa do professor Villanova Artigas, correto?

Com a cassação do grande Artigas na USP em 1969, passamos a ir à casa dele toda noite. Sou filho de um casal de portugueses, camponeses, gente simples, sem maiores inquietações culturais. E de repente, tinha ali um ambiente sem assunto proibido, com uma belíssima biblioteca. A mulher dele, Virgínia Artigas, uma grande artista, foi muito importante na nossa formação.

_ E vocês então já estavam no PCB?

Sim. Mas antes, sem sacar, tínhamos entrado na juventude do PCB. Depois, entramos no PCB e, logo depois, na USP, onde o PCB tinha sido quase demolido. No dia seguinte, a gente era dirigente do Partidão na USP. E isso permitiu à gente sempre decidir o que fazer.

_ Vocês assumem o Centro Acadêmico em 1970. Como era o trabalho, o projeto político?

Eu era diretor de imprensa e de cultura. Fundamos um jornal, *A Prensa* e diversas outras publicações. Eu via as pessoas com muita vontade de fazer as coisas. Também fundamos uma revista chamada *Balão*, em 1972, com o Laerte, o Fausto e o Luís Gê. E na nossa militância ligada ao PCB, tínhamos conosco o João Guilherme Vargas Neto, nosso assessor político, um cara inteligentíssimo, muito culto.

_ A concepção de vocês era a mesma do movimento estudantil em geral?
Nossa política, em grande parte inspirados pela Virgínia Artigas, tinha uma dimensão cultural. Derrotar a ditadura significava derrotar uma série de padrões de existência. Os outros grupos diziam que o CA era uma entidade de vanguarda, que não devia ter jornal...

_ Mas vocês ampliaram a participação e a quantidade de publicações...
Em 1973, ocorre o assassinato do Alexandre Vannuchi Leme no DOI-Codi de São Paulo, estudante de Geologia da USP. A reação à morte de Vannuchi deixa claro que tinha que ter uma política ampla, para todo mundo.

_ Tem uma história interessante aí, do Dom Paulo Evaristo Arns...
Os vanguardistas não queriam unidade com o "burguês centrista" do Dom Paulo, mas a história mostrou quem era esse homem, um dos mais importantes do século. Uma delegação do CA foi tratar com ele sobre como colaborar na defesa dos direitos humanos. Ele nos apresentou sua proposta de transformar a PUC, voltando-a para a cidade de São Paulo: "basta atravessar a rua e encontrarão razão para lutar pelos de baixo". Em parte, se olharmos hoje o Repórter do Futuro, que a Oboré desenvolve desde 1994, veremos que é inspirado nessas idéias do Dom Paulo.

_ Uma das prioridades de vocês na USP foi o fortalecimento da imprensa universitária...
O período que vai de 1970 a 1974 foi chamado por nós como "da reconstrução da imprensa universitária", para que as entidades estudantis voltassem a ter publicações de todos os tipos. Isso aconteceu na Faculdade de Arquitetura e Urbanismo, na ECA, no Conselho dos CAs, na História, na Geografia, na Economia, na Politécnica, Medicina, Direito, também na Luiz de Queiroz [*Agronomia*]... As escolas procuravam voltar a ter

seus jornais e havia um empenho sistemático dos jovens filiados ao PCB.

_ O que mais você destacaria deste período?
Na ECA, fazíamos as semanas de jornalismo, com vários estudantes de outros estados. E aí, em 1972, realizou- se o primeiro encontro nacional de estudantes de comunicação, em Goiás, precedido por encontros estaduais. Esse movimento gerou uma série de publicações, e a descoberta de artistas. Outros encontros por área também foram organizados, uma vez que a União Nacional dos Estudantes (UNE) foi declarada entidade clandestina.

_ E os problemas com a ditadura?
Em novembro de 1974, temos uma vitória espetacular do MDB. Mas então a repressão vem sobre as pessoas que reconstruíram os movimentos, vem sobre nós, sobre as pessoas públicas – mas em um ambiente muito diferente. E a reação da sociedade foi diferente, como no caso do Herzog. Em 1976, há a retomada do movimento estudantil, a igreja se mobiliza na defesa dos direitos humanos. Em 1978, vêm as greves do movimento operário. Depois a Anistia, em 1979. Esse processo todo resultará na Constituinte em 1987/88, que significou finalmente a derrota da ditadura.

_ Mas voltemos à imprensa universitária.
Verificar o que foi a imprensa universitária do início dos anos 70 é ter elementos para compreender um pouco melhor a imprensa operária da década de 1980. Temos aí um timaço de comunicadores, que produziu filhotes de todo o tipo até hoje.

IMPRENSA SINDICAL, BERÇO DA OBORÉ

_ Os projetos e atividades na USP acabaram por desembocar em projetos profissionais, que depois vêm a se transformar na OBORÉ. A partir de que momento isso ocorre?
Em 1972, o Sindicato dos Têxteis de São Paulo queria desenvolver uma campanha de

filiação, que trouxesse dez mil novos sócios. Para essa iniciativa, foi chamado nosso grupo na ECA: eu, Laerte, Paulo Markun e Diléa Frate. Nessa mesma época, um grupo de artistas da ECA e da FAU-USP decide lançar o *Balão*. A soma dessas duas experiências vai dar origem à OBORÉ em 1978.

_ E como o Sindicato dos Têxteis entrou em contato com vocês?
Foi por meio de um operário, Hércules Correia, que era do comitê central do PCB e nos colocou em contato com o sindicato. Na primeira reunião com a diretoria, pegamos o jornal do sindicato e a primeira palavra do editorial era "não obstante". Todo o restante do texto seguia nessa linha, nada compreensível para os trabalhadores. Quando começamos a fazer os materiais, distribuíamos no cursinho supletivo do sindicato, para ver se o pessoal tinha entendido. A gente refazia até ficar compreensível.

_ Vocês tinham outros mecanismos para testar o produto, não?
Nessa época, o Laerte e eu fizemos um folheto do tamanho de uma nota de dinheiro: era o programa do MDB, em 23 palavras e desenhos. Distribuíamos no futebol, na saída dos jogos no Pacaembu. Percebemos que o material tinha de caber na carteira, no bolso da camisa do sujeito. E os folhetos eram muito bem recebidos, não eram jogados fora no chão.

_ Quando vocês incorporam a questão do humor nos trabalhos?
A OBORÉ começa a mudar a imprensa operária em 1978, antes das greves. A OBORÉ e essa imprensa são filhas da imprensa universitária, onde o humor era considerado positivo. Também fomos percebendo que entre os trabalhadores todo mundo botava apelido, havia uma gozação permanente.

_ Como isso dialogava com elementos mais políticos, "sérios" e técnicos das publicações?
Uma parte do nosso grupo trabalhou como pesquisador do Censo do IBGE (Instituto Brasileiro de Geografia e Estatísticas) em 1970. Com a ida aos domicílios e os relató-

rios do Censo em mãos, descobrimos entre os trabalhadores uma combinação de cansaço, casa pequena, má iluminação, falta de leitura e tudo mais. Concluímos que, do ponto de vista gráfico, a imprensa alternativa, que tinha longos textos num corpo muito pequeno, não funcionava. Os trabalhadores queriam que você fosse curto e grosso, mas que ao mesmo tempo explicasse tudo.

_ De que modo esse acúmulo vai caminhando para a criação da OBORÉ?
A necessidade do trabalho permanente foi importante na fundação da OBORÉ. Era preciso ter peridiocidade – para ser curto e grosso e explicar tudo – e isso não era possível só com trabalho em hora extra.
Em 1977, o Lula é eleito presidente dos Metalúrgicos. Todos os jornais de sindicatos tinham a mesma cara e o Lula queria um jornal por fábrica. E uma revista com temas mais aprofundados.
O Laerte estava em São Bernardo e o Lula propõe a ele que juntasse um grupo de jovens jornalistas para desenvolver um trabalho nos sindicatos.

_ E nesses trabalhos vocês consolidam o "baião de três".
Baião de três era essa coisa de fazer uma chamada publicitária, que pegasse o cara logo pela manchete. Depois, o texto curto, que não intimidasse o trabalhador. E a foto ou o desenho que ajudasse a explicar tudo.

_ Isso se mantém hoje?
Eu vejo a imprensa sindical, em geral, desorientada. Parece que se perdeu o que descobrimos na época. Nas escolas de comunicação, não há mais a disciplina Jornalismo Sindical, os jornalistas hoje mal pensam em atuar na área. Os meios, no entanto, evoluíram muito: o sindicato dos bancários, dos metalúrgicos, têm grandes gráficas por exemplo.
É impossível entender o que aconteceu com o movimento sindical nos últimos vinte anos sem reconhecer a existência de uma imprensa própria dos trabalhadores. Não foi – e não é – a grande imprensa que informou os trabalhadores para irem à luta.

[Reprodução]

Publicação da OBORÉ em parceria com o Diap: união com os trabalhadores

_ Um exemplo para ilustrar essa reflexão?
Todos os anos, morrem cinco mil pessoas por acidente de trabalho. Outras 200 mil são mutiladas. Algo em torno de 800 mil adoecem por fatores ligados ao trabalho. Todo ano, há muitos anos. Isso significa um custo, na área da previdência e em termos de horas paradas, que supera os R$ 30 bilhões. Esse assunto continua não existindo para a grande imprensa. E a imprensa sindical está dando muito menos atenção a isso do que deve.

_ Você conhece, Sérgio, alguma universidade, alguma faculdade que trate disso no currículo?
Não. Eu não conheço nenhuma escola de jornalismo que tenha tido como propósito, por exemplo, entrar no ambiente de trabalho, e mostrar como as coisas funcionam. As empresas não fazem mais reportagem e as escolas não formam repórteres.

UNIÃO COM "OS DE BAIXO"

_ Você fala muito no trabalho da OBORÉ se basear em "uma união com os de baixo" . Há um momento em que isso surge claramente em sua vida?
Em 1968, estava em uma manifestação estudantil na Praça Benedito Calixto, em São Paulo. E vem de lá uma bomba de efeito moral. Eu pego para jogar de volta contra a polícia e quando olho o rótulo, vejo a marca que simbolizava a cooperação dos Estados Unidos com os programas sociais brasileiros. Para mim, a relação entre imperialismo e ditadura ficou absolutamente clara ali.
A partir desse dia, a primeira e a última coisa que penso é como enfrentar esses caras que estão aqui para atirar em nosso povo, para submetê-lo, que estão aí, ameaçando o futuro da humanidade.

_ No surgimento da OBORÉ, há um componente idealista determinante?
A motivação principal era política, contra a ditadura, pela democracia e com os traba-

lhadores. Buscávamos nos colocar a serviço da classe trabalhadora para que ela tivesse um papel crescente, importante. A OBORÉ nasce com o objetivo de dotar de imprensa própria a classe trabalhadora do principal centro do país.

OBORÉ, UMA OPÇÃO

_ Em 1978, vocês decidem criar uma empresa com fins sociais, motivações políticas e que cumpria com o ideal de vida de vocês. Por que uma empresa?

Tirando coisas novas, como uma cooperativa no Rio Grande do Sul, as publicações alternativas eram empresas. Isso das ONGs e das OSCIPs não existia. Em 1979, eu estava na OBORÉ e ainda na *Folha de S. Paulo*. Então, pedi demissão da *Folha*. Tive que voltar a morar com pai e mãe, levar uma vida a mais barata possível, do tamanho que a OBORÉ me agüentasse. E trabalhar para que a OBORÉ pudesse estabilizar uma equipe profissional.

_ No início da OBORÉ, a relação com o PCB permanece?

Seis dos dez jornalistas do núcleo original da OBORÉ eram ligados ao PCB. Decidimos, porém, que a OBORÉ não era do PCB, e que nossa clientela teria de vir de nossa capacidade de trabalho.

_ Hoje, a OBORÉ trabalha com saúde, educação, rádios, música... O que os motivou a ampliar as áreas de atuação?

Em 1975, a OBORÉ ainda não existia e eu e o Davi Capistrano já conversávamos sobre a necessidade de uma revista voltada à defesa da saúde pública, destinada aos profissionais e estudantes da área.

Isso resultou na *Saúde em Debate*, que surge por meio do Cebes, o Centro Brasileiro de Estudos de Saúde, principal instituição na formulação do atual Sistema Único de Saúde. A criação do Cebes e da OBORÉ são simultâneas e trabalhávamos juntos, com sede na mesma casa.

_ As publicações dos sindicatos discutiam as questões gerais da política e do desenvolvimento do Brasil?
A pauta do movimento foi se alargando junto ao desenvolvimento dos sindicatos. Nesse processo, você vê que, na campanha das Diretas Já, em 1984, os metalúrgicos têm um papel extraordinário. Para desenvolver essa pauta crescente, a OBORÉ monta um Conselho Editorial, com 12 dirigentes sindicais e 12 intelectuais.

_ A evolução das publicações, dos projetos, das idéias, foi acompanhada de uma evolução na estrutura dos sindicatos?
Passamos a nos dedicar à montagem dos departamentos de imprensa dos sindicatos e para que nossos profissionais com dois trabalhos fossem contratados, se estabilizando para fazer coisas mais qualificadas para os trabalhadores.

_ Vocês têm idéia do número de sindicatos com os quais colaboraram?
Nos primeiros quinze anos, foram bem mais de cem categorias.

_ Vocês acabaram montando uma hemeroteca do jornalismo sindical...
A gente desenvolve esse projeto desde 1986, praticamente às nossas próprias custas. O material hoje se encontra no Centro de Documentação da UNESP.

_ Quando os trabalhos com o meio rural se inserem no dia-a-dia da OBORÉ?
Em 1993, fomos chamados pela Contag, a Confederação Nacional dos Trabalhadores na Agricultura, para apresentar um plano de comunicação. Era algo muito diferente do que fazíamos e foi quando nos envolvemos mais com o rádio e com o meio rural.

_ A OBORÉ é uma empresa com três sócios. Na prática, como funciona o dia-a-dia?
A OBORÉ foi fundada como empresa, mas se comporta como uma cooperativa. Ninguém aqui tira lucro, as pessoas tiram pelo trabalho, fazendo o que gostam, num ambiente que seja o mais agradável e fraternal possível. Buscamos possibilitar que as pes-

soas ganhem o suficiente para se dedicar a isso e pagar suas contas.

_ As pessoas que colaboram com essa "cooperativa" têm um perfil claro?
Na OBORÉ, temos como princípio o empenho pela causa pública e o desempenho profissional e não permitir que se metam no nosso meio os ranhetas, os negativistas.

_ Vocês conseguiram isso realmente?
Nos 25 anos da OBORÉ, queríamos reunir os fundadores, os conselheiros, as pessoas e histórias que têm importância na nossa existência. Essa história teria que ser contada por outras vozes. A rigor, a OBORÉ é uma inviabilidade, devia ter acabado. Acho que não acabou porque ela corresponde a uma necessidade social.

_ Você destacaria algum momento da história do Brasil, em que vocês, de alguma forma, foram diretamente importantes nos rumos dos acontecimentos?
A Campanha das Diretas, em 1984, foi filha de uma campanha contra os Decretos-Lei de arrocho salarial que se estendeu por todo ano de 1983 que, por sua vez, é filha de outra campanha, dos aposentados contra o Pacotão das Previdência em 1982. Os decretos foram derrotados, a ditadura também e participamos diretamente de todo esse processo.

RESGATANDO AS PERDAS E DIFICULDADES

_ Em 2003, a Contag encerrou o contrato com a OBORÉ, o que gera a uma certa crise... Houve momentos parecidos?
Um foi quando o Collor assume a presidência e bloqueia as poupanças. Há outro momento, em 1986, quando CUT e CGT decidem realizar uma greve geral e publicar um documento na primeira página dos jornais. Aí, mandam a gente fazer, mas não mandam pagar. Foram cem mil dólares na época, nós quase falimos!
E 2003, primeiro ano do governo Lula, também foi um ano dificílimo para nós, e muito estranho.

[Reprodução]

Cartaz exibido na Oboré: Hemeroteca é motivo de orgulho

_ Nesses momentos, quem são os grandes amigos?

Eu perdi há três anos meu melhor amigo, o Davi Capistrano. Tenho outro grande amigo, o Laerte. Tem o Lourenço Diaféria, o Paulinho da Viola, meu irmão Fernando Gomes...

Tenho os amigos da OBORÉ, com quem convivo mais. A mais próxima de tudo é a Ana Luísa, com quem construí uma relação de afeto muito profundo ao longo de mais de dez anos e que tem me agüentado em situações muito difíceis – porque os últimos anos têm sido de perdas muito grandes.

Perdi o Newton Cândido... Meu partido, o velho PCB, desapareceu, junto com os países que faziam um contraponto aos Estados Unidos. Perdemos o Aloysio [Biondi] e o Fortuna também. Hoje, o Biondi e o Fortuna, dão nome aos dois espaços principais da OBORÉ.

Meus melhores sonhos não se realizaram. Eu estou do lado dos derrotados. Se eu não estivesse animado e com esperanças por tantas coisas que ainda estão aí latejando, teria razões para ser um cara amargo.

_ Mesmo diante dessas dificuldades, o que mais você gosta de fazer? Tem sido possível hoje?

A OBORÉ me traz coisas realmente interessantes, importantes, gratificantes. O contato com os jovens que freqüentam nosso espaço e atividades, especialmente.

Tenho que aprender a me divertir com o que faço, porque tenho tido muito pouco tempo para o lazer... Gosto de rir, evidente, gosto de poesia.

Tenho dois filhos, Paulinho de 18 e Lígia de 21. Tenho tido um contato menor do que eu gostaria de ter com eles.

_ Há momentos em que você fica em dúvida quanto à opção pela OBORÉ?

De quem é isso, que "só é livre quem luta pela liberdade"? Então eu não tenho nenhuma dúvida de que estou do lado certo. Não me arrependo de absolutamente nada do que tenha feito. Aliás, se pudesse teria feito mais.

_ Fechando um pouco nossa conversa. Os trabalhos das ONGs, o processo do Fórum Social Mundial... Injetam nova energia nas lutas e projetos? Ou lhe parecem inócuos à conjuntura mundial?
Não, não, me animam, absolutamente. Opa! Em 2003, tivemos mais de 50 milhões nas ruas contra a Guerra do Iraque, antes mesmo dela começar. Essa gente saiu fruto dos movimentos que engendraram o Fórum Social Mundial. O futuro da humanidade está ligado à ação política consciente. A maioria não está ligada, a meu juízo. Então, o Fórum, as ONGs, esses movimentos, o MST, o movimento sindical, do hip-hop, de saúde, de educação, enfim, as pequenas publicações, os sites, tudo me anima muito. É o que dá ainda esperança de que vale lutar.

NA TORCIDA. APOIANDO

_ Depois de tudo isso que a gente conversou e você falou, Sérgio, gostaríamos de fazer uma última pergunta: faltam outras OBORÉ por aí? Há espaço para serem feitas?
Faltam. E há espaço.

_ Obrigado. Encerra-se aqui a epopéia da entrevista com Sérgio Gomes.

[Ana Luísa Zaniboni]

[Arquivo OBORÉ]

Sérgio Gomes e o amigo Laerte: unidos desde os anos 70; em debate na OBORÉ, Sérgio e o cartunista Paulo Caruso

[Arquivo OBORÉ]

Guido Stolfi, professor da Escola Politécnica da USP, Sérgio Gomes, e os cartunistas Luiz Gê, Angeli e Laerte

[HISTÓRIA] OBORÉ
[ONDE E QUANDO] SÃO PAULO (SP), DE 1978 A 2005
[QUEM CONTA] SÉRGIO GOMES
[ENTREVISTAS REALIZADAS] DE DEZEMBRO DE 2003 A FEVEREIRO DE 2004

COMUNICAÇÃO E IGREJA EM DEFESA DA DEMOCRACIA

LUCIMEIRE MATOS é jornalista e integrante do Intervozes

Incomunicação Social. Em julho de 1975, plena ditadura militar, esse era o tema de congresso realizado em Campinas (SP), do qual o cardeal Dom Paulo Evaristo Arns – então à frente da Arquidiocese de São Paulo – participava como convidado. "Não queremos falar sozinhos. O anúncio, simplesmente o anúncio, é sempre um monólogo. Um sozinho falando para os outros. O povo tem que dizer o que pensa, dar sua opinião", diz ele, ainda hoje, lembrando o início de sua luta pela comunicação dentro e fora da igreja católica.

Comunicação e sociedade eram assuntos não muito debatidos – ainda mais em tempos de repressão. A igreja, especialmente Dom Paulo, contribuíram para levantar esse debate com o trabalho da União Cristã Brasileira de Comunicação (UCBC). Após esse encontro de 1975, a UCBC realizou também, em 1977, um congresso, em São Leopoldo (RS), com o tema "Comunicação e Participação na Sociedade"; outro, no ano seguinte, em Bragança Paulista, intitulado "Comunicação e Consciência Crítica"; e, em 1980, 1981 e 1982, realizou encontros com pessoas que voltavam do exílio.

A UCBC continua sua trajetória hoje, através da Rede de Comunicadores Solidários, que integra jornalistas, radialistas e comunicadores populares, e da Rede Brasileira de Jovens Comunicadores. Mas a defesa dos direitos à informação é uma atitude que não esteve sempre na pauta da igreja católica.

HISTÓRICO

Boa parte da igreja católica brasileira foi conivente com o golpe militar de 31 de março de 1964. Essa opção fica clara quando se observa a Marcha da Família com Deus e pela Liberdade, organizada em apoio ao governo golpista, assim como relatos, por exemplo, da jornalista Helena Salem que, em seu livro *A Igreja dos Oprimidos*, conta que "apenas dois dias depois do golpe, a Polícia Militar cercou o seminário dos dominicanos de Juiz de Fora, em Minas Gerais, invadiu e fez uma busca. A Conferência Nacional dos Bispos do Brasil (CNBB) não moveu uma palha sequer na defesa dos perseguidos, salvo alguns bispos, que agiram por conta própria e com grande coragem".

Com a radicalização do regime, entretanto, a igreja compreendeu que não poderia exercer a sua missão sem entrar em choque com os militares. A igreja católica recebeu um ataque frontal depois do recrudescimento do regime com o AI-5 (Ato Institucional Número 5), assinado pelo presidente, o Marechal Arthur da Costa e Silva, em 13 de dezembro de 1968. Centenas de militantes cristãos foram seqüestrados, torturados e assassinados. Com essa repressão indiscriminada, a igreja começa a se aproximar cada vez mais das classes populares, aumentando o alcance e a aceitação da Teologia da Libertação e das Comunidades Eclesiais de Base (CEBs), entre outros. As CEBs, em especial, ajudaram a criar espaços participativos onde se podia lutar por liberdade e justiça.

Em 1973, Dom Paulo Evaristo Arns torna-se cardeal da cidade de São Paulo e cria, neste mesmo ano, a Comissão de Justiça e Paz da Arquidiocese, em defesa dos perseguidos pelo regime militar. Oferece apoio, muitas vezes salvando vidas.

Para a abertura democrática, foi determinante sua atuação nas manifestações contra o assassinato do jornalista Vladimir Herzog, em outubro de 1975, em São Paulo. Dom Paulo foi uma das principais vozes que se levantou contra a versão dos militares de que Herzog havia se suicidado nos porões do DOI-Codi (Destacamento de Operações de Informações – Centro de Operações de Defesa Interna do II Exército). "Minha intervenção foi direta, de maneira alguma permitiria aquilo. Protestei para que Herzog tivesse todas as honras que um herói pode receber aqui na Terra" e também para que pudesse "servir de exemplo para a juventude. E foi o que aconteceu", afirma Dom Paulo.

O papel de Dom Paulo no caso Herzog e na luta contra a ditadura tornou-se ainda mais importante com a celebração do ato ecumênico na Catedral da Sé, na data da missa de sétimo dia da morte do jornalista. O ato em memória a Herzog, que reuniu milhares de pessoas em protesto público contra a ditadura – católicos, judeus, protestantes, gente de todos os credos – é visto como um fato histórico decisivo no processo de derrubada da ditadura e de redemocratização do Brasil.

Em 2005, Herzog recebeu inúmeras homenagens, como a intitulada *Vlado – 30 Anos de Vida Eterna*, que contou com o *Ato inter-religioso em memória de Vladimir Herzog, pela Paz e Direitos Humanos*, na Catedral da Sé, com a participação de representantes de 20 religiões e com apresentação do Coral de 1.000 vozes, regido por Martinho Lutero.

UCBC

Outra figura que fez parte do grupo fundador da UCBC na Pontifícia Universidade Católica de São Paulo (PUC-SP), integrando sua primeira diretoria provisória, foi o professor José Marques de Melo, que presidiu a entidade no biênio 1974-1976, justamente quando havia sido demitido do quadro de professores da Universidade de São Paulo (USP), acusado de "atividades subversivas". Depois da anistia política, em 1979, ele retornou à USP, mas absorvido pelas atividades acadêmicas, participou somente dos congressos anuais da UCBC. É ele quem conta alguns detalhes sobre a luta pela democratização da comunicação dentro da igreja.

_ Como nasceu a UCBC?
A UCBC nasceu em 1969, durante um congresso latino-americano de imprensa católica realizado na PUC-SP. A intenção inicial era a representação dos brasileiros na UCLAP – União Católica Latino-Americana de Imprensa. Depois a entidade assumiu fisionomia própria, mais sintonizada com o momento político vivido pelo Brasil, defendendo a liberdade de expressão e denunciando a perseguição aos jornalistas.

_ O que fez a UCBC para desenvolver a compreensão da comunicação na igreja católica?
Creio que a UCBC ofereceu duas contribuições fundamentais à igreja católica no Brasil. Primeiro, ajudou a neutralizar o comportamento apocalíptico tradicionalmente assumido pelas autoridades eclesiais perante a mídia; depois, fortaleceu a prática da liberdade de imprensa no exercício do jornalismo, tanto incentivando o episcopado a se converter em fonte permanente de notícias, quanto fomentando as Comunidades Eclesiais a ler criticamente o noticiário veiculado pela empresas jornalísticas.

_ Quais são os princípios da UCBC e como era a relação da instituição com a sociedade civil?
A UCBC ancorou-se historicamente em princípios basilares como: liberdade de expressão,

pluralismo ideológico e democratização cultural. Esse comportamento não dogmático permitiu seu trânsito na sociedade civil brasileira, então castigada pela repressão institucional.

_ O congresso em Campinas, em 1975, teve a presença de Dom Paulo Evaristo Arns falando sobre *Incomunicação Social.* O que a participação de Dom Paulo trouxe de mais importante ao congresso?
A presença de Dom Paulo Evaristo Arns no congresso de Campinas foi reconfortante naquele momento, pois nos trouxe uma mensagem carregada de sabedoria e perseverança. Aprendemos, dolorosamente, o que era a Incomunicação Social, pois as autoridades de então receberam com desconfiança a presença do cardeal Arns em nosso encontro anual. Tanto assim que a mídia ignorou solenemente o nosso congresso. Por isso tomei a iniciativa de reunir em livro as principais reflexões ali esboçadas, com a finalidade de ampliar a sua difusão nacional.

_ Em tempos de repressão, a UCBC lançou o projeto Leitura Crítica da Comunicação. Qual a origem da iniciativa? Atualmente, o projeto volta a ser desenvolvido com ênfase pela UCBC. Da proposta original, o que mudou?
A autoria foi coletiva. Pretendia ser um contraponto em relação àquelas jornadas de inspiração norte-americana que faziam uma leitura puramente moralista da mídia. Nós queríamos enfatizar sua leitura política, naquele sentido de leitura do mundo sugerida por Paulo Freire.
Infelizmente, a dinâmica do projeto acabou por torná-lo enviesado, na minha opinião, assumindo o caráter de leitura ideológica, no sentido althusseriano. Mas esta nunca foi a intenção da equipe que se reuniu intensivamente para esboçar suas diretrizes.

_ O que motivou o senhor a construir boa parte de sua vida na luta por novas políticas de comunicação?
A minha obstinação pelas políticas de comunicação está enraizada no sentimento democrático, que cultivo intensamente.

Toda sociedade precisa definir claramente as regras do jogo comunicacional, sob o risco de convertê-lo em território propício às artimanhas dos manipuladores de plantão. É possível que as políticas instituídas não sejam tão democráticas quanto gostaríamos, mas é fundamental que elas garantam espaços pluralistas e responsáveis, no sentido de garantir seu constante aperfeiçoamento.

O casuísmo como política comunicacional tem sido danoso à nossa sociedade, fortalecendo a ação dos tradicionais donos do poder.

_ A igreja conseguiu superar a visão instrumentalista da comunicação, evoluindo nas questões dos direitos humanos?

Pouco a pouco a igreja vai superando suas posturas conservadoras. A questão dos direitos humanos tem povoado intensamente a agenda da igreja católica. Sua apropriação comunicacional deve incluir tanto a denúncia das violações (agenda negativa), quanto as conquistas civilizatórias (agenda positiva).

_ Qual o papel da UCBC nos dias de hoje? Antes, a figura do inimigo era muito clara: era a ditadura, era o autoritarismo. Quem são os "inimigos" de hoje?

O papel da UCBC hoje deve ser o fortalecimento da sociedade democrática. Ultrapassamos os maniqueísmos peculiares à conjuntura da sua fundação, marcada pelo autoritarismo. Se existe inimigo à vista ele continua sendo a exclusão comunicacional, responsável pelo lento desenvolvimento da nossa vida democrática.

[Wellington Costa]

[Oswaldo José dos Santos/ Jornal da USP]

[HISTÓRIA] IGREJA E COMUNICAÇÃO
[ONDE E QUANDO] SÃO PAULO (SP), DE 1964 A 1982
[QUEM CONTA] DOM PAULO EVARISTO ARNS E JOSÉ MARQUES DE MELO
[ENTREVISTAS REALIZADAS] ABRIL A JUNHO DE 2004

RÁDIO NOVE DE JULHO, ECOANDO A RESISTÊNCIA POPULAR

A *Rádio Nove de Julho*, da Arquidiocese de São Paulo, nasceu em 1953 e teve grande participação na luta contra o regime militar, apoiando a resistência popular, denunciando prisões políticas, torturas, desaparecimento de pessoas.

No dia 30 de setembro de 1973, sua concessão não foi renovada e seus transmissores foram lacrados. Para o monsenhor Dario Benedito Bevilacqua, porta-voz da Arquidiocese de São Paulo e diretor da rádio, "esse gesto arbitrário do governo ditatorial foi, segundo os analistas da época, uma tentativa de silenciar a igreja, pois Dom Paulo Evaristo Arns já representava para todo o Brasil uma voz que lutava pela liberdade, contra a tortura. Isso desagradava profundamente o regime militar". Bevilacqua ressalta que "não havia nenhuma razão legal para essa punição".

A importância da *Nove de Julho* é destacada por Dom Paulo, que considera a rádio, tal como é hoje, "um instrumento de comunicação insuperável. Soube que tem um programa com 500 mil ouvintes. Onde é que você, na vida, pode falar para tantas pessoas?".

Depois de muita luta para a devolução da rádio, o então presidente Fernando Henrique Cardoso assinou um decreto para sua reabertura em 1996. Mas a *Nove de Julho* voltou a funcionar efetivamente apenas em outubro de 1999, quando Dario Bevilacqua foi nomeado por Dom Paulo para ser diretor da rádio.

_ Qual é a principal característica democrática da *Nove de Julho*?

Uma das características da rádio é que o ouvinte fala, participa. Existe a preocupação de que suas opiniões possam ser manifestadas.

Agora, temos uma linha, uma filosofia. A visão democrática não significa que deva ceder a rádio para pessoas que são contra a democracia, por exemplo. Entendo democracia como valorização da pessoa humana, então precisamos de uma rádio que respeite os direitos das pessoas.

_ O que a rádio, como rádio católica, defende?

A justiça, a verdade e o amor, porque são esses os valores do evangelho. O fato de ser uma rádio católica não significa que ela reze o dia inteiro. A oração é importante, temos alguns momentos, como a transmissão da missa, a reza do terço.

Mas temos programas jornalísticos, o programa *Jornal dos Trabalhadores*, feito por uma equipe de profissionais de jornalismo, onde se procura transmitir os acontecimentos a partir da ótica do trabalhador. Tem duração de uma hora e é feito, atualmente, em parceira com a Central Única dos Trabalhadores – a CUT.

Cada vez mais os católicos precisam marcar sua presença no mundo da comunicação.

_ Qual o papel da igreja na comunicação nos dias atuais? Há inimigos a serem combatidos hoje, a exemplo do que ocorria no trabalho da rádio nas décadas de 1960 e 1970 com a ditadura militar?

Hoje, os grandes inimigos são os inimigos da pessoa humana. A igreja tem como missão defender a pessoa humana, a salvação da pessoa humana e fazer com que não viva na exclusão. Existem grandes formas de exclusão que são inimigas da igreja, por exemplo, a necessidade de educação de milhares e milhares de brasileiros analfabetos. Claro que em certos momentos a falta de liberdade era uma grande inimiga da igreja, mas não era a única. Talvez no tempo da ditadura essa falta de liberdade tenha se manifestado de uma forma mais violenta e a igreja então se manifestou contra.

Hoje, em grande parte a comunicação está a serviço do mercado, e esse não valoriza a pessoa humana, pelo contrário, em sua maioria das vezes valoriza o produto e o lucro. Os comunicadores devem estar presentes na comunicação para mostrar a importância do valor fundamental da pessoa humana no processo de comunicação.

[HISTÓRIA] RÁDIO NOVE DE JULHO
[ONDE E QUANDO] SÃO PAULO (SP), DE 1953 A 2005
[QUEM CONTA] DARIO BEVILACQUA
[ENTREVISTAS REALIZADAS] SETEMBRO DE 2004

OS PAPA GOIABAS CONTRA O MONOPÓLIO DA COMUNICAÇÃO

BEATRIZ TAVARES é estudante de Cinema da Universidade Federal Fluminense (UFF) e integrante do Intervozes
LÚCIO MELLO é jornalista e integrante do Intervozes
E ROGÉRIO TOMAZ JR é assessor de comunicação da Ação Brasileira pela Nutrição e Direitos Humanos (ABRANDH), membro da ong Travessia, militante da Articulação de Esquerda, tendência do Partido dos Trabalhadores, e integrante do Intervozes

Em meio a jornais antigos recortados e espalhados pela mesa, uma manchete anuncia: “SNI denuncia rádio pirata de estudante” (coluna do jornalista Ancelmo Góis, no Jornal do Brasil, 1990). Ao mesmo tempo, um “fanzine” estampa a palavra de ordem: “Pirata são eles, que correm atrás de dinheiro. A gente só quer falar”.

A dona destas tiras de jornal viveu intensamente a luta pela comunicação na década de 1980. Claudia de Abreu era estudante de Comunicação Social da Universidade Federal Fluminense (UFF), em 1987, quando foi diretora de comunicação da União Nacional dos Estudantes (UNE). Naquele ano, já era reconhecida por sua militância no movimento pelas rádios livres.

Atualmente trabalhando no Sindicato dos Petroleiros do Rio de Janeiro, Claudia relembra a “efervescência” da política e do movimento pela democratização da comunicação. Conta a experiência do movimento estudantil, da radiodifusão “livre” e, principalmente, da *Rádio Papa Goiaba*, primeira rádio livre da cidade de Niterói e uma das primeiras rádios universitárias, criada pelos próprios estudantes.

Na época em que a Constituinte ampliou o debate sobre comunicação, acontecia, em São Paulo, o 1º Encontro Nacional de Rádio Livres, na Universidade de São Paulo (USP). O evento reuniu pela primeira vez quem fazia ou queria fazer rádio livre e comunitária.

Segundo Claudia, foi a partir daí que se formou um movimento capaz de reunir os mais diversos setores da sociedade para combater a concentração dos meios de comunicação. Ela lembra como se reuniram, nesta época, todas as forças que perceberam a importância da comunicação para a disputa de um projeto político para a sociedade.

Através da sua trajetória na militância partidária, estudantil e pelas rádios livres, Claudia ilustra como era a luta pela democratização na comunicação, expressão que ela ouvira pela primeira vez em 1986 e que, segundo a própria militante do movimento de rádios livres, “ganhou a sociedade pela importância dos meios de comunicação, principalmente a TV, na década de 80”.

_ Como era o movimento de comunicação na década de 1980?

A luta pela comunicação livre e democrática era muito forte porque, para o comunicador, perceber o papel da comunicação é mole, mas o cara que estuda história, economia, ele precisa ficar convencido disso. E, naquele período, houve um envolvimento geral.

_ Foi como uma bandeira específica que conseguiu sensibilizar outras áreas?

Exatamente, porque a pressão era muito grande. Vou dar um exemplo: em 1986, teve uma greve e a CUT conseguiu verba para colocar propaganda de "Greve geral amanhã" nas empresas de comunicação. O que aconteceu? A *Globo* disse que não botava e acabou. Nem pagando mais, não colocaram. Isso teve uma repercussão enorme no movimento sindical e no movimento estudantil.

_ Quando você ouviu a expressão "democratização da comunicação" pela primeira vez?

Foi em 1986. Na Constituinte, todas as áreas estavam discutindo um projeto para si. E na nossa área, as pessoas começaram a discutir a questão da democratização.

_ Como se organizava o movimento estudantil de comunicação?

Tínhamos encontros anuais – o Enecom (Encontro Nacional dos Estudantes de Comunicação) – e um grupo responsável por representar os estudantes em diversas questões, que formava a Enec (Executiva Nacional dos Estudantes de Comunicação). Era um momento em que tudo estava acontecendo: movimento estudantil, social, sindical, rádio comunitária. Com a liberdade de organização e de protesto, todos os movimentos estavam fervilhando.

Nesse momento político de efervescência, o movimento estudantil de comunicação teve um encontro que deliberou por trabalhar a questão das rádios livres – esse era o termo usado por nós na época para designar todo o tipo de rádio fora do sistema existente.

Naquele momento, estavam pipocando as rádios livres. Em Sorocaba, São Paulo e tal, as rádios estavam começando. Eram rádios ligadas a algo meio anárquico. Tinha outra questão que era política. Aliás, você sabe o porquê do termo "pirata"? As primeiras rádios, na Itália, transmitiam de um barco, de um navio. O fato é que não se podia transmitir. Na Itália, a transmissão era puramente estatal, só que naquela época essas rádios estavam muito ligadas ao movimento comercial, que queria ter o seu espaço. Mas a gente não queria usar o termo "pirata", porque é pejorativo.

_ Quem eram as pessoas envolvidas com a produção e discussão de rádios livres?

Tinha gente do PT, que só estava começando naquela época. Havia também muitas pessoas que falavam em nome da comunidade, iam à comunidade, faziam suas entrevistas, eram referência comunitária, mas não era a comunidade fazendo. Eram os petistas e muitos estudantes também. Era todo o movimento estudantil de esquerda, as correntes políticas, os cursos, o movimento em geral. Todo mundo estava percebendo a questão da comunicação.

Decidiu-se, então, organizar o Encontro Nacional de Rádios Livres. Foi uma idéia do movimento de comunicação, produzida e encampada pela UNE.

_ Quando esse encontro foi realizado?

Em 1989, em São Paulo, na Universidade de São Paulo. Foi a primeira vez que rádios e pessoas que queriam fazer rádio se reuniram para discutir. Tanto que não foi Encontro Nacional de Rádios Livres, mas sim Encontro Nacional sobre Rádios Livres.

A gente pretendia abarcar as pessoas que estavam fazendo e queriam conversar com outras pessoas, e quem queria fazer e não sabia como. A partir daí, houve uma explosão de rádios no País inteiro – a UNE tinha contatos no Brasil todo. Começou a ter rádios pipocando nas universidades.

Os militantes, obviamente por terem uma inserção social, foram levando as rádios também para os movimentos sindical e comunitário. Houve um crescimento enorme e mais organizado do que acontecia antes.

_ Então a UNE teve um papel importante?

Ela foi fundamental. Existia esse sentimento de "queremos fazer alguma coisa", mas ninguém fazia nada. As experiências estavam isoladas. Então, quando o movimento social organizado entendeu a questão das rádios livres, resolveu apoiar e ter suas rádios. Na época, como diretora de comunicação da UNE, eu participei da fundação do Comitê Nacional de Rádios Livres (CNRL). Mesmo depois, saindo da UNE, continuei nessa militância. O objetivo principal era expandir as rádios de uma forma minimamente organizada. Não tinha a pretensão de representar ninguém. Era para estimular e organizar. A proposta era essa.

O coletivo teve um determinado *boom* e houve, digamos assim, um "resfriamento" da nossa mobilização. Depois, surgiu a Abraço (Associação Brasileira de Rádios Comunitárias) com outra pretensão, de falar em nome do movimento, e ligada mais especificamente a rádios comunitárias.

_ Tudo isso foi se somando até 1989, ano da primeira eleição direta para presidente depois da ditadura. Existia relação com aquela campanha?

Claro. As pessoas estavam naquela euforia: "vamos eleger um operário presidente da República". A gente dava o sangue, fazia qualquer coisa.

O pessoal do PT revolucionou o marketing eleitoral. Naquela época, todo mundo fazia campanha por militância, ninguém ganhava dinheiro, nem aqui, nem em São Paulo. Aqueles profissionais de comunicação faziam tudo na esperança. De repente, tinha uma esperança de ter um presidente afinado com aquilo.

O que chegava de gente que queria fazer rádio no movimento social era impressionante. Hoje, está muito ligado à comunidade. Acho que mudou o perfil. Antes, a maioria das pessoas era organizada socialmente de alguma forma.

_ Quando você fala "perfil de comunidade", qual a diferença do perfil daquela época?

Eu falo de uma rádio feita totalmente pela comunidade. Naquela época, tinha gente que caía de pára-quedas na comunidade para fazer rádio. Era muito legal, mas não era comunitária. Não era feita pela comunidade, por mais que tivesse entrevista, participação, mas a produção ainda não tinha sido abraçada pela comunidade.

_ O próprio termo "rádio comunitária" é mais recente. O termo "rádio livre" é mais antigo[1].

Na realidade, aconteciam coisas assim [mostra uma matéria]: "SNI denúncia rádio pirata de estudante" – *Jornal do Brasil*, 6 de julho de 1990. Era assim que nos chamavam.

Então, a gente queria ter um novo termo para falar. E realmente o termo não era "rádio comunitária", não tinha porque se chamar comunitária. Até hoje existem grandes diferenças. Existem as rádios livres, que realmente não estão a fim de serem comunitárias.

_ Em que momento a *Rádio Papa Goiaba* foi criada, e por que esse nome?

"Papa Goiaba" era como o pessoal de Niterói era chamado. A rádio com certeza é um dos frutos do Encontro Nacional sobre Rádios Livres de 1989. Eu era do DCE da UFF. A gente chamava as pessoas interessadas em participar. Eram os estudantes que organizavam a rádio. Quem queria, participava. Em Niterói, que a gente soubesse, não existia nenhuma experiência semelhante. No Rio, tinha a *Rádio Pulga* e outras rádios.

Eu tinha amigos na Casa do Estudante do Flamengo e eles ouviam e comentavam a *Papa Goiaba*. Isso porque a antena estava no prédio do DCE da UFF [*de frente para a Baía de Guanabara*] e na água a onda de rádio vai mais longe. Na área toda do entorno chegava. Um programa da extinta *TV Manchete*, chamado *Documento Especial*, mostrou a *Papa Goiaba* em funcionamento, ao vivo. A gente não queria aparecer, meio com medo. E, aliás, tínhamos razão. Era aquele esquema: pode funcionar. Mas se vai organizar, se vai falar para muita gente, aí eles tiram do ar. Quando as rádios não incomodavam muito, as pessoas não se preocupavam muito. Mas quando começavam a ganhar espaços, acontecia esse tipo de coisa. Até hoje acontece isso.

_ Como foi a construção da *Rádio Papa Goiaba*?

Compramos o transmissor. Paralelamente a esse processo, a gente chamava as reuniões. No início, era muito cheio. Depois, um pequeno grupo assumiu a produção da rádio

[Reprodução]

EMENDA À CONSTITUIÇÃO FEDERAL

PELA LIBERDADE DE COMUNICAÇÃO

RADIO E TV, PARA QUÊ ?

Até hoje a liberdade do rádio e televisão no Brasil tem sido apenas a liberdade de ligar os aparelhos e de consumir. O sistema de radiodifusão mantém um rígido controle ideológico. Donas-de-casa e operários são as maiores vítimas da dominação cultural e política.

VEJA AQUI OS NÚMEROS DO MONOPÓLIO DE RÁDIO E TV

Do total de 142 milhões de habitantes no Brasil, 100 milhões ouvem rádio diariamente e 90 milhões assistem televisão, enquanto apenas seis milhões são compradores de jornais diários. Mas todo o volume da comunicação pública é controlado apenas por 29 famílias, das quais somente duas controlam mais de 80% da audiência de televisão.

Para justificar esta situação o Plano do Ministério das Comunicações prevê 320 estações de televisão e 2.500 de rádios para o Brasil. Porém, é tecnicamente viável instalar mais de 10.000 estações de TV e mais de 20.000 emissoras de rádio no país.

2.500.000 VOTOS PELA LIBERDADE DE RADIODIFUSÃO

A conquista da liberdade de radiodifusão no Brasil será alcançada mediante a Emenda Constitucional pela Liberdade de Comunicação. Em qualquer parte do Brasil, todos os grupos de interesses legítimos poderão instalar sua emissora de rádio ou de televisão, desde que seja de âmbito local, de baixa potência e sem fins lucrativos. Pela adesão social e popular que vem recebendo a campanha somará centenas de milhares de assinaturas. Para surgir uma emenda ao Congresso seriam necessárias 250.000 adesões. Dez vezes mais que isto podem dar à Emenda um peso democrático que o Congresso não poderá recusar.

O Brasil necessita urgentemente acabar com o controle da comunicação social exercido pelo "clube de amigos do peito", que receberam concessões de rádio e de televisão do governo federal. As setecentas concessões feitas pelo último governo militar e as 1.200 feitas pela "Nova República" acabaram praticamente com as concessões disponíveis.

Para democratizar a comunicação social é necessário submeter todas as concessões já feitas à uma nova legislação. É fundamental liberar as faixas de rádio e de televisão de âmbito local para que todos os grupos sociais possam realizar livremente a comunicação.

CIDADANIA

Em sua casa, em sua rua, em seu trabalho, em seu município – onde está o cidadão, nele está a cidadania, estão os direitos humanos fundamentais. Mas sem o direito à comunicação social e à informação não há cidadania.

Atualmente, a instalação de uma pequena rádio numa cidadezinha do interior depende de decisão do presidente da República e de seus assessores e amigos. É um absurdo. A lei atual não tem nenhum fundamento ético, moral, jurídico, econômico ou político. Ao contrário favorece o arbítrio, a corrupção e a usurpação.

Para terminar com isto, está em andamento em todo o país de mão em mão, a campanha de apoio à Emenda à Constituição Federal Pela Liberdade de Comunicação. É o movimento PALAVRA E AR LIVRE, para assegurar a liberdade de radiodifusão. Milhares de estações de rádio e de televisão unirão pontos diferentes das comunidades através das ondas do céu.

Produção e movimento: pela liberdade de comunicar, transmitir, (se) informar...

e foi levando. Como cada um tinha um programa, a idéia era "cada um faz o seu". Tinha desde o cara que botava rock progressivo até o que levava os discos de MPB. Eu gostava de falar de coisas que estavam acontecendo no movimento, gravava umas inserções.
Era completamente experimental, cada um fazia o que queria. Só se organizava para não ter tumulto. Não tinha uma regra definida e a gente nem queria ter. Só queria se organizar. A gente transmitia algumas horas por dia. E como tinham poucas pessoas para fazer, a gente preferia fazer pouco tempo, mas depois ampliou.

_ E o diálogo com o ouvinte? Qual era o retorno?
A gente não tinha retorno nenhum, só quando alguém ia lá e dizia que ouviu e achou legal.
A *Rádio Papa Goiaba* funcionava com uma potência de 50 watts, o dobro do permitido às comunitárias pela lei. Mas no geral era o que a gente fazia [*nas rádios naquela época*]. Com a Polícia Federal tem cada história! Pena que não dá para provar. Todo mundo na época achava que a Polícia Federal tinha ido lá no DCE, à paisana... Só que era engraçadíssimo. Óculos escuros, aquela cara. Não dá para explicar. Era uma coisa tão óbvia. Só que ninguém podia provar. Então eles tentaram até achar o transmissor.

_ Como era a grade de programação?
Essa era a nossa dificuldade. A gente divulgava o horário, pequeno, mas era o que a gente conseguia produzir num primeiro momento. Não era para a gente estar *full time*. Era sossegado alguém chegar e dizer: "quero ocupar o horário tal" e ocupava. As pessoas realmente não ocuparam os espaços todos. Acontece isso até hoje. Tem espaço para ocupar e não se ocupa.
Naquele momento, por outro lado, todo mundo estava envolvido com alguma coisa, com o ambiente político. Queriam falar. E também havia na rádio pessoas que gostavam de música e não eram militantes de nenhuma organização. A *Papa Goiaba* tinha essa proposta de ter todo mundo lá.

_ Há relação entre a atual articulação de um movimento pela comunicação livre em Niterói e a *Rádio Papa Goiaba*?

Acho que de certa forma a gente entrou para a história. As idéias ficam. Em Niterói foi diferente do Rio. No Rio, conseguimos os canais e tal, mas na hora da organização, ficaram poucos. A gente percebeu que o movimento não produzia para ocupar o espaço e ser representativo como comunitário. Em Niterói foi o contrário. As pessoas sabiam que podiam ter um canal e se organizaram com uma proposta objetiva para o canal comunitário: as entidades se articularam e botaram o canal para funcionar.

_ E como a experiência da *Papa Goiaba* e do movimento pelas rádios livres influenciava a articulação maior pela democratização da comunicação?

O Comitê Nacional de Rádios Livres ajudou na fundação e na formação do próprio Fórum Nacional pela Democratização da Comunicação (FNDC), porque tínhamos inserção em praticamente todos os estados por causa da militância no movimento estudantil. A gente estimulava as pessoas, em todos os locais do Brasil, a participarem dos pré-comitês. Ajudamos a formar comitês do FNDC em todo o Brasil.

A proposta do Fórum naquele momento era tentar dar vazão a tudo aquilo que estava acontecendo, com o surgimento de vários movimentos ligados à democratização da comunicação. O Comitê Rio foi o primeiro. Foi daqui que surgiu a idéia de formar outros comitês. Formulamos, como um dos primeiros documentos, a *Plataforma por uma comunicação democrática*, em 1989, ano de eleições.

_ Com essa perspectiva histórica, como avaliar o atual momento político da comunicação?

Acho que o movimento não sabe o que fazer, porque até mesmo nós, que participamos daquela época, lutávamos para poder falar, ter voz, e hoje em dia as pessoas podem ter voz. Então eu acho que a grande dificuldade é como passar nossa proposta, como ser ouvido, não é uma questão de canal. Estamos hoje num cenário muito difícil, porque as pessoas passaram a pensar que podiam fazer a sua rádio, o seu jornalzinho, e pararam de discutir renda, verbas publicitárias ou até a própria *Rede Globo*.

Hoje, as comunidades, os movimentos sociais, mesmo organizados como o movimento estudantil e sindicatos, não acham que a comunicação é uma necessidade a ser discutida como era naquela época.

_ Se hoje é mais fácil, porque o movimento não cresceu exponencialmente?
Os movimentos estão desarticulados. As pessoas estão pensando muito em si. Isso tem muito a ver com todo esse individualismo. Acaba se refletindo na prática das pessoas. Elas não querem se comunicar, ver o que o cara está fazendo no outro estado.
E como as pessoas não percebem que é um problema, fica difícil se travar a discussão da democratização, porque tem gente que acha que a internet solucionou isso. Para algumas pessoas, democratizar a comunicação é colocar mais quiosques com acesso à internet. Isso também é importante, claro, mas não é só isso. Por conta disso, a democratização da comunicação está sendo vista de uma forma distorcida.

[1] Conceitualmente, rádio comunitária é diferente de rádio livre: rádio comunitária é uma emissora administrada por um conselho da comunidade. É sem fins lucrativos e não pertence a religião, partido ou empresa. Opera em FM e deve ser plural e democrática, abrir espaço para todos. Para ser regulamentada, deve se adequar aos critérios da Lei Federal Nº 9.612/98. As que operam sem essa concessão são chamadas de rádios ilegais e, de forma muito pejorativa, de rádios pirata. Rádio livre é montada por um grupo ou pessoa com interesses próprios (pode ser de esquerda, direita, religiosa) e, oficialmente, não é autorizada no Brasil. São também chamadas de ilegais ou clandestinas.

[Lúcio Pereira Mello]

[HISTÓRIA] RÁDIO PAPA GOIABA
[ONDE E QUANDO] NITERÓI (RJ), 1989 E INÍCIO DOS ANOS 90
[QUEM CONTA] CLAUDIA DE ABREU
[ENTREVISTAS REALIZADAS] MARÇO DE 2004

TV "PIRATA" INVADE JORNAL DA REDE GLOBO

Entre 1989 e 1990, um grupo carioca invadiu por diversas vezes a freqüência televisiva da *Rede Globo* durante o horário do *Jornal Nacional*, programa de maior audiência da emissora na época. Era um protesto contra o poder e o monopólio exercido pela empresa de Roberto Marinho. Ato político de um grupo que se aproximava do pensamento dos setores organizados que lutavam pela democratização da comunicação.

"Eram pessoas que tinham dinheiro para comprar um transmissor de TV, que é uma coisa muito cara. Esse grupo de pessoas, com compromisso de esquerda, se dispôs a comprar o transmissor e faziam inserções no ar", conta Claudia de Abreu, líder estudantil da época, ao lembrar que os nomes dos autores das interferências ainda hoje são guardados em segredo.

Algumas edições do programa "pirata" veiculavam a imagem do próprio dono da emissora, Roberto Marinho, com uma voz que ensinava todos os procedimentos para montar uma rádio livre. Em outras cenas, buscavam levantar o tema com um "choque" no público. "O programa era extremamente doido. Tinha até uma pessoa defecando enquanto se falava de alguma coisa relativa ao monopólio da comunicação", diz.

Todas as ações tinham apenas 15 minutos – o tempo necessário para não ser rastreado no espectro de transmissão das ondas de TV. A divulgação corria pelo boca-a-boca, por pichações, jornais alternativos ou até, no caso do Rio de Janeiro, pelo *Jornal do Brasil*, onde comunicadores deram espaço para algumas citações sobre o tema.

Para Claudia de Abreu, o objetivo de tudo era "falar da liberdade de comunicar e de falar". Quando a *Globo* lançou o programa *TV Pirata*, "era uma referência do que as pessoas conheciam como a 'televisão pirata'. Foi uma forma de absorção, até porque quando as pessoas falam de *TV Pirata*, elas lembram só do programa da *Globo*".

[história] TV pirata
[onde e quando] Rio de Janeiro (RJ), 1988 e 1989
[quem conta] Claudia de Abreu
[entrevista realizada] Março de 2004

POSIÇÃO, UM TERMÔMETRO CAPIXABA

ADEMAR POSSEBOM é jornalista e repórter do jornal *A Gazeta*, de Vitória (ES)

FLÁVIO GONÇALVES é jornalista, integrante do projeto Casa Brasil do Instituto Nacional de Tecnologia da Informação (ITI) e membro do Intervozes

[COLABOROU]

MAÍRA PIZETTA DIAS é jornalista e integrante do Intervozes

O fortalecimento das lutas contra a ditadura militar e por melhorias para a vida dos capixabas contou com um reforço muito especial na década de 1970: um jornal impresso alternativo, produzido com pautas que os tradicionais veículos de comunicação locais dispensavam e que os movimentos sociais locais começavam a destacar.

Esse era o *Posição*, que durou pouco mais de três anos e foi um bom termômetro do reinício do enfrentamento da repressão militar no Espírito Santo. Lançado para fazer um tipo de jornalismo que a ditadura, com apoio de grandes grupos políticos e econômicos censurava, mas também para ser uma experiência democrática de produção jornalística, ele retratou a época, apurando fatos e refletindo sobre situações presentes.

O primeiro exemplar saiu em 1976, com espaço para publicação de matérias que eram barradas pela censura. Totalmente produzido por jornalistas que se espelhavam em experiências de outros veículos alternativos, como o da Cooperativa dos Jornalistas do Rio Grande do Sul (*ver "Coojornal: o fim da ditadura – e da reportagem", à página 36*), a publicação cresceu tão rapidamente que, cerca de um ano depois, chegou a figurar como um grande jornal alternativo estadual.

Foi assim que o *Posição* rapidamente tornou-se referência para os capixabas. As tiragens do veículo, que atingiam principalmente estudantes universitários e lideranças políticas e intelectuais, alcançaram índices recordes de 12 mil exemplares quinzenais, segundo informações de alguns colaboradores, tendo chegado perto dos maiores jornais estaduais da época, como *A Gazeta*, *A Tribuna* e *O Diário*.

No entanto, o rápido destaque que conseguiu, o levou à primeira crise. Entre 1977 e 1978, um grupo de jornalistas que acreditava que o veículo precisava manter distância dos movimentos sociais, deixou a redação. Eles haviam perdido espaço para um outro grupo, que buscava ampliar a interferência dos movimentos. Essas experiências fizeram que, com o tempo, o jornal assumisse direcionamentos para as pautas que acabaram com a busca pela independência presente nas primeiras edições. Com a diminuição da equipe, o público se restringiu e caiu o número de anunciantes.

A força dos movimentos se fez presente nas páginas, tão carregadas, que acabaram inviabilizando comercialmente o *Posição*. Para sair da crise e reduzir custos, a qualidade gráfica também caiu, bem como a circulação e a quantidade de páginas.

Outro fator que levou o jornal a perder mais espaço foi o fortalecimento de novas frentes de luta. A rearticulação dos movimentos, que já sofriam menos repressão, e a paralela diminuição dos efeitos da censura oficial sobre os jornais tradicionais tiraram da imprensa alternativa boa parte do papel central que representava para as demandas sociais. O sonho do *Posição* acabou em 1979.

Como legado, o *Posição* deixou exemplares de 65 edições publicadas, que servem de fonte para conhecer a história capixaba. Além de se apresentar como uma experiência jornalística que fortalece o interesse pela imprensa alternativa brasileira. O jornal, até hoje, também continua estimulando seus protagonistas, como o jornalista Robson Moreira, que teve o rumo de sua vida transformado depois daqueles anos.

Nascido no Vale do Jequitinhonha, em Minas Gerais, Robson foi um dos participantes mais ativos do *Posição*. Só não ficou nos últimos meses da publicação, quando o jornal esteve sob o controle de um pequeno grupo de militantes do Partido Comunista do Brasil. Antes, participou do período em que a publicação foi produzida por jornalistas, e, posteriormente, de quando incorporou outros profissionais – como intelectuais e integrantes de movimentos sociais, que chegaram ao conselho editorial, definindo pautas e enfoques.

Nessa entrevista, o diretor de programação da *STV – Rede SescSenac de Televisão*, fala sobre as fases do *Posição*, e analisa o envolvimento de diferentes setores com a produção do jornal. Desde a repercussão junto aos movimentos sociais que surgiam, como os sindicatos e as Comunidades Eclesiais de Base (CEBs), até a distribuição "de mão em mão".

_ Como você entrou no jornalismo e chegou até o *Posição*?

Minha vontade foi reforçada quando vi a revista *Realidade*, em que o José Hamilton Ribeiro, correspondente na guerra do Vietnã, perdeu a perna numa mina. Sempre gostei muito de ler e da língua portuguesa. Em Vitória, um dos primeiros lugares no qual trabalhei foi uma financeira. Um dia apareceu por lá uma repórter de *A Gazeta* pedindo alguns dados sobre pessoas que estavam devendo. Puxei a gaveta e abri as fichas. Tinha um monte de gente. No dia seguinte, o diretor me chamou com a gaveta na mão.

A repórter botou o meu nome. Me demitiram por justa causa e fui fazer o que a moça também estava fazendo.

Fui à própria *A Gazeta* e comecei. Saí logo para *A Tribuna*, de onde acabei sendo demitido também. Então cheguei ao *Posição*. Passei três anos só com ele. Quando abriram o curso de Comunicação no estado, em 1975, entrei e me formei na primeira turma de jornalismo da Universidade Federal do Espírito Santo (Ufes). Em *A Gazeta*, tive o prazer de conhecer figuras como o Jô Amado, que tinha acabado de voltar do exílio. O Jô me ensinou bastante. Depois, quando *A Tribuna* passou por uma reformulação, fui com o Jô, o Sérgio Egito e outros.

_ Antes do jornalismo, você teve alguma ligação política?

Sempre fui um cara muito preocupado com as questões sociais. Não participei do golpe de 1964, mas o meu pai era da polícia de Minas Gerais e foi convocado para o quartel em Governador Valadares. A única informação que as tropas tinham era que os comunistas iam invadir o Brasil. Era um desespero, a cidade deserta, todo mundo de porta fechada, e eu sem entender nada. Cresci acompanhando aquilo.

Quando entrei na universidade, vimos as manifestações no Rio e a primeira coisa que eu quis foi me aliar ao movimento estudantil. Dei sorte que, assim que entrei na faculdade, estava vencendo o mandato do diretório do Centro de Ciências Jurídicas e Econômicas da Ufes. Montamos uma chapa. Eu entrei como vice.

_ E como começou o *Posição*?

Quando a gente estava em *A Tribuna*, fizemos uma matéria sobre um despejo num lugar chamado *Cantinho do Sossego*, no município da Serra (ES). O jornal bateu na banca e causou escândalo. O governador Élcio Álvares ligou para a direção e pediu a cabeça de todo mundo.

Quando a gente saiu de *A Tribuna*, o Jô estava bastante adiantado com a idéia do *Posição*. Já pensava em sócios para ajudar, para conseguir algumas cotas de dinheiro. Isso foi em outubro de 1976. Eu tinha 23 anos, o Jô tinha uns 35. O jornal seria para imprensa alternativa, difícil de ser feito, complicado na sua execução, um misto de curiosidade e vontade.

Eu e o Jô nos comprometemos a garantir que o jornal sairia toda quinzena e nos entregamos ao *Posição*. Era complicado, tinha de mandar para Belo Horizonte, onde o fotolito era feito, depois para a gráfica de um conhecido nosso em Juiz de Fora, onde rodava e mandava para a rodoviária.

Pegávamos o jornal e saíamos de madrugada distribuindo, vendendo nos botecos. Eu levava para a universidade e ia com o Jô para os bairros. A proposta era encontrar um jeito de incluir os movimentos sociais nos meios de comunicação, para eles serem os personagens. Participávamos de tudo o quanto era reunião de comunidade, de comitês, lavradores e todos nos respeitavam, porque contávamos as histórias deles.

Com dois mil exemplares, colocávamos 500 na banca e distribuíamos 1.500 nas comunidades, de mão em mão. Num outro momento, quando o jornal passou a ser rodado em Vitória, fomos muitas vezes para a gráfica dobrar o jornal com caneta *Bic* para ficar mais barato.

Então, uma turma passou a se aprofundar no jornal. O Robson, meu xará, o Carioca, a Miriam, o Adílson... Depois teve a Ana Doimo e o Tadeu César, e a Tina, a ex-mulher do Jô. Tinha alguns jornalistas de *A Gazeta* e de *A Tribuna* que eram mais ousados. O Tinoco dos Anjos era envolvido, além do Rogério Medeiros, o Luís Fabrini e o Luzimar Nogueira.

_ Quais eram os movimentos sociais que participavam do jornal?

Não estávamos ligados a partidos ou organizações. Nós tínhamos uma realidade, em função do início da abertura de uma ditadura muito feroz, e muita coisa não era dita. Então, dizíamos isso com todas as letras, naquilo que se referia ao estado do Espírito Santo. Depois, fizemos do movimento popular na periferia a grande matéria-prima para o jornal. Nós não fazíamos para eles, mas falávamos dos problemas por meio do jornal que, se eles se organizassem, podiam conquistar a vida de que estavam necessitando. E eles se animavam a conversar com outro e daqui a pouco, tinha grandes famílias envolvidas. Era uma situação de abandono, de miséria absoluta, de falta de saneamento básico, de falta de comida. Isso foi muito importante, mas, em 1978, quando já estava praticamente consolidado o processo de abertura, a sensação que passamos a ter é que a imprensa alternativa perdeu um pouco do que a motivava. Várias pessoas que estavam voltadas para a imprensa alternativa começaram a migrar para partidos políticos, a entender que tudo ia passar agora por uma fase de democracia, pelo voto, pelo povo. O Partido Comunista Brasileiro (PCB) começou a aparecer. O PC do B (Partido Comunista do Brasil) começou já também a botar as garras de fora, e ficou uma militância mais político-partidária do que uma causa.

_ Como era a censura? Não tinham que mostrar os originais para o Exército?
Tínhamos registro na censura, mas os caras só descobriam o que saía quando chegava na banca. Só levávamos ao Batalhão de Infantaria de Vila Velha no início do jornal. Em 1978, a coisa já não estava tão brava. Fizemos uma edição, com a capa do *14 Bis* que, quando bateu na banca, a polícia invadiu o *Posição* e recolheu todos os jornais. A polícia acompanhava principalmente eu e o Jô, e passamos a falar bobagem, cifrado. Mas nem sei se houve censura com o jornal. Num segundo momento, a gente mandava o material direito pra Belo Horizonte, quando fui preso com a edição inteira do jornal 14 [*levando à edição seguinte, citada acima, a trazer a foto e a numeração de 14 Bis*].

Eu estava indo para um encontro de estudantes, os policiais me pegaram, recolheram e jogaram fora. E, lá na Metropol[1] de Belo Horizonte, me interrogavam a cada dez minutos, com o material do jornal em cima da mesa. O delegado dizia assim: "Quem escreveu isso?". "Eu sei lá, não lembro, tanta gente que escreve", respondi. Naquela noite chovia, fazia um frio desgraçado, e me deixaram numa cela sem teto, de pé. De manhã, me interrogaram de novo, mas não falei. Recolheram toda a edição e ficaram muito bravos com o que saiu no jornal. Perdi tudo, escrevi a edição do *14 Bis*, denunciamos isso e continuamos.

Em Vitória, só não publicávamos o que a gente não tinha certeza. Mas além do espaço do editorial, havia muitos espaços onde pessoas davam opinião.

_ Houve infiltração?

Tivemos um problema, mas só soubemos disso muito tempo depois. Um menino, o Luiz Cláudio, que conheci na universidade. Ele disse que gostava muito do jornal e queria ajudar voluntariamente. Falei para ele aparecer para conversarmos, porque parecia um rapaz humilde. Disse ao Jô que ele poderia ajudar a organizar os contatos. Ele era muito solícito e ajudava a dobrar e distribuir o jornal. Só bem depois desconfiamos que ele repassava as nossas conversas. Mas não guardo a menor bronca, ele cumpriu uma tarefa.

Na verdade, era um jogo de muitos riscos, e nem sempre era possível ir aonde se gostaria, porque fechavam as portas. Não tínhamos acesso ao Palácio do Governo, e o Jô ou eu conseguíamos entrar, às vezes, na condição de correspondentes da revista *Veja*. Mesmo assim, ainda ficavam colados em nós, trabuco ali, a segurança respirando ofegante no pescoço. Ficávamos nas fontes paralelas. Muita gente simples, funcionários, vigilantes, que também estavam inconformados com a situação, nos procurava.

Aproveitamos as brigas, entrávamos no meio, porque o que queríamos era "jogar merda no ventilador". Assumíamos o que nos falavam em *off*, era o que tínhamos. Procurávamos ser irônicos e bem humorados, mas batíamos sem maneira raivosa. Com isso, aprendemos a escrever de um outro jeito. Foi uma escola.

_ Como era financiado, viabilizado economicamente? Não tinha salários?

Tínhamos o pacote da imprensa alternativa, que estimulava a venda de assinaturas de todos os jornais. Se a pessoa achava caro o preço da assinatura, falávamos que estaria recebendo o *Posição* e mais 13 jornais. Também trocávamos muita figurinha com o pessoal dos outros jornais alternativos, mas não tinha uma relação de cobertura. Raramente colaborávamos com o *Opinião* ou com o *Movimento*. Era uma relação informal.

Quando entrava uma grana que dava pra pagar uma fatura, a gente pagava o *boy*, Zé

[Reprodução]

posição 40

Vitória, 4 de agosto de 1978 UM JORNAL QUE DEPENDE DO LEITOR Cr$8,00

Operários, reivindicações e o arrocho salarial

UMA NOVA VOZ ATIVA

PARTICIPE DA CAMPANHA DA IMPRENSA DE RESISTÊNCIA

Posição: imprensa alternativa construindo laços

Fermo, mas também ficava um monte de meses sem pagar. E continuava rodando o jornal, que tinha uma entrada de dinheiro nos tijolinhos de anúncios nas laterais. O Walter, que entrou comprando a idéia e era um profissional, precisava de um dinheirinho e então tirava um para ele também, mas não sei quanto. Eu e o Jô tirávamos mais para almoçar.

_ Há quem fale sobre uma certa ingenuidade da esquerda na época, de achar que todo mundo se ajudava. Você concorda com isso?
Nós não éramos ingênuos, mas solidários. Se lutávamos para construir alguma coisa, no meu ponto de vista, a gente precisava se despir de preconceitos. Mas, a rigor, você tinha pela frente um inimigo, sem identificar os aliados do seu inimigo, no entanto. Senão, entraríamos no preconceito, inaugurando um processo de ver bruxa em qualquer lugar. Qualquer um podia participar, desde que freqüentasse as reuniões, que eram abertas, principalmente depois que se criou o conselho editorial. Tinha gente que não era jornalista, pessoas da comunidade, da universidade. Era um conselho bastante diversificado. Eram pessoas que tinham suas militâncias, mas que naquela hora discutiam a edição do jornal.

_ Os jornais daquela época eram sempre ligados a políticos?
Todos. Até hoje, no Brasil, a imprensa escrita principalmente, os veículos são vinculados a grupos familiares, que passam de geração para geração. São oligarquias. Eu não diria que os veículos de comunicação no Brasil sejam democráticos, porque eles existem para defender, primeiro, o interesse do dono e, depois, o resto. E são todos de famílias poderosas, que exercem um poder de pressão violento, até em função da verba publicitária que recebem dos órgãos públicos. O poder público sucumbe a isso. Na ditadura era mais impositivo e hoje, na chamada democracia, é menos visível, mas funciona a todo o vapor. Um grupo econômico daquela época, no Espírito Santo, que quisesse trabalhar contra o João Santos[2], os Lindenberg, os militares, era inimaginável. Mesmo as pessoas que nos ajudaram pediam para não colocar o nome.

Então, é muito difícil falar em democracia. Como se dá a democratização dos meios de comunicação? Você precisa juntar um monte de gente, começar a trabalhar e não desanimar nunca.

_ Como a iniciativa do jornal acabou?

Eu não saberia dizer, porque não participei dessa fase. O Luzimar Nogueira e o PC do B assumiram. Mudaram o jornal completamente, para ter um viés de militância partidária. Éramos de outra linha, jornalística. Tinham algumas opiniões, mas tinha muita matéria. Não queríamos que fosse um jornal em que cada um chegasse para falar o que bem quisesse. Quem enfrentou o começo da ditadura foi massacrado, mas percebeu que poderia tirar os militares do poder com a mobilização.

Há quem diga que, depois de um tempo, o jornal passou a servir como instrumento dos movimentos diversos de base e que, com isso, *Posição* teria deixado de ser um jornal. Não vejo assim. Acho que o jornal passou por um processo extremamente natural, como qualquer veículo. Ele começou, colocado na rua, e o próprio dia-a-dia levava a tomar iniciativas que viessem para consolidá-lo.

O conselho não fez com que o jornal deixasse de ser jornal. Ao contrário, caracterizou-o ainda mais, porque a idéia do conselho era normatizar e dar voz a representantes da sociedade ou da comunidade. A sociedade não é feita só de jornalistas, e as pessoas se sentiam presentes nas edições, isso deu a essência do jornal.

_ Quando o jornal acabou, os leitores sentiram a ausência?

O jornal *Posição* era uma coisa muito pequenininha em relação aos outros veículos estabelecidos. Nós não tínhamos nenhuma pretensão de tirar o leitor, nem de concorrer também. Fazíamos um jornal artesanal, chegava a recortar letra de revista para colar uma na outra, e tínhamos uma tiragem pequena, de três mil exemplares.

É claro que uma das funções do *Posição* era incomodar esses grupos, na medida em que tinham coisas que seriam normais de serem publicadas pelos jornais tradicionais, e não eram.

[Reprodução]

posição

14

DE JUNHO: DIA INTERNACIONA
DA LIBERDADE DE IMPRENS

O MATERIAL PARA
ESTA EDIÇÃO
FOI ILEGALMENTE
APREENDIDO PELA
POLÍCIA MINEIRA

Material apreendido, denúncia certeira: 14 Bis

Mas não sei o que aconteceu com o pessoal que estava acostumado a se ver no *Posição*, porque fui embora.

_ E o que você fez depois que o jornal acabou?

Vim para São Paulo, direto para a sucursal do ABC de *O Estado de S.Paulo*, em 1979. Logo depois, teve a greve dos jornalistas. Fui à greve, não fui demitido, cobri todas as greves dos metalúrgicos e acompanhei o movimento sindical e a formação do PT. Acompanhava o Lula 24 horas por dia. Apanhei muito da polícia. Em 1981, fundamos no ABC a seccional do Sindicato dos Jornalistas. Em 1983, fui eleito para presidente e fiquei até 1986. Dois anos antes tinha ido para São Paulo trabalhar como assessor de imprensa, mas não agüentei e fui pra Editora Abril, onde trabalhei durante seis anos. Em 1986, saí candidato a presidente do Sindicato dos Jornalistas de São Paulo, me elegi em 1987 e fiquei até 1990. Quando acabou o meu mandato, fui chamado para integrar a equipe de comunicação da Luiza Erundina. Em 1994, fui chamado para integrar a equipe da *Tribuna Metalúrgica*, dos Metalúrgicos do ABC.

_ Na sua opinião, quais as principais mudanças que aconteceram no jornalismo e nas suas relações de trabalho?

Na década de 1990, principalmente, houve um enxugamento muito grande nas redações, motivado pela chegada da tecnologia, o que propiciou aos veículos colocarem uma pessoa fazendo cinco funções. Por outro lado, as crises econômicas fizeram com que os investimentos fossem reduzidos, e nós tivemos que lutar mais pra sobreviver. Chegou um momento em que nos sentíamos impotentes para reagir a qualquer coisa, porque a situação não estava boa. Passaram a não questionar.

Acho que o jornalismo deveria tentar explorar mais a imprensa alternativa, mas não vejo movimento nesse sentido por parte dos jornalistas. Não só o governo Lula, mas também os outros governos democráticos, deveriam ajudar no financiamento de veículos de esquerda, democráticos, com uma visão diferente. Devia-se pensar num jornal nacional, mais amplo, mais abrangente. Seriam necessárias grandes equipes, além de um investimento inicial. Também acho que está mais do que na hora de campanhas, como a que pede para não ler a revista *Veja*.

Se fosse na França, comprariam tudo e queimariam na rua, num ato simbólico. O nosso povo é mais passível. O francês detesta os Estados Unidos, mas não o povo americano. No Brasil, o povo não gosta do imperialismo americano também, mas deixa a desejar diante de um ato como esse, de reação à revista *Veja*.

[1] Metropol: Superintendência de Polícia Metropolitana da Polícia Civil

[2] João Santos, empresário pernambucano detentor de concessões de rádio e TV no Espírito Santo (destaca-se a *TV Tribuna*) e dono do jornal *A Tribuna*, apontado pelo IBOPE como o veículo de maior circulação no Estado

[Maíra Pizetta Dias]

[história] Jornal Posição
[onde e quando] Vitória (ES), de 1976 a 1979
[quem conta] Robson Moreira
[entrevista realizada] Novembro de 2003

CONTEXTO CENTRO-OESTE

CAMPO E CIDADE EFERVESCENTES, PROTAGONISTAS DA CONSTITUINTE

A redemocratização do País nos anos 70 e 80 seguia duas trilhas paralelas: ao mesmo tempo em que os militares comandavam, num movimento intermitente, o processo de abertura lenta, os movimentos sociais se organizavam para exigir o fim da repressão e o retorno da democracia. No Centro-Oeste não era diferente. A região protagonizou, com suas características próprias, participações nas greves nacionais, nas manifestações do movimento estudantil, na campanha pela Anistia e, sobretudo, na reivindicação pelas eleições diretas para todos os cargos políticos. Como lembra o sociólogo e ex-presidente da Comissão dos Direitos Humanos da Câmara Federal dos Deputados, Pedro Wilson, do Partido dos Trabalhadores (PT), a ditadura militar usou de todos os expedientes institucionais para prolongar, no tempo e no espaço, o seu domínio: controle da vida partidária, senadores biônicos, reforma do Judiciário, censura, propaganda do milagre econômico, repressão aos partidos e organizações clandestinas, cassação de mandatos e eleições indiretas.

"É verdade que, diante de pressões internacionais, o regime militar inventou esse processo lento que, aliás, perdura até hoje, porque existem resquícios nas leis de segurança, no medo de revelar arquivos e segredos da ditadura (desaparecidos políticos), torturas, prisões ilegais, repressões, controles de mídia e universidades, infiltrações nos movimentos populares, sindicais e igrejas que aconteceram até os anos 80 - a 'década perdida' para a democracia brasileira. Assim, houve uma gradual abertura consentida de cima para baixo", relata Wilson, prefeito de Goiânia de 2000 a 2004.

Na visão do cientista político Luiz Carlos Galetti, do Departamento de Sociologia e Ciência Política da Universidade Federal do Mato Grosso, a crise econômica que teve origem na redução das exportações de petróleo também influenciou diretamente a conjuntura política brasileira. Com a alta nos preços do produto, em conseqüência das decisões da Organização dos Países Exportadores de Petróleo (OPEP), os preços chegaram a subir 1.000%. "O governo Geisel teve que rever as posições ufanistas e milagreiras do governo Médici que o antecedera. O crescimento da economia a taxas de 10% ao ano não tinha mais como continuar. O chamado milagre econômico, sob a direção do então ministro Delfim Netto, caiu por terra. O governo Geisel, face ao quadro de crise econômica, teve que promover uma abertura política para conseguir manter a governabilidade", explica.

Após o sufocamento da luta armada e a derrota dos militares nas eleições de 1974, quando o Movimento Democrático Brasileiro (MDB) obteve uma grande vitória, os setores da esquerda brasileira rediscutiram e passaram a reorientar sua organização. A articulação democrática ganharia força nos sindicatos, na igreja com as Comunidades Eclesiais de Base, nos movimentos pela terra e pela moradia e na vida partidária, principalmente dentro do antigo MDB e, posteriormente, também no PT.

"É preciso compreender que, mesmo com essa 'disposição' de cima, as coisas também estavam acontecendo de baixo para cima pela redemocratização do país. Em todo Brasil havia uma ebulição política e social. No ABC de Lula, nas mobilizações de universidades, escolas, intelectuais, jornalistas, advogados, profissionais liberais, igreja católica, comitês aqui e no exterior, boletins e jornais alternativos – *Opinião*, *Movimento* e seus congêneres regionais, parlamentares, estudantes, operários, trabalhadores rurais, movimentos de pais e mães e parentes de presos, exilados, desaparecidos, havia muitas articulações, mobilizações pela democracia no Brasil", diz Pedro Wilson.

Ao seu tempo, Mato Grosso do Sul, Mato Grosso, Goiás e Distrito Federal viviam as influências de outras regiões brasileiras ou suas próprias ebulições do espírito da luta contra a ditadura. "Eram relações políticas de dependência e complementaridade. Havia movimentações políticas inerentes às posições de organizações políticas nacionais e outras por circunstâncias locais/regionais. Ou combinadas com dependências ou relativas autonomias", completa o político goiano.

CLAMORES DO POVO

Na capital federal, por exemplo, os estudantes da Universidade de Brasília (UnB) estavam integrados às manifestações que pediam o fim do autoritarismo militar, a liberdade política e a anistia aos presos políticos. Em 19 de maio de 1977, os universitários candangos organizaram passeatas e assembléias no campus da UnB para marcar o Dia

Nacional de Luta, estabelecido em conjunto com o movimento estudantil em todo o País. Os atos foram acompanhados de perto pela Polícia Militar e, 11 dias depois, o reitor José Carlos Azevedo decidiu suspender 16 alunos identificados como líderes das manifestações. Em nova assembléia, os estudantes aprovam greve por tempo indeterminado. A polícia é chamada e invade o campus por duas vezes para intimidar estudantes e professores.

Os setores progressistas da igreja católica também levantavam suas vozes numa atuação que transcendia as fronteiras da região central em direção ao Norte do País, devido aos movimentos da luta indígena e pela terra. O petista Pedro Wilson destaca a atuação da igreja católica por meio das memoráveis cartas dos bispos Dom Fernando, Dom Tomás, Dom Pedro Casaldáliga e outros da regional da CNBB (Conferência Nacional dos Bispos do Brasil), "clamando por liberdade, democracia, respeito aos camponeses, posseiros urbanos e rurais". A igreja iniciava sinais da emersão de setores progressistas. De acordo com o padre e teólogo Alberto Antoniazzi, "a nova consciência dos bispos e superiores religiosos emerge nos documentos de 1973, publicados por ocasião do 25° aniversário da Declaração Universal dos Direitos Humanos da ONU". Entre os destaques, o célebre texto "Eu ouvi os clamores de meu povo", assinado por bispos como Dom Hélder Câmara.

Nesse mesmo ano, era criado o Conselho Indigenista Missionário (Cimi) dando seqüência a uma série de críticas já divulgadas pela CNBB, como no manifesto Y-Juca-Pirama: *O Índio: Aquele que deve Morrer*, questionando a política indigenista como "assistencialismo barato e farisaico aos condenados à morte, para camuflar o inconfessado apoio aos grandes proprietários". Como escreveu Libertad Borges Bittencourt, professora da Universidade Federal de Goiás, "a igreja assume com vigor redobrado a defesa dos direitos indígenas através do Conselho Indigenista Missionário, órgão que consolidou uma nova forma de tratar a questão indígena".

Dom Tomás Balduíno, que comandou o prelado de Conceição do Araguaia, no Pará, por 31 anos, auxiliou na criação do Cimi e chegou a ser um de seus líderes. Atualmente bispo da Cidade de Goiás, Dom Tomás preside a Comissão Pastoral da Terra

(CPT), entidade que também ajudou a fundar em 1975, quase simultaneamente à pastoral indígena. A CPT brotou durante o Encontro de Pastoral da Amazônia, convocado pela CNBB e realizado em Goiânia. Dom Pedro Casaldáliga, religioso catalão e uma das pessoas que mais se esforçou para a criação de uma "comissão da terra", relembra que sua concepção da CPT surgira tempos antes, logo na sua sagração episcopal. "Dessa carta [*Feudalismo e escravidão no norte do Mato Grosso*] surgiu a idéia do que futuramente seria a Comissão Pastoral da Terra", explicou Casaldáliga em entrevista para a revista *Teoria e Debate*, da Fundação Perseu Abramo. Já no seu nascedouro, a CPT contava com membros no Norte e Centro-Sul de Goiás, além do Mato Grosso. Isso para citar apenas a região Centro-Oeste.

Pouco depois, a CNBB avança nas críticas contra a ditadura militar e, em 1978, já manifesta-se publicamente pela Anistia ampla, geral e irrestrita. O ano posterior marca a publicação de um apelo dos bispos pró-Anistia. Em Goiás, a criação do Comitê Goiano pela Anistia, em fins de 1978, resulta na primeira entidade política e civil a lutar pela Anistia no Centro-Oeste. O grupo reunia professores, estudantes, profissionais liberais, políticos, dirigentes populares, militantes de organizações de esquerda ainda clandestinas, religiosos e parlamentares mais comprometidos do MDB. "Muitos comitês pela Anistia depois de agosto de 1979 se transformaram em centros de defesa dos direitos humanos [ligados ao MNDH – Movimento Nacional pelos Direitos Humanos], que continuaram a luta pela cidadania de perseguidos pela ditadura. E também pobres, negros, jovens, posseiros, camponeses, vítimas da violência policial, do latifúndio urbano e rural e marginalização social, violência contra crianças e mulheres", conta Pedro Wilson.

BRAÇOS CRUZADOS

No final da década de 1970 e início dos anos 80, uma onda grevista e de reorganização sindical fundada em novas propostas espalha-se a partir do ABC paulista e ganha dimensão nacional. Como relata o professor da UFMT, Luiz Carlos Galetti, este processo atinge o Mato Grosso com um certo atraso e de forma desigual. "Além da dominação do aparelho ditatorial central, o Estado em Mato Grosso tinha outras peculiaridades: a forte presença das oligarquias locais e regionais, fenômeno semelhante ao coronelismo nordestino, que dirigiam a sociedade através de acentuados laços de compadrio e clientelismo, fundados em relações patrimonialistas e territoriais".

Em 1978, a criação na UFMT, em Cuiabá, da Associação dos Docentes da Universidade Federal do Mato Grosso (Adufmat) fornece vigor para uma mobilização inicial de professores, estudantes e técnicos da instituição. A primeira diretoria da Adufmat, liderada pelo professor Wladir Bertúlio, afrontou as forças conservadoras e passa a ser perseguida e, posteriormente, acaba derrubada pela direita, como relembra Galetti.

A visão de que o movimento ligado à universidade foi pioneiro é compartilhada pelo professor do Departamento de História da UFMT, Carlos Américo Bertolini, que destaca o período como "tempo áureo" do movimento estudantil local. Destaque para a sua primeira greve em 1983. "A partir daí, a aliança entre Adufmat, Diretório Central dos Estudantes da UFMT, sindicatos e partidos oposicionistas só viria a crescer, até 1992, com o movimento pelo impedimento de Fernando Collor de Mello. Vale ressaltar que o sindicato dos jornalistas teve papel preponderante nos eventos posteriores à promulgação da Constituição de 1988 e nas eleições de 1989", analisa.

No Distrito Federal, em fins dos anos 70 e início dos 80, professores cruzaram seus braços em greves estaduais ou nacionais. Em Goiás, também houve o reflexo da reorganização do movimento estudantil com a reconstrução da União Nacional dos Estudantes e da União Brasileira dos Estudantes Secundaristas. Exemplo foi o caso do Centro Acadêmico do Departamento de Artes e Arquitetura da Universidade Católica de Goiás, cuja abertura garantiu espaço para debates políticos e para professores cassados.

O professor Galetti lembra que, no Centro-Oeste, o movimento popular e sindical, no início dos anos 80, tinha como pólos de referência o movimento docente e estudantil, o sindicato dos bancários, o sindicato dos jornalistas, o sindicato dos motoristas, o sindicato dos vigilantes e outros sindicatos urbanos, aglutinados dentro da Central Única dos Trabalhadores (CUT), que surgia impulsionada pelos movimentos de baixo para cima. "Na periferia das maiores cidades mato-grossenses havia efervescência social e política no período. Foram movimentos significativos: o movimento dos sem-teto de Cuiabá, que protagonizou a ocupação de muitos terrenos e criou novos bairros; o Movimento Popular da Saúde – o MOPS; outros movimentos pastorais, a partir da Igreja do Rosário, atuantes principalmente em bairros pobres da periferia cuiabana, incentivando a organização de jovens, mulheres e mães", registra.

Ao mesmo tempo, no meio rural mato-grossense, a partir de meados dos anos 80, o MST (Movimento dos Trabalhadores Rurais Sem Terra) regional passou a desempenhar um papel marcante. De acordo com Galetti, "a caminhada dos trabalhadores sem-terra de Jaciara a Cuiabá (mais de 100 quilômetros), com acampamento final no pátio da Igreja do Rosário, no centro da capital, foi um evento de repercussão muito forte para toda a sociedade mato-grossense". Ele conta que o acampamento possuía dezenas de barracas cobertas de plástico preto, ao lado da Igreja do Rosário de São Benedito. Um cenário que, ao mesmo tempo, afligia e tocava o fundo da alma de muitos passantes. O cientista político recorda-se que vários professores, estudantes e técnicos da UFMT, da rede pública estadual, militantes do PT e da CUT e dos movimentos sindicais, populares e comunitários da grande Cuiabá "participaram ativamente deste notável processo sócio-político". Ao final da mobilização, o movimento obteve uma vitória parcial, na medida em que os acampados conseguiram um assentamento na região Norte do estado. "No entanto, a simples posse da terra, pelo menos para um certo contingente destes trabalhadores, não era a solução para o problema", explica Galetti.

Outros momentos da luta dos trabalhadores no meio rural durante a década de 1980 e início dos anos 90 marcaram o estado do Mato Grosso. Entre eles, a mobilização dos sem-terra e parceleiros da Gleba Coqueiral, no município de Nobres, no Norte do estado. A luta foi liderada inicialmente por um grupo de mulheres sem-terra. Galetti conta que na cidade antigos posseiros, moradores centenários da Fazenda São José do Quebó, foram violentamente despejados de suas terras, sob a mira de armamento pesado de jagunços e militares a mando de um fazendeiro. "Estes trabalhadores também conseguiram um avanço notável: formaram uma associação de parceleiros e lutaram por suas reivindicações, tendo alcançado parte delas, dentre as quais o assentamento na própria gleba. Parece-me, no entanto, que a mudança mais notável a destacar em vários destes lutadores ocorreu em termos da nova visão de mundo que adquiriram. Em palavras bem simples: muitos deles compreenderam a importância de construir sua própria organização, independente e autônoma do Estado e de partidos políticos e religiões", avalia.

Além de Nobres, outros munícipios no Mato Grosso, como Rondonópolis, Cáceres, Várzea Grande e Poconé também tiveram lutas interessantes dentro deste processo. Em Poconé, município na "boca" da região pantaneira, no começo dos anos 90, os garimpeiros que trabalhavam atolados no barro, começaram a se organizar, formando a Associação dos Filãozeiros.

Nas mobilizações por lutas específicas que acabavam por refletir o processo de redemocratização, surgiam, em Goiás, associações de moradores e movimentos por moradias (*leia "Lições de um jornalismo debochado", à página 166*). O político Pedro Wilson cita as entidades representativas como o Conselho Consultivo de Associações de Bairros (CCAB) e a Federação dos Posseiros de Goiás.

O amálgama dos movimentos pela democracia no Centro-Oeste reuniu artistas, intelectuais, exilados, trabalhadores em educação, estudantes, sindicalistas, religiosos, setores empresariais mais progressistas e a mídia alternativa. Como no restante do Brasil, as mobilizações terminariam por desaguar na campanha pelas Diretas Já.

ALTERNATIVA JÁ!

O professor Luiz Carlos Galetti, da UFMT, lembra que a redemocratização no Centro-Oeste teve momentos que não se alinharam imediatamente com a cronologia dos movimentos nacionais, dentre outras razões pela divisão das forças políticas regionais em 1979, data da primeira eleição "separada" para Mato Grosso e Mato Grosso do Sul. "Como a divisão do antigo 'MT' foi obra de gabinete e não resultou de pressões sociais de baixo para cima, ela implicou em uma desarticulação das constelações de líderes locais e regionais, abrindo caminho para novas lideranças". O processo a que Galetti se refere foi presenciado nos dois lados do antigo estado e fez com que as antigas elites perdessem referências anteriores das articulações regionais, levando aos "rachas" nos grupos das elites tradicionais. Segundo ele, grupos da sociedade e organizações dos mais variados matizes passaram a ocupar o vácuo político deixado pelas lideranças ainda oriundas do período pré-1964, como o caso de Felinto Müller, cujo passamento em 1973 possibilitou até a divisão do estado, para exclusiva conveniência do planejamento da transição tramada por Golbery e Geisel. Neste contexto, no início da década de 1980, ganhou relevo na região a campanha eleitoral de 1982, que restabeleceu as eleições diretas para governadores.

E foi justamente um deputado do Mato Grosso, Dante de Oliveira, do PMDB (Partido do Movimento Democrático Brasileiro) o responsável por apresentar no Congresso Nacional a emenda que previa o restabelecimento das eleições diretas. Precisamente, no dia 2 de março de 1983, dando início concreto à mobilização pelas Diretas Já.

No mês seguinte, quando Dom Paulo Evaristo Arns e Dom Aloisio Lorscheiter (antigo presidente da CNBB) já haviam se pronunciado em defesa das eleições diretas, o PMDB inicia diálogo com outras forças políticas para a adesão à campanha. O PT, forjado na união de sindicalistas, Comunidades Eclesiais de Base, lideranças sociais, estudantes e trabalhadores rurais, adere ao movimento.

Em junho de 1983, a direção nacional do PMDB realiza em Goiânia, com a participação de cinco mil pessoas, o lançamento oficial da campanha das Diretas Já. Entidades como Ordem dos Advogados do Brasil, União Nacional dos Estudantes, e CNBB são procuradas pelo sindicalista Lula e pelo senador peemedebista Teotônio Vilela para aderir à campanha. As mobilizações ganham corpo ao longo do ano em diversas regiões brasileiras e na capital federal. A população já sai às ruas para integrar atos de apoio à "emenda Dante Oliveira". No Centro-Oeste, 20 mil se reúnem em comício de Anápolis (GO). Mais do que o dobro comparece a ato na capital do Mato Grosso do Sul, Campo Grande. Em abril, Goiânia reúne mais de 200 mil pessoas pelas Diretas. Entre eles, Franco Montoro (governador de São Paulo), Ulysses Guimarães (presidente do partido e deputado federal por São Paulo), Jáder Barbalho (governador do Pará),

Íris Rezende (governador de Goiás) e Tancredo Neves (governador de Minas Gerais). Já em Cuiabá, o número de manifestantes pode ter envolvido mais de 40 mil.

"Desde um ponto de vista mais incisivo e objetivo, o movimento Diretas Já foi sem dúvida o processo político mais forte e decisivo para a queda da ditadura militar", avalia o professor Luiz Carlos Galetti. Ele registra a realização de dois grandes comícios em Cuiabá, em 1984, que reuniram milhares de pessoas no centro da cidade. O primeiro, na avenida Getúlio Vargas, altura da Praça Alencastro. E o segundo na Praça Rachid Jaudi. "Neste último, pode-se dizer que ocorreu a maior concentração política da história de Mato Grosso". Galetti recorda-se que as pessoas ocuparam toda a praça e "espalhavam-se também pelos espaços laterais, tomando as ruas Barão de Melgaço, Isaac Povoas e adjacências, formando uma multidão de aproximadamente 40.000 pessoas. A população de Cuiabá e Várzea Grande, juntas, era naquela época da ordem de 420.000 habitantes". No palanque do comício, tradicionais e novas lideranças políticas locais e nacionais dos partidos políticos, movimentos sociais, sindicatos, artistas e outras organizações da sociedade civil mato-grossense. Lula (presidente do PT), Tancredo Neves, Ulysses Guimarães, Leonel Brizola (governador do Rio de Janeiro pelo Partido Democrático Trabalhista – PDT) e outras das principais lideranças nacionais e locais do movimento pelas Diretas também estavam presentes. No Centro-Oeste, o resultado da votação que rejeitou a "emenda Dante Oliveira" trouxe grande frustração, a exemplo do verificado no restante do Brasil.

Segundo o petista Pedro Wilson, foi muito importante em todo esse processo a presença de organizações, grupos e pessoas atuantes na política e na comunicação, especialmente a alternativa, que ajudaram a divulgar as lutas políticas pelas mudanças pela democracia em Goiás e no Brasil. "Os jornalões aqui somente apoiaram as Diretas Já depois que a roda da história já estava caminhando. Assim, foram importantes os jornais estudantis, boletins de sindicatos, Comissão Pastoral da Terra, movimento negro, rádio difusora, rádio universitária, boletins e revistas da arquidiocese impressos. Eles ajudaram nas mobilizações locais e nacionais, dada a sempre presente censura", destaca o ex-prefeito de Goiânia. Na avaliação de Pedro Wilson, merecem registro especial nesse sentido o *Jornal*

5 de Março, o *Jornal do Deboche*, *Diário da Manhã*, *Rádio Riviera*, *Jornal Opção* e *Jornal dos Direitos Humanos* (*ver "Lições de um jornalismo debochado", à página 166 e "Diário da Manhã: o leitor no comando do jornal", à página 150*). Pedro Wilson registra que, infelizmente, muitos desses boletins e jornais alternativos não continuaram pela falta de recursos financeiros, verbas de publicidade e meios de distribuição para chegar ao eleitor.

O professor de Departamento de História da UFMT, Carlos Américo Bertolini, lembra que os veículos de comunicação no Mato Grosso estavam nas mesmas mãos em que já haviam caído desde a redemocratização de 1945, que pôs fim à ditadura do Estado Novo de Getúlio Vargas. "A exceção [estaria] nas áreas de radiodifusão, cuja ampliação implicou na diversificação das relações das forças políticas com os proprietários de veículos, sem qualquer ganho para a oposição; e na TV, cuja implantação no estado se deu ainda nos anos 1960, coincidindo com a decadência do grupo dos *Diários Associados* de Assis Chateaubriand. Nos anos 70, o grupo *Zahran*, com base regional em Campo Grande (hoje Mato Grosso do Sul) hegemonizou as relações entre televisão e forças políticas, com claro pendor para o oficialismo", diz.

Vale registrar que, no Mato Grosso, entre o mosaico de movimentos pela redemocratização, a luta contra a elite controladora da comunicação resulta numa articulação a partir de 1991 em Cuiabá: o Movimento pela Democratização dos Meios de Comunicação. Entre os protagonistas, estavam o Sindicato de Jornalistas do Mato Grosso, CUT, PT, Partido Comunista do Brasil (PCdoB), movimento estudantil e movimento docente da UFMT e do Sintep, entidade ligada à CUT, da área de profissionais da educação pública estadual e municipal, da qual emergiu a liderança de Carlos Abicalil, atualmente deputado federal pelo PT-MT.

Bertolini ainda registra que o Mato Grosso viveu uma situação muito peculiar na abertura da Nova República, quando Sarney teria comprado a "ampliação de seu mandato [de quatro para cinco anos] com base na distribuição de concessões públicas de rádios e de retransmissoras locais de TV, elevando nosso estado a uma condição ímpar no território nacional, a daquela região onde a abertura de novas concessões se deu sem contrapartida de análogo crescimento da renda gerada pelo comércio local". Segundo Bertolini, municípios de baixa concentração econômica e sem características de pólo-regional chegaram a testemunhar a abertura de duas concessões de rádio ou TV em localidades que sequer apresentavam espaço econômico para uma única rádio FM. O professor de história da UFMT cita como exemplos os municípios de Jaciara e Primavera do Leste, localidades com população inferior a 50 mil habitantes, abrigando dois canais de TV aberta e sem perspectivas de equivalente crescimento econômico regional.

[HISTÓRIA] CONTEXTO CENTRO-OESTE
[ONDE E QUANDO] GOIÁS, DISTRITO FEDERAL, MATO GROSSO E MATO GROSSO DO SUL; DE 1960 A 2005, ESPECIALMENTE 1970 A 1989
[QUEM CONTA] CARLOS AMÉRICO BERTOLINI, LUIZ CARLOS GALETTI E PEDRO WILSON
[ENTREVISTAS REALIZADAS] SETEMBRO DE 2004 A MARÇO DE 2005

CONSTITUIÇÃO EM DISPUTA

Nos anos 80, os setores progressistas da sociedade brasileira anseavam pela realização de uma Assembléia Constituinte, que acabasse em definitivo com o entulho autoritário da ditadura militar. No debate nacional pré-constituinte, os movimentos sociais reivindicavam uma assembléia autônoma ou exclusiva, em contraposição a uma assembléia congressual, formada a partir das forças políticas do próprio Congresso.

A Universidade de Brasília (UnB), que organizou o Centro de Estudos e Acompanhamento da Constituinte (Caec), editou dois periódicos de grande importância sobre o período. No segundo volume dos *Cadernos da UnB*, o diretor do Caec e deputado federal de 1975 a 1987, João Gilberto Lucas Coelho, afirma que as forças populares "fixaram-se na 'constituinte exclusiva' como a chave da legitimidade e da mudança". Contudo, segundo ele no texto "O processo constituinte de 1987", tais forças equivocaram-se "ao acreditarem que uma eleição para constituinte exclusiva teria menor participação do poder econômico ou influência mais limitada da conjuntura política". Para o professor, essa realidade estaria presente em qualquer modelo com forças conservadoras e transformadoras em disputa. A Constituinte congressual foi, assim, uma primeira derrota para os ímpetos transformadores. E foi o modelo vitorioso para seu funcionamento. A partir da eleição para a formação das bancadas da Câmara dos Deputados e Senado, seria instalada a Constituinte. Ao fim do processo, os parlamentares continuariam a cumprir seus mandatos, conferidos a eles pelos cidadãos brasileiros.

A elaboração do texto constitucional não se originava nos partidos representados na Câmara e Senado, mas sim a partir das 24 subcomissões, cada qual com uma mesa diretora e um relator, responsáveis por consolidar as propostas dos parlamentares, entidades e especialistas. Depois, a cada grupo de três, as subcomissões unificavam-se em oito comissões, que, por fim, consolidariam o texto inicial da Carta Magna. Em seguida, coube à Comissão de Sistematização dar redação final para a votação do plenário da Constituinte em primeiro e segundo turno com direito a apresentação de emendas.

Comissões e subcomissões temáticas

I - Comissão da Soberania e dos Direitos e Garantias do Homem e da Mulher:

a) Subcomissão da Nacionalidade, da Soberania e das Relações Internacionais;
b) Subcomissão dos Direitos Políticos, dos Direitos Coletivos e Garantias;
c) Subcomissão dos Direitos e Garantias Individuais;

II - Comissão da Organização do Estado:

a) Subcomissão da União, Distrito Federal e Territórios;
b) Subcomissão dos Estados;
c) Subcomissão dos Municípios e Regiões;

III - Comissão da Organização dos Poderes e Sistema de Governo:

a) Subcomissão do Poder Legislativo;
b) Subcomissão do Poder Executivo;
c) Subcomissão do Poder Judiciário e Ministério Público;

IV - Comissão da Organização Eleitoral, Partidária e Garantia das Instituições:

a) Subcomissão do Sistema Eleitoral e Partidos Políticos;
b) Subcomissão de Defesa do Estado, da Sociedade e de sua Segurança;
c) Subcomissão de Garantia da Constituição, Reformas e Emendas;

V - Comisão do Sistema Tributário, Orçamento e Finanças:

a) Subcomissão de Tributos, partcipação e distribuição das Receitas;
b) Subcomissão de Orçamento e Fiscalização Financeira;
c) Subcomissão do Sistema Financeiro;

VI - Comissão da Ordem Econômica:

a) Subcomissão de Princípios Gerais, intervenção do Estado, Regime da Propriedade do Subsolo e da Atividade Econômica;
b) Subcomissão da Questão Urbana e Transporte;
c) Subcomissão da Política Agrícola e Fundiária e da Reforma Agrária;

VII - Comissão da Ordem Social:

a) Subcomissão dos Direitos dos Trabalhadores e Servidores Públicos;
b) Subcomissão de Saúde, Seguridade e do Meio-Ambiente;
c) Subcomissão dos Negros, Populações Indígenas, Deficientes e Minorias;

VIII - Comissão da Família, de Educação, Cultura, Esporte, Comunicação, Ciência e Tecnologia

a) Subcomissão de Educação, Cultura e Esportes;
b) Subcomissão de Ciência e Tecnologia e de Comunicação;
c) Subcomissão da Família, do Menor e do Idoso.

[Arte: Danilo Nikolaidis]

Fluxograma do Projeto de Constituição

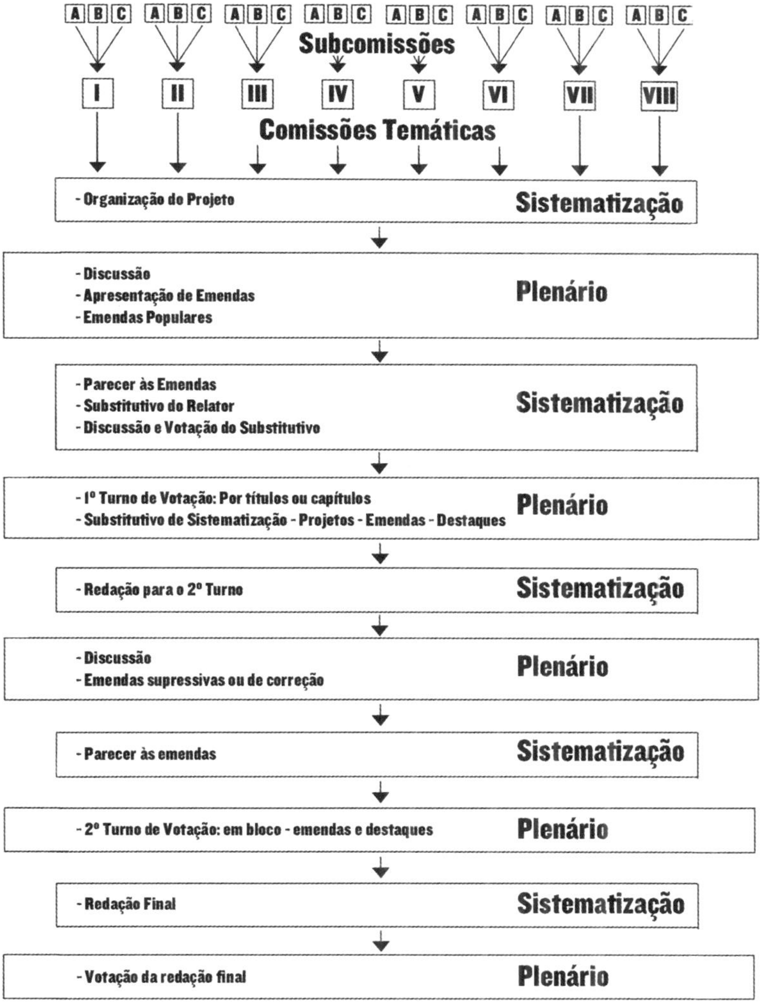

[fonte: cadernos da UnB, 1987]

Diante dos vários temas debatidos, podemos dizer certamente que a comunicação está no grupo dos que menos avançaram em relação à consolidação de direitos e instrumentos de controle social. Ainda hoje atuais e extremamente esclarecedoras, duas das principais referências bibliográficas para entender o debate em torno da regulação constitucional sobre a comunicação são os textos dos professores Hélio Marcos Doyle e Venício Artur de Lima – também autor do prefácio do livro que ora o leitor tem em mãos –, que integram os *Cadernos da UnB* do Caec e o Departamento de Comunicação da universidade. Respectivamente intitulados *Comunicação: a polêmica que não sai em jornal nem em TV* e *Comunicação na Constituinte: a defesa dos velhos interesses*, os artigos apontam como o poder político geria a comunicação a partir de critérios clientelistas e também como os grandes donos da mídia formavam, ao lado da maioria dos parlamentares, o maior lobby contra mudanças no modelo de concessões e regulação do setor.

Como aponta o sociólogo e mestre e doutor em comunicação, Venício Lima, o final do governo Figueiredo (1979-1985) é marcado pelo número excessivo de concessões de canais de rádio e televisão num curto período. Somente nos últimos dois meses e meio do governo do último presidente escolhido pela ditadura militar, o general Figueiredo baixou 91 decretos de concessões. Quase o mesmo número de todo o ano de 1984 (99 decretos), e mais do que o total de 1983 (80 decretos). Entre os privilegiados, as redes de televisão *SBT* e *Bandeirantes*. Além disso, o professor Venício de Lima registra em seu texto quais eram os políticos mais ligados a interesses das emissoras de rádio e TV. Além do próprio ministro das Comunicações, Antonio Carlos Magalhães (PFL-BA) – representado na Constituinte pelo seu irmão, deputado Ângelo Magalhães (PFL-BA) –, seu filho, deputado Luís Eduardo Magalhães (PFL-BA), e também o então secretário-geral do Ministério das Comunicações, Rômulo Vilar Furtado, que acompanhou a votação ao lado de sua esposa, deputada Rita Furtado, principal articuladora do chamado "grupo das comunicações". Segundo o professor, "Fazem parte desse grupo constituintes vinculados, direta ou indiretamente, a empresas concessionárias de emissoras de rádio e/ou televisão, como os deputados Arolde de Oliveira, PFL-RJ (*TV Rio*), presidente da Subcomissão da Ciência e Tecnologia e da Comunicação; Arnold Fioravante, PDS-SP (*Rede Capital de Comunicações*); Fausto Rocha (PFL-SP), (*Sistema Sílvio Santos*); José Carlos Martinez, PMDB-PR (*Organizações Oema, TV Carimã-PR*); José Elias, PTB-MS (*TV Mato Grosso*); Mendes Ribeiro, PMDB-RS (*RBS-Rede Brasil-Sul de Comunicações*); Paulo Marques, PFL-PE (*TV Tropical-PE*), além do irmão e do filho do ministro das Comunicações".

No mesmo período, diversas entidades ligadas ao tema – com destaque, entre outros, para o Fórum Nacional pela Democratização da Comunicação, o FNDC – divulgaram manifestos, cartas abertas e encaminharam propostas à Assembléia Constituinte buscando influenciar o debate da comunicação. Um documento histórico, por exemplo, foi apresentado como resultado do X Encontro Nacional dos Estudantes de Comunicação em 1986. "Propomos, em contrapartida, que a Constituinte garanta o direito à informação através do pleno acesso de todos os setores da população aos meios impressos e eletrônicos. Por isso, defendemos a constituição de um Sistema Público de Comunicação, integrado por entidades populares, representantes do governo, profissionais e empresários do setor, com sua política definida por um Conselho Nacional de Comunicação". Segundo o documento, "O Sistema Público de Comunicação teria como prioridade a democratização do acesso aos meios de comunicação, assegurando a pluralidade de fontes e a expressão das culturas regionais e das opiniões das minorias. Para cumprir com estes objetivos, o Conselho Nacional de Comunicação estabelecerá uma nova política de concessões de canais de rádio e televisão que retire o poder hoje concentrado na Presidência da República e os privilégios decorrentes deste poder. Esta nova política promoveria a revisão das concessões hoje existentes e estabeleceria critérios para as novas concessões que refreassem o poder dos monopólios e garantissem a diversificação cultural e de informações, com limites mínimos de programação regional estabelecidos em lei. A mais importante conseqüência desta política seria a transformação efetiva da comunicação em serviço público, a ser operado exclusivamente por organismos estatais e privados sem fins lucrativos. No caso dos organismos estatais, a divisão de sua gestão entre entidades populares, profissionais e órgãos de Governo garantiria a democratização imediata. No caso dos organismos privados, a democratização viria de forma mais gradual, através de um controle crescente dos profissionais sobre as decisões editoriais", registra a carta dos estudantes, que mais tarde, em 1991, viriam a se organizar na Executiva Nacional dos Estudantes de Comunicação Social, a Enecos.

O primeiro anteprojeto referente às comunicações apresentado para a discussão na Constituinte foi enviado pela relatora da Subcomissão de Ciência e Tecnologia e da Comunicação, deputada Cristina Tavares (PMDB-PE). Mantinha muitos elementos previstos para aumentar o controle da população sobre o setor. Os principais pontos estabelecidos eram: 1) o "direito à informação", 2) define que os meios de comunicação devem estar "a serviço do desenvolvimento da nação, da eliminação das desigualdades e injustiças, da independência econômica, política e cultura do povo brasileiro e do pluralismo ideológico", 3) "estende o monopólio do Estado à exploração dos serviços públicos de telecomunicação", 4) "garante liberdade de pensamento, criação e expressão", 5) "assegura direito de resposta aos cidadãos", 6) "garante aos partidos políticos, organizações sindicais, profissionais e populares o direto de utilização gratuita do rádio e da televisão", 6) "cria Conselhos Editoriais, compostos por representantes das empresas e dos profissionais, em toda a empresa pública ou privada que detenha o controle de veículo jornalístico", 7) e institui o Conselho Nacional de Comunicação (CNC), formado por 15 membros – três de entidades empresariais, três de entidades profissionais do setor, um do Ministério da Cultura, um do Ministério das Comunicações, dois da Comissão de Comunicação do Senado, dois da Comissão de Comunicação da Câmara, um da comunidade científica, um de instituição universitária e um da área de criação cultural. Ao CNC caberia "outorgar e renovar autorizações e concessões da exploração dos serviços de radiodifusão e transmissão de voz, imagens e dados" e também "decidir e fixar as tarifas cobradas aos concessionários", além de "garantir a pluralidade e descentralização vedada a concentração da propriedade dos meios de comunicação".

O projeto recebeu diversas emendas e, após isso, não mais contemplava os detalhes e o número exato da composição do CNC. Exclui-se, também, o direito de utilização gratuita de rádio e TV por organizações sindicais, profissionais e populares. Por fim, ao ser votado na subcomissão, como nos relata o professor Venício Lima, o projeto foi derrotado em praticamente todos os seus parágrafos. O CNC foi excluído, o monopólio dos meios de comunicação por empresas privadas foi mantido, abriu-se espaço para concessões do Estado também nas telecomunicações e, para encerrar com chave de ouro para o setor privado e seu lobby na Constituinte, ampliava o prazo das concessões para televisão de dez para quinze anos.

Na etapa seguinte, na Comissão Temática VIII – da Família, da Educação, Cultura e Esportes, da Ciência e Tecnologia e da Comunicação, o substitutivo do relator Arthur da Távola (PMDB-RJ) retomava alguns pontos do anteprojeto da deputada Tavares, como o monopólio para telecomunicações, a existência do Conselho Nacional de Comunicações (embora delegando à legislação intraconstitucional a definição de seus limites e competência) e dos Conselhos Editoriais. Mesmo após negociações para um segundo substitutivo, o texto foi derrotado na Comissão Temática, constituindo a única das oito existentes a não aprovar e encaminhar nenhum documento para a Comissão de Sistematização. O fato, que traz grandes conseqüências para a regulação do setor nos dias de hoje, aconteceu após o debate sobre uma emenda apresentada pelo ex-deputado do PDS, e depois do próprio PMDB, José Carlos Martinez – e aqui vale frisar, mais uma vez, ligado a um canal de TV no Paraná. A emenda dava poder à União, com aval do Congresso, para outorgar concessões de serviços de radiodifusão, em lugar do CNC, a quem caberia tal atribuição na proposta da deputada Cristina Tavares. A discussão e a aprovação dessa emenda proposta por Martinez desencadeou um processo que resultou na retirada de oito parlamentares do plenário da Comissão. Assim, nenhum texto foi encaminhado para a sistematização.

Depois, o relator da Comissão de Sistematização, o deputado Bernardo Cabral (PMDB-RJ), elaborou os capítulos da Comissão Temática VIII com base nas conversações mantidas com a liderança de seu partido. Mas a estratégia dos conservadores foi ainda capaz de superar todas as manobras usadas nas tramitações anteriores. Uma questão de ordem para adiar a votação do capítulo V ou "Da Comunicação" foi aprovada e o texto seguiu direto para o plenário. Como nos lembra o professor Hélio Doyle, ali a emenda precisaria de 280 votos para ser aprovada. Um fechamento perfeito para as forças ligadas aos empresários da comunicação que pretendiam manter a "essência do sistema em vigor e, no que inova, não prejudica os interesses empresariais", registra Doyle em seu texto.

Conforme pode-se observar a seguir, o texto do relator Bernardo Cabral que seria submetido à votação do plenário trazia propostas notoriamente mais tímidas se comparadas àquelas apresentadas pela deputada Tavares, mas contemplava outros pontos importantes:

1. a proibição de censura política e ideológica, deixando para a lei a regulamentação da veiculação, por rádio e televisão, de temas ou imagens que atentem contra a moral, os bons costumes e incitem à violência e de publicidade considerada nociva à saúde;
2. a proibição de monopólio ou oligopólio, público ou privado, de meios de comunicação, sem entrar em pormenores;
3. a dispensa de licença da autoridade para publicação de veículos impressos;
4. princípios gerais para as emissoras de rádio e televisão como preferência às atividades educativas, artísticas, culturais e informativas e complementaridade dos sistemas público, privado e estatal;
5. normas quanto à propriedade de empresas jornalísticas e de radiodifusão;
6. a competência do Poder Executivo para outorgar e renovar concessão, permissão e autorização para serviços de radiodifusão, cabendo ao Congresso Nacional apreciar o ato, em regime de urgência;
7. a necessidade da manifestação expressa da maioria absoluta do Congresso Nacional para que uma concessão ou permissão não seja renovada depois de dez anos, para emissoras de rádio, e de quinze anos, para emissoras de televisão;
8. a necessidade de decisão judicial para o cancelamento da concessão ou permissão antes de vencidos os prazos;
9. a instituição, para os efeitos do disposto neste capítulo, pelo Congresso Nacional,

como seu órgão auxiliar, do Conselho Nacional de Comunicação, com participação paritária de representantes indicados pelo Poder Legislativo e pelo Poder Executivo;

10. a adoção, por lei, de medidas que permitam às pessoas portadoras de deficiência sensorial o acesso à informação e à comunicação transmitidas pelo rádio e pela televisão.

Esse projeto foi à votação e os pontos básicos foram aprovados, rejeitando principalmente a existência do CNC, mas mantendo a proibição do monopólio público ou privado nos veículos de comunicação e a garantia da liberdade de expressão. Embora o texto do professor Hélio Doyle tenha sido escrito antes da votação final da Constituinte, sua análise faz um balanço das negociações até a apresentação do texto que seria votado em plenário. "O projeto do relator Bernardo Cabral atende aos interesses dos proprietários dos meios de comunicação, mas, de qualquer maneira, não deixa de apresentar um avanço em relação à atual situação. Não democratiza a comunicação ao nível do que seria desejável, nem atinge os limites possíveis em um país capitalista, mas abre melhores perspectivas para novos avanços", cita seu texto, referindo-se à probição da censura, dos monopólios, da necessidade prévia de licença para publicar jornal e revista, além de passar ao Poder Legislativo (e não mais somente ao Executivo) a competência de conceder licenças para funcionamento de emissoras. Todavia, Doyle registra em tom profético que o "autoritarismo" e o "clientelismo" existentes hoje nas relações de poder em Brasília poderiam transferir-se aos parlamentares no momento de exercerem sua competência ligada à concessão.

Que conste nos autos da história que as forças conservadoras usaram, como sempre, de todo o seu poder de domínio sobre a opinião pública para rechaçar propostas de democratização da comunicação. O exemplo freqüentemente usado para acusar novas propostas de "estatizantes" e "socializantes" podia ser dado pela criação e composição do Conselho Nacional de Comunicação e dos Conselhos Editoriais. Ambas propostas integravam os projetos dos estudantes de comunicação, da Federação Nacional dos Jornalistas (Fenaj) e do anteprojeto da deputada Cristina Tavares.

Hoje, passados mais de quinze anos da promulgação da "Constituição cidadã", mesmo os pequenos avanços contemplados são permanentemente desrespeitados pelos proprietários de comunicação e pelo próprio poder Legislativo. O desrespeito em diversos setores, desde o serviço de televisão por assinatura via satélite ao inciso 5° do Artigo 220 da Constituição, que veda o monopólio ou oligopólio dos meios de comunicação, constitui um exemplo dos mais gritantes de não cumprimento à nossa Carta Magna. Mas está longe de ser exceção. Também os critérios para concessões – que deveriam ser baseadas nas finalidades educativas, artísticas, culturais e informativas –, a regionalização da produção e a promoção da cultura nacional e regional – até hoje não aplicadas – são alguns dos pontos que indicam ainda uma Constituição em disputa e uma jornada visando à democratização das comunicações que aponta para um longo horizonte.

[HISTÓRIA] CONSTITUINTE
[ONDE E QUANDO] BRASIL, ESPECIALMENTE DISTRITO FEDERAL, 1983 A 1988

DIÁRIO DA MANHÃ: O LEITOR NO COMANDO DO JORNAL

ALOISIO MILANI é jornalista, editor e coordenador de pauta da *Agência Brasil*, e integra o Intervozes

RODRIGO SAVAZONI é jornalista, redator-chefe da *Agência Brasil*, e integra o Intervozes

[COLABORARAM]

ANTONIO BIONDI

MILENA ARAGUAIA é jornalista

Essa é uma breve história do jornal *Diário da Manhã* quando Washington Novaes o dirigiu. Experiência que durou pouco. Cerca de um ano e sete meses. Dela também participaram Aloysio Biondi, Reynaldo Jardim, Lauro Veiga Filho e Marco Antonio Coelho. Durante o período, a equipe do *Diário da Manhã* construiu uma forma de fazer jornalismo radicalmente democrático, fundamentado no espírito público e baseado em amplo diálogo com a sociedade. O trabalho desenvolvido por Novaes e equipe serviu de referência para outras bem-sucedidas experiências de bom jornalismo que ocorreram no País nos últimos 25 anos, como é o caso do *Correio Braziliense* quando foi dirigido por Ricardo Noblat. Por ter, no entanto, ocorrido fora do eixo hegemônico Rio-São Paulo, a saga ainda é pouco conhecida. Nesse texto, quem nos conta a história é Washington Novaes. O jornalista Batista Custódio, que era o dono do veículo à época em que os fatos ocorreram e ainda hoje dirige o *Diário*, não respondeu às diversas tentativas de entrevista encaminhadas pela equipe de reportagem.

"*A duração de um periódico não expressa, de modo algum, o que conseguiu realizar. Umas poucas edições, e depois o fechamento abrupto podem significar mais para a história da cultura do que um século de publicação ininterrupta*" .

(Perry Anderson, em *Retomadas*, texto escrito em 2000 no qual ele apresenta a nova linha de ação da *New Left Review*)

Tudo começou por causa de um artigo. Em março de 1982, o jornalista Washington Novaes passou a escrever para o jornal goiano *Diário da Manhã*. Num dos textos, falou de ética no jornalismo, coisa que à época discutia-se pouco e hoje se discute menos ainda.

"Contei uma história de 25 anos antes, na velha *Folha da Manhã* (hoje *Folha de S. Paulo*): o secretário do jornal, pessoa muito ética, decidira publicar numa página interna, quase escondida, a notícia de um desempregado/desesperado que matara a mulher e os filhos e se suicidara; quando observei que ele deveria dar mais destaque à notícia, ele me contou que fizera isso em outra ocasião, dera na primeira página, com muito destaque, uma notícia semelhante; nos dias que se seguiram surgiram várias outras notícias idênticas", narra Novaes no livro *A Quem Pertence a Informação?* , em que conta sua experiência no *Diário da Manhã*.

O secretário nunca soube se aquela notícia desencadeou a onda de suicídios, mas também não poderia afirmar o contrário. Perguntou a Novaes o que faria em seu lugar. Novaes não soube responder.

E vinte e cinco anos depois de ter ouvido a história, fez a mesma pergunta aos seus leitores, porque aquela seguia para ele como uma questão importante.

Estimulado por aquele debate, o dono do *Diário da Manhã*, Batista Custódio, ligou para Novaes e perguntou:

- Se é isso que você pensa porque não vem para cá e coloca em prática?

Novaes aceitou o convite.

Ficaram para trás a *TV Globo*, o Rio de Janeiro, a estabilidade de uma carreira consolidada nos principais veículos de comunicação do país, entre os quais *Correio da Manhã*, *TV Globo*, *Fator*, *Veja*, *Visão* e *Folha de S. Paulo*. À frente, apresentava-se o desafio de trabalhar para mudar a história das comunicações brasileiras.

Em 1982, Iris Rezende (atual prefeito de Goiânia), do Partido do Movimento Democrático Brasileiro (PMDB), sagrava-se nas urnas governador do estado de Goiás, depois de anos de intervenção militar no país.

Naquele momento, o Brasil vivenciava o longo e agonizante fim da ditadura (1964-1985) e começava o não menos longo e não menos agonizante processo de redemocratização. Era, também por isso, um tempo de fervores democráticos. Após tantos anos de botas e armas, os setores médios da sociedade e a intelectualidade exigiam democracia e alguns chegaram a apostar que a troca de regime traria à tona debates que foram reprimidos, entre os quais sobre a mídia e o papel da comunicação em uma nova sociedade.

Novaes tratou desse assunto em um dos artigos que publicava no jornal. "Mas não tenhamos dúvida: o avanço democrático no Brasil, a transição completa para uma democracia digna desse nome, está na dependência direta de uma reformulação profunda dos meios de comunicação e no exercício da profissão de jornalista. Se essa transformação não acontecer, se a sociedade como um todo não ganhar formas de expressão real nos meios de comunicação, não haverá como sustentar o avanço da democracia. Principalmente, se os despossuídos da sorte não ganharem espaço nos meios de comunicação, com certeza viveremos dias muito difíceis".

Era essa formulação que orientava a equipe do *Diário da Manhã*. Um ideal que começou a se materializar antes mesmo de Novaes assumir a direção da redação. "O Batista falou que queria um jornalismo responsável. E eu disse que não era só isso. Um jornal só pode ter um compromisso: que é com o leitor. Não pode ser com o poder econômico. Nada. Ele disse que topava, que me dava inteira liberdade para fazer o jornal como quisesse", conta o jornalista, em entrevista exclusiva aos autores deste artigo. Mas para fazer um jornal comprometido unicamente com o seu leitor e que tenha como alicerce o objetivo de democratizar as comunicações no país é preciso muito mais do que boa vontade. E é justamente por isso que a experiência do *Diário da Manhã* é tão rica. Porque conseguiu desenvolver métodos e rotinas jornalísticas que se mostraram eficientes – em certa medida revolucionárias –, as quais apontam um caminho para qualquer veículo que pretenda fazer um jornalismo comprometido unicamente com seus leitores – e mais além, com a cidadania.

JORNALISMO PARTICIPATIVO

A primeira medida que Novaes tomou logo ao assumir a chefia do *Diário da Manhã* foi alterar a composição do Conselho Editorial, que passou a ser formado por todos os jornalistas da redação, com direito a voz e voto. O dono do jornal integrava o Conselho, mas tinha apenas um voto, como os outros membros. Novaes lembra que não foram poucas as vezes em que ele foi vencido pelo interesse da maioria.

"Esse conselho se reunia todos os dias, à uma hora da tarde, para discutir tudo o que havia saído no jornal daquele dia e tudo o que seria publicado no dia seguinte. A discussão era aberta e qualquer divergência se resolvia por voto", explica Novaes.

"Isso foi revelando coisas muito curiosas, a principal das quais era que a abertura do jornal para determinados temas levava a transformações, levava a discussões muito significativas. Isso começou com o jornal promovendo debates nos bairros e levando para a discussão autoridades e especialistas das áreas que iam ser discutidas. Nesses debates se mostrou uma primeira coisa: que 80% dos problemas podiam ser resolvidos ali mesmo, com decisões tomadas ali, na hora", escreve o jornalista em seu livro *A Quem pertence a Informação?*.

Essa experiência participativa evoluiu com a criação de um Conselho de Leitores, que materializava um instrumento de controle social sobre a informação produzida pelo Diário da Manhã. Foram convidados 50 representantes de partidos políticos, sindicatos de empregados, patrões, associações, empresários, advogados, médicos, engenheiros e igreja, que, no início, reuniam-se mensalmente. A periodicidade aumentou e as reuniões passaram a ser quinzenais, depois semanais e Novaes conta que alguns Conselheiros passaram a acompanhar diariamente a execução do jornal.

As avaliações feitas pelo Conselho de Leitores eram publicadas, o que levava ao envolvimento de mais leitores no processo. "Eram discussões bastante surpreendentes", rememora o jornalista. "E foi muito curioso porque nas primeiras reuniões só apareciam aquelas pessoas que representavam grupos sociais que ainda não tinham espaço nos meios de comunicação; os que já tinham espaço, como, por exemplo, a Federação das Indústrias, a Ordem dos Advogados, os grandes partidos políticos, a própria igreja, não apareceram, só apareceram os dos invasores (movimento dos sem-teto), das microempresas, pequenas empresas, sindicatos, etc. Mas como os debates no conselho passaram a ser publicados pelo jornal, então as outras pessoas começaram a aparecer", conta Novaes em seu livro.

Segundo ele, foi uma experiência "muito rica, muito fértil". No entanto, uma experiência que encontrou resistência por parte dos jornalistas da própria redação, que achavam um absurdo essas discussões existirem. Esses opositores, porém, acabaram sendo engolidos pelo processo, que se baseava no conceito de que a informação é um direito da sociedade, o que viria a ser estabelecido pela Constituição de 1988.

"Os debates nesse conselho deram uma idéia muito clara de que a sociedade pensa sobre os meios de comunicação de modo bastante diferente daquilo que os profissionais da comunicação pensam, em geral. O que as pessoas acham que deve ser publicado, quais são os assuntos importantes, a sua visão desses assuntos são bastante diferentes da dos jornalistas", avalia Novaes.

UMA COISA PUXAVA A OUTRA

Mas se fosse apenas uma experiência interessante do ponto de vista da "organização" do jornalismo, o *Diário da Manhã* não teria tido a força que teve. Força essa que levou o jornal a ser o mais lido da capital goiana, superando o seu concorrente direto, *O Popular*, pertencente a um grupo de mídia proprietário da retransmissora local da *TV Globo*. A preferência do público era resultado direto dessas inovações estruturais, mas acima de tudo era um prêmio à criatividade da equipe, à qualidade do jornalismo, e a uma pauta corajosa, que procurava a verdade sem concessões.

Essa equipe foi composta, ao longo da existência do jornal, por, entre outros, Marco Antônio Coelho, José Antônio Menezes, Reynaldo Jardim, Lauro Veiga Filho, além de Washington Novaes, como diretor de redação, e Aloysio Biondi, como editor-adjunto. Entre os colunistas, estavam Jânio de Freitas, Cláudio Abramo, Newton Carlos, Carlos Drummond de Andrade, Fernando Sabino e Millôr Fernandes.

"Existem várias histórias diferentes que eu poderia contar de como o jornal seguia atrás das histórias e transformava aquilo em coisas importantes", narra Novaes. "Um dia, por exemplo, a repórter Lisa França foi à Casa de Detenção. Chegou lá e ficou muito impressionada com uma moça de 19 anos de idade com duas crianças no colo e uma terceira na barriga. Todos os três vivendo da caridade dos presos. O marido dela estava lá e os três comiam os restos de comida dos detentos. E a história era a seguinte: quando nasceu o último filho do casal, o homem tentou comprar fiado um litro de leite em um botequim. E o dono do bar, não só não vendeu o leite, como ainda debochou, chamou-o de vagabundo, botou ele para fora. O homem puxou um canivete, enfiou na barriga do dono do bar e depois fugiu. Ele foi preso alguns dias depois e estava preso lá fazia vários dias. Essa matéria chegou na reunião do Conselho Editorial do jornal e tinha uma foto impressionante daquela mulher com as duas crianças nas mãos e aquele corredor de celas, onde os presos olhavam e deixavam suas mãos crispadas nas grades. Demos essa foto em oito colunas, a largura inteira da página. Na manhã seguinte, apareceu um promotor público impressionado com aquilo e queria mais informações. E foi atrás do processo. A repórter o acompanhou. O cara só estava preso porque era pobre. Ele era réu primário, podia responder o processo em liberdade até porque era um processo de lesões corporais, não de homicídio. Os prazos processuais estavam todos vencidos e nem advogado ele tinha. O promotor pediu ao juiz que o libertasse, o que foi autorizado. Ele foi libertado nesse dia mesmo. E a Lisa França voltou para o jornal com a matéria contando tudo isso e mais as fotos com o reencontro dele com a família do lado de fora, abraçando mulher e tudo. Botamos a seqüência de fotos na primeira página. Um outro repórter acompanhou a volta deles para a casa. Eles moravam num barraco de papelão numa comunidade de mendigos e catadores de papel debaixo da ponte. Fizemos outra matéria sobre aquele pessoal e novamente demos na primeira página. Então, um procurador do Estado reconheceu nas fotos um irmão de criação dele que fazia 40 anos que estava desaparecido. Ele foi lá, buscou o irmão e o levou para casa. No outro dia, publicamos o reencontro dele com a família. No dia seguinte, o governador do estado baixou uma ordem para um programa habitacional destinar uma parte do conjunto para o pessoal que morava debaixo da ponte. E isso foi para a primeira página também. Uma coisa puxava a outra".

Como essa, há muitas outras histórias. Novaes narra várias delas, de forma vibrante, com olhos de certeza. Com a convicção de que cada um desses casos ajudou a mudar a vida das pessoas. "Outra história dessas muito bonita aconteceu num dia quando eu cheguei na direção do jornal e o Batista Custódio [*dono do jornal*] me chamou e disse: 'Escuta, parece que tem uma notícia aí. Parece que um cara doido veio aqui reclamar que deram uma porrada nele na agência da Caixa Econômica Federal. E o segurança deu uns tapas nele porque ele era doido. Ele anda com um saco nas costas e um penico dentro. E ele quer uma conta na Caixa Econômica Federal e eles dizem que não podem abrir conta para um doido'. Peguei a matéria da repórter Lisa França, que contava toda a história e o mendigo dizia que toda a vez em que ele chegava lá, eles aumentavam as exigências, e não deixavam nunca ele abrir a conta. Naquele dia, ele tinha perdido a paciência, começou a dar um esporro nas pessoas e o segurança botou ele para fora com umas porradas. Lisa contava isso e ouvia o pessoal da Caixa. Eu li a matéria, disse que o que precisava ser feito estava feito, mas me ocorreu o seguinte. Será que não era preciso correr atrás da família dele? Ver se o cara é doido ou não? Aí ela disse que não iria. Se fosse aquele o critério, ela não concordava. 'Tem gente até mais doida que fala todo dia aí no jornal'. E citou o Delfim Netto [*risos*]. Ninguém vai na casa deles". Novaes então decidiu levar a discussão para o Conselho Editorial. "Em dez minutos, a discussão já estava incendiada. Metade do Conselho achando que não devia publicar aquilo, dizendo que o jornal acabaria um refúgio de todos os doidos. E outros dizendo que não, que deveria publicar. E um dos editores do jornal disse que ele andava com o penico nas costas porque foi aposentado por incontinência urinária. E ele não quer sair mijando em qualquer lugar. E Goiânia não tem banheiro público. Então na verdade o cara era um cidadão exemplar. Foi assim que surgiu a campanha do jornal para a construção de banheiros públicos. Chegou uma hora na discussão que tivemos que interromper, porque senão ficaríamos ali três dias. Eu propus deixar para publicar no domingo, ao lado de uma matéria contando o que aconteceu, a discussão que fizemos e abri para que outros fizessem o mesmo. Dez jornalistas resolveram escrever sobre o assunto e isso tomou duas páginas do jornal. E para mim esse é um dos momentos mais bonitos do jornal. Aquelas duas páginas que discutiam a nossa profissão. Depois de publicado, o debate recomeçou na sessão de cartas".

Esse tipo de postura era constante no *Diário da Manhã*, e foram várias as grandes coberturas que surgiram aparentemente do nada nos 19 meses em que o jornal brilhou. "E quando havia tentativa de desviar o jornal desse caminho, denunciávamos imediatamente. Publicávamos. Por exemplo: esteve aqui ontem o senhor tal que não queria que nós publicássemos tal assunto", relembra Novaes.

[Reprodução]

Diário da Manhã

Goiânia, 50 anos. Sonho e realidade

O sonho de mudar

Muito além do sonho

A cidade, de ponta a ponta

1- Política

2- Economia

3- Cultura

4- Esportes

5- Imprensa

6- Polícia

7- Metrópole

8- Noite

9- Memória e humor

PRONTA A MENSAGEM DO AUMENTO

Governador assinou a proposta que chega amanhã à Assembléia Legislativa

Salários menores terão entre 120 e 130%. Os demais salários 100%. Pág. 5

Revista da Manhã

ÍRIS PEDE ELEIÇÕES DIRETAS

Ilha do Bananal começa morrer

Preços de alimentos continuam em baixa

Conselho de Leitores no DIÁRIO DA MANHÃ

Diário da Manhã

Argentina elege seu presidente

ESPERANÇA SOB A PONTE

Crise do diesel não se resolve. Por quê?

Denúncia: tráfico de meninas em Paraúna

Delegado diz que a polícia é truculenta

Atlético e Goiânia no desespero

Nenhum dos dois pode perder. Clássico em Anápolis. Vila tenta vitória em Rio Verde.

Diário da Manhã, 1983: jornalismo transformador

TESÃO DE FAZER JORNALISMO

A experiência do *Diário da Manhã* durou pouco. Um ano e sete meses. Mas foi inesquecível. Entre os fatores que contribuíram para a saída de Novaes – e que culminariam com o fechamento do jornal dois anos depois – o cerco político realizado pelo governador Íris Rezende, que proibiu o Estado de anunciar no jornal, e as disputas de poder internas, envolvendo o proprietário Batista Custódio, foram determinantes. "O que foi uma pena, porque era um jornal que dava um tesão de fazer", desabafa Novaes.

"Nunca mais eu quis dirigir nenhum jornal. Não vou conseguir chegar a um jornal com essa independência. Fora a qualidade. Os articulistas que o jornal tinha. O Jânio de Freitas, por exemplo, que estava longe há muito tempo, voltou para a comunicação para fazer uma coluna no jornal sobre o Rio de Janeiro. O Newton Carlos fazia uma coluna internacional. O Cláudio Abramo escrevia às vezes. O Carlos Drummond de Andrade, o Fernando Sabino e o Millôr Fernandes escreviam no caderno de cultura", lembra.

Atualmente, Novaes segue como uma das grandes referências do jornalismo brasileiro, mantém colunas em jornais de grande circulação e programas sobre meio ambiente em TVs Públicas. E o *Diário da Manhã* permanece em sua vida, não apenas como lembrança, mas como um sonho que se fez real.

"Tínhamos alguns conflitos com o pessoal dentro da redação. Tínhamos conflito com o pessoal do Partido dos Trabalhadores (PT). Porque o pessoal do PT queria fazer um jornal partidário. E a gente dizia não. O jornal era aberto a tudo. O jornal não pode ser partidário. E isso levou a algumas dificuldades. Mas chegou a um momento em que houve essa soma de crises e resultou então num impasse porque a mulher do Batista Custódio, a Consuelo Nasser, exigia que se demitisse metade da redação. Eu cheguei a negociar com a redação para abrir mão de um aumento salarial em troca de não demitir ninguém, mas com um compromisso assinado no sindicato. Mas isso não adiantou. O Batista fechou questão e eu disse que saía. Saíamos todos. Fiquei um ano e sete meses no *Diário da Manhã*".

E o que havia começado com um artigo, terminou com outro. Este que republicamos no livro, como homenagem a Novaes e ao jornal que ele fez. E para que os leitores saibam que podem comandar um veículo de comunicação e que a imprensa pode ser muito melhor justamente por isso.

ARTIGO O DIREITO DE NÃO MENTIR WASHINGTON NOVAES

Neste sábado de Natal, deixo de ser editor geral do *Diário de Manhã*. Uma espécie de presente às avessas, neste Brasil abastardo e humilhado.

Sempre disse à redação que, quando chegasse esse dia, gostaria de sair metade do meu rosto triste, por esgotar-se uma história fascinante, na qual me atirei de corpo e alma, 24 horas ao dia (nesses 19 meses de Goiás, só vivi, respirei, sonhei *Diário da Manhã*, sem tempo para mais nada, nem para fazer amigos fora do jornal).

Mas com a outra metade tranqüila, pela certeza de haver feito tudo que era possível para ajudar a crescer esse extraordinário projeto de construir um jornal só comprometido com os fatos, com o leitor e com a comunidade.

Nenhum caminho leva a lugar algum, dizia uma personagem de livros que andou em voga em passado recente. A diferença única é que alguns caminhos têm coração, outros não têm. O caminho do *Diário da Manhã*, para mim, foi todo coração, como diria o poeta Maiakovski.

Agora, por circunstâncias, as duas trajetórias se separam, a minha e a do jornal (embora, à convite de Batista Custódio, continue aqui com meus artigos). O *Diário da Manhã*, cercado por forças terríveis, terá de reajustar sua estratégia, repensar seus meios, reorientar seus caminhos. Vamos nos separar, por isso. Sem rusgas. Sem brigas. Sem mágoas.

Nada disso cabe. Não me arrependo um segundo de ter vindo, de ter feito tudo que fiz. Faria de novo.

O *Diário da Manhã* foi um reencontro comigo mesmo, com os valores mais fundos e mais antigos, herdados de meu pai, minha mãe, meus avós, e temperados ao longo de uma vida pessoal acidentada.

Foi, ao mesmo tempo, como que uma retomada da cidadania plena, com a possibilidade de discutir os problemas do país, do Estado, da cidade, sem nenhuma restrição, sem nenhum compromisso com interesses de grupos ou ideologias.

Foi um exercício de democracia e de convívio ver o crescimento e a consolidação de um conselho editorial onde todos – editores, repórteres, redatores e diretores – têm igual voz e voto e onde as decisões são tomadas por maioria e respeitadas por todos, inclusive os vencidos.

Foi um jogo de esperança ver o jornal comprometer-se com tantas causas, principalmente as causas dos desvalidos. Ver o jornal liderar a luta em defesa dos invasores da fazenda Caverinha, transformados em moradores da Vila Fim Social. Foi emocionante assistir a mudança daquelas 4.500 famílias que pela primeira vez conseguiam um chão para erguer seu teto.

Foi reconfortante, ver um jornal resistir a todas as pressões que queriam engajá-lo na campanha eleitoral, vê-lo abrir espaço para todas as tendências representadas na sociedade. Foi empolgante vê-lo expor suas vísceras para contar ao público como algumas pessoas ligadas ao PDS, conluiadas com inescrupulosos, tentaram fraudar o resultado de uma pesquisa eleitoral para favorecer o candidato do partido governista na eleição de 1982 em Goiás. Foi glorioso ver o jornal correr o risco de desmoralizar-se negando crédito à pesquisa que ele mesmo encomendara – mas recusando-se a pactuar com a falcatrua de pessoas que hoje até arrotam grandezas e virtudes.

Alegrou a alma presenciar a luta do jornal para tentar evitar demissões no funcionalismo goiano, sendo coerente com a pregação que vinha fazendo, sobre a necessidade da prevalência ao social no Brasil, neste momento. Uma coerência que o levou a lutar desesperadamente durante dez meses contra a necessidade de cortes, em seus próprios quadros, apesar do agravamento da crise.

Retemperou a fé na possibilidade de um jornalismo independente ver o *Diário da Manhã* colocar em discussão – para que a comunidade possa se posicionar a respeito – temas como o projeto GICA e o projeto dos chineses de Formosa para Goiás, os negócios especiais da CFT, o escândalo da manipulação das cotações de alimentos nos últimos meses.

Foi extraordinário assistir a essa iniciativa inédita, única no País, que é a criação de um Conselho de Leitores, para que a comunidade possa dizer o que quer e espera de um jornal. Como foi extraordinário ver esse mesmo Conselho debater as relações da imprensa com o poder público e até as demissões no próprio *Diário da Manhã*.

Valeu uma vida profissional ver a corporação jornalística de Goiás mergulhar na discussão sobre o papel dos jornais e dos jornalistas, dos sindicatos de jornalistas. Ver, afinal, a ética da imprensa ser discutida de público, ainda com as feridas sangrando, mas sabendo que desse debate depende o procedimento de abertura política do País.

Chegou o momento, porém, que o *Diário da Manhã* não teria mais como fugir ao cerco que lhe foi imposto exatamente por ser independente, livre, isento, comprometido com o fato e o leitor. O jornal terá de reciclar-se, redefinir-se, reprojetar-se. Terá de levar uma vida mais que espartana para sobreviver sem concessões que o maculem. Chegou, então, o momento da separação.

Mas é preciso dizer ainda, uma vez, nesta hora, que a crise do *Diário da Manhã*, o seu calvário, é a sua glória. Ele sofre porque não dobra a espinha.

Sofre porque os poderes todos ainda não se convenceram de que o Brasil só sairá da crise se houver uma grande discussão nacional sobre tudo, colocando tudo em questão – e com o povo participando. Mas o povo só participará se houver meios de comunicação que o ouçam, e abram espaço, e dêem voz. E os poderosos estaduais, ou federais, ainda não querem ouvir o povo, abrir-se à crítica e ao debate. Preferem compor-se com os inimigos de ontem e fazer um arremedo de participação.

Sofre porque os empresários ainda não descobriram que, se não existirem jornais independentes, eles continuarão a ser vítimas inermes do autoritarismo burocrático, que distribui favores e concentra renda. E cada um desses empresários esperará calado que chegue a vez de naufragar.

Sofre porque cada um de nós ainda não entendeu completamente o quanto carrega em si mesmo de autoritarismo – e só o vê no próximo e nos que detêm o poder.

Mas o *Diário da Manhã* vai continuar. Porque ele já não é mais um projeto apenas do Batista Custódio e da Consuelo Nasser. É de cada um dos jornalistas que aqui estão. É dos leitores. É da comunidade.

Talvez nos encontremos de novo noutra volta de caminho. Ou não.

Seja como for, se a vida continuar generosa como é, um dia terei netos e poderei contar-lhes que, uma vez, trabalhei num extraordinário jornal, que não tinha medo de nada. Um jornal em que era possível exercitar a conquista maior de uma vida: o direito de não mentir.

E talvez meus netos comecem a brincar de jornal.

Goiânia, dezembro de 1983

[Arquivo pessoal]

Cláudio Abramo, Washington Novaes e Marco Antônio Coelho

[Arquivo pessoal]

[história] Diário da Manhã
[onde e quando] Goiânia, 1982 e 1983
[quem conta] Washington Novaes
[entrevista realizadas] janeiro de 2004

LIÇÕES DE UM JORNALISMO DEBOCHADO

MARIANE RODOVALHO é jornalista, trabalha na *TV Gênesis* em Brasília e é integrante do Intervozes

[COLABORARAM]

EDUARDO HORÁCIO JR é jornalista e editor de política do jornal *Tribuna do Planalto*, em Goiânia

FAGNER RIBEIRO é estudante de jornalismo, em Goiânia

PATRÍCIA BRINGEL é jornalista e repórter *TV Anhanguera*, de Goiânia

"Só não mexam com Dona Cotinha". No derradeiro governo militar de Goiás, essa lei informal corria pela boca da imprensa alternativa. Explica-se: de acordo com jornalistas que trabalharam em veículos da região, Ari Valadão, último governador indicado pela ditadura, distribuía as verbas de publicidade inclusive para jornais totalmente contrários à ditadura ou ao seu governo – contanto que Maria Valadão, a primeira dama do estado na época, conhecida como Dona Cotinha, ficasse fora das notícias e dos editoriais. Nessa conjuntura, de abertura lenta, gradual e dolorosa, o jornal *Top News* desenvolveu seu jornalismo "engajado e debochado, crítico e feroz", como define Nilton José, jornalista que trabalhou na redação do semanário, e hoje professor da Universidade Federal de Goiás (UFG).

No final da década de 1970, principalmente durante o governo de Valadão, Goiás passou a contar com importantes iniciativas na comunicação alternativa. A capital do estado vivia um momento de lutas políticas e sociais, com o Movimento dos Posseiros Urbanos de Goiânia – ação de destaque nacional com grandes ocupações de terra urbanas. No norte do estado (hoje Tocantins), também havia o conflito entre os sem-terra e os latifundiários.

A imprensa dividia-se basicamente entre progressistas e conservadores. Na tentativa de uma cobertura mais completa, crítica e plural, o pequeno *Top News* e os jornais *Diário da Manhã* e *Opção* registraram muitas dessas manifestações populares, tudo apurado e pesquisado por pequenas equipes de jornalistas (*ver "Diário da Manhã: o leitor no comando do jornal", à página 150*). Na contramão dessa visão, os jornais *O Popular* e *Folha de Goyas* refletiam, na maior parte do tempo, de maneira conservadora, a posição das aristocracias rural e urbana em suas páginas, contemplando a visão dos grandes proprietários e da elite.

Top News, durante sua fase mais combativa, contava também com publicidade oficial do governo Ari Valadão, conforme contam jornalistas que trabalhavam em sua redação na época. A idéia original do semanário, criado em 1973, era firmar-se como um jornal de serviços. Assumido por jornalistas da revista *Planeta*, o *Top News* passa para uma nova fase e adqüire vertente de caráter místico. Apenas a partir de 1980, quando o jornalista Joãomar Carvalho assume a edição do jornal, o *Top News* se transforma em um semanário de crítica política de Goiás.

A crítica debochada surge aos poucos, conforme seus jornalistas vão percebendo que assim sua mensagem chegava com mais força, e mais longe. O jornal inovou ao abrir espaço para movimentos populares e setores emergentes da política de esquerda publicarem suas opiniões, sem cortes. E, assim, tornou-se referência. O *Top News* também ironizava os veículos tradicionais e autoritários, ao mesmo tempo que aceitava e fazia sua própria autocrítica, tudo com muita clareza e abertura.

O estrangulamento das experiências progressistas teve início durante o mandato de Íris Rezende, primeiro governador eleito no pós-ditadura, em 1983. Ao chegar ao poder, Íris realizou uma faxina na distribuição publicitária, o que asfixiou os pequenos veículos com os contratos de prestação de serviços. "Não se trata de figura de linguagem. Os meios de comunicação recebiam, de acordo com seu tamanho e prestígio, cotas mensais do Estado, a título de remuneração pelos serviços prestados – a divulgação de atos da administração pública. Vale dizer que os preços cobrados do Estado são infinitamente maiores que os pagos pelos anunciantes da iniciativa privada. A análise que fiz – e que os fatos comprovam – é que, para não desagradar ou perder importante cliente, a mídia começa a fazer vista grossa para os problemas políticos como falta de água tratada e esgoto, ineficiência do transporte público, assim como da saúde, desafios da segurança, etc".

O jornalista "ex-*Top News*", Nilton José, afirma que esse estrangulamento pode ser explicado pela própria figura de Rezende que, segundo ele, nunca gostou da diversidade e da pluralidade nos veículos de comunicação, nem da "imprensa com liberdade". Quando assumiu o governo, Íris restringiu a publicidade à imprensa, resultando no fechamento de três jornais diários. Só *O Popular* ainda contava com o Estado como patrocinador.

O contexto obrigou a transferência de grande parte da redação do *Top News* para o quadro de outra iniciativa que buscou dar ao estado uma nova possibilidade de imprensa qualificada, crítica e independente, a Cooperativa de Jornalistas de Goiás (Projornal).

Criada em 1978, foi inspirada na experiência da união protagonizada por jornalistas gaúchos em 1974 (*ver "Coojornal: o fim da ditadura – e da reportagem", à página 36*).

O professor da UFG Joãomar Carvalho foi um dos fundadores da Projornal. Ele conclui que a posição assumida pelo primeiro governo democrático em Goiás originou o fim das experiências alternativas de comunicação. "A partir do governo do PMDB, começa uma sistemática do controle da informação como linha geral, que determina uma perseguição a jornalistas considerados extremamente autônomos e independentes, demissão de jornalistas e controle excessivo do governo com a imprensa, quebrando sua evolução em Goiás".

Na análise de Joãomar, "Íris Rezende foi um político que chegou ao poder sem a compreensão de que Goiás havia experimentado mudanças profundas na estrutura da sua organização social e política. Foi incapaz de perceber a articulação dos movimentos sociais. Ele recuperou o populismo barato. Nessa perspectiva ele não entendeu que, naquele momento, a imprensa já tinha se transformado no espaço de expressão desses movimentos, no espaço de expressão da esfera pública democrática".

COMUNICAÇÃO E COMUNIDADE

Nilton José dos Reis Rocha foi repórter do *Top News* de 1981 a 1983 e cooperado da Projornal, onde elaborou e desenvolveu projetos de comunicação para movimentos sociais. Na Universidade Federal de Goiás, foi um dos grandes defensores da implantação da disciplina Comunicação Comunitária na grade obrigatória do curso de comunicação. Teve sucesso, e hoje é professor titular da disciplina naquela universidade pública. Também trabalhou como repórter no jornal *Folha de Goyas*, no *Diário de Brasília*, na *Agência Goiana de Divulgação* (ligada ao governo do Estado), e no jornal *Opção*, na década de 1970. Abaixo, conta um pouco da experiência do *Top News* e o que ela lhe ensinou.

_ Por que o *Top News* decide começar a cobrir os movimentos sociais?
Estávamos vivendo um momento de muito conflito social. Goiânia tinha os posseiros

urbanos, que estavam começando um grande movimento, com destaque nacional e mundial. As grandes ocupações de terra urbana estavam começando, além da grande greve dos professores, em que os pais foram pras ruas com os professores. O jornal cobriu isso muito, porque fazia oposição ao governo.

_ Como eram as ações mais críticas do *Top News*?

Por exemplo, lembro-me de quando estavam colocando bombas em bancas de revista e fizemos a capa do *Top News*. O Helvécio Cardoso fez uma charge de um agente, vestindo um paletó bonito, e tinha os pés e as mãos de gorila. Esse jornal foi muito criticado, o secretário de Segurança Pública do Estado, Hermes de Miranda, ficava furioso, mas a gente mexia muito com a polícia.

_ Como era a redação? O que vocês publicavam?

A redação tinha uma irreverência muito grande, e tinha vínculos com os movimentos sociais, vínculos de engajamento. As pessoas procuravam o *Top News* porque ele era uma referência. Os políticos de oposição e os movimentos sociais sabiam que, no *Top News,* o material deles seria veiculado sem nenhum corte. Todo tipo de material. O *Top News* era um jornal muito aberto e foi um dos primeiros, por exemplo, a falar do movimento gay, a ter como linha uma defesa do homossexualismo enquanto direito. Isso era um absurdo para a época.

Os movimentos urbanos, os posseiros urbanos, alguns movimentos de sabedoria popular, movimento das donas de casa, ONGs ligadas ao movimento popular, todo mundo tinha espaço no *Top News*. Ele era o desaguadouro de muitas dessas inquietações e aspirações dos movimentos populares.

O *Top News* publicou muita matéria sobre a Casa de Detenção. Denunciava superlotação, tortura de presos. A gente recebia muita carta dos presidiários. O *Top News* publicava muito essas torturas de presos comuns, que é uma tortura política. Com a chamada abertura política, a gente esqueceu de anistiar os movimentos sociais. Você anistiou o cara que tinha militância partidária e a tortura desembocou na pessoa comum.

_ Como vocês driblavam a censura nas reportagens?

Era engraçado, porque nós aprendemos uma tática. Muita matéria você tinha como informar começando com uma negativa. Você tinha um fato, mas não podia divulgar, então você entrevistava alguém que negava aquele fato. Preso não podia nem falar, evidentemente, mas muita coisa passava. Foi uma fase muito difícil.

De todo modo, a inteligência sempre venceu a força bruta, mesmo demorando. Nós aprendemos a ter paciência. Nós aprendemos que precisava esperar, precisava acumular forças, mas nós tínhamos a ilusão – uma ilusão que o setor da esquerda nos passou – de que quatro ou cinco pessoas iriam derrubar o regime.

_ Como era a relação do governador da época, Ari Valadão, com a imprensa, na questão de financiamento?

Nós fizemos uma vez uma notinha no *Top News* sobre isso, que explica um pouco por que os jornais recebiam dinheiro do governo. Foi uma notinha bem humorada, numa seção de humor: a *Folha de Goyaz* recebia dinheiro do Estado como aposentada, tinha pensão por ter mais de 40 anos de serviço público. O *Popular* era o servidor público por excelência, o *Diário da Manhã* era a viúva do *5 de Março* (jornal extinto em 1979, do mesmo grupo do *Diário*), e o *Top News* recebia porque era menor abandonado.

Mas isso porque o Valadão era extremamente generoso. Ele pedia que não atacasse a ele e a dona Cotinha, a Maria Valadão (a primeira dama do estado na época). E os jornais evidentemente não atacavam o Ibsen de Castro, que era o secretário de Fazenda, que pagava.

_ Como eram as editorias do jornal?

Tinha o *Jornal do Teobaldo*, um pseudônimo coletivo que fazia a crítica dos veículos de comunicação semanalmente. Essa editoria criou muita inimizade pra gente, porque o *Top News* satirizava muito, todo mundo escrevia.

Havia outras colunas muito irreverentes. A *Gota Serena*, por exemplo, também era um pseudônimo coletivo, na qual colocávamos notinhas mortais de política.

Uma vez, nós publicamos a foto de um barquinho em um rio qualquer e o editor publicou que aquele era o deputado Hélio Levi, no rio Araguaia, fazendo campanha para governo. Ele já era pré-candidato e, na segunda feira, o deputado apareceu na redação do jornal muito bravo, porque a mulher dele estava furiosa, pensando que ele tinha ido pro Araguaia. A gente explicou que aquilo era um deboche! A gente colocou assim: "O deputado é o que está de costas, tocando violão", mas era uma foto pequena, longe... (risadas). Mas jornal é uma das coisas mais marcantes, a palavra escrita tem muita força. A *Gota Serena* tem histórias imensas.
Naquela época, matérias que o *Diário da Manhã* não podia publicar eram enviadas como "colaboração" para o *Top News*. Muita informação que os outros veículos não publicavam, chegava ao *Top News* em função da redação. Nós fizemos uma oposição frontal ao Íris Rezende durante sua campanha para governador do Estado, na primeira eleição direta em Goiás. Apesar de cobrirmos o Íris no começo da campanha, fizemos uma oposição muito dura depois.

_ Quem era o público do jornal, para quem o Top News era feito?
O *Top News* tinha distribuição gratuita em padarias, condomínios e prédios públicos, nas regiões centrais da cidade, mas a gente recebia muita carta da periferia.
Nós custamos a entender, em função do nosso elitismo, como a periferia lia o *Top News*, se ele não chegava lá. Daí, entendemos que, quem trabalha nos órgãos públicos mora na periferia. As pessoas que sustentam os condomínios moram na periferia!
Tinha um militante do partido comunista, o Lindolfo, que toda segunda-feira estava no jornal, pegava 20 exemplares e fazia crítica da edição anterior. Foi uma experiência extremamente gratificante.
Mas quando deixei o *Top News* e fui para a cooperativa cuidar dos pequenos jornais, sobretudo de movimentos sociais, era muito curioso... Em reuniões dos moradores da periferia, referiam-se a alguns jornalistas do *Top News*. O leitor estabeleceu uma relação, não com o editor, mas com o jornalista. O *Top News* me ajudou a derrubar alguns mitos, algumas verdades que eu ensinava na Faculdade de Comunicação.

[Reprodução]

Quatro de Outubro

A LUTA PELA TERRA

ANO I - Nº 2 — Goiânia, Fevereiro de 1984 — União dos Invasores

Cadê a doação que o PMDB prometeu?

Não esqueça esses nomes

A terra é nossa

Feijoada de apoio

Esporte e Cultura

Assinaturas

Jagunços e imobiliárias fazem ameaças

Organizados, os posseiros resistiram

Santa Cruz sai à rua e exige água

Fevereiro de 1984: Goiânia em ebulição

_ Por exemplo?

Eu fazia uma coluna política, uns textos sérios, sisudos. Uma vez, tinha que fechar uma edição em 31 de dezembro, daí eu fiz um texto intitulado "O Trivial", com uma previsão do ano, sobre o que aconteceria, mas de forma muito irreverente. Disse que o Vila Nova [*time de futebol goiano*] ia ser campeão, que a inflação ficaria em 10% e tal. Com essa matéria, comecei a receber telefonemas e cartas dos leitores, daí eu nunca mais escrevi sério! Eu fui entendendo que o nosso povo é um povo debochado!

Quando fui para a periferia, as pessoas falavam em Nilton José ou outro nome sem me conhecer, sem saber que eu estava na reunião, porque o jornal era lido, era aberto, ele comportava essas demanda sociais. O jornal não escondia suas deficiências, nem seus limites, nem suas contradições. Foi um grande aprendizado saber que é possível fazer esse tipo de jornalismo e que você tem leitor, tem resposta.

_ O *Top News* era um jornal de esquerda?

O jornal mexia muito com os barbudinhos da esquerda. Dava espaço, mas também questionava esses caras da esquerda, do Partido Comunista, do PT. Um dos poucos jornais que deu espaço para eles foi o *Top News*. Pedro Wilson [*prefeito de Goiânia de 2001 a 2004*] não tinha espaço [*na grande imprensa*], só na *Rádio Universitária*, *Top News*, jornais populares, rádios populares. Mas quando chegaram ao poder, esses caras não consideraram essa trajetória.

_ Qual foi a cobertura mais marcante?

Eu me lembro bem da questão da Nova Esperança, que foi um conflito muito grande. A ocupação nessa área de Goiânia, a resistência à polícia, tudo isso... A ação começou em julho de 1979, e os posseiros tinham uma rádio que chamava *Nova Nicarágua*, em homenagem a Revolução Nicaragüense, exatamente naquela época [*final dos anos 70*]. Houve um grande conflito na Esperança, em 4 de outubro de 1979, quando foi morto um fotógrafo internacional que estava cobrindo a ocupação. A Nova Esperança resistiu muito à violência policial exercida a partir de ordens da prefeitura de Goiânia.

_ A importância da comunicação para os movimentos populares em Goiás nasce nessa época?

Sim. Nasce do vigor dos movimentos que, a certa altura, percebem que a cobertura da imprensa era insuficiente. Percebem e investem em sua estrutura de comunicação.

Os posseiros tinham um jornal, o *4 de Outubro*, impresso, ajudado pela Cooperativa de Jornalistas de Goiás, a Projornal. O *Alto da Poeira* era o jornal da associação dos bairros que não tinham asfalto. Eles criaram uma associação e um jornal, também ajudado pela cooperativa. Isso tudo dos anos 80 pra frente, antes do Íris Rezende [*1983*], que não ajudou muito, que desmontou toda a estrutura de comunicação existente.

O movimento social não só percebeu que a informação é estratégica e decisiva, como também investiu em sua estrutura. Havia dezenas de jornais mimeografados nos bairros, além da rádio *Nova Nicarágua*, feita pelos próprios moradores com um alto falante, sem orientação nenhuma.

A partir daí, o movimento social foi trabalhar as rádios comunitárias, os posseiros puxam isso. Quem começa o movimento das rádios comunitárias em Goiás é a Faculdade de Comunicação da UFG, que traz essa idéia e a apresenta aos posseiros.

A Fegip, Federação de Inquilinos e Posseiros do Estado de Goiás, chegou a ter um jornal, quatro rádios e um grupo de teatro. Usavam muito bem os repentistas. Fundaram também, com o apoio da Projornal, a *TV Ambulante*, que era o vídeo comunitário. Eram programas que os posseiros gravavam e passavam nos bairros.

Em alguns finais de semana, a *TV Ambulante* tinha 20 convites pra gravar, desde um casamento até uma posse. O movimento começou então a fazer uma outra leitura do que é importante, do que é cultura. O que é informação? A minha festa pode ser informação. A minha beleza pode ser informação. O meu futebol pode ser informação.

A *Ambulante* durou uns dez anos. Começou também em uma ocupação, do Amendueira. Os repórteres eram os próprios posseiros. A faculdade e a cooperativa investiram muito na formação do jornalista popular desde então. Tínhamos claro que o jornalista formado pela faculdade tinha um outro papel a cumprir junto aos movimentos, de grande articulador, e que era preciso investir na formação do jornalista popular.

[Reprodução]

Jornal TopNews

ANO VI No. 260 — GOIÂNIA, DE 15 A 21 DE MAIO DE 1.983

É ASSIM QUE MUITA GENTE GOSTARIA DE VER O TOP NEWS.

ELES CONSEGUIRAM!

Esta é a última edição do *JORNAL TOP NEWS*. Com altivez estamos nos apresentando aos nossos milhares de leitores de todos os domingos, pela última vez. A foto acima é de um anúncio publicado por TOP NEWS em sua edição de número 94, que circulou no dia 16 de Março de 1980. Também naquela época estavamos sendo pressionados pelo Governo, unicamente por causa de nossas opiniões. A diferença é que naqueles tempos não se jogava tão sujo e com tanta safadeza.

É triste demais dizer que conseguiram. Mais triste ainda é se reconhecer quem conseguiu.

Corruptos estão no poder

Messiânico, o governador Iris Rezende Machado, pregou aos quatro cantos do Estado, que os corruptos seriam banidos do poder. A impressão que se tinha é que Goiás era governado por uma quadrilha de assaltantes. Após 60 dias no poder, Iris nada comprovou, a não ser incompetência para gerir a coisa pública. Incompetência esta, que se manifesta em convocar corruptos confessos para compor sua equipe de governo.
São estelionatários, grileiros, contraventores (donos de motéis) e até alguns que ganharam polpudos salários do governo durante quatro anos, sem nunca terem trabalhado.

Nesta edição estamos enfocando apenas, o caso do Sr. Valdimar de Oliveira, diretor da Transurb, processado e denunciado por crime de corrupção. Página 21.

Final Feliz?

Para quem imagina que chegar ao fim da última edição de um jornal é um "final feliz" damos nosso depoimento de que as coisas chegam a se tornar dramática. Na página 18 desta edição, damos o depoimento de alguns de nossos colaboradores e de políticos, sobre o fechamento do jornal TOP NEWS. Dói mas mesmo assim a gente ri. Final do Fim está na página 32.

MISS GOIAS

O interior não concordou com os resultados finais. O prefeito de Itumbiara, Vaterloo Araújo, abriu a boca, denunciando coordenadores e o juri, presidido por Dona Iris primeira-dam

Daniel Borges, contra tecnocratas, a centralização, demissões sem critérios e redução dos salários.

POLITICA

— Jaime Câmara consegue que o governo estadual libere um funcionário para a sua assessoria.

— PMDB vai enfrentar mais crises internas. Parlamentares discordam de Iris e os grupos se engolem.

— Redução salarial na prefeitura começam a sofrer as primeiras críticas dos vereadores.

— Câmara Municipal sem muito o que fazer de mais concreto. Prefeitura sem um planejamento claro.

Nesta edição

Política .... 03, 05, 09 e 11
[illegible]
Modas 28
[illegible]

MODAS

Prestigiar a industria de confecções de nosso Estado tem sido uma norma nas páginas de modas de Top News. Nesta edição Marilene Mello pela ultima vez mostra nossas criações em modas. Pág. 28.

ULTIMA EDIÇÃO

No dia 11 de junho próximo estaríamos completando 5 anos de existência ininterrupta chegando aos lares goianos gratuitamente. Top News está fechando. As razões estão na página 06.

FIGUEIREDO É IMORAL

O deputado Ivan Ornelas categoricamente chamou o presidente Figueiredo de imoral, por ter criticado as demissões em massa de servidores públicos ligados ao PDS. Maiores informações na pág. 21.

As contradições de Iris

Neste 15 de Maio, completam-se os primeiros 60 dias de Iris Rezende no governo de Goiás. Seus compromissos assumidos na campanha eleitoral e em seu discurso de posse precisam ser cobrados, ou pelo menos lembrados. Todas as contradições de Iris estão nas páginas 16 e 17 de Top News.

Top News: debochado e incisivo

O movimento social, ao botar as rádios e ao fazer a *TV Ambulante*, dizia que a luta não era só para ganhar terra, a questão não era só moradia. O posseiro passou a entender que a lógica que impede o acesso dele à TV é a mesma que impede o acesso à terra, o acesso ao trabalho, o acesso à escola. A comunicação ajudou muito os movimentos a romperem todas as lógicas.

_ Os outros jornais de Goiás cobriam esses embates da população com a polícia, divulgavam os choques da população com o governo?

Todo mundo cobria, mas você percebia quatro vertentes totalmente diferentes. O *Opção* e o *Diário da Manhã* faziam uma cobertura muito próxima dos movimentos sociais, mostrando os conflitos. Já a *Folha de Goyaz* fazia aquela cobertura mais conservadora, igual ao *Popular*.

A *Folha de Goyaz* e *O Popular* representavam o grupo que estava no poder, o grupo do latifúndio urbano-rural, que defendia muito a propriedade da terra. Esses jornais davam uma notinha falando dos posseiros de terra, que tinham que tomar muito cuidado, porque a terra em Goiás existia como proteção de capital, com valorização muito alta. Comprava-se terra com o objetivo de proteger o capital.

A *Folha de Goyaz* e *O Popular* defendiam essa visão mais conservadora de ocupação da cidade e do estado, que começou com o Delfim Netto nos anos 70. O governador Ari Valadão defendia a modernização do campo feita na visão dos bancos.

Nessa época, estavam chegando as grandes levas de pessoas de outros estados em Goiânia, levando aos grandes conflitos urbanos. Não é por acaso que os conflitos pela posse da terra começam sobretudo com o Ari Valadão. Porque essas pessoas não tinham onde morar, o Estado não tinha políticas de moradia, então o Movimento dos Posseiros Urbanos de Goiânia fazia embates e os jornais cobriram isso muito bem. O *Opção* cobriu muito bem, e o *Diário da Manhã* também.

O *Diário* fez uma matéria sobre a chamada "Operação Band", dos Bandeirantes, que localizou os mortos pela ditadura aqui enterrados. Acharam corpos aqui no Sudoeste de Goiás, em Jataí.

_ O que ficou de lição do *Top News* para o jornalismo e para vocês?

Foi pra gente uma grande escola. A gente era muito jovem. Cometemos talvez muitos erros, jornalista jovem é muito arrogante, a gente custa a aprender a ter humildade, custa a compreender que tem uma responsabilidade social e o *Top News* nos ensinou isso. O *Top News* levou um banho em algumas coisas que nós sabíamos, que conhecíamos. Nós demos uma contribuição, apesar de muita gente não gostar do *Top News*, porque ele mexeu com muitos interesses, agindo de forma debochada.

O jornalismo tem uma função social muito importante. Mas cumprir isso em que espaço? Na construção da democracia cultural informativa, que desemboca na democracia política e econômica? Em que meios? E em que espaços? Eu acho que o movimento social está mais uma vez sinalizando qual é o espaço, na comunicação popular, no cyber espaço, por meio da internet.

O *Top News*, a cooperativa e a *Rádio Universitária* [*ligada à Universidade Federal de Goiás*] foram nossas grandes escolas de democracia, apontando nossos limites, descobrindo possibilidades. E têm sido o campo de realização disso até hoje.

[Milena Araguaia]

[HISTÓRIA] JORNAL TOP NEWS
[ONDE E QUANDO] GOIÂNIA (GO), DE 1973 A 1988
[QUEM CONTA] JOÃOMAR CARVALHO E NILTON JOSÉ DOS REIS ROCHA
[ENTREVISTAS REALIZADAS] OUTUBRO DE 2003 A ABRIL DE 2004

"TRAGA SUA POLUIÇÃO PARA GOIÁS"

Durante a ditadura, Goiás padeceu com o modelo econômico, social e político imposto pelos militares ao País. Com uma economia que girava em torno da produção rural, com o poder concentrado nas mãos de poucas famílias latifundiárias, o impulso desenvolvimentista gerava a destruição do Cerrado.

Leonino Caiado, de tradicional família de latifundiários goianos, foi o governador indicado pelo governo militar no final dos anos 60 e início dos 70. Dentre as principais bandeiras de Caiado, estava a luta contra a reforma agrária. As prioridades do governador eram apoiadas, segundo nos conta o professor da Universidade Federal de Goiás (UFG) Nilton José dos Reis Rocha, por Manuel dos Reis, prefeito de Goiânia em 1974 e professor da Faculdade de Medicina da UFG.

Para se colocar contra a reforma agrária, Manuel dos Reis articulou os sindicatos rurais, ligados à família Caiado, junto com a família Ludovico, também expressiva força política no Estado.

Durante a década de 1970, Goiás foi palco de uma busca pelo desenvolvimento, comandada pelo secretário da Indústria e Comércio goiano, Azeredo Coutinho, que promoveu o slogan "traga sua poluição para Goiás", na tentativa de trazer grandes empresas.

Segundo Nilton José, as políticas do governo estadual geraram outras várias irresponsabilidades ambientais, simbolizadas pelo projeto do pólo-industrial de Leonino Caiado. Com dinheiro emprestado de outros países, o então governador incorporou o Cerrado à fronteira agrícola do estado, dando início à ocupação desordenada do bioma, principalmente nas regiões Norte e Sudeste de Goiás.

Nesse período, a terra era vista como moeda em Goiás, como investimento financeiro prioritário, o que gerou outra forma de violência, mas dessa vez contra os chamados posseiros, urbanos e rurais.

A violência na disputa pela terra em Goiás foi tamanha, que levou a coberturas jornalísticas que renderam prêmios para profissionais goianos, como o repórter Armando

Araújo, do jornal *O Popular*. Araújo venceu o prêmio *Vladimir Herzog*, o mais importante do Brasil na área de direitos humanos, por retratar a violência no Bico do Papagaio, região localizada na divisa dos estados de Tocantins (antigo Norte de Goiás), Sul do Pará e Maranhão, que resultou na morte do padre Josimo.

Os conflitos centrados no Bico do Papagaio também chamaram a atenção do jornalista Ricardo Kotscho, que escreveu um livro sobre o assunto, *Massacre de posseiros*, de 1981, falando sobre a violência das Forças Armadas brasileiras contra os sem-terra na região.

[história] Poluição em Goiás
[onde e quando] Goiânia (GO), anos 60 e 70
[quem conta] Nilton José dos Reis Rocha
[entrevistas realizadas] Abril de 2004

A FARSA DE O ESTADO DE S. PAULO CONTRA OS ÍNDIOS DO BRASIL

CRISTIANO NAVARRO é jornalista, editor do jornal *Porantim* e integrante do Intervozes
ANDRÉ DEAK é jornalista, editor da *Agência Brasil* e integrante do Intervozes

[COLABOROU]
FABIANA VEZALLI é jornalista, editora da *Agência Brasil* e integrante do Intervozes

Na madrugada de um domingo, caminhões carregados de mentiras saíram da avenida Engenheiro Caetano Álvares, sede do jornal *O Estado de S. Paulo*, em direção às mais importantes bancas de jornal do País. Naquele 1987, ano em que a Constituição brasileira começava a tomar forma definitiva, kombis brancas entregaram histórias falsas, disfarçadas de verdade, nas casas de seus assinantes, muitos deles advogados, deputados, senadores e tantas outras figuras decisivas para a democracia que se pretendia construir. Naquele 9 de agosto começava uma campanha de difamação inesperada contra o Conselho Indigenista Missionário, Cimi, órgão ligado à Conferência Nacional dos Bispos do Brasil, CNBB. A primeira página dos jornais saiu às ruas com a seguinte manchete: "A conspiração contra o Brasil".

A matéria de *O Estado de S. Paulo* fazia parte da série "Os índios na nova Constituição", que foi publicada diariamente, durante uma semana. Na capa de domingo, abaixo de uma enorme foto de índios em canoas, a legenda: "A pretexto de salvar os índios, a trama para o Brasil aceitar a soberania restrita". Nos textos não-assinados, o jornal denunciava os supostos planos secretos do Cimi para tirar o controle brasileiro das terras indígenas, beneficiando mineradoras internacionais.

O então coordenador regional do Cimi em Manaus, Francisco Loebens, lembra a surpresa daquele domingo: "Recebi a notícia através do secretário nacional, Antonio Brandt, ligando preocupado diante da invenção daquela manchete. Ele dizia para a gente manter a calma e não entrar naquele momento com respostas apressadas. Era preciso compreender o que acontecia, para então articular respostas substanciais". Não houve tempo para isso. No dia seguinte, 10 de agosto, a campanha só estava começando: "Nem só de índios vive o Cimi", dizia a manchete.

"O Cimi e seus 'irmãos do estanho'" era a capa da edição do dia 11. Segundo o *Estadão*, entidade teria interesse em impedir a mineração nas terras indígenas para não prejudicar seus supostos parceiros internacionais, exploradores de minérios. Nas palavras do jornal: "Criado para 'incentivar e assessorar o atendimento às populações indígenas, em suas necessidades', o Conselho Indigenista Missionário – Cimi – tem uma estranha forma de atender a esse preceito. Não há como justificar a defesa que faz da mineração de cassiterita da Malásia, um dos países que fazem parte daquilo que, nos círculos do Cimi, é conhecido como os *Tin Brothers* (os 'irmãos do estanho'). Um de seus objetivos é impedir que a exportação do estanho brasileiro ponha em dificuldades a Malásia e todos os outros países produtores do Sudeste Asiático e da Oceania, integrantes do *Internacional Tin Council* (Tailândia, Indonésia e Austrália, além dos africanos Nigéria e Zaire) ou até as outras nações reunidas na *Association of Tin Producing Countries*. Como consta do resumo que o irmão Brandt fez do encontro entre CNBB, CIMI e a Biblioteca do Desenvolvimento Econômico, sua política é 'manter as reservas minerais intactas' (...)". Esta, sem dúvida, seria uma revelação devastadora, não fosse um detalhe: o "resumo que o irmão Brandt fez do encontro" foi completamente forjado.

Quarta-feira, 12 de agosto de 1987: "Índios, o caminho para os minérios".

Quinta-feira, 13 de agosto de 1987: "Cimi propõe a divisão do Brasil".

Sexta-feira, 14 de agosto de 1987: "O evangelho do Cimi: índio, ouro...".

"A magnitude inusitada dessa campanha mostrou claramente até onde os poderosos grupos de interesse, principalmente da indústria mineradora, estavam dispostos a ir para conseguir o direito de explorar riquezas em terras indígenas", analisa a antropóloga Alcida Rita Ramos, em um trabalho apresentado no México, em 1997.

Fora dos arquivos do Cimi e de alguns estudos acadêmicos, existem poucos registros sobre esse episódio da história de *O Estado de S. Paulo* e dos outros periódicos que o acompanharam. O *Correio Braziliense* também aderiu à campanha contra o Cimi e, dias depois, o jornal *O Globo* fez o mesmo. Por sua vez, a *Folha de S. Paulo* e o *Jornal do Brasil*, outros dos cinco mais importantes jornais diários de então, nada publicaram.

"Esse assalto da imprensa foi dirigido à Igreja Católica numa tentativa indireta de neutralizar a alta visibilidade e relativo sucesso que o *lobby* indígena estava tendo no Congresso Nacional", afirma a antropóloga em seu documento. "Como não teria sido politicamente correto advogar uma política assumidamente anti-indígena, o *Estadão*, apoiado por um número considerável de parlamentares conservadores, estadistas, empresários e jornalistas, optou por jogar o Estado contra a Igreja", resume. "Vale lembrar que a campanha é similar àquela desencadeada pelos órgãos de informação da Venezuela, através da imprensa em 1984. Há trechos das matérias do *Estadão* plagiados de jornais caraquenhos, devidamente 'adaptados' para o caso brasileiro".

"Teria o jornal *O Estado de S. Paulo* aderido ao nacionalismo xiita?", perguntava um editorial da extinta revista *Senhor* de 18 de agosto do mesmo ano. E mais adiante: "Nem tudo o que faísca na série de reportagens é a mais sacrossanta expressão da verdade: documentos resultam falsos, declarações são desmentidas, intenções, negadas. (...) Uma análise medianamente bem informada da campanha mostra o propósito de influenciar a Constituinte para que as terras indígenas deixem de ser um bem da União. O nacionalismo do *Estadão* é a favor dos mineradores privados".

A revolta entre aqueles que reconheciam como mentiras as difamações do *Estadão* foi imediata. A primeira voz a levantar-se foi de Dom Luciano Mendes de Almeida, então presidente da CNBB. O advogado do Cimi, Paulo Guimarães, que já trabalhava com a instituição naquela época, afirma que foi "graças à articulação que organizaram um debate no Senado sobre a política indigenista já na semana seguinte". D. Luciano foi então convidado, e "fez realmente uma intervenção lapidar de contestação àquilo tudo, chamada de responsabilidade e defesa do Cimi", diz Guimarães. "A autoridade política e moral de D. Luciano foi fundamental para pelo menos neutralizar o impacto sobre o Cimi. Caso contrário, a instituição seria politicamente devastada, porque fomos taxados de espiões, traidores. De qualquer forma, ficou ainda uma repercussão. Esses documentos falsos, a 'Diretriz Brasil número 4 ano zero', a qual inventaram e construíram uma assinatura falsa de Antonio Brandt e mensagens de Francisco Loebens [*coordenador do Cimi em Manaus, na época*] como 'F. Loebens'... Eram coisas completamente estapafúrdias".

D. Luciano, atualmente Bispo de Mariana (MG), avalia que os movimentos sociais, naquele tempo, não sabiam como trabalhar a informação. "Era um tempo em que saíamos do regime militar, havia pouco acesso aos meios de comunicação. Não tínhamos muita prática sobre como nos valer dos meios de comunicação".

Mesmo assim alguns focos de resistência editorial faziam o enfrentamento de contra-informação. É o caso do jornal *Porantim*, uma das raras publicações brasileiras que trata da questão indígena, instrumento de grande importância no restabelecimento da verdade no episódio ora narrado.

Na época das acusações, o *Porantim* manteve seus leitores – que em sua maioria são estudiosos, políticos, comunicadores, líderes de movimentos populares e os povos indígenas – informados de maneira crítica, contestando as falsas informações levantadas pelo *Estadão* e seus interesses.

Publicado pelo Cimi desde 1977, ainda hoje o *Porantim* é o informativo de maior credibilidade entre as lideranças indígenas e os apoiadores de sua causa. "Sempre pensamos [*o Porantim*] como uma arma estratégica em defesa da causa indígena, por isso nunca tivemos o jornal com intenção comercial ou de lucro" afirma Loebens.

A repercussão terminou por instaurar uma Comissão Parlamentar Mista de Inquérito (CPMI) no Congresso Nacional, para investigar as denúncias contra o Cimi. Chico Loebens recorda-se como terminou o episódio: "Infelizmente, o presidente dessa Comissão não permitiu que o relatório chegasse a ir à votação para ser aprovado. Foi uma manobra no sentido de que isso não ficasse explicitado como documento final da Comissão. Em termos oficiais, essa CPMI não deu em nada, mas, durante o processo, ficaram claros quais os interesses em jogo, e que os documentos eram falsos".

O advogado do Cimi, Paulo Guimarães, afirma que, enquanto o relator ouvia pessoas "falando mal" do Cimi e dos índios, ao mesmo tempo juntava provas que desmontavam tudo. "Quando terminaram os depoimentos, ele [*o relator*] apresentou as provas e mostrou que era uma armação. Cada um dos pontos da matéria do *Estadão* foi desmontado. Quando viram que o relatório estava muito bem estruturado, tiraram a

O Cimi e seus "irmãos do estanho"

Nem só de índios vive o Cimi

A conspiração contra o Brasil

O *Estadão* ataca: manchetes pesadas

[Reprodução]

PORANTIM

EM DEFESA DA CAUSA INDÍGENA

ANO X — Nº 101 BRASÍLIA-DF — Setembro de 1987 Cz$ 40,00

Campanha difamatória põe em risco a causa indígena na Constituinte

Substitutivo Cabral legitima o etnocídio

PORANTIM

EM DEFESA DA CAUSA INDÍGENA

ANO X Nº 102 BRASÍLIA-DF — Outubro de 1987 Cz$ 40,00

CONSTITUINTE

Cabral reincide na insensatez

Página 6

Diretor do *Estadão* confessa: acusações foram feitas "por indução"

Página 3

No Porantim-Suplemento, a invasão do Centro-Oeste

Xavante exige queda de Jucá

Página 11

O *Porantim* em 1987: reação aos ataques

bola do jogo, puseram embaixo do braço e foram embora pra casa. Os opositores do Cimi não deixaram o jogo chegar ao final. Aliás, deixaram chegar ao final sem computar o gol que o relator tinha feito".

O *Estado de S. Paulo*, recorda-se Guimarães, também prestou depoimentos na CPMI, inclusive com a presença do ex-presidente do jornal, o falecido Júlio de Mesquita Neto. "Quando inquiridos sobre como chegaram a isso, responderam que 'todas as nossas conclusões foram atingidas por dedução lógica'", destaca.

"O Cimi, na época, conseguiu o direito de resposta", rememora Loebens. "E o jornal não se dispôs nem sequer a dar o mesmo destaque. Quer dizer, veicularam em corpo oito, em um único dia, com uma pequena chamada de capa para uma página interna, tudo para desinteressar as pessoas a lerem a resposta. Usaram um expediente baixo, para não contemplar o direito de resposta integral que o Cimi tinha".

RESGATE

Para resgatar esse episódio, três integrantes do Cimi, diretamente envolvidos no caso, foram entrevistados. Um deles, o advogado Paulo Guimarães, ainda hoje assessor jurídico do Cimi e um dos primeiros a receber a notícia; Dom Luciano Mendes de Almeida, presidente da CNBB na época, que depôs contra o jornal na CPMI, levantando provas contundentes contra as reportagens; e Francisco Loebens, então coordenador regional do Cimi em Manaus e cujo nome foi citado em um dos documentos falsos, contam o episódio.

Foram feitas diversas tentativas para se encontrar os jornalistas responsáveis pelas matérias publicadas pelo *Estadão* na ocasião, mas nenhum repórter ou editor contatado lembrou-se da série de reportagens. A diretoria do jornal também não respondeu às questões enviadas a *O Estado de S. Paulo*. O relato, infelizmente, não conta com "o outro lado".

_ Por que o *Estadão* iniciou essa campanha? Que motivos teria?

DOM LUCIANO | É difícil afirmar o porquê, mas dizia-se, na época, que [*O Estado de S. Paulo* e a mineradora Paranapanema] tinham interesses comuns. Não nos cabia chegar ao motivo, mas criticar a deturpação dos fatos. O leitor comum não teria como chegar a conhecer os fatos reais.

De qualquer forma, mesmo sem intenção declarada, as razões poderiam ser três, juntas. Primeiro, econômica, pois levantava-se a seguinte questão: 'por que não se pode entrar na mineração em terras indígenas?'. Depois, razões de segurança, pois também se dizia que o País poderia perder a unidade nacional, dando independência aos territórios indígenas. Os conceitos de nações, de povos, arrepiavam os militares daquela época. 'Não são todos brasileiros?', perguntavam. Quem usava esse conceito era contra 'a integração nacional'. Dizia-se que se não houvesse uma política indigenista que assegurasse a defesa das fronteiras nacionais, os Ianomâmi, por exemplo, poderiam querer formar uma comunidade independente. 'E quem então seguraria os outros que se seguiriam?'. Finalmente, a terceira razão seria a defesa da miscigenação: 'Por que evitar o futuro? Os índios, mais cedo ou mais tarde, haveriam de se misturar aos brancos. Então, por que essa vontade da igreja em impedir que os garimpeiros entrassem nos territórios indígenas?'. Queríamos isso para impedir o esfacelamento familiar, uma vez que traziam bebida e prostituição.

Francisco Loebens | Na medida da mobilização indígena, em aliança com setores da sociedade (inclusive com o Cimi), contra o projeto das mineradoras, as empresas passaram a compreender que, diferente do que avaliavam – que seria fácil conseguir um texto favorável –, teriam dificuldade em aprovar esse texto [*na Constituição*]. Por isso, conseguiram a adesão de um veículo de imprensa poderoso – como o *Estadão* – para tentar enfraquecer setores que propunham uma Constituição que garantisse os direitos históricos, mas também uma perspectiva autônoma sobre os territórios.

_ Hoje seria improvável, senão impossível, uma campanha como essa?

Guimarães | A conjuntura é diferente, pois o movimento indígena está fracionado. Elas [*as mineradoras*] têm condições de trazer lideranças indígenas que defendem a exploração mineral por empresas. Elas sabem que existem outros componentes de variação política.

O evangelho do Cimi: índio, ouro...

Estadão atribui ao Cimi interesses empresariais: mineradoras agradecem

LOEBENS | Acho que espaço tem. Temos meios de comunicação identificados com grupos de interesses. Hoje, talvez essa campanha fosse feita de forma um pouco mais inteligente, porque a falsidade das informações era muito evidente. Mas acho que não está descartada essa possibilidade. De certa forma, está se fazendo essa campanha nos meios de comunicação, mas sem identificar os atores que estão sendo denunciados. São "as ONGs de interesse internacional que atuam na Amazônia". Sempre genérico, para que os setores que têm interesse nas terras indígenas não sejam levados a ter que comprovar o que estão dizendo. Às vezes, cita-se algum dado esporádico sobre algum ato de pirataria, mas em seguida já se generaliza e o endereço é certo: atingir os setores que estão a favor dos povos indígenas. Isso fica muito evidente na forma de veiculação dessas denúncias. Está em curso uma desqualificação das ONGs. Não no sentido de uma investigação profunda, sobre atividades que pudessem levar ou contrariar os interesses brasileiros sobre a Amazônia, mas para atingir entidades que estão apoiando os direitos indígenas e, sobretudo, o direito à terra e o uso exclusivo de suas riquezas. Não como o *Estadão* fez em 1987, mas a imprensa continuamente reproduz informações sem identificar quem são os denunciáveis.

_ Depois da campanha do *Estadão*, vocês ainda ouvem ecos do episódio hoje?

GUIMARÃES | Existem, e são usados; não com a mesma ênfase. Para se ter uma idéia, anos depois, nos governos Collor, Itamar, Fernando Henrique e até hoje, há parlamentares que fazem referência ao "Diretriz Brasil número 4 ano zero". Nós sabemos que esse documento reservado foi forjado pela Secretaria Geral do Conselho de Segurança Nacional. Hoje, os atores desse órgão estão no Gabinete de Segurança Institucional da Presidência da República. Tanto que esse gabinete é quem faz a secretaria do atual Conselho de Defesa Nacional. Esses documentos estão tramitando lá dentro até hoje. E volta e meia nós vemos esses documentos serem utilizados por um ou outro mau-caráter. Para mim, as pessoas que usam isso só podem ser definidas com essa qualificação: mau-caráter, bandido, safado. Há outros parlamentares, sérios, com posições de esquerda, que também se sensibilizam com isso. Não com esse tipo de expediente, mas com a matriz do problema: os índios na faixa de fronteira podem ser um problema. Os problemas enfrentados para a demarcação da Raposa-Serra do Sol são um exemplo. É a mesma matriz da ditadura militar, passando pelo governo Sarney, a concepção do Calha Norte – que não é tão somente mais um projeto. É um programa de governo, e os militares insistem em dizer isso.

LOEBENS | Um jornal como o *Estadão*, depois de lançar uma informação, perde o controle sobre o que as pessoas vão fazer com aquilo. Daí a responsabilidade que um meio de comunicação tem sobre o que vai veicular. As pessoas fazem uma leitura da realidade a partir dos meios de comunicação.

_ O atual ministro da Justiça, Márcio Thomaz Bastos, foi quem fez a defesa do Cimi na época, não?

GUIMARÃES | Na época, ele era presidente do Conselho Federal da Ordem dos Advogados, e foi quem fez a defesa. Ele entendia que o processo era menos um processo de cunho jurídico e mais um processo de cunho político.

_ Como era o espaço que os índios tinham nos meios de comunicação, como eles eram retratados e como são **retratado hoje?**

LOEBENS | Os índios têm mais espaço nos meios de comunicação do que tinham naquela época. Agora, na medida em que são reconhecidos em sua diversidade, começam também a ter sua imagem denegrida pela imprensa. Para a mídia, são potencialmente perigosos, porque como eles não são "capazes", devem ser tutelados e dirigidos. Por sua índole não confiável, facilmente são levados à marginalidade. Isso evidentemente não é uma coisa inocente. Inclusive, associa-se essa tendência dos indígenas em ser potenciais marginais com o direito que eles têm sobre o território e sobre as riquezas que estão nesse território. Há essa imagem negativa, para que se respalde uma limitação dos direitos indígenas e para que também se respalde a ação e agressão a esses direitos pelo próprio Estado brasileiro.

GUIMARÃES | Essa discussão sobre o *Estadão* é curiosa, porque remonta toda uma trama de articulação de interesses que já vem há muitos anos. Dez, quinze anos para o investimento mineral não quer dizer nada; mas para os povos indígenas significam uma geração. O *Estadão* prestou-se a pressionar o Congresso contra uma política a favor dos povos índígenas que eles percebiam que iria conseguir passar na Constituinte. Era uma pressão inusitada. Havia articulação com parlamentares e uma proposta muito bem azeitada. Eles organizaram uma reação a partir de quem tinha dinheiro. Quem tinha dinheiro? O *lobby* das mineradoras. A começar pela Paranapanema, que tinha interesse direto nisso. E eles continuam sendo um dos principais grupos de pressão do Congresso Nacional. Na regulamentação da exploração mineral em terras indígenas, vamos ter que nos defrontar de novo com esse pessoal.

_ Como vocês costumam se informar?

LOEBENS | Faço uma leitura crítica dos jornais de grande circulação. Existe também uma outra imprensa que serve para você fazer a sua leitura da realidade. Tem outros canais: internet, informativos, artigos de pessoas ligadas a movimentos, a projetos de transformação social, que ajudam a formar uma opinião sobre a realidade.

Se for depender dos grandes meios de comunicação, acho que não vamos caminhar para lugar nenhum, a não ser o de aderir à lógica do projeto hegemônico das elites, que não tem nada a ver com a perspectiva de inclusão do conjunto da população brasileira, de um projeto de transformação da sociedade.

[história] Cimi e O Estado de S. Paulo
[onde e quando] Brasília (DF) e São Paulo (SP), 1987
[quem conta] Dom Luciano Mendes de Almeida, Francisco Loebens e Paulo Guimarães
[entrevistas realizadas] Janeiro a Junho de 2004

CONTEXTO NORDESTE

DA TERRA E DO FREVO, REBROTA A LUTA

Antes do golpe de 1964, a região Nordeste fervilhava com as lutas sociais, principalmente com as causas ligadas à terra e à educação popular. As Ligas Camponesas, originadas na década anterior, buscavam mudar a correlação de forças imposta pela estrutura fundiária, herança da colonização açucareira e do coronelismo. As mobilizações e manifestações eram lideradas pelo advogado e futuro parlamentar Francisco Julião. O processo faria emergir diferentes formas de organização camponesa, movimentos sociais e um sindicalismo rural atuante na década de 1960, principalmente em Pernambuco.

Os estados nordestinos haviam produzido lideranças de esquerda conhecidas dentro e fora do Brasil: Miguel Arraes (governador de Pernambuco em 1962, 1986 e 1994), Pelópidas Silveira (prefeito do Recife em 1955), o médico e geógrafo Josué de Castro, o advogado Oswaldo Lima Filho, o comunista e ex-deputado constituinte em 1946, Gregório Bezerra, e Dom Marcelo Carvalheira.

Ao mesmo tempo, o Movimento de Educação de Base (MEB), as primeiras aplicações do método "pedagogia do oprimido" de Paulo Freire e o Movimento de Cultura Popular também davam novos traços ao contexto político da região.

Essa efervescência pré-ditadura militar é lembrada pelo doutor em História e professor do curso de Serviço Social da Universidade Federal de Pernambuco (UFPE), Denis Antônio de Mendonça Bernardes, como motivação para a dura repressão no período seguinte. "É preciso lembrar que, antes do golpe de 1964, o Nordeste estava associado à idéia de uma região em pleno processo pré-revolucionário, com uma experiência política de ampla mobilização da população rural e urbana. Por isso, vitorioso este, a repressão aos movimentos sociais no Nordeste, especialmente aos de cultura e de educação popular e aos movimentos dos trabalhadores foi tão intensa. Intensidade esta que atingiu, sobretudo, os trabalhadores rurais e os camponeses", relata.

Bernardes destaca que, à época, a Frente de Esquerda conquistara a Prefeitura do Recife e o governo do estado de Pernambuco, consolidando o Nordeste como um lugar especial nos embates políticos que antecederam o golpe de 1964.

Ao buscar registrar a seguir os movimentos de redemocratização mais importantes no Nordeste, é preciso reconhecer que a tentativa é cercada de riscos, como bem ressalva o professor Denis Bernardes. "É necessário lembrar que esta expressão Nordeste recobre realidades estaduais com significativas diferenças políticas, embora apresentem também muitos pontos em comum. Assim, aspectos da história política de Pernambuco, por exemplo, não são os mesmos do Ceará, de Alagoas, da Paraíba, da Bahia, do Piauí, do Maranhão, ou do Rio Grande do Norte". Por outro lado, Bernardes pondera que a região muitas vezes é percebida, ou se manifesta, como constituindo uma determinada unidade política e com características sociais e econômicas comuns. "Esta unidade – real ou aparente – permite que sob vários aspectos se possa falar de um comportamento político regional, de certas características de suas elites e de suas classes sociais".

O professor da UFPE registra que as lutas dos movimentos sociais contra a ditadura militar no Nordeste não se davam com um recorte eminentemente regional, muito menos de forma desvinculada ao restante do Brasil. Por outro lado, diz ele, "o Nordeste se mostra como palco do ressurgimento de manifestações populares e de importantes ações da luta armada", citando os exemplos de organizações como a Ação Libertadora Nacional (ALN) e a Vanguarda Armada Revolucionária – Palmares.

Os anos da ditadura militar também propiciaram a consolidação de políticos conservadores como Antônio Carlos Magalhães, Marco Maciel, Gustavo Krause, Divaldo Suruagy, Moura Cavalcanti e Joaquim Francisco Cavalcanti. E, no lado oposto, surgiriam na política nordestina parte do grupo identificado como os autênticos do Movimento Democrático Brasileiro (MDB): Marcos Freire, Fernando Lyra, Fernando Coelho, Jarbas Vasconcelos, Roberto Freire, entre outros.

Após o endurecimento no governo de Emilio Garrastazzu Médici, com recordes de denúncias de tortura e mortos, Ernesto Geisel chegou à presidência da República com a sombra da decisão de uma abertura lenta, diante dos vencimentos das primeiras cassações políticas decretadas dez anos antes e com o avanço do MDB nas eleições. "Geisel, pressentindo o perigo de novo golpe por conta da chamada 'linha dura', e tendo por mentor o Golbery do Couto e Silva, ensaiou as primeiras medidas com vistas à abertura. Naquela de uma no cravo, outra na ferradura. Uma conduta pendular, abrindo e fechando, de acordo com circunstâncias e conveniências", lembra o jornalista cearense Blanchard Girão.

Em 1975, o assassinato do jornalista Vladimir Herzog, nas dependências do II Exército, em São Paulo, acelerou o processo de articulação da sociedade pela redemocratização, principalmente dentro da igreja católica. Em Pernambuco, na Arquidiocese de Recife e Olinda, o cardeal-arcebispo Dom Hélder Câmara, "com enormes dificuldades, mas com grande determinação e firmeza, conseguiu manter o pouco que era possível de uma organização popular de caráter legal, através das Comunidades Eclesiais de Base", conta o professor Denis Bernardes.

À época do governo Geisel, o presidente da Conferência Nacional dos Bispos do Brasil (CNBB) era o arcebispo franciscano Dom Aloísio Lorscheider, de Fortaleza. Geisel encarava o então presidente da CNBB e Dom Paulo Evaristo Arns (*ver matéria "Comunicação e igreja em defesa da democracia", à página 92*) como "maus bispos", conforme registra o jornalista Elio Gaspari em *A Ditadura Derrotada*: "O Lorscheider acha que ele é igual a mim. Eu sou presidente da República, e ele, o Aloísio, ou o outro, ele é o presidente da Igreja. Os direitos dele vêm de Deus. E os meus são espúrios, vêm do voto indireto. Ele tem o direito divino de esculhambar a política (...). Eu não vou aceitar que o Lorscheider sente aqui e venha conversar comigo: 'Bom, porque a Igreja brasileira tem essa reivindicação do governo, porque isso, porque aquilo'. Eu não posso aceitar isso. Não reconheço nele essa condição. Isso aí é um arranjo que eles fizeram para, pela união, eles se transformarem numa força", disse Geisel em conversa com Golbery e Heitor Ferreira.

Além de Dom Helder e do presidente da CNBB, o Nordeste contava então com inúmeras outras lideranças importantes da igreja católica. No interior do Ceará, o jornalista Blanchard Girão destaca a participação relevante no processo de redemocratização exercido por Dom Fragoso, Bispo de Crateús, no extremo norte do Estado.

AGLUTINADORES

Em sua análise sobre os movimentos que tiveram papel de destaque no processo de redemocratização no Nordeste, o professor Albino Rubim, Diretor da Faculdade de

Comunicação da Universidade Federal da Bahia (Facom-UFBA), concentra-se nos eventos históricos passados em terras baianas. "Me parece que, no caso da Bahia, quatro movimentos tiveram peso importante: o Trabalho Conjunto, a Jornada Internacional de Cinema da Bahia, o Comitê Baiano pela Anistia e o *Caderno do Ceas* – Centro de Estudos e Ação Social, entidade ligada aos jesuítas e à igreja progressista".

A articulação de tais processos com os movimentos nacionais ocorria de forma diferenciada, na avaliação de Rubim. "Em alguns esta relação era direta – na Anistia, por exemplo –, em outros casos era importante, mas também com maior complexidade, como no caso da relação da Jornada com o pessoal de cinema do resto do Brasil. E, no caso do Caderno do Ceas e do Trabalho Conjunto, por óbvio, havia relações, mas a dinâmica destes movimentos tinha também importantes componentes na conjuntura local".

O Trabalho Conjunto consistia em uma reunião de entidades progressistas da sociedade civil baiana. Em torno dele, aglutinavam-se entidades estudantis, associações como o Instituto de Arquitetos do Brasil (IAB) e o Clube de Engenharia, associações de bairro e outros movimentos sociais. A experiência do Trabalho Conjunto está registrada na tese de doutorado do pesquisador Gilberto Almeida, em parte publicada no *Caderno do Ceas*. O Ceas e o *Cadernos do Ceas* desenvolveram intenso trabalho de aglutinação de intelectuais e ativistas da sociedade civil e dos movimentos sociais, configurando-se como uma das poucas revistas brasileiras progressistas que passou por todo o período da ditadura. Um dos maiores especialistas em comunicação do Brasil, Rubim, que colabora ainda hoje com o *Cadernos*, acredita que "em termos de comunicação regional ela é essencial e certamente a mais ou uma das mais importantes".

A imprensa alternativa também cumpriu seu papel na Bahia, seja em Salvador, seja no interior, em cidades como Vitória da Conquista (*leia matéria "O Fifó: ventos e combates no interior baiano", à página 210*). É assunto abordado pelo professor Gustavo Fálcon e alunos em livro publicado. "Mas acredito que o movimento de comunicação mais importante foi a revista *Cadernos do Ceas*: seja pela sua persistência e longevidade, seja por seu caráter aglutinador e formador de opinião", resume o professor da Facom-UFBA.

A Jornada Internacional de Cinema da Bahia, iniciada em 1972 tendo à frente o professor e cineasta Guido Araújo, é outra experiência que ficou marcada na história da redemocratização e nos arquivos de Rubim. "A Jornada, inicialmente baiana, significou um lugar de circulação de idéias e filmes progressistas", explica o professor, acrescentando que o apoio do Instituto Goethe da Bahia foi fundamental para a realização da Jornada. O encontro serviu de ponto de debate e aglutinação de estudantes, intelectuais, ativistas e pessoal de cinema de toda a Bahia e de todo o país. A movimentação gerada se ampliou a tal ponto que ela se torna essencial para a luta e a articulação no campo do cinema. E, em 1973, a Jornada é o palco de criação da Associação Brasileira de Documentaristas (ABD), entidade de relevante papel na luta do cinema sob a ditadura, bem como nos dias de hoje.

Por fim, Rubim destaca que "o Comitê Baiano pela Anistia foi um dos mais ativos do País" e também "deve ser lembrado neste contexto da luta contra a ditadura".

MULHERES PELA ANISTIA

O jornalista Blanchard Girão, do Ceará, confirma as palavras de Rubim, dessa vez referindo-se ao caso particular de seu estado. "Movimento de maior importância no Ceará foi a Jornada pela Anistia, que tinha por base a bravura de um grupo de mulheres". Girão destaca as figuras de Dona Maria de Lourdes Albuquerque, que teve quatro filhos presos pela ditadura; Maria Luiza Fontenele, que mais adiante se elegeria prefeita da capital cearense; a professora Rosa da Fonseca; e Adalgiza Bonavides, viúva do deputado cassado Aníbal Bonavides. O ex-militante do Partido Comunista Brasileiro (PCB), Tarcísio Leitão, ressalta que "o trabalho de conscientização das massas em prol da Anistia era realizado fortemente pelas mulheres, mormente aquelas ligadas à igreja católica.

A luta pela Anistia, simbolizada na bravura dessas mulheres, encontrava no Congresso Nacional um reforço importante da parte de alguns deputados cearenses. Para Girão, merece honrosa menção "a vibrante presença dos então deputados Iranildo Pereira, Alfredo Marques, Paes de Andrade, dentre outros".

A atuação do senador alagoano Teotônio Vilela também está registrada na história como uma das vozes mais expressivas do movimento da Anistia em todo Brasil. Além disso, na intensa participação popular pela Anistia, se fazia presente a expectativa da volta ao Brasil de exilados políticos como Miguel Arraes, Francisco Julião, Gregório Bezerra, o economista Celso Furtado e Paulo Freire – citados aqui apenas os nordestinos e de maior notoriedade.

A ênfase dada às campanhas em favor da Anistia e das Diretas Já era um dos principais pontos de integração do Nordeste com o processo nacional pela redemocratização. Segundo Girão, era comum naquela época, sobretudo na região Nordeste, os líderes locais se deslocarem, em pregação, por outros estados. Girão relata que as ações políticas no Ceará eram interligadas a mobilizações de outras regiões, "particularmente com São Paulo e Rio de Janeiro, de onde partiam as palavras de ordem para a luta".

Denis Bernardes confirma que a luta pela Anistia, foi, no Nordeste, parte do mesmo movimento de âmbito nacional. Em cada estado da região, havia uma instância local do Comitê Brasileiro pela Anistia, que organizava atos públicos, divulgava a luta nacional e trazia nomes representativos de outros estados para eventos organizados localmente.

O CALDEIRÃO DE 1979

Um dos eventos ocorridos no Nordeste na luta contra a ditadura que teve maior repercussão nacional foi a greve dos trabalhadores rurais de Pernambuco. Deflagrada em outubro de 1979, com a participação de milhares de trabalhadores da Zona da Mata, foi a primeira greve dos trabalhadores rurais de Pernambuco desde o início da ditadura e que já não pôde ser reprimida pelos métodos tradicionais. Dado o alcance que o movimento tomou, os militares e patrões tiveram de negociar com os camponeses, que obtiveram uma grande vitória, tanto política quanto material.

Denis Bernardes explica que 1979 foi não apenas o ano da Anistia e da greve dos trabalhadores rurais, "mas também o da explosão da sociedade civil, com centenas e centenas de associações de bairro sendo criadas, de organizações não governamentais ou de movimentos sociais de toda sorte".

Nesse caldeirão de acontecimentos, uma história específica, mas de grande importância para Bernardes, é a criação do Centro de Estudos e Pesquisas Josué de Castro. Para ele, mesmo com a relativa abertura verificada no regime militar, "ainda não era possível ter um centro de estudos, tal como foi concebido o Josué de Castro, em nenhuma das instituições de ensino superior de Pernambuco". A criação do Centro repercute até hoje na história de Bernardes, que atualmente realiza um levantamento na imprensa pernambucana sobre ex-presos políticos e Anistia, além de integrar um grupo de professores da UFPE que em outubro de 2004 criou o Núcleo de Documentação dos Movimentos Sociais em Pernambuco-UFPE. A criação do núcleo também contou com a participação do professor Luiz Anastácio Momesso, que teve papel de destaque na comunicação de movimentos sociais na época da ditadura, especialmente sindicatos (*ver matéria "Impressão da luta sindical", à página 234*).

A atuação dos sindicatos dos trabalhadores rurais no Nordeste é ímpar, embora não tenha sido a única a ocorrer na região. Bernardes aponta sindicatos de outras categorias que tiveram uma especial importância nas lutas econômicas e políticas contra a ditadura: o Sindicato dos Bancários, o Sindicato dos Urbanitários e os sindicatos das várias categorias de servidores públicos, especialmente dos professores.

IGUAIS, MAS DIFERENTES

Ao contrário do verificado no meio rural, onde a greve de 1979 se configura como um capítulo à parte na luta contra a ditadura, na área das comunicações o panorama nordestino se aproxima em muito às histórias verificadas no restante do Brasil.

"Aqui e ali, surgiram tentativas de uma imprensa desvinculada das tradicionais empresas que controlavam (e controlam) a comunicação de massa na região. Tais tentativas alcançaram apenas a possibilidade de editar alguns jornais, sempre, porém, com grandes dificuldades financeiras e que não tiveram vida longa", destaca Bernardes.

Confirmando a regra brasileira mais uma vez, no Recife e de modo geral no Nordeste, o controle dos meios de comunicação de massa sempre foi maior e mais restrito a poucas empresas ou grupos políticos.

Apesar das ressalvas e dificuldades citadas, o professor da UFPE faz questão de registrar a existência de algumas iniciativas importantes em Pernambuco, como o *Jornal da Semana*, de Recife, "uma publicação de grande qualidade gráfica e jornalística", que teve como editor Ivan Maurício, importante jornalista do estado. Para Bernardes, "da chamada imprensa nanica é possível apontar a existência da folha intitulada *O Papa-Figo*, uma iniciativa praticamente individual do humorista Bione e que ainda sobrevive, que completou em outubro de 2004 exatos vinte anos".

A criação de editoras no período apresentou-se também como um espaço importante de experiências que, embora efêmeras, chegaram a alcançar grande sucesso editorial. É o caso das editoras Alternativa e Guararapes. A Alternativa editou uma obra polêmica intitulada *Arte popular – Cultura e Dominação*. Já a Guararapes lançou com grande sucesso três dos quatro volumes das memórias de Paulo Cavalcanti, intelectual e membro do então PCB, publicadas com o título geral de *O caso eu conto como o caso foi*.

O antigo militante do PCB, Tarcísio Leitão, descreve iniciativas de comunicação existentes no Ceará que se diferem nos meios e na forma das verificadas em Pernambuco. Mas com os mesmos objetivos: resistir à ditadura e lutar pela redemocratização. "No Ceará, a resistência se fez através de emissoras de rádio clandestinas e a publicação, para todo o Brasil, da *Classe Operária* e dos jornais *ABC Popular*, *Presente* e *Pingo d'água*". Os jornais eram de iniciativa do PCB ao passo que, no caso das rádios, o partido possuía apenas uma das cinco emissoras destinadas à resistência. Tarcísio lembra que a rede legal de tevê, rádios e jornais foi igualmente utilizada, inclusive com propaganda 'sub-limine'.

A avaliação e as iniciativas relatadas por Tarcísio Leitão encontram nas palavras do jornalista Blanchard Girão uma outra visão dos acontecimentos. Para ele, "não houve na área da comunicação um papel importante nesses eventos redemocratizantes". Girão acredita que mereça "rápida citação o jornalzinho *Mutirão*, de cunho esquerdista que, dentro do possível, fazia coro aos movimentos anti-ditadura".

Na época do movimento das Diretas Já, Girão era editor-chefe do jornal *O Povo*, um dos mais importantes de Fortaleza, ao lado do *Diário do Nordeste*. Segundo ele, *O Povo* somente assumiu a causa das Diretas Já quando a efervescência nacional já ganhara extraordinária proporção. Girão se recorda que as fotografias das multidões defendendo as eleições diretas passaram a ocupar os melhores espaços da página de capa do jornal, de propriedade de um grupo político intimamente ligado ao golpe de 1964, em especial enquanto viveu o deputado Paulo Sarasate. Nas palavras de Girão, a viúva do deputado, Albaniza Sarasate "aceitou minhas ponderações e permitiu o amplo apoio à campanha iniciada [*no Ceará*] pelo então deputado Dante de Oliveira".

O RETORNO DO FREVO

O movimento verificado no jornal *O Povo* teve paralelo nos outros estados nordestinos também. Com o gradual processo de abertura, os órgãos de imprensa foram, com diferentes graus e motivações, abrindo espaço para noticiar a nova realidade vivida no País, reflexo do processo de reconquista das liberdades democráticas. Denis Bernardes cita como exemplo nesse sentido as matérias publicadas no *Diário de Pernambuco* por Sérgio Augusto da Silveira, entre fevereiro de 1978 e dezembro de 1982. "Através destas matérias, podemos perceber que, no começo de 1978, o partido governista ainda discutia sobre quem preencheria a vaga de senador biônico por Pernambuco, mas também que, em junho de 1979, a Assembléia Legislativa de Pernambuco, com as galerias lotadas, recebia Dom Hélder Câmara para falar sobre a Conferência Episcopal de Puebla", conta (*veja matéria "Comunicação e igreja em defesa da democracia", à página 92*)".

A lenta e gradual abertura política, que ia se alargando em dimensão com a mobilização da sociedade, foi pouco a pouco sendo marcada por cerimônias e atos como este da Assembléia de Pernambuco. Começava, assim, a volta à cena pública de todos os que haviam sido impedidos de falar ou que estavam, até então, vivendo no exílio. Os exilados, um a um, iam voltando e cada volta era uma ocasião para um grande ato político, para uma festa, para um reencontro. Para as gerações mais novas, cada volta se tornava uma oportunidade de ver e de conhecer personagens históricos quase lendários, cujos nomes eram reverenciados, mas que tinham uma existência quase mítica. O professor da UFPE destaca os atos que marcaram os retornos de Celso Furtado, Gregório Bezerra, Francisco Julião e Paulo Freire, dentre outros. O mais especial na memória de Bernardes, porém, foi o retorno de Miguel Arraes.

Falecido em agosto de 2005, quando exercia a presidência do Partido Socialista Brasileiro (PSB), Arraes foi recebido em um dos maiores atos políticos havidos em Pernambuco. Cerca de 50 mil pessoas se reuniram no Largo de Santo Amaro, no Recife, para receber o ex-governador do estado, cassado em 1964 e exilado havia 15 anos. Bernardes se recorda que, entre os políticos que compuseram o palanque do ato estavam Oswaldo Lima Filho e Darcy Ribeiro, ex-ministros do presidente João Goulart, o senador Pedro Simon (RS), o ex-deputado, cassado pela ditadura, Alencar Furtado, o líder metalúrgico, hoje presidente da República, Luiz Inácio Lula da Silva, Jarbas Vasconcelos, o senador Marcos Freire, um representante da União Nacional dos Estudantes (UNE), um representante da Comissão Brasileira de Anistia e o senador Teotônio Vilela.

As informações sobre o comício foram levantadas pelo professor da UFPE nas reportagens de Sérgio Augusto Silveira. Nelas, constam elementos emblemáticos do significado do ato: a presença de troças carnavalescas, atacando frevos, os alto-falantes transmitindo a música *Arraes taí*, foguetes e o coro da multidão repetindo slogans como "O povo unido jamais será vencido". A concentração durou horas e seguiu por outras regiões da cidade, com o povo se concentrando ao final no Largo da Feira. As informações de Silveira dão conta de que a multidão continuava a crescer mesmo quando Arraes concluiu o discurso.

A DERROTA

O clima vivido no final dos anos 70 tem nas eleições de 1974 um momento chave para o enfraquecimento da base de sustentação política da ditadura e no fortalecimento da via legal para sua derrota. Em Pernambuco, sob o lema "Sem ódio e sem medo", Marcos Freire elegeu-se senador pelo MDB, derrotando o candidato governista João

Cleofas, com mais de 120 mil votos de diferença. No Rio Grande do Norte, Djalma Marinho, deputado da Arena e velha raposa política, perdeu a eleição para o Senado para o quase desconhecido Agenor Maria, do MDB. Bernardes explica que Agenor Maria era "um ex-marinheiro sem maiores tradições políticas, sem vínculos com a elite local e sem fortuna".

O crescimento do MDB nas eleições de 1974 teve grande importância também no enfrentamento à linha dura do regime militar – inclusive evitando novas mortes nos porões da ditadura. Em uma dessas ocasiões, narrada pelo jornalista Élio Gaspari em seu livro *A ditadura encurralada*, o senador Marcos Freire valeu-se de um almoço no Clube de Repórteres Políticos, no Rio, para mencionar a prisão de um dirigente do PCB, Marco Antônio Coelho. Em meio às críticas que normalmente faria aos jornalistas sobre o governo militar, Freire deu conta de informar que o paradeiro do dirigente comunista era desconhecido. Segundo Bernardes, a eliminação de Coelho parecia já certa, mas a denúncia da prisão feita por Freire contribuiu para evitar que se consumasse mais este crime dos aparelhos repressivos da ditadura.

A derrota da ditadura vivida nas eleições de 1974 encontra importantes fatores também nas questões econômicas. O chamado "Milagre Econômico" capitaneado pelo ministro Delfim Netto não cumpriu com a promessa de distribuir o bolo após o crescimento. No Nordeste, a retórica do desenvolvimento e do "Milagre" encontra um especial desmentido, uma vez que a ditadura fracassara diante da questão agrária e também diante da questão regional.

Para Bernardes, embora no final da década de 1970 o entulho autoritário ainda não tivesse desaparecido inteiramente, de alguma maneira a sociedade brasileira já havia derrotado a ditadura. O professor registra que "muitos dos que a sustentaram politicamente sobreviveram à sua derrota, mas tiveram de transmudar-se em democratas, em liberais com tinturas sociais".

Em sua análise final, Bernardes destaca que "a ditadura foi derrotada na luta política e não na luta armada. Uma parte substancial desta história tenaz e longa da resistência da luta política ainda está para ser escrita, ainda está para ser conhecida".

Ao lembrar que a própria história da ditadura ainda não está inteiramente devassada e conhecida – vide as grandes dificuldades verificadas recentemente na decisão sobre a abertura dos arquivos do período – o professor da UFPE ressalta que se trata de uma parte da nossa memória cujo conhecimento é vital. "E, grande parte do que não conhecemos diz respeito ao que se passou no Nordeste, tanto na montagem da ditadura como na resistência contra a mesma. Este conhecimento ainda é um desafio para as atuais e futuras gerações", finaliza.

[HISTÓRIA] CONTEXTO NORDESTE
[ONDE E QUANDO] BAHIA, SERGIPE, ALAGOAS, PERNAMBUCO, PARAÍBA, RIO GRANDE DO NORTE, CEARÁ, MARANHÃO E PIAUÍ; DE 1960 A 2005, ESPECIALMENTE 1970 A 1989
[QUEM CONTA] ALBINO RUBIM, BLANCHARD GIRÃO, DENIS BERNARDES, TARCÍSIO LEITÃO
[ENTREVISTAS REALIZADAS] AGOSTO A NOVEMBRO DE 2004

O FIFÓ: VENTOS E COMBATES NO INTERIOR BAIANO

SOPHIA MIDIAN é estudante de comunicação na Universidade Estadual do Sudoeste da Bahia (UESB). Trabalha na *TV Local 36*, da Net, e é integrante do Intervozes
SÉRGIO MELO é jornalista e integrante do Intervozes

Vitória da Conquista foi uma das cidades baianas mais marcadas pela ascensão dos militares ao poder. De acordo com Ruy Medeiros, jornalista e historiador baiano, "as maiores violências contra políticos, autoridades, ou militantes de partidos no interior do estado, aconteceram em Conquista". O capitão Antonio Bendochi Alves Filho foi designado, logo no início da ditadura, para instaurar os Inquéritos Policias Militares, IPMs, na região. Sua chegada à cidade, acompanhado de uma centena de soldados, aterrorizou a população local com a prisão e a exibição pública de dezenas de pessoas, entre militantes do Partido Comunista Brasileiro (PCB), profissionais liberais, funcionários públicos, comerciantes, sindicalistas, estudantes, professores e até um juiz.

Nem mesmo os vereadores e o prefeito foram esquecidos: sofreram uma série de prisões e interrogatórios que, em muitas vezes, eram realizados sem motivo concreto algum, servindo apenas para a consolidação do poder autoritário do regime. "Quando fui preso, fiquei numa cela com uns 20 presos. Revezamos a noite inteira na guarda, com medo de alguma violência. E quando éramos interrogados, dava pra perceber que eles nem sabiam direito quem éramos nós", destaca Pedral Sampaio, preso em Conquista e transferido para Salvador, onde respondeu a um processo que cassou seus direitos políticos por 20 anos.

Um fato trágico marca a violenta atuação dos militares na cidade. O comerciante e vereador Péricles Gusmão Régis, preso na primeira leva de opositores ao regime, faleceu na cadeia. Sua morte, ocorrida em circunstâncias pouco esclarecidas, deixa muitas dúvidas sobre os fatos ocorridos naquela ocasião. Após um longo período de interrogatórios que vararam a madrugada, o vereador foi encontrado na cela com os pulsos e o pescoço cortados. O médico legista, que também estava preso, acusado de oposição ao governo, declarou que a morte havia sido provocada por suicídio, versão que ainda hoje é contestada por amigos e familiares do vereador. Até mesmo o prefeito deposto Pedral Sampaio, ao saber da morte do vereador, declarou que "a morte de Péricles é fruto da pressão exercida pelos militares", e que "a violência que os militares praticam é muito grande".

[Reprodução]

Fifó

A DITADURA DA TELEVISÃO

Pode, a Educação, separar-se da vida?

Anistia Ampla

LIBERDADE É O NOVO NOME DO HUMANISMO

Um homem de todos os tempos

O GADO E OS PRIMÓRDIOS DE CONQUISTA

EDITORIAL

Uma questão de princípios

POLÍTICA NACIONAL

EXEMPLO INDESEJÁVEL

Com apenas 14 exemplares, *O Fifó* ficou na memória de Vitória da Conquista

Ao final da década de 1970, a disputa política entre a Aliança Renovadora Nacional (Arena) e o Movimento Democrático Brasileiro (MDB) era explícita. Em Conquista, já em 1972, Jadiel Matos fora eleito o primeiro prefeito emedebista no interior do estado. Na eleição seguinte, Raul Ferraz, originário de um racha do MDB, se elegeu sem apoio político e governou em meio a conflitos com o governo estadual.

Nesse contexto político, a comunicação no interior baiano levaria ao surgimento de um representante da luta pela redemocratização. A própria situação política brasileira e, em especial, a disputa interna no MDB, impulsionaram a criação do semanário *O Fifó*, em Vitória da Conquista, em 1977. Ao utilizar linguagem direta e opinativa, o jornal trazia para o cotidiano das discussões políticas do município, uma análise crítica dos fatos que norteavam as disputas entre militares e democratas.

Apesar da curta existência, *O Fifó* conseguiu deixar sua marca na história política e jornalística da cidade. O projeto nasceu da dissidência "MDB autêntico", que tinha como principal expressão Jadiel Matos, além de Ruy Medeiros, Elquisson Soares, Sebastião Castro, Hérzem Gusmão, Said Suffi, Gilson Moura e Vicente Cassimiro.

"Além da bandeira da redemocratização, tínhamos um objetivo muito claro, que era o de analisar Vitória da Conquista. Nesse sentido, começamos a discutir a realidade local", destaca Ruy Medeiros, um dos idealizadores e responsável pelo jornal.

Na segunda edição do jornal, em outubro de 1977, a própria discussão nacional sobre o próximo presidente, que substituiria o general Ernesto Geisel, era criticada como princípio democrático. "Toda cogitação em torno da sucessão presidencial, nos moldes em que está sendo feita, em nada auxilia, mas contraria a caminhada do povo brasileiro em suas aspirações pelo retorno ao legítimo Estado de Direito. Realmente, qualquer projeto que proponha a redemocratização do país deve passar pela participação do povo na luta sucessória, como agente e não simplesmente como espectador", registra.

Posteriormente, quando o nome de João Baptista Figueiredo figurava entre os mais cotados, o jornal ironizou o processo de sucessão. "Uma convenção *sui generis* deverá escolher o Presidente da República Federativa do Brasil, que já está devidamente esco-

[Givanildo Brito Nunes]

lhido (a política nacional se encontra com tantas práticas estranhas a ponto de a tautologia ser inevitável). Escolher o escolhido, é isso".

As próprias atitudes do partido que, naquele momento, representava a opção democrática, eram questionadas. O MDB deveria, na visão do jornal, defender o avanço da oposição ao regime. "O que assistíamos era exatamente o inverso: enquanto o MDB cala, o povo brasileiro é defendido pela Igreja, Ordem dos Advogados do Brasil, empresários, estudantes, etc., que tomam para si as bandeiras da redemocratização do país, direitos humanos, liberdade de imprensa e anistia. Enquanto isso, o MDB 'dorme em berço esplêndido', após lançar a Constituinte, como se essa idéia fosse a obra derradeira da criação e que não necessita de propagação, luta e defesa", publicou em sua décima edição, em dezembro de 1977.

Nos anos de 1977 e 1978, quando *O Fifó* circulou, já havia sido suprimida a censura prévia ao jornal. No entanto, não havia uma liberdade de informação, de divulgação do pensamento. Nesse sentido, *O Fifó* pretendia ser um meio para se construir esse espaço, uma espécie de degrau que intercedesse a favor da redemocratização do Brasil em uma cidade do sertão da Bahia e, para isso, deveria exercitar a liberdade de criticar o AI-5 (Ato Institucional Número 5), a estrutura de governo e a falta de democracia imposta ao País.

Entretanto, não deixava de existir, dentro do próprio jornal, uma espécie de autocensura. "Isto é, você arrisca até determinado limite, até porque se tinha dentro de *O Fifó* pessoas que eram de esquerda, mas ao mesmo tempo pessoas que ainda viviam delimitadas pelo liberalismo e, na hora de discutir textos, você tinha que mediar entre todos que levavam para frente esse projeto de *O Fifó*", explica Medeiros.

Os editoriais do jornal, assim como as análises políticas eram escritas por Ruy Medeiros. Já Hérzem Gusmão encarregava-se das matérias relativas ao esporte amador e Fernando Martins colaborava com as suas críticas de cinema.

O impresso também se propunha a discutir o processo histórico em que estava mergulhada a cidade de Vitória da Conquista. "Sofremos uma oposição muito grande quando lançamos a edição que comemorava o aniversário de Vitória da Conquista.

Aquilo despertou um ciúme muito grande, porque ninguém fez o que *O Fifó* fez: um estudo do processo histórico conquistense, numa visão materialista, crítica", completa Ruy Medeiros.

É importante destacar a pessoa de Ruy Medeiros no contexto da ditadura e do jornal *O Fifó*. Historiador, advogado, professor universitário e também jornalista, Ruy foi preso durante a ditadura por participação num jornal universitário, produzido no curso de Direito da Universidade Federal da Bahia.

Em certo momento, *O Fifó* chegou a ser totalmente escrito por ele. Segundo Raul Ferraz, ex-prefeito de Vitória da Conquista, "tudo que possui a mão de Ruy Medeiros é radical. Não se pode dizer, portanto, que *O Fifó* se tratava de um jornal independente. Também sou de esquerda e nunca fui independente, mas, sobretudo, contra a direita".

Segundo Hérzem Gusmão, "o jornal era independente e reunia uma seleção de intelectuais na cidade de Vitória da Conquista. Eu tive o prazer de ser convidado, embora não integrasse esse pelotão de notáveis".

A qualidade gráfica de *O Fifó* foi muito elogiada. Sua diagramação e impressão, arranjo gráfico de forma geral, eram feitos por Flávio Scaldaferri, em Itapetinga (BA). Era um jornal relativamente bem lido e existia um clima de simpatia por parte da comunidade local, exceto o pessoal ligado à direita, que o combatia e, às vezes, a facção mais conservadora do MDB, que posteriormente criaria o jornal *O Povão*, para defender a administração municipal de Raul Ferraz.

O Fifó circulava nas cidades de Vitória da Conquista e Itapetinga. Além disso, algumas pessoas remetiam-no para conquistenses que estavam fora da cidade. Um exemplar era mandado para a Residência Universitária Conquistense, Ceusc, em Salvador. "A gente achava importante manter o contato com os estudantes que estavam retomando a luta contra a ditadura militar no movimento estudantil, mas também tínhamos a informação de que *O Fifó* chegava em outras regiões do Brasil, principalmente em Diretórios do MDB", completa Ruy Medeiros.

Infelizmente o jornal não pôde sobreviver. Apesar de inserido no processo de desgaste da ditadura militar e de reedificação da democracia burguesa no País, o jornal apresentava dificuldades de financiamento. As empresas não se dispunham a investir publicidade em um jornal que tinha perfil democrático, crítico à situação estabelecida no País, no estado e no município. Desse modo, saía de circulação *O Fifó*, deixando como herança seus 14 exemplares, que ainda hoje constituem documentos de referência da luta pela redemocratização do Brasil.

[Sophia Midian]

[HISTÓRIA] JORNAL O FIFÓ
[ONDE E QUANDO] VITÓRIA DA CONQUISTA (BA), 1977 E 1978
[QUEM CONTA] HÉRZEM GUSMÃO, PEDRAL SAMPAIO, RAUL FERRAZ E RUY MEDEIROS (FOTO)
[ENTREVISTAS REALIZADAS] MARÇO A JUNHO DE 2004

AVANÇOS E RETROCESSOS EM 47 ANOS DE JORNALISMO NO SERGIPE

LEONARDO ZANELLI é jornalista e editor do site do *Jornal da Cidade* em Aracaju

[COLABOROU]

CAIO RAMOS é jornalista

Jornalista desde os treze anos, Ivan Valença colaborou com os principais veículos de comunicação do Sergipe, além de ter sido figura importante no desenvolvimento da imprensa alternativa local, desafiando a censura e valorizando o jornalismo independente. Crítico de cinema e dono de uma videolocadora em Aracaju hoje, Valença integrou as equipes do *Gazeta de Sergipe*, o primeiro diário do estado, criado em 1957, e foi um dos responsáveis pela criação do *Jornal da Cidade*, em 1972, e do *Folha da Praia*, em 1981. Nos três casos, Valença destaca a busca pela prática do "jornalismo-jornalismo", como ele diz. Eram publicações com matérias baseadas em fatos – e não nos interesses de um ou outro grupo específico da elite local.

Para Valença, a forte ligação do jornalismo em Aracaju com os principais grupos e partidos políticos do estado é hoje a principal característica da imprensa local. E, na sua análise sobre essa questão, Valença considera que o jornalismo atualmente exercido em Sergipe praticamente voltou às condições dos anos 50.

Junto às dificuldades políticas, Valença explica que o jornalismo em Sergipe nas últimas décadas foi marcado por uma série de empecilhos técnicos para a confecção e impressão das publicações. As dificuldades o levaram a realizar inúmeras viagens a Salvador e outras cidades para buscar soluções, mas também permitiram o desenvolvimento de muitas idéias, baseadas no espírito de luta e de criatividade. Essa característica ajudou Valença em diversos momentos, como por exemplo nas ocasiões em que os agentes da ditadura militar iam pessoalmente às redações do jornal exigir mudanças na edição do dia.

Também nesse período, dos anos mais pesados da censura, Valença organizava projeções em Aracaju de filmes proibidos pelos militares. E hoje, é proprietário de uma locadora de vídeo, desenvolvida a partir do crescimento das demandas caseiras e de amigos.

Valença explica que a sociedade de Sergipe tem passado por importantes transformações e considera que no final dos anos 60 o estado era bastante provinciano. Ele conta que algumas mudanças vieram com a chegada da Petrobras no estado nessa época, quando foram iniciados os projetos de exploração do petróleo, trazendo cerca de duas mil famílias para Aracaju. Antes disso, "as famílias ficavam na praia apenas até às 11h. Depois, as putas da cidade acordavam e iam para a praia, e as famílias se retiravam", lembra Valença.

Valença ressalta que a cidade hoje é radicalmente dividida em termos de poder aquisitivo e de acesso à cultura e aos veículos de mídia, outro empecilho para o desenvolvimento da imprensa local. "Temos apenas duas livrarias na cidade atualmente". São desafios verificados também em boa parte do Brasil – e que Valença enfrenta desde 1957, com convicção da importância de seu trabalho e da existência de jornalistas que lutem para transformar essa realidade.

CRIAÇÕES E AVANÇOS

_ Conte um pouco do contexto de 1972, ano de criação do *Jornal da Cidade*...
Quando lançamos por aqui o *Jornal da Cidade*, semanal, ele fez um sucesso extraordinário. A gente circulava às segundas-feiras, tinha fechado o jornal no domingo de noite, com o resultado do futebol. Às vezes, até, se possível, com fotos do futebol, que a gente batia logo com um minuto de jogo para dar tempo.
Com esse sucesso a gente resolveu partir para um jornal diário. E a gente tinha lido que o *Jornal da Bahia* estava se modernizando, passando por um sistema *off-set*, e ninguém nem sabia o que era isso. E estava vendendo os equipamentos, máquina-impressora deles, a impressora rotativa, e vendendo os linotipos. Eu e o Pimentel Rosário [*publicitário, criador do Jornal da Cidade junto a Ivan Valença*] fomos a Salvador para ver esse equipamento. Chegamos a Salvador, rapaz, a máquina, a impressora, acho que era maior do que essa casa. Era um monstro, precisava ser algo menor. Enquanto a gente discutia isso, tinha um rapazinho da IBM, conversamos e tal. Ele acabou nos explicando: "Não tem clichê. Não tem linotipo. Não tem chumbo. Não tem caldeira". Aí eu parei e pensei que ou esse cara está pensando que a gente é imbecil, ou a coisa evoluiu e a gente nem sabe. Ele nos levou no *Tribuna da Bahia*. A gente saiu assim, com a boca aberta. Dava pra fazer um jornal sem ter nada daquilo, com um sistema moderno, máquinas IBM.
Aí, parei, voltamos para Aracaju, pedimos orçamento a IBM e outros. A gente criou a empresa aqui, com capital de 200 milhões [*de Cruzeiros – Cr$*], 150 pra pagar isso e 50 pra

infra-estrutura. E a gente montou o que seria o nosso *Jornal da Cidade*, que é o que está circulando aí até hoje. Então, pra você ver, a nossa redenção na história jornalística começa um pouco antes de 1980.

_ Você chegou a ter uma pequena empresa, que fazia trabalhos alternativos. Como era?
Realmente, criei uma empresa de fazer jornal. E montei tudo direitinho. Na hora de imprimir, eu saía à procura de quem tinha condições de imprimir naquele dia. *A Gazeta* tinha, o *Jornal da Cidade* também às vezes podia. A Imprensa Oficial já era *off-set*, quando não tinha nada contra o governo, também fazia lá, e as gráficas, a gráfica de Chamusca, a gráfica de Estênio. Quer dizer, eu não tinha uma gráfica, tinha vários locais.
Então eu fiz muitos, mas muitos jornais. Era uma média de um a dois por dia. Chegava no final de semana, eram dois, três... E não fazia cinco, seis, porque não tinha estrutura. Eu fui criando uma estrutura própria. Comprei fotolito, aí já levava tudo em fotolito. No fim, comprei a impressora e passei a rodar tudo ali.
Então, quando dá 1982, o seu Orlando [*Dantas*] morre, eu saio da *Gazeta* e vou fazer esse trabalho de fazer jornais para partidos políticos, para associações, sindicatos. Era um mercado...

DIFICULDADES E INOVAÇÕES

_ Como era fazer jornalismo aqui nas décadas de 1970 e 1980, no fim do regime militar? Como era fazer o jornalismo aqui em Sergipe?
Então, Orlando Dantas é que teve uma visão empresarial um pouco maior. Tinha o *Sergipe Jornal* também, do Paulo Costa, que não era político, era advogado, mas era um homem muito ligado à política, e como advogado, promotor e tal, ele tinha esse *Sergipe Jornal*, que já tinha herdado de outros. E era um negócio interessante, ele mal circulava uma ou duas vezes por semana, mas detinha toda a publicidade nacional. A GM, a Ford, geladeiras, todos anunciavam nele, e deu um trabalho da peste pra tirar isso. Para mostrar que o *Sergipe Jornal* e nada eram a mesma coisa, passaram-se anos.

Orlando Dantas então, com uma visão um pouco mais à frente, chegou à conclusão de que a *Gazeta Socialista,* como órgão do Partido Socialista, não iria a lugar nenhum. Ela iria chafurdar no mesmo lugar em que os outros estavam, na mesma pasmaceira, 200, 300, 500 exemplares, quando tinha uma grande tiragem, chegava a mil, naquele momento.

Então, ele retirou o jornal do partido, mudou o nome para *Gazeta de Sergipe* e começou a fazer investimentos um pouco mais fortes. Ele também criou uma sociedade anônima, abriu capital. Eu me recordo que naquele momento, ele vendeu 10 mil ações para mil pessoas, e vendeu rápido, não foi coisa que demorasse. E se capitalizou. E aí, quando chegou o primeiro linotipo, o jornal, que era uma vez por semana, passou a ser duas, depois três vezes, depois passou a ser diário. Então, no comecinho de 1957, quando eu entrei no jornal e tinha apenas 13, 14 anos, comecei a acompanhar um pouco dessa trajetória.

Então é a *Gazeta de Sergipe* que vai mudar toda a trajetória jornalística do estado. Porque se os jornais eram veículos partidários, a *Gazeta* já tinha um outro compromisso. Tinha um compromisso mais sério com a política, mais sério com a notícia, já tinha um compromisso mais sério com a própria comunidade.

_ Quando ela surgiu, ela chegou mesmo para ser livre, diferente dos demais?

Veja bem, ela chega mudando toda uma linha, configuração, que nos jornais antigos você cansava de abrir e na primeira página, tinha o artigo do governador Luís Garcia, que o jornal era da UDN (União Democrática Nacional), ele era da UDN, escrevia um artigo e ia pra primeira página, um catatau que não tinha mais tamanho. A *Gazeta* já mudou o rumo da coisa. Noticiário. Você tinha o lead da notícia, o sub-lead, você tinha chamadinhas, a primeira página já teve um tratamento melhor.

Na *Gazeta*, o pessoal começou a distinguir, isso é notícia. O comentário disso aqui está no editorial. E perseguiu os fatos do dia, da cidade, sem comentário. O seu governador era o governador. Não é esse "filho da puta da UDN", não, não tinha nada a ver. Ele era o governador.

Bom, mas a *Gazeta* sofreu e penou por uma coisa. O aspecto técnico. A linotipo, quando o Orlando trouxe, comprou a primeira, depois comprou a segunda, a gente tinha dificuldades homéricas em comprar os acessórios. Por exemplo, as magazines, os tipos de letra, essa coisa, era problemático encontrar, era tudo complicado, às vezes quebrava a letra, pra gente mandar buscar, aí vinha de outro tipo, você tinha que misturar uma letra com uma outra, aí saía um carnaval no jornal, era um problema.

_ Pois bem, apesar disso, a *Gazeta* vingou, criou uma escola, criou um padrão de leitores, correto?

E desemboca em 1964. Foi uma situação terrível, 64 foi dificílimo, porque Orlando Dantas era do Partido Socialista, toda a vida defendeu um regime ligado ao socialismo e, naturalmente, 1964 não permitiu nada disso.

O jornal foi fechado, sofreu um processo de censura a princípio doloroso, censuras assim que éramos obrigados a reduzir uma tiragem de oito páginas por quatro, porque o que se censurava, não dava...

Pois bem, nos anos 60, a gente sofre muito com esse negócio, mas o jornal se manteve, foi difícil conquistar anunciantes nacionais, por força de que todos eles só anunciavam no *Sergipe Jornal*. Só quando o seu Paulo Costa morreu, o *Sergipe Jornal* fechou, aí é que a gente conseguiu atrair um bocado desses anúncios, era o único jornal diário. Então Sergipe passar a ter um jornal diário a partir de 1957. E essa situação vai até 1972, quando a gente cria o *Jornal da Cidade*.

_ Quer dizer, de 1957, até 1972, esses 15 anos, só a *Gazeta* circulando diariamente.

Eu lhe diria que a *Gazeta*... Não foi uma política premeditada, mas foi massacrando.

Claro, foi fazendo jornalismo, efetivamente, fazendo jornalismo-jornalismo. Então aquele jornalismo marrom de antes foi fechando. Não tinham por que continuar. No caso do *Correio de Aracaju*, por exemplo, que era o jornal da UDN, enquanto o governo foi da UDN, ele se sustentou bem. Quando Seixas Dória [*que não era da UDN*] assumiu o governo, pronto. Quer dizer, a fonte era o governo do estado. Na hora em que mudou de governador, a coisa foi refluindo pra eles, aí um ano, dois anos, eles fecharam.

[Silvio Rocha]

Videolocadora de Ivan Valença, em Aracaju: paixão pelo cinema

_ E a imprensa alternativa do Sudeste, como era vista em Sergipe?

Eu me lembro que em 1975, 1976, diante da crise aguda, em presença dos militares na *Gazeta*, e diante do sucesso que o *O Pasquim* fez, que depois veio o *Movimento*, o *Opinião* e não sei o quê, eu e mais alguns amigos pensamos em editar um jornal alternativo aqui, um jornal semanal, que fosse política, entretenimento, sociedade, e aí, o que aconteceu? Não tinha o que fazer. Pensamos em fazer em Salvador, mas se você fosse fazer em Salvador, só a viagem para lá, naquela época, durava de dez a doze horas.

Em 1967, inaugura-se aqui o *Diário de Aracaju*. É um órgão dos *Diários Associados* [*uma das maiores corporações da história da imprensa no Brasil, fundada por Assis Chateaubriand*]. Já veio com um equipamento um pouco melhor, ficou um pouco mais fácil fazer jornal diário. O *Diário de Aracaju* veio com a filosofia dos *Diários Associados*, que era de ganhar dinheiro. Ou seja, era um jornal que em um ano, um ano e pouco, o leitor entendeu isso e foi esquecendo, foi abandonando. E a *Gazeta* continuou.

_ Como a composição da sociedade de Aracaju influencia nessa morte e vida dos jornais?

Aracaju é uma cidade muito curiosa, você tem a parte rica e a parte pobre, passou da Barão [*Avenida Barão de Maruim, uma das mais importantes de Aracaju*] pra lá é pobre, da Barão pra cá, é classe média e a classe rica. Então o pessoal da Barão pra lá praticamente não lê jornal. Não tem poder aquisitivo pra isso. Aí, o pessoal de cá sim, compra o jornal e tal.

Há coisa de até dois anos, a gente não tinha livraria. Você queria um livro, tinha que mandar buscar fora, ou tinha que ir a Recife, ou tinha que usar o *Sedex* pra receber. Não tinha livraria.

Agora não. Agora, felizmente, tem duas. Embora sejam livrarias que explorem muito a auto-ajuda. Espiritismo e auto-ajuda, vou te contar. Paulo Coelho de cima a baixo. Mas de qualquer maneira, tá lá, é livraria e, de vez em quando, aparecem coisas boas lá.

CENSURA E CRIATIVIDADE

_ E a questao da censura aos jornais de Sergipe durante a ditadura, como era?
Nós tivemos períodos agressivos de censura à *Gazeta*. O *Jornal da Cidade* também, já estávamos em 1972, em 1973. Até quando o Geisel assumiu, a gente teve censuras terríveis, de toda a espécie, na base de bilhetinhos, de telefonema, na base de chegar lá a tropa de choque querendo ver o jornal, o que ia sair, e tudo isso era muito problemático.
A gente ficava morrendo de medo, porque queria publicar as coisas, e com receio de uma reação. Para você ter idéia, houve uma demissão do Ministro da Agricultura. Ele foi demitido às 10 horas da manhã, as rádios deram poucas linhas, "o ministro passa o cargo para o fulano de tal". Que passa o cargo, o quê! Aí você procura saber, na verdade ele foi demitido, aí vinha a proibição "fica proibido publicar a notícia da demissão". Procurei a Polícia Federal:
-Meu companheiro, houve uma alteração no comando ministerial do País e a gente é proibido de informar? Vou fazer o seguinte, vou dar a notícia. Se vocês quiserem nos proibir, vocês proíbem.
-Veja como você vai dar essa notícia...
-Eu vou fazer o seguinte. Tá vendo essa proibição aqui? Pois eu vou botar isso no jornal.
-Ah, você não pode fazer isso.
-Posso. Ou vocês liberam a notícia pra gente, ou vou botar isso.
E coloquei. "A Polícia Federal informou que fica proibido noticiar a demissão do seu Cermilino". E deixa o pau quebrar.

_ Isso deu muito problema? Porque não era padrão, pelo menos nos jornais de São Paulo e do Rio, fazer isso, de botar a proibição.
Realmente. *O Estado de S. Paulo*, por exemplo, no caso do ministro, veio só o lead. "O Ministro Cermilino foi demitido ontem às tantas horas pelo presidente tal" e pronto. A confirmação da notícia era um poema do Camões.
Agora, havia coisas muito interessantes nesse período. Sergipe sempre foi diferente. Eu cos-

tumo dizer que 13 de dezembro de 1968 [*dia do AI-5, Ato Institucional Número 5, do general Costa e Silva, que cassou diversos direitos*] foi um dia negro para o mundo interior, para o Brasil, mas para Sergipe foi uma maravilha. Foi o melhor dia da década. Por quê? Porque 1964 foi um golpe udenista, ligado à UDN. Antes, Leandro Maciel, da UDN, fez tudo para derrubar Seixas Borges. Conseguiu em 1964. Então o que aconteceu em 1964? Todos os cassados eram os caras de oposição ao Leandro Maciel.

_ E o que ocorre em 1968 em relação a essa questão?

É o contrário. Agora, a perseguição é em cima de Leandro, não é mais em cima dos anti-leandristas. Aí, quem vai preso? É Chico Garcia, é Aécio Silva da Fonseca, é o pessoal da UDN. Ah, a gente fez uma festa na Atalaia. Então, foi o contrário. O AI-5 pode ter sido um dia negro, foi, sem dúvida, depois foi. Mas naquele momento, 13 de dezembro de 1968, foi um dia de vitória pra todo mundo. Libertou-se de Leandro Maciel, tanto que ele, depois, não ganhou mais uma briga política.

_ Mas depois...

Veja bem, depois do AI-5, nós passamos essa lua de mel, um ano mais ou menos, mas depois começaram a chegar as perseguições. Então, surgiu a *Folha da Praia*, o *Gira*, foi surgindo a chamada imprensa alternativa, porque agora, eu já tinha como fazer a um custo que fosse razoável.

Eu imprimia na *Gazeta*, ou em qualquer outro órgão que tivesse gráfica, a gráfica começou a não ter medo de fazer jornal. Quer dizer, tinha muito medo também, mas já era melhorzinho. Mas na minha própria gráfica, eu fiz... Na *Gazeta*, eu fiz muito jornal, eu fazia tudo no meu escritório e levava lá só para imprimir, e pagava. Criou-se um mercado de imprensa alternativa.

_ Desses jornais alternativos, quais eram os que causaram mais rebuliço?

Folha da Praia foi um deles. Esse ainda hoje circula. Não é nem espectro do que foi quando começaram. Na época, eles fizeram um rebuliço filho da mãe. A Silvinha Leite, que fazia o *Orgia*, fez dois exemplares muito bons. Tinha um sujeito chamado Pedro Valadares. O dramático dele é que era muito inconstante. O Pedro Valadares era amicíssimo meu, tinha um arremedo de agência de publicidade, era muito criativo, tinha um conhecimento de *design*, quando ninguém sabia o que era design gráfico, ele já trabalhava em cima disso, foi um dos visuais do jornal inteiro. Eram edições que demoravam, porque ele era cuidadoso demais, fazia diagramação. Bonito pra caramba, sem dúvida. Ele fazia sozinho.

_ Todo o jornal?

Tudo. De entrevista, de notícia, de redigir, de diagramar, até ir pra Composer ele ia, cansava... Na hora de imprimir, ele ficava grudado na máquina, eu falava "rapaz, você vai morrer em cima disso". Porque você imagina, fazer um jornal de 30 e tantas páginas assim, então demorava. Ele levava um mês até para fazer o jornal, mas eram jornais que faziam sucesso. Ele fazia seis meses, dali a pouco já estava fazendo outro, com outro formato, estava fazendo outra coisa. Mas fez sucesso. Agora, o que eu recordo assim mais constante, em permanência, e que inclusive existe até hoje, é o *Folha da Praia*.

_ Era o jornal mais combativo? Como era o teor do *Folha da Praia*?

Era muito na base da brincadeira, da gozação. Era um *Pasquim*, tipo um *Pasquim*. Tanto que o pessoal que escreveu lá eram todos... Não vou dizer anarquistas propriamente, mas um pouco mais na linha anarquista.

_ E você participou também de muitos outros jornais?

Também fiz, por exemplo, para a cidade de Tobias Barreto (SE), ainda hoje acho que existe esse jornal, *O Estilo*, um jornal muito de sociedade. Fazia sucesso lá, todo mundo se vendo no jornal. Também os jornais de Estância (SE), *A Estância* e *A Semana*.

Minha participação na redemocratização foi muito em cima disso. Também nesse período, montei minha gráfica, entre 1977 e 1978. Ainda tinha muita censura, mas da minha gráfica, eram jornais alternativos, de circulação ou dirigida, ou restrita, ou no interior. Na minha gráfica, eles não iam não. Se foram, foi muito pouco.

_ E na redação, como era a questão da censura?

Nos anos 70 a gente teve várias dificuldades iniciais. A coisa começa a melhorar um pouco quando chega o governo de Geisel, quando as proibições foram diminuindo até que, por fim, se acabaram. E a gente deu por falta delas, "pôxa, já tem três dias que não vem nenhum 'pedido', nenhuma ordem, nenhum exagero deles". Por volta de 1970, já com o Médici estabilizado no governo, eles entravam de baioneta dentro do jornal:

- Não precisa disso aqui não, bicho, o que vocês querem?

- Não, porque fica proibido dar essa notícia, se vocês fizerem...

E quando parou de ter isso, a gente sentiu falta, ficava sem saber novidades do Brasil. A gente sabia por meio das proibições. A Guerrilha do Araguaia mesmo a gente veio a tomar conhecimento pelas proibições. "Fica proibido noticiar qualquer movimento armado do Araguaia". "Olha, tem movimento! Se tá proibido noticiar, é porque tem alguma coisa". A gente ligava pro pessoal dos estados:

- Rapaz, o que está acontecendo aí, conta pra gente.

_ E o pessoal dos outros estados também ligava para cá...

Aqui mesmo, quando teve a prisão de muita gente na Operação Condor, Operação Cajueiro, a gente recebia muitos telefonemas dos outros estados:

- O que está acontecendo?

- Olha, está acontecendo isso, isso e isso aqui. Prenderam fulano, prenderam beltrano, a gente não sabe onde está esse pessoal.

O Wellington Mangueira mesmo foi um sujeito que a gente passou dois meses à procura. Ninguém sabia. O Exército não dava informação, e ninguém sabia onde ele estava. Ancelmo Góes foi outro, e por aí vai. E tinha realmente essas prisões, mas no campo jornalístico, a gente não podia noticiar esses fatos. Vinham sempre as proibições, mesmo no governo de Geisel. "Fica proibido noticiar a prisão de elementos comunistas e tal". Não se podia noticiar. Nos anos 70, nós tivemos essas perseguições, com essas prisões, com Movimento Cajueiro, Operação Anaconda, operação não sei o quê. Muitos de nossos colegas foram presos. Teve um momento, que, dos cinco ou seis que trabalhavam comigo, tinha cinco presos. Tinha que fazer o jornal sozinho muitas vezes.

_ Tem também as histórias da censura aos filmes...

No cinema, eu desafiei muito a censura. "Está proibido o filme..." Deixa eu ver, "o filme de Antonioni, *Blow-up*". Ele entrou normalmente no circuito e depois foi proibido. Puxa, o filme já passou e vão proibir? Pois agora é que eu vou fazer mesmo uma sessão especial dele.

Ah rapaz, era uma confusão da peste. Eu criei um clube de cinema e passei o filme *O Silêncio*, de Bergmann. No filme, tinha três cenas de nus. Uma de sexo e duas de nus. Era para tirar aquilo tudo.

_ E o governo Sarney, já de volta à democracia, censurou alguns filmes também, correto?

No governo Sarney, ele fez aquela palhaçada de dizer que o país estava livre da censura, e no dia seguinte proibiram o filme *Je vous Salue Marie*. Aí, eu tinha uma cópia, e organizei uma sessão na universidade. Mal terminou, a Polícia Federal estava atrás de mim:

- Como que o presidente da República vai pra TV, diz que não tem censura, vocês vêm aqui e censuram? Eu não admito esse negócio.

Também aí encerrou. Na verdade, eu devo ter pegado uns cinco ou seis inquéritos. É esculhambação:

- Por que saiu a notícia tal?
- Não era pra sair?
- Não, porque teve a proibição.
- Eu não recebi.
- Como não recebeu? Mas o fulano de tal disse que entregou na sua mão.
- Traga ele aqui pra dizer que entregou. Não recebi não.
- Tem certeza que não?
- Não.

Na verdade, eu tinha recebido, mas rasguei...

A VOLTA DOS QUE NÃO FORAM

_ Na maioria do Brasil, os veículos alternativos têm seu período chave entre o início da década de 1970 e meados dos anos 80. Em Sergipe, também ocorre esse movimento?
Os políticos, que nos anos 70 e comecinho dos 80, ficaram de fora da imprensa, porque o *Jornal da Cidade* foi meu até... Começam a perceber que poderiam faturar muito mais em televisão. A antiga *TV Tupi* que depois passa a ser *TV Sergipe*, já era da família dos Francos [*uma das principais forças políticas do Estado*]. Depois, veio a *TV Atalaia*, também montada pelos Francos. Para conseguir essa segunda televisão, os Francos adularam os militares, tanto que a televisão se chamava *31 de Março*. A *TV 31 de março*! Eu não agüento. Depois, quando o regime militar caiu é que eles mudaram pra *TV Atalaia*. Mas era nessa faixa.

_ TV 31 de Março...
Os Francos ficaram com duas televisões aqui. No caso do João Alves [*atual governador do estado*], ele nunca havia sido muito ligado a grupos de comunicação. Mas é aquela história, ele queria o poder, e o poder veio através de veículos que ele veio montando. Primeiro ele montou rádio, depois uma televisão, que hoje é a *TV Canção Nova*, ele acabou vendendo para esse pessoal da *Canção Nova*, e por fim esse jornal, *Correio de Sergipe*, que chamava-se *Jornal de Sergipe*.
Voltamos então aos anos 50, sem dúvida nenhuma. E o pior é que hoje você não tem nem mais os alternativos, para você ter uma visão diferente.

[Arquivo Jornal da Cidade]

[HISTÓRIA] JORNALISMO NO SERGIPE
[QUEM CONTA] IVAN VALENÇA
[ENTREVISTA REALIZADA] MAIO DE 2004

COMUNICAÇÃO EM SERGIPE: UM QUADRO DE CONCENTRAÇÃO FAMILIAR AO RESTANTE DO BRASIL

Atualmente, existem quatro grandes jornais em Aracaju. Dois deles diários – pertencentes a grupos políticos tradicionais de Sergipe – e outros dois semanais, que sobrevivem com dificuldades. Um quadro muito próximo ao verificado no restante do Brasil, marcado pela concentração dos meios de comunicação e pela ligação direta dos veículos com os grupos políticos mais importantes.

Em Aracaju, o *Jornal da Cidade*, diário, pertence a Marcos Franco, político do PMDB, jovem e rico deputado estadual. Marcos Franco é sobrinho de Augusto Franco, que já foi governador e é figura importante no estado.

Além do *Jornal da Cidade*, a família Franco é dona da *TV Sergipe* (afiliada à *Rede Globo*), da *TV Atalaia* (ligada ao *SBT*), da *FM Sergipe* e de outras rádios de menor porte. A família Franco é proprietária, também, do emsergipe, site no padrão *Globo.com* e do site do *Jornal da Cidade*. A família, no entanto, só se junta na política, não nos negócios, de modo que não fazem desses veículos um grande conglomerado.

Já o *Correio de Sergipe* é o jornal de João Alves, governador do estado. O *Correio* foi fundado na década de 80 pelo próprio João Alves, que na época também era governador. O jornal segue estritamente a linha política do governo do estado. O grupo proprietário do *Correio* é dono também da *Rádio Jornal AM e FM*, além de possuir participação na *TV Cidade* (ligada à *Net*) e em um canal de programas religiosos na TV aberta.

SEMANAIS

O principal semanário de Sergipe é o *Cinform – Central de Informações* que começou como um jornal de classificados, anunciando de tudo. O jornal cresceu muito e foi comprado por Antônio Bonfim, figura controversa da política do estado.

Ainda hoje, o ponto forte do *Cinform* são os classificados, que existem em todo o jornal, das áreas de Economia e Política à Cultura. Essa excessiva interação entre a parte comercial e a editorial é um dos principais questionamentos feitos ao jornal. Por outro lado, o Cinform vende bem e faz um trabalho interessante em seus cadernos especiais.

O jornal *A Semana*, de propriedade do jornalista Edvar Freire Caetano, apresenta dificuldades atualmente. O semanário teve um bom início, com uma linha editorial interessante e disputando mercado com o *Cinform*, onde Edvar trabalhava anteriormente. Com o tempo, o jornal perdeu força e hoje luta para se manter.

DÉCADA DE 1980

O panorama dos jornais em Sergipe hoje é distinto ao verificado nos anos 80. Na época, o *Jornal da Cidade*, o *Jornal de Sergipe* e a *Gazeta de Sergipe* possuíam maior independência que os veículos atuais. A *Gazeta*, por exemplo, foi um dos primeiros jornais do estado e possuía linha editorial independente. Criticava com voracidade e de forma consistente, mas também elogiava as ações de governo que considerava positivas.

O jornal acabou se endividando e falindo. Atualmente, alguns grupos cogitam voltar a realizar um trabalho semelhante ao da *Gazeta de Sergipe* por meio de uma cooperativa. Mas, como o jornal está repleto de dívidas trabalhistas e ações correndo na Justiça, o grupo pensa em usar apenas o nome.

Para Ivan Valença, ao olharmos para esse panorama, percebemos que "acabamos voltando para o início da imprensa sergipana, onde os jornais eram quase todos de grupos e partidos políticos".

[HISTÓRIA] FAMÍLIAS NA COMUNICAÇÃO DO SERGIPE
[QUEM CONTA] IVAN VALENÇA
[ENTREVISTA REALIZADA] MAIO DE 2004

IMPRESSÃO DA LUTA SINDICAL

ANDRÉ GALLINDO é jornalista. Trabalha na *TV Globo* em Pernambuco; é integrante do Intervozes

ROGÉRIO TOMAZ JR

[COLABOROU]

JULYA VASCONCELOS é estudante de comunicação na UFPE (Universidade Federal de Pernambuco)

A serenidade e a timidez do professor Luiz Anastácio Momesso escondem uma longa trajetória de luta política. Militante da Ação Popular (AP) durante a ditadura militar instaurada com o golpe de 1964, esse paulista de Taiaçu, município próximo a Jaboticabal, foi, inicialmente, incentivador da imprensa sindical. Na época em que as dificuldades para impressão eram alargadas pela restrição ao acesso às grandes gráficas ou pela manipulação de velhos mimiógrafos em quartos de fundo de quintal, o professor Momesso fazia jornalismo por necessidade. Forma esta de espalhar e tentar consolidar a oposição ao autoritarismo do governo militar.

Hoje, Momesso é um dos principais especialistas em comunicação sindical no Brasil. Ao refletir sobre a prática nesse campo, o professor explica que a comunicação sindical "abarca todas as modalidades decorrentes da própria vida sindical, desde a conversa de pé de ouvido até a utilização das mais avançadas tecnologias, tanto nas relações internas como as com o mundo exterior à entidade".

Publicou dois livros importantes neste campo pouco explorado: *José Duarte – o maquinista da história*, e *Comunicação sindical: limites, contradições e perspectivas*. Este último fruto de sua tese de doutorado, defendida na Universidade de São Paulo (USP), em 1994.

Foi fundador do programa de mestrado em Comunicação da Universidade Federal de Pernambuco (UFPE) além de ter participado da estruturação do núcleo de estudos e projetos sobre Comunicação e Movimentos Sociais na universidade. Atualmente, leciona apenas na graduação da universidade, tendo sido mais uma das vítimas das exigências das agências de fomento do setor educacional brasileiras – que muitas vezes consideram produtividade mais importante que a história, coerência e outros atributos de muitos de nossos mestres.

Colabora com textos, palestras e cursos de formação com diversos movimentos e veículos, especialmente com o Movimento dos Trabalhadores Rurais Sem Terra (MST).

Nascido numa fazenda de café, no início da década de 1940, Momesso conta que, em sua adolescência, teve contato com a Juventude Agrária Católica e com o movimento estudantil secundarista. Depois do golpe de 1964, trabalhou como metalúrgico na fábrica da Philips em Santo André, no ABCD paulista. Lá conheceu a Juventude Operária Católica e ingressou no Sindicato dos Metalúrgicos do ABC e na Ação Popular, organização marxista-leninista.

Momesso também iniciou nesse contexto a atuação que seria o tronco mestre de seu trabalho pelos anos seguintes: a imprensa sindical. Escrevia claro. Era útil para traduzir as reivindicações políticas dos sindicatos para uma linguagem acessível aos trabalhadores. Além de redigir notícias, também colaborava na circulação dos panfletos e jornais operários. Sua verve jornalística começava a florescer em meio ao engajamento político.

Em 1968, foi preso porque distribuía panfletos durante greve em Osasco. Levado ao Departamento de Ordem Política e Social (DOPS), onde teve uma costela quebrada por policiais, só saiu graças à intervenção de um padre da região. Também foi preso durante exercícios de combate, organizados pela AP no município de Crato, no Ceará. Foi acusado de "terrorismo", "assassinato" e "falsificação de dinheiro". A notícia recebeu grande destaque na imprensa regional.

No livro O *que é isso companheiro?*, Fernando Gabeira deixou registrada a impressão que teve de Momesso quando travaram um primeiro contato na prisão, onde o professor tinha o apelido de "Ceará". Os dois se conheceram no momento em que Momesso dividiu a mesma cela com Gabeira, preso junto aos outros seqüestradores do embaixador norte-americano Charles Elbrick.

Depois disso, o professor casou-se em 1971 e mudou-se para a capital paulista. Avaliava que o processo revolucionário estava em refluxo. A resistência estava desestruturada, muitos militantes presos. Havia até ausência de projeto. Era preciso, portanto, reorganizar a vida para continuar a luta de outras formas.

"O pensamento único dos anos 90 silenciou muitos de nós daquela época. Alguns aceitaram a mordaça e se perderam pelo caminho. Mas há aqueles que não se perdem jamais. O professor Momesso já era assim nos anos 80", testemunha Regina Festa, integrante do Conselho de Comunicação Social do Congresso Nacional entre 2002 e 2004.

Regina viveu na Zona Leste de São Paulo na época em que Momesso militava na área.

"Conheci o professor Momesso como ativista da imprensa popular e alternativa na região e fora dela. Ele chamava muito a minha atenção. Era incansável e, apesar das dificuldades políticas e da pobreza dos moradores da Zona Leste, havia uma dignidade e uma firmeza nos seus propósitos que o faziam avançar sem parar", declara orgulhosa Regina, que também é professora de Comunicação e levou Momesso a fazer o mestrado na Universidade Metodista de São Paulo (Umesp), no início da década de 1980.

Nessa entrevista, o professor Momesso relata sua trajetória pelo fortalecimento da comunicação dos sindicatos brasileiros, além de sua luta na oposição à ditadura militar. Para ele, "a comunicação sindical não pode ser pensada desvinculada do pensamento sindical: quando a comunicação não acompanha a dinâmica do movimento, é como se ele estivesse aleijado".

_ Após tamanha experiência e luta contra a ditadura e grande envolvimento com movimentos populares, por que, aos 40 anos, estudar comunicação, especificamente o jornalismo? Desde essa época havia problemas na comunicação sindical? A comunicação era estratégica para o movimento sindical da época?

A decisão de estudar se deu em 1971. Morava em Recife, num bairro muito pobre, sobrevivendo de artesanato, desenvolvendo um trabalho político muito localizado, de pouca importância e sem perspectivas de mudanças imediatas, pois a Ação Popular estava um tanto desarticulada por conta de inúmeras prisões.

Nestas condições, com vida semi-clandestina, correndo riscos de segurança, eu e minha companheira passamos seis meses fazendo avaliação da situação, revisão crítica de nossa militância e da experiência que havíamos acumulado e das perspectivas que se apresentavam. Concluímos que não haveria mudanças políticas significativas a curto prazo e que a resistência armada à ditadura não estava ganhando corpo como se esperava. Pelo contrário, sobrevivia em poucos lugares com muitas dificuldades.

Chegamos à conclusão que era necessário reorganizar a vida buscando uma profissão que nos permitisse viver como pessoas comuns, no meio do povo, mas que ao mesmo tempo fosse um campo de ação política. Ela optou por estudar história e eu, comunicação.

Esta opção teve como fundamento, em primeiro lugar, uma análise política. Paralelo à censura, os militares estavam patrocinando um grande desenvolvimento dos meios de comunicação, criando infra-estrutura como torres de transmissão, satélites, fábricas de aparelhos de TV, criação de escolas de comunicação. Minha análise foi de que a comunicação se tornaria uma das coisas mais importantes nas décadas seguintes.

Foi fator decisivo também a importância política que a esquerda dava à comunicação. Basta lembrar que uma célula de base devia ter, no mínimo, três componentes para desempenhar três funções diretivas: secretário político, secretário de organização e secretário de agitação e propaganda. Em outras palavras, de comunicação.

Ainda pesou o aspecto de que, desde o início, minha militância sindical, a partir de 1966, esteve ligada à comunicação. Tinha facilidade para escrever e me foi dada tarefa de fazer boletins de fábrica e imprimir material em mimeógrafos – constantemente passando a noite toda nesta atividade, em pequenos quartos de fundo de quintal para não chamar a atenção da repressão. Também fiz parte de uma equipe que produzia o jornal *Resistência*, da AP no ABC e que depois se transformou em um jornal de maior abrangência. Na realidade, desde este período eu já gostava muito de comunicação, lia livros sobre o assunto, tinha preocupação de aprender desenho, caricatura para melhorar os impressos. O que mais pesou, no entanto, foi o aspecto político, porque eu gostava muito mais da área de psicologia.

Na área de comunicação, nunca me passara pela cabeça estudar jornalismo. Inicialmente, pretendia estudar propaganda, entendendo por propaganda o trabalho que a gente fazia na esquerda, de propagação de idéias. Mas acabei indo para o jornalismo, por orientação de pessoas próximas.

_ A sua experiência no movimento sindical lhe deu também uma visão sobre a comunicação dos sindicatos. Como seu trabalho no movimento sindical o levou para o jornalismo? Qual a sua avaliação do processo de redemocratização?

Como jornalista, trabalhei menos de dois anos na imprensa comercial. Montei uma pequena gráfica e fazia boletins, cartilhas, cadernos, pequenos jornais, enfim, todo tipo de impressos para os mais variados movimentos, desde as associações de bairro, clubes de mães, movimentos de mulheres, de estudantes, grupos de cultura popular, oposições sindicais. É importante lembrar que vigorava a ditadura, o movimento sindical estava controlado, não se tinha onde imprimir material gráfico exceto em algumas igrejas, geralmente em mimeógrafos.

Havia riscos, mas era uma tarefa política necessária. Além desses trabalhos, a gráfica me dava um rendimento pequeno, por isso também procurava trabalhar em outras atividades como professor, por exemplo.

Entre 1980 e 84, fiz mestrado sobre comunicação sindical na Metodista com extrema dificuldade por falta de condições. Lecionei por alguns anos em faculdade particular e, no final da década de 80, quando a oposição conquistou a direção do Sindicato dos Professores da Rede Pública Estadual de São Paulo (Apeoesp), fui contratado para trabalhar como jornalista. Organizei a assessoria de comunicação e produzia mensalmente o jornal do sindicato, no qual escrevia praticamente todas as matérias.

Foi uma experiência interessante, pois me permitiu fazer o doutorado na ECA-USP com um pé na academia e outro no sindicato, onde continuei trabalhando, embora sem vínculo empregatício. No doutorado, estudei o processo de profissionalização da comunicação sindical que passou a acontecer a partir de 1978, em alguns dos maiores sindicatos de São Paulo (*ver "C'os sons do boré, mil gritos reboam", à página* 76). Minha pesquisa se confundia com meu trabalho, pois convivia com jornalistas sindicais, participava das discussões e buscas de caminhos para a comunicação, de seminários e encontros sobre o tema, realizados pelas entidades e pela CUT.

_ Qual foi a sua relação com o jornal *Movimento*?

Minha relação com o jornal *Movimento* foi de apoio. Não participei da redação, a não ser com contribuições esporádicas, a primeira delas, censurada. Semanalmente, aparecia na redação. Participava dos debates ali realizados com freqüência. Era um local onde eu me informava, convivia com os jornalistas, contribuía de diferentes formas como sugestões de matérias e participava da distribuição do jornal especialmente nos bairros.

Era um instrumento de trabalho político. Como ele publicava muitas matérias longas, difíceis para a maioria da população mais pobre, discutimos a possibilidade de criar um jornal mais leve e mais popular com os assuntos mais importantes do *Movimento*. Daí saiu o jornal *Assuntos* e eu fiz parte da equipe que o produzia. Mas tivemos apenas algumas edições, pois sua implantação dependia de uma estrutura maior, que não tínhamos.

_ Como foi seu trabalho com os movimentos populares da Zona Leste de São Paulo e sua inserção nos jornais do bairro?

Na periferia de São Paulo, participei da equipe que criou o jornal da Diocese de São Miguel Paulista e que teve um papel importante no incentivo aos movimentos sociais (*ver "Grito do Povo da Zona Leste", à página 58*). Foi no início da década de 1970 e a ditadura estava muito violenta. Apenas sob tutela de igrejas se conseguia manter um jornal como aquele, que divulgava e estimulava as lutas do povo por suas reivindicações, por justiça, fazendo denúncias. Mesmo sendo sob a tutela de um bispo, os riscos não eram pequenos. Mas mantínhamos um jornal mensal que, além da distribuição, tinha muitas informações que eram lidas publicamente nas igrejas.

A partir de 1974 participei da organização, nas periferias de São Paulo, do que inicialmente chamávamos de Movimento do Custo de Vida, posteriormente modificado para Movimento Contra a Carestia. Os encontros eram feitos em igrejas ou colégios religiosos, sob forte tensão, devido à ameaça de violência pela ditadura. Aos poucos foi ganhando as ruas através de atividades como compras comunitárias, pesquisa de preços, reivindicações das mais diferentes, culminando, em 1978, com uma manifestação na Praça da Sé, que parecia mais uma praça de guerra, tomada por policiais, cães, cavalos... O ato contou com cerca de 30 mil participantes e reuniu os abaixo-assinados contra a carestia, totalizando mais de um milhão e cem mil assinaturas colhidas nas praças, feiras e ruas.

Além de participar da coordenação, fiz parte da equipe de comunicação deste movimento. Produzíamos os mais diversos materiais, com destaque para um tablóide que chamávamos de *Jornal do Custo de Vida*. Foi uma das experiências mais ricas em comunicação popular em que estive envolvido, resultado da união da experiência de comunicação da igreja com a da esquerda e assimilando a cultura popular.

_ Em que medida podemos dizer que a imprensa sindical contribuiu com a democratização da comunicação e com a redemocratização do próprio País?
Não se pode reduzir a comunicação sindical à imprensa sindical. A comunicação sindical abarca todas as modalidades decorrentes da própria vida sindical, desde a conversa de pé de ouvido até a utilização das mais avançadas tecnologias, tanto nas relações internas das entidades sindicais como em suas relações com o mundo exterior à entidade. A imprensa sindical é uma das modalidades dessa comunicação.
A partir do final da década de 1970, na medida em que as lutas sindicais cresceram e geraram organizações mais consistentes, também em decorrência das oposições sindicais, o sindicalismo começa a ter uma presença marcante na cena nacional.
A comunicação sindical não pode ser pensada desvinculada do pensamento sindical, das práticas e das formas de organização. Dá-se uma relação dialética. O movimento gera uma comunicação que gera um movimento. A comunicação é instituída e instituinte do movimento. Pensar a comunicação como um instrumento à parte do movimento é uma visão reducionista e deformada. Quando a comunicação não acompanha a dinâmica do movimento, é como se o movimento estivesse aleijado. Retarda. Assim como uma boa comunicação dinamiza.

[André Gallindo]

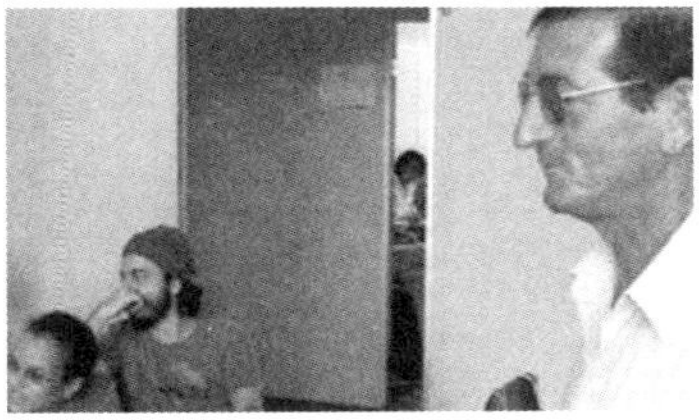

[história] Comunicação Sindical
[onde e quando] Ceará, Pernambuco e São Paulo, de 1964 ao início dos anos 90
[quem conta] Luiz Anastácio Momesso e Regina Festa
[entrevistas realizadas] Março a Setembro de 2004

A COOJORNAT E OUTRAS LUTAS NA MEMÓRIA E NA VOZ DE LUCIANO DE ALMEIDA

RUDSON PINHEIRO SOARES é jornalista, mestrando em comunicação na Universidade Federal de Pernambuco (UFPE) e integrante do Intervozes

Jornalista, intelectual, homem do povo, que a ditadura militar manteve preso por dez anos, Luciano de Almeida é uma espécie de memória viva dos anos de chumbo no Rio Grande do Norte. Conheceu, por dentro, os porões da ditadura.

Nascido em 1948, Luciano iniciou sua militância política, como a maioria dos adolescentes natalenses dos anos 60, no Colégio Estadual do Atheneu Norte-riograndense – celeiro dos principais quadros políticos no Rio Grande do Norte daquela geração.

Luciano participou ativamente do movimento estudantil ao lado de nomes hoje conhecidos da política potiguar, como o advogado e ex-vereador em Natal Juliano Siqueira, hoje no PSB; o também advogado Gileno Guanabara, atualmente no PAN; o intelectual e professor da UFRN, José Willington Germano; os irmãos Capistrano: Franklin, hoje no PSB, e Antônio, de volta ao PCB, vereador em Natal e vice-prefeito de Moçoró, respectivamente; o médico e ex-deputado estadual Hermano Paiva, do PPS; Mauricio Anízio, hoje petista, de Santa Cruz do Inharé; Manuel Duarte – o Manu –, candidato a governador em 1998 pelo PT e que se desfiliou do partido em função dos rumos que tomou o governo Lula; além de Emmanuel Bezerra dos Santos, jovem quadro político potiguar assassinado pela ditadura, entre outros.

Como de praxe no Atheneu, Luciano teve, nesta escola, seus primeiros contatos com a literatura, a filosofia e com os grandes temas políticos da conjuntura sessentista do século passado. Foi através de uma palestra sobre Cuba, realizada no colégio e proferida por Felinto Rodrigues [*empresário, à época, proprietário da Rádio Nordeste*], que Luciano se posicionou a favor dos revolucionários e contra os exilados nos EUA que tentaram invadir a ilha e foram derrotados na Baía dos Porcos.

Foi no Atheneu, também, que Luciano iniciou-se no jornalismo, na equipe do periódico *O Realista*. Ele era repórter, articulista e revisor. Com o golpe militar de 1964, o jornal foi interrompido, retornando suas atividades em 1965, mas bem menos estruturado. Em 1966, Luciano e os seus colegas de Atheneu criaram o *Jornal do Povo*, que também teve curta duração. Foi quando começou o endurecimento do regime contra os estudantes.

Nesta época, houve uma grande manifestação em frente à escola que conseguiu libertar Paulo Medeiros Rocha, estudante do Atheneu que havia sido preso. A partir daí, Luciano engaja-se mais ainda no movimento estudantil. Em 1968, o Grêmio Estudantil Celestino Pimentel, por pressão dos estudantes, volta a ter eleições diretas, o que não ocorria desde 1963, em função do golpe. O grupo mais à esquerda, que tinha à frente Sesildo Câmara de Oliveira, vence o pleito e Luciano assume o Departamento de Cultura. Durante a gestão, a entidade inaugura a Biblioteca Graciliano Ramos, que ficava aberta nos três turnos.

Em 1964, com 15 anos, Luciano fez a opção pelo PCB. Foi quando teve contato com comunistas históricos do Rio Grande do Norte, como Aprígio [*antigo funcionário do Banco do Brasil*], Eliezer Menezes [*sapateiro de Nova Cruz*] e Vulpiano Cavalcanti [*médico*]. Foram apenas duas reuniões e veio o golpe. O "Partidão", como era chamado o PCB, já na clandestinidade, retoma o contato com Luciano em 1965, para que sirva de intermediário entre os velhos comunistas. Havia uma base estudantil do partido, composta por secundaristas e universitários. Começaram a surgir divergências dentro do PCB e Emmanuel Bezerra dos Santos volta de um Congresso da UNE com documentos da oposição interna, representada pelo ex-deputado federal constituinte de 1946 Carlos Marighella e também por Mário Alves, Apolônio de Carvalho, Jacob Gorender e outros. Esse grupo, com exceção de Marighella, deu origem ao Partido Comunista Brasileiro Revolucionário (PCBR). Emmanuel Bezerra, principal formulador entre os estudantes potiguares, seguiu com o Partido Comunista Revolucionário (PCR), ao lado de nomes como Ricardo Zarattini, hoje deputado federal (PT/SP), e Manoel Lisboa, jovem estudante alagoano assassinado pela repressão, entre outros. Luciano de Almeida e Juliano Siqueira aderiram ao PCBR. Luciano, inclusive, aos 19 anos de idade, foi membro do Comitê Central do partido. Depois – já na clandestinidade – em Recife, no ano de 1969, optou pela Ação Libertadora Nacional (ALN), que tinha em Marighella um de seus principais quadros.

No dia 31 de março de 1970, quando o golpe completou exatos seis anos, Luciano foi preso no Recife. Ele estava esperando um companheiro em frente ao Cinema Recife, na Avenida Beberibe, quando foi abordado por pessoas disfarçadas de garis e de funcionários do cinema. Luciano não teve chances contra a violência de mais de dez torturadores. Levaram-no para dentro do cinema. Antes de entrar na sala de projeções, Luciano agarrou-se a uma grade, conseguindo resistir por alguns minutos, o que foi testemunhado por gente que passava na rua e pelos moradores de um prédio da redondeza.

Luciano ficou preso na Secretaria de Segurança Pública. Depois foi transferido para o Quartel do Exército, em Olinda. Em seguida, foi para a velha Casa de Detenção do Recife, onde ficou até 1973, quando o presídio foi desativado. De lá, seguiu para o presídio da Ilha de Itamaracá, onde permaneceu até 1980.

Na prisão, Luciano conviveu com outros potiguares. Do PCBR, estavam presos Mauricio Anízio, Luiz Alves – hoje militante do PT moçoroense – e Alberto Vinicius, à época já radicado no Recife. Do PCR, Edílson Freire, Mendonça, Edílson Romariz e Moisés Domingos – que presidiu o PT de Natal ao final dos anos 90. Luciano Siqueira, atual vice-prefeito do Recife – à época já no PCdoB e também já radicado na capital pernambucana – e o paraibano José Adeildo, hoje professor da Universidade do Estado do Rio Grande do Norte (UERN), também estavam entre os encarcerados da ditadura.

Luciano de Almeida foi solto sob liberdade condicional, restando ainda sete meses para o final da pena que, no início, era de 72 anos, mas que depois foi revista para dez anos e sete meses. Após isso, não chegou a ser anistiado, pois havia participado da luta armada. Hoje, Luciano busca, junto ao Ministério da Justiça, o beneficio da lei nº 10.559, do final do governo Fernando Henrique Cardoso, que praticamente encerra o processo de anistia dos presos e perseguidos políticos pela ditadura militar.

Ao deixar a prisão em 1980, o militante voltou para Natal e logo engajou-se na Cooperativa dos Jornalistas de Natal (Coojornat). Foi uma época de vários movimentos, com destaque para a mobilização popular que reivindicava melhorias no sistema de transporte coletivo da capital. Foi na Coojornat que Luciano trabalhou na edição do jornal *Salário Mínimo*. A Cooperativa ajudou também na fundação da Central Única dos Trabalhadores (CUT) e no movimento pelas Diretas Já. Luciano optou pelo Partido dos Trabalhadores, o que acabou sendo uma escolha apenas "cartorial", segundo ele – nunca atuou de fato dentro do PT. Depois veio o Sindicato dos Jornalistas do Rio Grande do Norte (Sindjorn), do qual foi vice-presidente. Durante a sua gestão, em 1986, ocorreu a única greve já organizada por jornalistas em terras potiguares, que durou dois dias. A manifestação resultou na instituição do primeiro piso salarial para a categoria no estado.

[Arquivo pessoal]

Itinerante de lutas: em assembléia do Sindicato dos Jornalistas, no exercício da profissão e em viagem para a Alemanha Ocidental, em 1984

E foi justamente para falar sobre seu período pós-prisão, durante o qual o Brasil vivia o processo de redemocratização, que Luciano de Almeida nos recebeu em sua casa – eu e o jornalista Evânio Mafra – à movimentadissíma rua Mário Negócio, no bairro do Alecrim. Ele estava à vontade, trajando camisa, bermuda e sandálias. Sentou-se em uma cadeira de ferro com fios vermelhos, bem no *sovaco* da área que tinha em uma grade a fronteira com a calçada e com a rua. Logo começamos a conversa, em tom informal. Durante a entrevista, por um pedaço de tempo, fomos testemunhados pelo olhar atento de Seu Lauro, pai de Luciano. A entrevista foi acompanhada pelo barulho dos carros da movimentada rua e de um cachorro que resolveu por ali parar. O cão, que não cansava de latir, parecia tentar impedir Luciano de ser ouvido – como tantas vezes fizeram os agentes da ditadura. Tememos que a gravação não ficasse audível, mas Luciano, portador de um currículo com várias entrevistas concedidas, nos tranqüilizou: "Fui entrevistado várias vezes aqui nesta área e nunca teve problema".

Autor de *A Esquerda em Questão – do socialismo científico ao anarquismo*, Luciano de Almeida, em variados graus, é um crítico do PT, do governo Lula, da CUT e do Movimento dos Trabalhadores Rurais Sem Terra (MST). A seguir, os trechos centrais da conversa.

_ Ao sair da prisão, o senhor se reorganizou politicamente? Fez uma nova opção?
Ingressei na Cooperativa dos Jornalistas de Natal. Fui convidado pelo presidente da Cooperativa, Dermi Azevedo, que era meu amigo, para ser gerente da Coojornat. Lá eu passei 13 anos. Também me filiei ao PT, mas nunca tive uma participação muito ativa, pois tinha uma visão crítica. Hoje não estou filiado a nenhum partido.

_ O senhor formalizou sua desfiliação do PT?
Não, mas acho que fizeram isso por mim.

_ A saída da prisão foi um novo momento na sua vida. Fale um pouco sobre isso, sobre a Coojornat, sua atividade como jornalista profissional, o PT, a redemocratização...
Minha participação na Coojornat, inicialmente, foi no jornal *Salário Mínimo*. A

Cooperativa havia criado o jornal exatamente quando eu cheguei aqui em Natal. O Dermi Azevedo me convidou em março e eu tinha sido libertado em fevereiro. Passei um mês sem fazer absolutamente nada, só retomando os contatos com as pessoas. Depois, ingressei no *Salário Mínimo*, que foi uma experiência interessante no Rio Grande do Norte. Era editado pela Coojornat. Eu era um "faz tudo" do jornal. Escrevia, acompanhava a impressão, distribuía. Era um jornal que tinha uma linha à esquerda no contexto político do estado e tínhamos uma visão crítica da sociedade, como o próprio nome indicava. O slogan era: "Um jornal com fome de verdade". Aos "trancos e barrancos", conseguimos manter o jornal por três anos, de 1980 a 1983.

_ Qual a periodicidade? E a tiragem?
Mensal. Mas, nos três anos, saíram 18 números. Fazíamos de 1.500 a 2.000 exemplares.

_ Quando foi fundada a Cooperativa dos Jornalistas de Natal?
Em 1º de outubro de 1977, por um grupo de jornalistas: Dermi Azevedo, Arlindo Freire, Osair Vasconcelos, Sávio Hackratd, Ubirajara de Macedo...

_ A Coojornat atendia a que demanda histórica?
Quando eu cheguei, ela tinha um formato tradicional. A primeira cooperativa de jornalistas surgiu em Porto Alegre, a Coojornal (*ver texto "Coojornal: o fim da ditadura – e da reportagem, à página 36"*). A Coojornat prestava serviços. Servia como intermediária entre os jornalistas e o mercado. Prestávamos assessoria de imprensa para alguns órgãos como o Sesc, o Sesi. Produzíamos jornais para órgãos públicos ou privados.
Num primeiro momento, participei da elaboração de um projeto para criarmos uma gráfica, com o objetivo, inclusive, de dar sustentação ao *Salário Mínimo*, pois todo o dinheiro de que dispúnhamos era gasto com a impressão. Inicialmente, rodávamos aqui na Gráfica Manimbu e depois fomos para Moçoró.
Havia um cerco publicitário, pois era um jornal de esquerda, com tiragem limitada, mensal. Tudo isso dificultava, mas conseguimos imprimir o jornal em Moçoró durante uns

dois anos, graças à generosidade de Canindé Queiroz, que nos fazia um preço razoável. Depois, voltamos para Natal e tentamos rodá-lo na própria Coojornat. Compramos uma máquina russa, que foi um verdadeiro desastre, com a qual fizemos uma única edição.

Rodamos dois números na gráfica da *Tribuna do Norte*, em meio à movimentação oposicionista dos Alves [*uma das famílias mais poderosas do estado*] que passavam a se engajar na candidatura de Tancredo Neves. Depois disso, o jornal encerrou suas atividades.

_ A Coojornat chegou a cumprir, informalmente, um papel político-sindical, em função das restrições da ditadura à existência e ao funcionamento dos sindicatos?

A Coojornat teve um papel político importante. A primeira reunião do Comitê de Anistia foi realizada na sede da Cooperativa, quando eu ainda estava preso. A Coojornat desempenhou um grande papel na crítica à ditadura, na luta pela liberdade de expressão. Com o *Salário Mínimo*, ela se engajou nas lutas de alguns movimentos sociais. Participamos do movimento pela melhoria do transporte coletivo em Natal, em 1981. Na oportunidade, dialogamos com todos os bairros da cidade, com os conselhos comunitários. Fomos recebidos pelo Carlos Batinga [*que era do Ministério dos Transportes no estado*], que queria saber as reivindicações da sociedade. Recolhemos 20 mil assinaturas junto às reivindicações e levamos ao prefeito José Agripino. Tivemos duas audiências com o prefeito, que até perguntou se eu me sentia revanchista, ressentido. Eu disse que não e que estava vivendo ali um outro momento histórico. Formulamos reivindicações, mas não fomos atendidos.

_ A Coojornat existiu até...

Até 1996. Eu fiquei lá até 1993. Fui gerente de 1980 a 1990. Neste último ano fui eleito presidente. Como eu era contra a reeleição, não tentei continuar.

_ O final da Coojornat coincide com o das demais cooperativas de jornalistas no Brasil?

Não. A nossa foi uma das que mais duraram. A maioria foi extinta na década de 1980. A Coojornal (RS) sofreu uma pressão muito grande, pois editava o *Coojornal*, que tinha uma dimensão maior, já que tinha tiragem de 30 mil exemplares, era distribuído nacionalmente e fazia oposição bastante vigorosa à ditadura. Por isso, foi vítima de uma pressão violentíssima.

O Comandante do III Exército, General Bandeira, um conhecido torturador, pressionou os anunciantes a não anunciarem no *Coojornal* e, assim sendo, o jornal foi estrangulado e arrastou consigo a Coojornal.

_ O senhor era do Departamento Estadual de Imprensa. Logo que saiu da cadeia, o senhor reassumiu seu emprego? Como foi sua readmissão no estado?

Minha readmissão ocorreu em 1996. Foi difícil. Eu, antes de ser preso, já era jornalista. Logo que saí da cadeia, solicitei ao Ministério do Trabalho o registro profissional a que tinha direito, com base na lei da própria ditadura, e me foi negado. O ministro era o Murilo Macedo. Em 1986, já no governo Sarney, me concederam o registro, mas não concederam minha readmissão. Em 1994, solicitei minha reintegração ao Departamento Estadual de Imprensa, do qual eu havia sido demitido em razão das circunstâncias políticas da época. Dois anos depois, a readmissão foi concedida.

_ E depois da readmissão?

Fui reintegrado na Datanorte, o que era totalmente irregular. Entrei com várias ações contra o estado e fui "desanistiado". Isso mesmo. Acho que foi o único caso de "desanistia" do Brasil. É que eu fui demitido novamente e só voltei seis meses depois, por decisão judicial do Tribunal Regional do Trabalho.

_ O senhor teve, nesse período, mais alguma experiência na imprensa?

Fui editor do *Jornal da CUT* estadual, de 1994 a 1995. Em 1997 eu tive uma experiência com um jornal cultural chamado *Balalaica*, mas só saíram dois números.

_ A Coojornat teve participação em algum outro movimento nos anos 80?

Inicialmente, a Coojornat cumpria uma função na vida dos jornalistas de complementar

[Reprodução]

Livro de Luciano: um dos muitos que a Coojornat editou

suas rendas, de ampliar o mercado de trabalho. Depois é que adquire uma dimensão política maior. Ela apoiava tudo que era contra a ditadura, como a campanha das Diretas Já. Editamos centenas de livros, inclusive *A Esquerda em Questão*, de minha autoria. Editamos literaturas de cordel, livros de Chico Traíra, Crauna do Norte, Morais, Antônio Sobrinho, Crispiniano Neto, José Alves Sobrinho e muitos outros escritores e artistas populares potiguares. Apoiamos shows de Vital Farias, do Cantocalismo. Apoiamos também a fundação da Cooperativa dos Artistas, em 1983.
Ajudamos a reorganizar o movimento sindical. Apoiávamos as oposições sindicais. Ajudamos a fundar a CUT. No 1º de maio a Cooperativa sempre estava presente. Estávamos presentes também no Sindicato dos Jornalistas do Rio Grande do Norte. Fazíamos as publicações do Sindjorn, quando elas surgiam. Apoiamos a greve dos jornalistas de 1986.

_ Como foi essa greve?
Foi local e durou dois dias. A única greve que os jornalistas do Rio Grande do Norte fizeram. Orgulho-me de ter sido vice-presidente do Sindjorn nesse período.
Participei intensamente das negociações com José Gobat, que era o diretor administrativo do jornal *Tribuna do Norte*. Fizemos pressão sobre ele e conseguimos arrancar um piso de três salários mínimos, pois a categoria não tinha piso ainda. Ele ficou reclamando, dizendo que ia ter prejuízo e eu disse: "Não, Zé Gobat. Eu conheço o balanço da *Tribuna* e tá dando lucro". Aí ele terminou concedendo.
Foi o primeiro piso da categoria no estado. Hoje, o piso é menor que três salários mínimos. No *Diário de Natal*, Luis Maria Alves deu um piso maior, para não ter greve.

_ Então não houve greve no *DN*? Foi só na *Tribuna*?
Houve greve também na *República*, no *Dois Pontos*. No *DN*, furaram a greve. Só Ubirajara de Macedo fez greve.

_ Por que o Sindjorn nunca se filiou à CUT?
A categoria dos jornalistas é elitizada. Não economicamente, mas culturalmente. Até

em função de ser uma categoria que tem muito acesso ao poder e termina incorporando esta visão do poder em sua própria prática social.

Com a reforma sindical que está vindo aí, muitos sindicatos desaparecerão. Só continuarão a existir os sindicatos com base real e mobilizada, o que não é o caso dos jornalistas. No período em que estive lá, conseguimos mobilizar a categoria, mas de forma momentânea. Depois o rio retomou a seu leito, ou seja: essa complacência, o corporativismo e essa idéia de que não se deve "contaminar" ideologicamente... Mas talvez tenha feito até bem a gente não ter se vinculado à CUT, pois ela hoje é do governo [*risos*].

_ O que motivou sua ida à Alemanha Ocidental, em 1984?

Fui participar de um intercâmbio de jornalistas, em Colônia. No período em que estive preso aqui, a Secção da Anistia Internacional de lá havia me adotado e na viagem conheci quem tanto me ajudou. Fui até entrevistado pela *Deutsche Velle*, a *Voz da Alemanha*.

_ Uma questão que sempre quis lhe fazer. Como foi o episódio de sua participação, em 1989, no programa *Grande Ponto*, de Cassiano Arruda, na *TV Tropical*?

Foi o maior imbróglio. Eu estava como entrevistador. O entrevistado era Nevaldo Rocha, presidente do Grupo Guararapes. Eu denunciei várias mazelas da empresa dele e nós discutimos no ar. Eu me retirei. Acho que foi o único caso em que o entrevistador se retira da entrevista. Deixei minha cadeira vazia [*risos*].

_ O senhor chegou a acompanhar a militância de Rubens Lemos na imprensa?

Conhecia o Rubens desde a década de 1960. Foi meu companheiro de PCBR. Mas nunca tivemos muita proximidade, pois eu era secundarista e ele era radialista, com um programa muito bom de música popular, na *Rádio Nordeste*. Depois nos reencontramos em Recife, quando ele trabalhava no jornal *O Povão*, vinculado ao PCBR.

A primeira pessoa que visitei quando voltei pra Natal foi ele, que morava ali na Lagoa Nova, em frente ao Posto São Luís. Mas nunca mais tivemos um contato orgânico, pois quando eu estava no Sindjorn, ele morava no Mato Grosso. Foram encontros episódicos.

Encontrei-o aqui no Café Nice. Depois entreguei a ele um texto-resposta à *Tribuna do Norte* que me havia feito uma série de ataques em função da discussão no *Grande Ponto*. Rubens era editor de cultura da *Tribuna* e me disse: "escreva aí um texto que eu publico". Ele levou o texto para Zé Gobat, que não publicou. Falei que ia recorrer à Lei de Imprensa e Zé Gobat falou que, mesmo que eu recorresse, não publicaria. Eu não recorri. O texto só veio à lume dois anos depois, em *A Esquerda em Questão*, nos anexos.

_ José Gobat morreu em 2004, depois de doze anos em coma. É considerado uma das figuras que marcaram o cenário jornalístico potiguar, ao lado de Luis Maria Alves, outro jornalista já falecido. O que o senhor diria deles?
Luis Maria Alves situava-se à direita, no espectro político. Tinha uma certa paranóia comunista. Parece que foi da juventude comunista e depois perfilou pela visão americana-inglesa ocidental.
Quanto ao José Gobat, tive a oportunidade de me relacionar com ele no episódio da greve dos jornalistas. Ele cedeu às nossas pressões, pois não queria que a *Tribuna do Norte* corresse o risco de ficar sem sair. As eleições de 1986 se avizinhavam e Geraldo Melo, que veio a ser governador do Rio Grande do Norte, era candidato, com Garibaldi Alves, irmão de Zé Gobat, como vice. Na minha avaliação, Zé Gobat defendia com competência seus interesses familiares e econômicos. No caso que citei há pouco, ele não publicou minha resposta porque Nevaldo Rocha era acionista da *Tribuna do Norte*.

_ Seu livro *A Esquerda em Questão – do socialismo científico ao anarquismo* –, publicado em 1991, é uma seleção de textos antigos seus sobre o papel do partido, o papel das massas etc. O senhor mantém aquela leitura?
Não. Eu estava equivocado. Aquela visão que expresso era ainda dogmática. Uma visão que não dá conta da realidade. Alguns elementos da análise da sociedade brasileira, do Estado brasileiro, da estrutura econômica e social, permanecem. Mas a opção, a alternativa política proclamada em *A Esquerda em Questão* não tem mais nenhuma base.

_ Isso quer dizer que pode sair um novo livro de Luciano de Almeida?

Estou tentando escrever um livro de memórias que possa sintetizar todo este período, inclusive atualizando minhas leituras e visões do mundo. Pretendo situar as novas determinações e o próprio capitalismo moderno, além da experiência que o Brasil tem passado nos últimos anos, numa visão atual e crítica.

_ Dentre os atuais elementos importantes a se analisar estaria o MST?

Já tive oportunidade de visitá-los. É um movimento social que vem lutando pela reforma agrária, que é uma necessidade para desenvolver uma economia sustentável, mas as dificuldades são muitas. Tenho, por outro lado, críticas quanto à forma de organização.

_ Que leitura o senhor faz do atual cenário político mundial – a globalização, a ausência da bipolaridade EUA X URSS – e da própria esquerda hoje?

As últimas décadas têm destruído os mitos. O mito da esquerda, por exemplo: só existe quando os partidos de esquerda estão na oposição. Quando estão no poder, predominam as idéias de direita. O que existe é um modo de produção capitalista que usa diversos mecanismos políticos para sobreviver e reproduzir o sistema de acumulação de capital.

_ O que diria do governo Lula?

É um gerente do capitalismo. Vem aplicando a política do Bird, do FMI, do Consenso de Washington. Não pretende romper com o modelo de desenvolvimento aplicado ao País nestes cinco séculos de existência da sociedade brasileira.

[Evânio Mafra]

[HISTÓRIA] COOJORNAT
[ONDE E QUANDO] NATAL (RN), DE 1977 A 1996
[QUEM CONTA] LUCIANO DE ALMEIDA
[ENTREVISTA REALIZADA] MAIO DE 2004

CONTEXTO NORTE

ZONA FRANCA DA LEI

Acre. Amazonas. Rondônia. Roraima. Amapá. Pará. Tocantins. Juntos, formam 45,27% do território brasileiro, mas a população da região Norte não chega a 10% do total do País. Belém, capital do Pará, tem mais de um milhão de habitantes e o estado, com pouco mais de seis milhões, tem cerca de 40 grupos indígenas. Roraima, que conta com uma população de mais de 30 mil índios, tem a segunda maior reserva de diamantes do mundo.

Embora as informações sobre o Norte e sua grande Floresta Amazônica venham se tornando mais comuns na mídia brasileira, o maior destaque dado à região na imprensa ainda está vinculado às situações em que alguma disputa pela terra termina em morte – principalmente se for o caso de lideranças populares ou ativistas de direitos humanos, como Chico Mendes, padre Josimo, irmã Adelaide e, mais recentemente, a missionária Dorothy Stang. Somente entre 1995 e 2004, o Norte tirou a vida de 301 pessoas que se envolveram em conflitos agrários, segundo dados do governo federal.

A região, assim como as demais brasileiras, foi palco nos anos 70 e 80 de inúmeras manifestações sociais, culturais e políticas que aceleraram o processo de redemocratização do País. Foram ações encabeçadas muitas vezes por teólogos da libertação, mas da qual também participaram universitários, políticos, sindicalistas, ativistas dos direitos humanos e jornalistas. Foi lá que personagens como Elson Martins e Lúcio Flávio Pinto, cada um a sua maneira e em veículos de comunicação diferentes, ajudaram também a avançar a democracia naquelas cidades – mesmo que o preço, ainda hoje, em 2005, seja alto. Rômulo Maiorana, diretor do jornal *O Liberal*, espancou, com ajuda de seus guarda-costas, Lúcio Flávio Pinto, que havia publicado verdades desgostosas para os donos do poder na região (*leia texto "Escravo de um Jornal Pessoal", à página 272*).

SEGURANÇA NACIONAL

Outro jornalista do Norte, Manuel Dutra, de Belém, explica como foi o período que antecedeu a redemocratização. Durante o governo Geisel, Dutra estava em Santarém, o segundo município do Pará (hoje com cerca de 600 mil habitantes), que fôra declarado, em 1969, "área de segurança nacional", juntamente com outros municípios do estado.

“No início da década de 1970, juntamente com a implantação do Plano de Integração Nacional (PIN), instalou-se no município o Oitavo Batalhão de Engenharia de Construção, com a incumbência de abrir a rodovia BR-163, ligando o Oeste paraense a Cuiabá (projeto inconcluso até hoje)”. Dutra conta que mesmo que o exército tivesse também como objetivo intimidar atores individuais ou coletivos, “não impediu que, naquele período, um grupo de jovens de esquerda tomasse, por eleição, o até então pelego Sindicato dos Trabalhadores Rurais e o transformasse num ambiente de resistência ao regime militar”.

A resistência organizada até então era muito tímida, sobretudo pela criação da “área de segurança nacional”. Santarém, o principal município do Oeste do Pará, era à época governado por um capitão do Exército. Além disso, conta Dutra, por ser área de segurança, os militares concentraram na cidade diversos investimentos – urbanização, início da rodovia BR-163, um novo aeroporto e um porto fluvial, o que era visto pelas pessoas comuns como um fator positivo para uma pequena cidade do interior amazônico. “E isso levou o Sindicato dos Trabalhadores Rurais, com apoio da igreja e da *Rádio Rural*, propriedade da diocese local, a uma luta difícil na ampliação de suas ações em direção à sociedade”, afirma. Foi essa luta que levou, anos mais tarde, à criação do diretório local do Partido dos Trabalhadores. Assim como em algumas outras partes do país, em Santarém também se verificava uma proximidade entre igreja e sindicato, e entre o PT e as organizações populares, depois do surgimento do partido, em 1980. E, por meio desses instrumentos, havia intercâmbio com os movimentos de outras partes do País. “O sindicato de Santarém conseguiu formar lideranças em vários municípios do Oeste paraense e ter uma atuação relativamente forte na região. Percebo esse como o momento de maior resistência organizada contra o regime”, opina Dutra.

UNIÃO DAS LUTAS

Outra ação marcante no meio sindical no Pará foi a criação da Comissão Pró-CUT (Central Única dos Trabalhadores). Em 1980, o Pará foi o único estado que criou a comissão com o objetivo de construir, mais tarde, a seção estadual da CUT. A professora da Faculdade de Comunicação da Universidade Federal do Pará (UFPA), Regina Lima, conta que o Pará foi o único lugar do Brasil onde duas instâncias coletivas (Pró-CUT e Diretoria da Sociedade Paraense de Defesa dos Direitos Humanos – SDDH) tinham representantes das diversas tendências do movimento popular.

O movimento popular em Belém cresceu, lembra ela, especialmente a partir da formação da Comissão de Bairro de Belém (CBB), "surgida da luta do povo oprimido dos bairros pobres da cidade, com o intuito de unir todas as lutas que se travavam na cidade de Belém, como por exemplo, o Direito de Morar, Escola Para Todos, Sindicatos Livres sem Pelegos, Campanha da Água. Ou seja, tudo aquilo que marginalizava o povo de seus direitos."

O especialista em museologia e pesquisador do Arquivo do Estado do Pará, João Lúcio Mazzini da Costa, diz que outro braço da sociedade civil também teve importância destacada: "a democratização em nosso estado deve muito à Teologia da Libertação".

A igreja católica, especificamente seu braço mais progressista, a Teologia da Libertação, foi talvez a organização que mais tenha atuado em todo o Norte nos anos 60, 70 e 80 em apoio aos sem-terra (a organização MST se consolida apenas em 1984). Surgida em 1968, durante a Conferência de Medellín, a Teologia fez "uma opção preferencial pelos pobres", como escreve o historiador Rubem César Fernandes. A partir de então, "ancorados nesta resolução episcopal, teólogos e agentes pastorais deslancharam um grande movimento de reforma", que, ainda de acordo com Fernandes, "implicava, portanto, uma estreita associação entre as linguagens da teologia e da sociologia, sobretudo de orientação marxista. Envolvia, também, uma aproximação entre as pastorais especializadas e os movimentos sociais". A partir daí, missionários foram estimulados a contribuir para as lutas indígenas pela terra e pela sobrevivência cultural. No Brasil, o Conselho Indigenista Missionário (Cimi), órgão da igreja católica, tornou-se uma referência para a causa social dos índios do País (*ver matéria "A farsa d'O Estado de S. Paulo contra os índios do Brasil", à página 182*).

Embora a Teologia da Libertação germinasse em toda a América Latina, com Gustavo Gutierrez, na Colômbia, ou Juan Luis Segundo, no Uruguai, foi no Brasil que este movimento alcançou maiores dimensões, explica Fernandes, destacando os nomes de Leonardo Boff, Clodovis Boff, Carlos Meister e Frei Betto entre os mais importantes da Teologia da Libertação no País. Diversos fatores, internos e externos à igreja, levaram a um declínio da Teologia da Libertação e das pastorais por ela inspiradas. Apesar disso, trata-se de um setor que deixou marcas profundas e que se desdobram na igreja de forma permanente. Para o historiador, a Teologia da Libertação "já não sustenta a esperança messiânica de uma reforma total da igreja, mas continua a dar frutos, animando a consciência social católica no país."

Assim, no Norte, "atuando junto aos trabalhadores rurais, (a igreja católica) constitui as oposições dos sindicatos dos trabalhadores rurais, que estavam, naquele momento histórico, dominados pelos pelegos. Nas cidades, fortaleceram os movimentos de luta pela reforma urbana e a conquista dos sindicatos pelos trabalhadores urbanos", diz o pesquisador João Lúcio Mazzini.

UNIVERSIDADE SOLIDÁRIA

As lutas no Pará não se davam de maneira isolada. Como a resistência tinha apoio da cúpula da igreja local e de diversos padres e agentes de pastorais, o intercâmbio com movimentos de outras regiões se dava pela via de congressos, cursos, visitas. O Amazonas, um dos estados vizinhos ao Pará, também apresentava diversos focos de resistência.

O jornalista e professor do Programa de Pós-Graduação em Sociedade e Cultura na Amazônia e do Departamento de Comunicação Social da Universidade Federal do Amazonas (UFAM), Narciso Lobo, lembra o papel que a universidade teve para o ressurgimento da inquietação pela volta da democracia naquele momento. "Ali ecoaram idéias das mais diversas, sobretudo com um sentido muito forte de solidariedade e atenção para o que brotava em diferentes segmentos da sociedade naqueles anos, entre 1970 e o final da década de 1980".

A reconstrução regional da União Nacional dos Estudantes (UNE) foi um fator importante para a luta do movimento estudantil no Pará. O processo de criação dos centros acadêmicos (CAs) livres em cada curso da UFPA, por sua vez, teve um papel decisivo para o desenvolvimento do pensamento livre – e da abertura. A professora Regina Lima registra que, dos 29 cursos existentes na UFPA até 1980, em 15 deles os estudantes optaram por se organizar em CAs por curso. Para ela, este resultado corrigiu um erro cometido pelas lideranças estudantis de 1977, que defendiam o fortalecimento dos Diretórios Acadêmicos por faculdade. "Com o fortalecimento das entidades por curso, individualmente, o nível de consciência do estudante elevou-se e teve mais força para enfrentar os problemas relativos à área de educação", avalia.

No plano político-partidário do Amazonas, nas eleições de 1974, sob o clima da distensão anunciada, triunfava nas urnas a candidatura de Evandro Carreira, pelo antigo MDB (Movimento Democrático Brasileiro), inserindo o estado entre aqueles que deram vitória à oposição. O professor Narciso Lobo conta que Carreira, por si só, era um político de dimensões locais, que acabou por ocupar o lugar de um jornalista e político, Fábio Lucena. "Este sim, com imenso prestígio, mas sempre impedido de candidatar-se em decorrência de processos que permanentemente respondia devido aos seus artigos e comentários pelas páginas do jornal *A Crítica*, assumindo denúncias sobre corrupção e desmandos, sobretudo na máquina pública estadual". Portanto, por trás da vitória de Carreira, estava uma vítima do arbítrio, Fábio Lucena. Lobo faz a ressalva: "é certo que Carreira, no Senado, assumiu o discurso ecológico e por oito anos teve uma atuação destacada".

A região Norte, no início da década de 1980, contava especialmente com o PMDB (Partido do Movimento Democrático Brasileiro) e o PT (Partido dos Trabalhadores), na oposição ao PDS (Partido Democrático Social), que representava o regime militar instalado no Brasil. O PMDB prometia enfraquecer a ditadura militar derrotando nas urnas o seu sustentáculo político, o PDS. O PT, por seu turno, defendia uma proposta socialista, uma transformação radical da sociedade. Regina Lima explica que "por conta disso, o PT não aceitou formar, com [o PMDB e com] os outros partidos de oposição, uma frente Ampla e Democrática de oposição nas eleições estaduais de 1982". Na ocasião, o candidato Jader Barbalho, do PMDB – atualmente deputado pelo Pará, envolvido em diversas denúncias por corrupção –, foi eleito governador do estado, com ajuda de boa parte dos movimentos populares.

ECOLOGIA EM CENA

A questão ecológica e os desdobramentos com a questão indígena acabaram por se refletir no trabalho do Teatro Experimental do Sesc (Tesc) de Amazonas, sob a liderança de Márcio Souza, desde 1973, com a produção e encenação de textos como *A Paixão de Ajuricaba*, herói amazônico que lutou contra o colonizador; *A Maravilhosa estória do Sapo Tarô-Bequê*, texto destinado ao público infanto-juvenil; assim como *Jurupari, a guerra dos sexos*, todos inspirados em narrativas dos povos indígenas do Amazonas. Pelo ângulo urbano, a peça *Zona Franca, meu amor* fazia a crítica ao desvario consumista e irresponsável das elites desde os tempos do ciclo da borracha. "Hostilizado por uns, apoiado por outros, o Tesc teve papel essencial, não só como resistência, num primeiro momento, mas como elemento aglutinador e encorajador de atitudes mais ousadas nos momentos seguintes", aponta o professor Lobo.

No Amazonas, e no Norte em geral, os temas ecológicos foram ganhando força política na denúncia do autoritarismo. Pela ecologia, e pela questão indígena, muitas novas adesões, sobretudo entre os jovens, não paravam de acontecer. Em fins da década de 1970, a partir do Conselho Indigenista Missionário, ganhava vulto um jornal alternativo chamado *Porantim*. O nome "porantim" vem da tradição dos índios Sateré-Mawé, possuidores de um remo sagrado, tal como uma bíblia, onde a origem do homem e da terra é contada. Impresso nos primeiros números em folha de papel ofício, o jornal logo passou a ser um tablóide de prestígio em toda a região amazônica, e depois também fora dela. O *Porantim* denunciava a violência dos grandes fazendeiros e dos burocratas da Funai, além de apontar a desastrosa política indigenista que vinha se praticando pelos militares na Amazônia como forma de abrir espaço para os grandes projetos econômicos destinados a "desenvolver" esta parte do Brasil.

Como inspirador desse jornal, estava um jovem jornalista e professor da UFAM, José Ribamar Bessa Freire, que, anteriormente, por envolvimentos com a luta política clandestina nos chamados "anos de chumbo", havia saído do Brasil, vivendo experiências no Peru e na França. Aproveitando as promessas de "abertura", Bessa Freire colocava seu talento à disposição da luta indígena, incorporando os direitos dos povos indígenas no contexto da luta política do povo brasileiro, em busca de uma democracia verdadeira.

COMUNICAÇÃO SOCIAL

Não apenas o *Porantim* veiculava informação com preocupação social e os direitos da população. O pesquisador João Lúcio Mazzini, do Pará, destaca nesse sentido o jornal *Resistência*, vinculado à Sociedade Paraense de Defesa dos Direitos Humanos (SDDH). A professora da UFPA, Regina Lima, diz que a SDDH apoiava, assessorava e prestava serviços ao movimento popular e democrático, "especialmente no que diz respeito à denúncia de arbitrariedades, da violência e da falta de condições dignas".

Ela também se recorda do importante papel desempenhado pelo *Resistência* e afirma que o jornal era um dos principais meios para que os movimentos e ações pela abertura chegassem pelo menos a uma parcela da sociedade. Criado em fevereiro de 1978, com o objetivo de defender interesses democráticos e populares, a publicação foi símbolo de resistência a todos os tipos de pressão e emblemática da luta dos jornalistas por uma imprensa livre e objetiva. "No dia 8 de outubro de 1982, a redação do jornal foi invadida pela Polícia Federal, antevéspera do Círio de Nossa Senhora de Nazaré – uma festa semelhante ao Natal, que acontece em Belém, capital do Pará. A idéia da PF era vasculhar o local, com intuito de encontrar provas que ajudassem a enquadrar os participantes do MLPA [*Movimento pela Libertação dos Presos do Araguaia*] na Lei de Segurança Nacional".

Mazzini destaca também o jornal do Sindicato dos Trabalhadores Rurais de Santarém, com a ressalva de que "todos eram marginais e de tiragem reduzida".

Outras organizações na área de comunicação foram relevantes no processo de redemocratização no Norte do País, como a reorganização da seção do Pará da Associação

Brasileira de Documentaristas (ABD-PA). A proposta da entidade era aglutinar pessoas ligadas à realização do cinema em Belém, buscando abrir espaços para os debates, demandas e lutas do setor, bem como para a profissionalização na área com a criação de um pólo de produção cinematográfica no estado. Regina Lima afirma que essa relevância também deve ser atribuída ao projeto *Fotoficina*, coordenado pelo fotógrafo Miguel Chikaoka, cuja idéia era consolidar uma cooperativa de trabalho de documentação, registrando e catalogando os eventos políticos, culturais e artísticos. "Foi após a criação deste projeto que cresceu o número de fotógrafos espalhados pela cidade de Belém. Vale ressaltar: Miguel foi um dos fotógrafos atuantes do jornal *Resistência*", recorda-se a professora da UFPA.

A Rádio Rural de Santarém, que cedia seus microfones a grupos organizados "enfrentou muitas dificuldades junto ao então Dentel, feudo de coronéis do exército que vigiavam os meios de massa eletrônicos", conforme explica o jornalista Manuel Dutra. Segundo ele, um diretor da rádio chegou a ser preso e agentes da Polícia Federal em certa ocasião invadiram a emissora em busca de fitas gravadas. A paranóia da Polícia Federal com a rádio na década de 1970 gerou histórias estapafúrdias, contadas nas palavras de Dutra: "um delegado da PF [*Polícia Federal*] intimou o diretor da rádio para ir à delegacia, para ouvir dele que deveria retirar uma oração do ar, feita todos os dias pela manhã, porque era 'subversiva'. 'Mas como?', indagou o diretor. 'É que essa oração contém um palavrão: ventre, da estrofe bendito o fruto de vosso ventre', e esta palavra era indexada pelo regime, segundo disse o delegado. O bispo teve que intervir pessoalmente para preservar a tradição da Ave-Maria".

Era pela *Rádio Rural* que, normalmente pela voz do bispo Dom Tiago Ryan (já falecido), a população tomava conhecimento de torturas a presos comuns, prisões arbitrárias e outras violências do regime. Dutra lembra ainda que, certa vez, um comandante do VIII Batalhão do Exército, coronel Aldo Rangel, denunciou o bispo (nascido em Chicago, mas que viveu mais de 60 anos em Santarém) como espião da CIA (Agência de Inteligência dos Estados Unidos). "Nesse momento Santarém nunca tinha assistido a uma reação coletiva de tamanha envergadura. Caixas com 30 mil assinaturas em apoio ao bispo foram entregues pessoalmente ao governador do estado, coronel Alacid Nunes, que teve que mediar a situação entre o comandante e o bispo, muito querido da população".

O jornalista e professor Narciso Lobo, do Amazonas, explica que, embora a imprensa amazonense tenha se mantido nos limites do que era permitido, a existência de um curso de jornalismo na UFAM, que começou a funcionar em 1969, trouxe algumas novidades importantes para a rotina do trabalho de apuração das informações. "Destaco, numa grande imprensa normalmente facciosa, a preocupação de oferecer mais de uma versão para alguns fatos, possibilitando, assim, pequenas brechas para a formulação de juízo de valor, por parte do leitor mais atento, para acontecimentos com algum grau de complexidade e, mesmo, contraditórios". Lobo ressalta ainda que, no início do governo de Geisel (1974-1979), Manaus assiste ao surgimento do alternativo *Jornal da Amazônia*, editado por um grupo de intelectuais, "alguns deles, como Márcio Souza e Aldísio Filgueiras, abertamente de esquerda, e outros, como Mário Antônio e Ronaldo Bonfim, mais preocupados com a abertura de novos espaços para a ampliação do leque político".

O *Jornal da Amazônia*, no formato tablóide, surgiu em junho de 1975 e morreu em dezembro do mesmo ano, deixando, segundo o professor Lobo, "uma rica experiência de jornalismo nanico, praticado por pessoas que estavam fora do governo e das elites econômicas". Caracterizou-se por oferecer versões diferenciadas tanto para a história da colonização na Amazônia, valorizando a rebeldia indígena, como dando eco para denúncias sobre os grandes projetos do regime e para o consumismo artificial que anestesiava a população, sobretudo da capital, em torno da Zona Franca de Manaus. "Folheando algumas edições desse alternativo, percebe-se claramente a maneira como seus redatores procuravam explorar as contradições entre os atores políticos do momento e ali se constata também a presença dos primeiros alunos do curso de jornalismo da UFAM, como Sandra Albuquerque, ensaiando um jornalismo crítico e diferenciado daquele oficialista, até então praticado", conta Lobo.

Em meados dos anos 80, uma luta conseguiu unir ainda mais outros segmentos do Amazonas, que não estavam envolvidos com a questão indígena ou mesmo com a denúncia dos grandes projetos desenvolmenstistas do governo militar. A mobilização, em 1984, surgiu em torno da preservação de um velho cinema do centro de Manaus, o Cine Guarany. O espaço estava sendo negociado com um banco, interessado apenas no terreno e, portanto, disposto a destruí-lo. As mobilizações em torno do Guarany chamaram a atenção para a destruição da vida urbana de uma cidade como Manaus, totalmente descaracterizada depois do advento da Zona Franca. Ao fim e ao cabo, mesmo sendo destruído, o fato gerou na cidade um grande trauma e, a partir daí, começou-se a valorizar a idéia de que o desenvolvimento deveria dialogar com a tradição e com o respeito pela memória. Os veículos de comunicação da imprensa grande tiveram presença mais aberta e simpática nesse episódio, encampando a luta de professores, intelectuais e setores populares pela preservação do velho cinema. Nesse particular, a luta já não dividia tanto, como aquelas em torno dos povos indígenas, da Zona Franca ou mesmo contra os grandes projetos dos militares. Nessas, a sociedade não contou com o apoio da grande mídia local.

NOVO CICLO

Por essa mesma época, já havia despontado no Norte, com muita força, o movimento dos metalúrgicos. Todo o apoio de segmentos intelectuais, artísticos e estudantis se voltou para a eleição do Sindicato dos Metalúrgios, o mais importante da Zona Franca de Manaus. Os chamados "intelectuais", que agitavam as idéias de mudanças na universidade, organizados em sua associação de docentes, apoiavam ostensivamente as mudanças pró-democracia no campo sindical. Para tanto, mobilizaram professores e alunos para vigílias diante do sindicato no dia da eleição para garantir que os resultados da apuração não fossem fraudados e pudesse finalmente chegar ao poder sindical o jovem movimento operário. A mobilização dos metalúrgicos no Amazonas vinha na esteira das lutas, desde a década anterior, travadas no ABCD paulista e em São Paulo. Com a ascensão desse grupo ao sindicato na Zona Franca, veio o seu jornal, *Linha de Montagem*, estabelecendo a interlocução entre o sindicato e sua base.

Um acontecimento fecha de maneira bem peculiar esse ciclo de ações e reações envolvendo ecologia, povos indígenas, teatro, denúncias, imprensa e política, conta o professor

Narciso Lobo, da UFAM. Ao entardecer de um sábado de 1989, todos que assistiam à *Rede Amazônica*, que transmite a *Rede Globo* e atinge toda a região Norte, com exceção do estado do Pará, ficaram estupefatos com o que viam na telinha. Exatamente às 18 horas, sai do ar a programação normal e aparece uma página de caracteres com a seguinte informação: "A partir de agora os trabalhadores da *Rede Amazônica* estão em greve por melhores salários". A imagem congelada ficou no ar por cerca de 50 minutos, enquanto jornalistas, apresentadores e técnicos isolavam todo o prédio em que funcionavam os estúdios. Os grevistas, neste momento, tomavam posse do local e fechavam os portões, convocando os proprietários da televisão para uma discussão. Através do transmissor, localizado em outro ponto da cidade, os proprietários conseguiram tirar do ar a página de caracteres e retomar a programação, utilizando fitas antigas de que dispunham. Na porta dos estúdios da *Rede Amazônica*, desde os primeiros momentos em que a página de caracteres aparecia, começaram a chegar pessoas, estudantes, trabalhadores, políticos, intelectuais. "Era a solidariedade. Discursos, palmas, vivas. Uma verdadeira multidão, que ali ficou até às 23 horas do dia seguinte, um domingo, quando finalmente houve o acordo entre grevistas e patrões, com a liberação do espaço", recorda-se Narciso Lobo.

"Este foi um dos mais espetaculares fatos envolvendo a mídia no Amazonas, e quiçá no Brasil. Irreplicável, porque, a partir daí, todas as medidas de segurança foram tomadas para que algo do gênero jamais voltasse a acontecer, aqui ou alhures", diz. Também no ano de 1989, foram realizadas as primeiras eleições presidenciais diretas no Brasil após o fim da ditadura militar e a redemocratização do País.

[HISTÓRIA] CONTEXTO NORTE
[ONDE E QUANDO] TOCANTINS, PARÁ, AMAPÁ, AMAZONAS, RORAIMA, ACRE E RONDÔNIA, DE 1960 A 2005, ESPECIALMENTE 1970 A 1989
[QUEM CONTA] JOÃO LÚCIO MAZZINI DA COSTA, MANUEL DUTRA, NARCISO LOBO E REGINA LIMA
[ENTREVISTAS REALIZADAS] SETEMBRO DE 2004 A MARÇO DE 2005

TOCANTINS: NOVO ESTADO, HORIZONTE A CONSTRUIR.

A luta pela criação do estado do Tocantins foi durante décadas a pauta principal dos veículos de comunicação existentes no antigo Norte de Goiás. Um desejo amparado pela imprensa, que resistiu, inclusive, ao período da ditadura, momento em que há uma ausência de cobertura sobre temas regionais polêmicos, como a Guerrilha do Araguaia, os conflitos de terra do Norte, os grandes projetos para a Amazônia, entre outros. Como se os principais veículos da imprensa regional estivessem preocupados em defender apenas os interesses locais, inclusive respaldando os movimentos políticos e sociais que visavam a fortalecer a região Norte goiana e também aqueles que retomavam periodicamente a pauta do ideal separatista.

A década de 1970 foi um "período morno" para a imprensa escrita da região, que assistia ao aparecimento de outros veículos de comunicação: a televisão e o rádio. Diferente de outras regiões do País, no Tocantins, depois dos jornais impressos veio antes a televisão e, só por último, a instalação de emissoras de rádio, o que se daria no final da década de 1970 e durante os anos 80. Ao passo que alguns jornais foram extintos, outros interromperam a circulação e poucos mantiveram suas atividades, enquanto a televisão se impunha.

A partir da criação oficial do estado do Tocantins, em 1988, a imprensa da região, que antes atuava como elemento aglutinador de ações para a separação do Norte de Goiás, adotou tímida atuação frente aos problemas sociais do novo estado, que enfrentava condições precárias de saúde, educação e transporte.

Por outro lado, um dos elementos que contribuiu, de certa forma, para a democratização da região foi o próprio processo de implantação do estado, que possibilitou um impulso no desenvolvimento local, com a melhoria dos meios de transporte, o acesso às novas tecnologias e aos meios de produção, trazendo à população um acesso às informações menos restrito.

Muito recentemente, principalmente a partir de 1997, foi criado o curso de Comunicação Social na Universidade do Tocantins (Unitins) que, após muita luta da sociedade local contra a privatização da instituição, foi transformada na Universidade Federal do Tocantins (UFT). Criado para suprir a demanda de profissionais da área de comunicação no estado, o curso foi responsável pelo início da discussão sobre democratização da comunicação na região, além de ser ponto, ainda que muito pequeno, de conscientização crítica sobre a atuação da imprensa regional.

O atual coordenador do curso de comunicação da UFT, Fábio D'Abadia, acredita que a universidade é fundamental como celeiro para defender o que ele chama de "utopia realista" dos comunicólogos. "Acredito muito nessa nova geração de jornalistas que vem surgindo no estado, que fará a diferença necessária na mídia local".

MOVIMENTOS SOCIAIS NA MÍDIA

No início da década de 90, os movimentos sociais começam a surgir no Tocantins. No entanto, as iniciativas são poucas e praticamente não noticiadas pela imprensa, sobrevivendo à margem das instituições oficiais. Um dos primeiros movimentos sociais do Tocantins surgiu ainda na década de 1980, de mulheres quebradeiras de coco-babaçu do Bico do Papagaio (Norte do estado, junto ao Maranhão e Pará), que originou a organização dessas mulheres em uma entidade reconhecida internacionalmente, a Associação de Mulheres do Bico do Papagaio (Asmubip). A região também testemunhou o trabalho de mobilização realizado pelo padre Josimo, um dos principais expoentes da Teologia da Libertação na época. Josimo foi um dos fundadores do PT e, por seu envolvimento com as lutas sociais, acabou assassinado por pessoas ligadas ao latifúndio na região. Apesar de seu reconhecimento, a Asmubip, por sua vez, só começou a ser retratada pela mídia local em 2003, sendo pouco ainda conhecida na região.

Exemplo bem diferente de relação entre movimento social e imprensa tocantinense ocorreu com a organização não governamental Casa 8 de Março. Criada em 1998, a ONG surgiu com o objetivo de prestar assistência a mulheres vítimas de violência física, psicológica e sexual, além de orientação a profissionais do sexo. Por ser o primeiro movimento feminista do estado, a Casa conseguiu pautar a imprensa local. Consciente do papel da importância da mídia para a divulgação dos trabalhos dos movimentos sociais, a Casa 8 de Março é uma das poucas organizações do Tocantins que busca trabalhar o tema formação para a mídia junto a atividades desenvolvidas com as mulheres atendidas. Além disso, a Casa 8 de Março é integrante da Rede de Mulheres do Rádio e pleiteia uma concessão de rádio comunitária.

[COM REPORTAGEM DE]

LAILTON ALVES DA COSTA é jornalista, pós-graduado em arqueologia pela USP e professor de jornalismo do Ceulp-Ulbra (Centro de Ensino Luterano de Palmas da Universidade Luterana Brasileira)

LUCAS MILHOMENS é jornalista. Trabalha atualmente como técnico em comunicação do Incra no Rio Grande do Norte e integra o Intervozes

SAMARA PEREIRA MARTINS é jornalista, formada em comunicação pela Universidade Federal do Tocantins

VIRGÍNIA DE FIGUEIREDO MAGRIN é jornalista, formada em comunicação pela Universidade Federal do Tocantins e integrante do Intervozes

[HISTÓRIA] CONTEXTO TOCANTINS
[ONDE E QUANDO] TOCANTINS, DE 1960 A 2005, ESPECIALMENTE 1970 A 1989
[QUEM CONTA] BERNARDETE APARECIDA FERREIRA, EDIVALDO RODRIGUES, FÁBIO D'ABADIA, JOÃO LINO CAVALCANTE, JOCYCLÉIA SANTANA, MARIA JOSÉ E NAPOLEÃO ARAÚJO
[ENTREVISTAS REALIZADAS] MARÇO A JULHO DE 2004

ESCRAVO DE UM JORNAL PESSOAL

ANTONIO BIONDI

Há dezessete anos como único repórter, editor e investidor do *Jornal Pessoal*, Lúcio Flávio Pinto já pensou inúmeras vezes em acabar com a publicação editada em Belém do Pará e um dos mais importantes jornais alternativos da história do Brasil. "Gostaria de acabar com o jornal para tentar viver melhor. Mas não consigo. Virei escravo dele".

Lúcio Flávio Pinto conta mais de 40 anos de reportagens e publicações em defesa da Amazônia e da construção da democracia no Norte do Brasil. Enfrentando ameaças, ataques, e 13 processos na Justiça quando concedeu essa entrevista, em 2004, o jornalista é também vencedor de quatro prêmios Esso.

Após quase duas décadas passando pelas redações das publicações de maior circulação do País, Lúcio Flávio Pinto foi vítima de censura no jornal *O Liberal*, o maior do Pará. Sua matéria, que tratava do assassinato do ex-deputado Paulo Fonteles de Lima em 1987, demonstrava o envolvimento no crime de dois anunciantes de *O Liberal*. As incestuosas questões comerciais impediram que o jornal divulgasse as circunstâncias do crime, e Lúcio Flávio Pinto decidiu então criar o *Jornal Pessoal*.

O jornal já lhe rendeu 18 processos, ajudou-o a levantar informações para centenas de palestras e dez livros – também usados como armas frente ao silêncio da grande mídia. Os dois mil exemplares da publicação de oito páginas e formato A4 não trazem dividendos financeiros para Lúcio Flávio Pinto. O jornalista usa imagens da mitologia Grega e até da Bíblia para explicar seu trabalho, que considera uma verdadeira pregação, no sentido de fornecer informações que se tornem arma nas mãos dos leitores.

Nascido em Santarém em 1949, Lúcio Flávio Pinto começou a trabalhar na imprensa aos 16 anos. Estudou sociologia e política em São Paulo e permaneceu durante 17 anos em *O Estado de S. Paulo*. Lúcio Flávio Pinto explica que não quer "apenas ser o repórter correto da Amazônia. Quero participar do desafio amazônico, encarando-o e resolvendo de uma forma que beneficie a população da região".

Em 2004, quando respondeu à entrevista para a publicação do Intervozes, Lúcio Flávio Pinto recebia em um manifesto o apoio de diversas entidades da sociedade em um processo em que tem como demandantes um desembargador do Pará e uma das maiores empresas atuantes no Norte do País: a C.R. Almeida. O motivo do processo é uma reportagem do jornal em que Lúcio Flávio Pinto denuncia a grilagem e a extração clandestina de madeira na região do rio Xingu em que se encontra a maior reserva de mogno da Amazônia. Acabou sendo condenado em primeira instância a pagar uma indenização à empresa, fato que o deixou estupefato, mas ainda convicto de que, com os documentos e provas que possui, sairá vitorioso do processo – tão logo o julgamento deixe a esfera regional...

Ainda no final de 2004, o jornalista sofreu uma covarde agressão, dessa vez da parte de Rômulo Maiorana e seus capangas. Diretor do jornal *O Liberal* e do grupo empresarial Maiorana, um dos mais poderosos do Pará, Rômulo respondeu com violência física a uma matéria do *Jornal Pessoal* que apontava a concentração dos meios de comunicação no Pará, sobretudo nas mãos do grupo Maiorana. A Associação Nacional de Jornais (ANJ) não se pronunciou a respeito desse ataque à liberdade de imprensa. Após a nova agressão, Lúcio Flávio Pinto segue com seu trabalho no *Jornal Pessoal*, em defesa de uma Amazônia soberana e valorizando o verdadeiro jornalismo brasileiro e paraense.

ESCRAVO DO JORNAL PESSOAL

_ O que o levou a criar o *Jornal Pessoal*?

Eu tinha testemunhado o assassinato do ex-deputado estadual Paulo Fonteles de Lima, que foi do PMDB e passou para o PCdoB. Foi em junho de 1987. Eu era amigo de Fonteles e havia tido uma conversa com ele havia poucos dias. Fiquei chocado. Decidi esclarecer o assassinato, pois se tratava do primeiro crime político cometido na região metropolitana de Belém. Como até então os crimes de encomenda se circunscreviam ao interior do Estado, achei que se a morte de Paulo não fosse esclarecida e os criminosos punidos, isso ia servir de estímulo a novos atentados.

Eu era correspondente de *O Estado de S. Paulo* em Belém e editorialista-colunista de *O Liberal*. Após três meses de apuração, escrevi uma longa matéria apontando todos os envolvidos. Entreguei o texto para a diretora de *O Liberal*, Rosângela Maiorana Kzan.

Ela ficou chocada, mas disse que não podia publicar a reportagem, pois acusava dois dos maiores anunciantes da empresa.

_ E esse problema o leva então à criação do *Jornal Pessoal*...
Justamente. Decidi criar um jornal alternativo para divulgar a matéria. Ela se ofereceu para publicar, de graça, nas oficinas do jornal, desde que eu não a citasse no expediente. Assim saiu, em setembro de 1987, o primeiro *Jornal Pessoal*. O segundo número não pôde mais ser impresso em *O Liberal* porque acusava o advogado da empresa e presidente interino do Banco da Amazônia de comandar uma quadrilha que havia provocado um rombo de US$ 30 milhões no Banco da Amazônia (Basa). Desde então, a especialização do *Jornal Pessoal* tem sido divulgar temas, perspectivas e fatos omitidos – intencionalmente ou não – pela grande imprensa.

_ O jornal se financiava basicamente por meio de vendas avulsas? Não havia assinaturas?
Houve um período em que o jornal circulou apenas entre assinantes, chegando a 1.200 assinaturas. Mas para sobreviver tinha que crescer. Para crescer, precisava investir. E o investimento requeria capital. Era inevitável abrir espaço para anúncios, contratar gente, virar empresa. Optei por continuar pobre e pequeno. Aceitei desafiar o fim, a inviabilidade, contrariando a física financeira. Hoje, só tem venda avulsa. Os jornais que vão para fora de Belém são cortesia. A receita da venda avulsa às vezes cobre os custos, às vezes não (atualmente voltou ao vermelho). Mas não remunera seu único funcionário. Até quando manterei o jornal? Sinceramente, não sei. Por isso não há mais assinaturas. Gostaria de acabar com o jornal para tentar viver melhor. Mas não consigo. Virei escravo dele.

_ Quantos números o jornal contabiliza desde 1987?
Saiu agora o 325º. Quinzenal, formato A4, oito páginas e média de dois mil exemplares.

_ Você vem colecionando também processos judiciais. Em um problema recente, o mega-empresário Cecílio do Rego Almeida e João Alberto Paiva, desembargador do Esta-

do do Pará, buscam incriminá-lo em variados processos pela acusação veiculada no *Jornal Pessoal* de grilagem de terras ricas em mogno na Floresta Amazônica por companhias controladas por Cecílio e por seus filhos. Como você está se defendendo em relação a esse e outros processos?
Respondo atualmente a 13 processos na Justiça do Pará. Três foram propostos por Rosângela Kzan, uma das donas do grupo Liberal, três por Cecílio do Rego Almeida, dono da C. R. Almeida, dois pela desembargadora Maria do Céu Cabral Duarte, dois pelo desembargador João Alberto Paiva, dois pelo madeireiro Wandeir Costa e um pelo [*ex*-]prefeito de Belém, do PT, Edmilson Rodrigues.

_ E a que se referem os processos?
Oito das ações se referem a grilagem e extração clandestina de madeira no Xingu, a "terra do meio", onde está a maior reserva de mogno remanescente da Amazônia. Já fui condenado em duas ações penais e recorri. Embora os assuntos tratados pelo jornal sejam de relevante interesse público e boa parte dos protagonistas seja servidores públicos, nenhum deles tentou esclarecer a opinião pública, nenhum exerceu o direito de resposta, através do jornal. Todos recorreram diretamente à Justiça. Há 12 anos tenho que responder a todos esses processos, sem dispor de uma estrutura que, palidamente, se possa comparar à de meus algozes. O defensor do desembargador Paiva, por exemplo, é o mesmo escritório de Brasília que defende o deputado Jader Barbalho.

_ Por outro lado, ao seguir durante cerca de 17 anos à frente do jornal, você tem tido um grande reconhecimento público e recebido prêmios, como os quatro prêmios Esso, o da Federação Nacional dos Jornalistas em 1988 e 1997, o *Colombe D'Oro per la Pace*, concedido pela ONG *Archivio Disarmo*, um dos mais importantes da Itália. Em vista desses fatores extremos, tem valido seguir em frente?
O *Jornal Pessoal* não se limita a fazer um jornalismo convencional. Ele se empenha que a informação se transforme em instrumento de luta dos seus leitores, da sociedade, contra a condição colonial da Amazônia. Essa condição se manifesta tanto nas relações de

[Reprodução]

1ª QUINZENA OUTUBRO DE 2003

Jornal Pessoal

A AGENDA AMAZÔNICA DE LÚCIO FLÁVIO PINTO

ANO XVII Nº 309 R$ 3,00

SARNEY

O coronel ataca outra vez

Com sua base no Maranhão, o senador José Sarney ataca para todos os lados, influindo tanto no Nordeste quanto na Amazônia. Talvez seja o mais bem-sucedido coronel das oligarquias brasileiras. Mais até do que ACM. Ele ataca novamente no Pará, influindo em nomeações e fazendo valer sua influência na administração petista.

A grande imprensa nacional costuma conceder ao senador Antônio Carlos Magalhães o título de "o maior coronel do Brasil". É um título de inspiração e utilidade ambíguas. Ou, avaliando melhor: título sutilmente enaltecedor. ACM é o campeão do coronelismo porque manda e desmanda na Bahia como nenhum outro, antes ou depois dele na curul baiana, ou mesmo em qualquer satrapia brasileira.

O cabresto, porém, foi muito além: ACM manipulou ministros e até mesmo presidentes da república para que fizessem seu jogo, sagazmente jogado nos bastidores do poder nacional. Graças ao seu faro apurado para detectar as mudanças nos gabinetes mais poderosos do país, trocou de lugar e de camisa conforme suas conveniências, saltando da nau que afundava para embarcar na que passava ao largo. Em algumas das situações arriscou o pescoço, mas saiu-se invariavelmente bem na grande maioria das vezes. A luxúria e o excesso de autoconfiança o fizeram cometer um erro quase fatal, quando quis se antecipar e identificar os votos dos seus colegas de Senado. Foi dado como politicamente morto. Mas renasceu das cinzas.

ALUNORTE SUSPENDE EXPANSÃO (Pág. 3)

Jornal Pessoal

A AGENDA AMAZÔNICA DE LÚCIO FLÁVIO PINTO

JANEIRO DE 2005 2ª QUINZENA Nº 338 • ANO XVIII R$ 3,00

EXTRA

VIOLÊNCIA

A agressão do Maiorana

Diante de um seleto público horrorizado, Ronaldo Maiorana, diretor do grupo Liberal, me espancou, com a ajuda de dois PMs, transformados em seus jagunços urbanos. Foi apenas um ato de desequilíbrio ou reflete a distorção de um poder exercido sem regras e limites? Cabe à sociedade paraense buscar a resposta e dar-lhe a solução.

Foi a agressão do poder dinheiro ao poder da palavra. A definição foi dada pela jornalista Úrsula Vidal, uma das testemunhas do espancamento que sofri, no dia 21, por parte do empresário Ronaldo Batista Maiorana, editor-diretor-corporativo do jornal *O Liberal* e um dos proprietários das Organizações Romulo Maiorana, à frente do maior grupo de comunicação do Norte-Nordeste do país, excluída a Bahia.

Úrsula e outras 160 ou 170 pessoas presenciaram, estupefatas, Ronaldo me atacar pelas costas, me esmurrar à traição e cometer outras agressões físicas contra mim, com a participação de dois seguranças particulares, que desempenham ilegalmente essa função mesmo pertencendo à ativa da Polícia Militar.

O único traço identificador de Ronaldo, como disse Úrsula com inspiração, é o poder que o dinheiro confere.

CONTINUA NA PÁG 3

O *Jornal Pessoal* não se cala: 17 anos pautando uma Amazônia soberana troca desiguais que são impostas ao comércio da região pelo comércio externo como pelo exotismo que a deforma na visão do mundo exterior. Essas duas condições privam-na do poder decisório sobre seu destino, impedindo-a de fazer sua própria história. Os colonizados pensam pela cabeça do colonizador.

É por isso que um jornal, para refletir a realidade, tem que ser alternativo. Em conseqüência, é pouco lido e tem uma circulação marginal. Às vezes é mais bem entendido fora da região do que dentro dela. Os centros mais adiantados, onde está a origem de várias das frentes econômicas que exploram a Amazônia, são também a base de muitos dos melhores conhecimentos sobre a Amazônia e da consciência sobre o que nela ocorre atualmente. O que explica premiações internacionais e reconhecimento que inexistem na pátria do jornal. Constatar esse paradoxo é desestimulante.

_ E lá se vão 17 anos...

Todas as muitas vezes em que tive o ímpeto de parar o *Jornal Pessoal*, encontrei alento numa constatação simples: como criar um auditório como o do jornal, que é lido por cerca de 15 mil pessoas?

_ Na trajetória do jornal, você identificaria um auge? Qual foi o momento mais difícil?

A trajetória tem sido sempre um caminho de Damasco [*muito árduo*]. Mas os momentos mais difíceis foram em 1990 e em 1992, quando a circulação teve uma ligeira interrupção por conta de perseguições pessoais e o início dos processos judiciais. O jornal quase morreu. O problema atual é a redução da vendagem, não só por queda do poder aquisitivo, banalização do jornalismo, falta de marketing e comercialização problemática, como pelos males da mentalidade colonial.

PESSOAL E COLETIVO

_ O leitor do *Jornal Pessoal* participa de alguma forma, como cartas, sugestões de pauta?

Infelizmente, o leitor participa pouco. Sempre o provoquei, mas a atitude do leitor de

Belém, que constitui 80% do público, é passiva. Não quer se comprometer, se arriscar. Essa é uma das grandes frustrações: a falta de reação do público. O que consola é que nem mesmo os veículos mais poderosos conseguem resultado significativamente melhor. Consola, mas não resolve o impasse.

_ O *Jornal Pessoal* foi vítima de muitas tentativas de coação. O jornal tem, em sua opinião, um papel importante no fortalecimento da sociedade, das instituições, diminuindo a força das elites? Por outro lado, esse fortalecimento da sociedade tornou o jornal menos vulnerável?
Infelizmente não. A democracia tornou a imprensa alternativa desnecessária. Hoje, pode-se publicar tudo. Mas publica-se? Não. Às vezes sabe-se mais em gabinetes do que acessando a mídia.

_ As pessoas valorizam o *JP*, mas não a ponto de entender que não basta pagar o preço de capa, que é alto, sem garantir a sustentabilidade para uma publicação que rejeita a publicidade.
Os processos a que respondo me tiram tempo precioso para circular, ouvir, ler e escrever. Estou denunciando a apropriação do patrimônio público, mas ninguém se sensibiliza. Uma vez o deputado federal Luís Eduardo Greenhalgh (PT-SP), meu contemporâneo de vida universitária em São Paulo, se ofereceu para me defender como advogado. Mandei-lhe documentos, mas nunca tive resposta, embora em encontros circunstanciais ele tenha prometido reparar o débito. Hoje, deixei de esperar solidariedade. Faço o que minha consciência impõe sem esperar por outrem, como manda a Bíblia.

_ Quais foram as grandes conquistas do *Jornal Pessoal*? O que ainda falta conquistar como jornalista?
Em 1978, empaquei em uma matéria. Perguntei-me: o que meu leitor pensa quando lhe falo de um hectare, uma área de 100 por 100 metros? Fiz então essa associação pela primeira vez: um hectare corresponde a cerca de um campo de futebol. Hoje a correla-

ção é rotineira. Esse exemplo revela uma das contribuições do meu jornalismo: contextualizar os fatos, relacionando-os ao mundo exterior.

A maior contribuição é enfrentar os temas de vanguarda, relacionados às frentes econômicas, sobretudo as internacionais, e procurar enquadrá-los numa perspectiva amazônica, favorável ao desenvolvimento da região e não à sua espoliação. Mas o alcance do jornal é terrivelmente limitado. Ele está falando mais para o futuro, se for recuperado, do que para o presente. Tenho buscado transmitir o que escrevo para o *Jornal Pessoal* através da grande imprensa. Consegui duas janelas em *O Estado de S. Paulo* e na *Agência Estado*. A abertura durou pouco tempo. É a grande frustração com a qual convivo até hoje.

_ Como o alcance do jornal e de seus livros se relaciona ao gigantismo da Amazônia?

O *Jornal Pessoal* é considerado unanimemente um formador de opinião. Ele não tem repercussão de massa, mas é um elemento de análise para as elites. E, sobretudo, é um fórum qualificado de debate das iniciativas relevantes para a Amazônia. Minha avaliação pode estar errada e até mal posta, mas eu a manifesto sem subterfúgios. Gente influente pode ser tocada por meus argumentos e incorporá-los. Quem quiser firmar ponto de vista oposto vai ter que me contraditar. Acho que essa é a influência do jornal. Como ela é limitada, tento falar através de livros. Já escrevi 10 individuais e participei de muitas obras coletivas. De vez em quando verifico autores citando esses livros. Mas minha maior atividade desde o início dos anos 80 tem sido participar de palestras, debates e outros fóruns de discussão. Já participei de centenas desses eventos, na Amazônia, no Brasil e no exterior. Em certas circunstâncias, a pregação oral, mesmo restrita a platéias menores, tem efeito multiplicador maior do que os escritos.

_ Qual a influência do jornal sobre a imprensa do Norte? Ele chegou a estimular projetos parecidos?

Infelizmente, o *Jornal Pessoal* não tem exemplos semelhantes na Amazônia. É o produto de uma atitude pessoal radical, disposta a ir às últimas conseqüências. O compro-

[Reprodução]

Jornal Pessoal

A AGENDA AMAZÔNICA DE LÚCIO FLÁVIO PINTO

ELITE

Guerra vai continuar?

Os dois principais grupos de comunicação do Pará estão novamente em guerra. Os Maiorana acusam os Barbalho, que acusam os Maiorana. Na acusação, parece que ambos têm razão. A defesa pode ficar, mais uma vez, para outra ocasião, se as escaramuças, que ameaçam abrir novos caminhos de informação para a opinião pública, forem suspensas.

BELÉM: CAMPEÃ DA POBREZA (PÁG. 4)

Jornal Pessoal

A AGENDA AMAZÔNICA DE LÚCIO FLÁVIO PINTO

DESENVOLVIMENTO

O Pará parou: pobre

O discurso oficial é de que o Pará está se desenvolvendo e o governo está resolvendo seus problemas. Mas os índices sociais não confirmam essa fotografia cor de rosa. O produto da exploração dos recursos naturais do Estado não fica com os seus habitantes. Para os jovens, a herança é ainda pior.

O CONTRATO DE US$ 80 MILHÕES (PÁG. 3)

Em xeque, os monopólios da mídia e os megaprojetos para a região misso ético-profissional não está muito em moda. Mesmo quando surgem algumas publicações aparentemente alternativas, falta-lhes independência. Essa restrição deve-se aos seus patrocinadores, explícitos ou escondidos. São publicações de programa ou de partido. Acho que o jornal tem alguma influência no meio profissional porque é bastante lido por outros jornalistas. E também por dedicar espaço amplo ao acompanhamento da imprensa como parte da engrenagem de poder.

_ O *Jornal Pessoal* é a rigor pessoal, ou a família, os amigos colaboram?
Ele sempre foi rigorosamente pessoal, não por egoísmo. Sou um dos mais antigos jornalistas paraenses em atividade, com quase 40 anos de profissão. Sempre fui repórter, um jornalista testemunha dos fatos, com informações em quantidade para ocupar todo espaço do jornal. Raramente aproveitei texto alheio. Durante certo tempo, minha família me ajudou no trabalho braçal, que consiste em dobrar, cintar, etiquetar e carimbar o jornal para expedição. Parte da remessa eu distribuo pessoalmente pelas ruas. Há cortesias que vão pelo correio para fora de Belém. E a terceira parcela, a maior, levo para o distribuidor, que espalha o jornal pelas bancas da cidade. Hoje, pago um jornaleiro para distribuir as cortesias na área central de Belém.

_ O *Jornal Pessoal* não veicula publicidade de nenhum tipo? Por quê?
A publicidade é possível e desejável, mas não no caso do *Jornal Pessoal*. Quem se aproximou para ajudar concretamente, na verdade queria submeter o jornal a certos compromissos. Prefiro morrer livre.

_ Você aponta a teimosia como importante aliada. Destacaria outros princípios do jornal?
Não medir conseqüências nem prejulgar o que publica. Publicar tudo que apura. Apurar o máximo possível. Não condicionar as matérias a conveniências políticas ou pessoais. Já perdi muitas amizades por causa do jornal. Não subordinar os critérios de edição a raciocínios estratégicos. Se a cobertura jornalística necessária leva o jornal a brigar com todos, sem selecionar um aliado, briga-se com todos ao mesmo tempo: esquerda e direita, inte-

lectuais e empresários. É diretriz do jornal publicar as cartas que recebe na íntegra, digam o que disserem. Também é princípio não deixar passar em branco uma polêmica. Que vença quem tiver a verdade ou melhor demonstrá-la. O juiz é o distinto público.

_ E a questão da teimosia?
Obviamente, não me considero insubstituível nem o melhor dos jornalistas. Mas, se eu morrer ou o jornal se submeter à fatalidade, quem fará o que faço? Sei que certos assuntos eu darei com exclusividade por ser o único disposto a abordá-los. Por exemplo: o rombo do Banco da Amazônia (Basa) de 1987, a penetração do narcotráfico internacional em Belém, em 1991, as guerras entre os dois grandes grupos de comunicação do estado, etc. São assuntos em que os jornalistas não querem tocar, mas eu não me permito afastar-me deles. Eu já devia ter parado o *Jornal Pessoal* e me dedicado a projetos compatíveis com meu tempo de estrada e o que me resta para realizar tantas coisas com que me comprometi. Mas tenho sustentado o jornal (o que me empobreceu dramaticamente desde então) por uma questão de honra e para que os poderosos saibam que podem ser incomodados, ainda que por uma pedrinha no sapato.

_ Como era o projeto da *Agenda Amazônica*, que durou cerca de dois anos e encerrou as atividades em 2001? Você sempre foi um jornalista de muitos outros projetos?
Estou sempre cheio de projetos, alguns dos quais realizo, outros não. Alguns dão certo, outros não. Sou uma Sudam benigna. Nenhum projeto acarretou prejuízo ao bolso do cidadão. Há quem diga que só sei criticar, mas uma leitura atenta dos jornais que fiz terminará com muitas idéias, sugestões, projetos. Não quero apenas ser o repórter correto da Amazônia. Quero participar do desafio amazônico, encarando-o e resolvendo de forma que beneficie a população da região. Talvez minhas idéias não prestem, mas os canais competentes deviam se manifestar, inclusive para desautorizar o que proponho. Parecem acreditar que o silêncio é a maneira melhor de me combater, sem se arriscar. O *Jornal Pessoal* é minha última arma no jornalismo independente. Se me faltar, não sei o que me restará. Talvez tenha que tentar em outro terreiro. Mas não me assusta começar tudo de novo.

[Reprodução]

Jornal Pessoal

A AGENDA AMAZÔNICA DE LÚCIO FLÁVIO PINTO

NOVEMBRO DE 2004
1ª QUINZENA
Nº 333 • ANO XVIII
R$ 3,00

CRIME

Colarinhos na cadeia

A elite paraense está em polvorosa. Senadores, empresários, políticos e figurões estão indo parar na cadeia, algumas vezes algemados. São acusados de enriquecer desviando dinheiro público. Entre dúvidas e protestos, essa é uma novidade no panorama de impunidade, que até então prevalecia. Pelo menos neste aspecto, o Brasil parece que mudou.

O século XXI não tem sido dadivoso para com a elite do Pará. Seu principal líder político, depois de ter chegado às culminâncias de assumir a presidência do Senado, contra a vontade de um dos donos da república, o baiano Antônio Carlos Magalhães, renunciou às pressas ao mandato senatorial para não ser cassado. Só assim conseguiu salvar sua até então ascendente carreira política, a única, naquele momento, a escapar à bitola paroquial paraense e ganhar dimensão nacional, embora de uma notoriedade triste.

De volta ao cenário federal, um degrau abaixo, na Câmara dos Deputados,

A HISTERIA DAS RESERVAS EXTRATIVISTAS
(PÁGS. 4/5)

Persistente: denúncias veiculadas no jornal já renderam a Lúcio Flávio Pinto 18 processos

_ Qual a contribuição de sua passagem pela grande imprensa ao projeto do *JP*?
De 1966 a 1988 trabalhei no *Correio da Manhã*, *Diário de S.Paulo* e *Diário da Noite*, *O Estado de S. Paulo*, *Realidade*, *Veja*, *IstoÉ*.... Foi muito importante a experiência. Entre 1972 e 1973, eu escrevi muito para o *Opinião* com base no que levantava no *Estadão* e que não passava pela censura. O *Estadão* me permitiu, como correspondente, circular por toda Amazônia, numa época em que poucas viagens eram feitas na região. Nesse período, principalmente entre 1974 e 1987, podia ir para onde quisesse, com tudo pago pela empresa e pude testemunhar tudo de significativo que aconteceu na Amazônia.

_ Nas décadas de 1970 e 1980, *O Estado de S.Paulo* contava com repórteres em todas as capitais, em Santarém e Marabá. Como foi esse período no jornal?
Raul Martins era o chefe de sucursais e correspondentes do *Estadão* e endossou o projeto de uma rede nacional formada por profissionais competentes e independentes. Montamos uma equipe como, acho, nunca mais houve igual e tenho minhas dúvidas, infelizmente, de que voltará a haver na imprensa brasileira. O compromisso era fazer jornalismo naqueles tempos sombrios, custasse o que custasse. Élson Martins é um exemplo dos problemas que essa diretriz acarretou (*ver "Élson Martins: jornalista da Amazônia", à página 288*). Ele foi ameaçado pelo governador do Acre, que tentou usar sua autoridade, mas acabou recuando. Cobrávamos duramente da equipe, mas ela sabia que tinha apoio numa retaguarda decidida e forte.

_ Você e o Élson Martins realizam projetos juntos hoje?
Seguimos caminhos distintos e ficou impossível o trabalho conjunto, tantas as atribuições e atribulações de cada um. Mas continuamos a nos acompanhar, mesmo à distância.

_ Em um texto de sua autoria sobre a ditadura militar, você afirma que "tivemos

que crescer e resistir na fase mais negra da República brasileira". Como você reagiu à ditadura?

Até o AI-5, ainda acreditava que voltaríamos logo à normalidade formal, mas com ele a ditadura se assumiu por completo. Eu era editor de *A Província do Pará* quando o telegrama com o AI-5 me chegou. Na mesma hora, decidi mergulhar no olho do furacão e dias depois fui para São Paulo. Queria enfrentar o novo período de ditadura numa posição de combate, na redação do *Estadão*.

Na coordenação de sucursais e correspondentes, eu podia alcançar todo país e tecer as redes da contra-informação às informações oficiais e à censura. Quando a censura acabou no *Estadão*, voltei à Amazônia e fiz meu primeiro alternativo, o *Bandeira 3*, usando a experiência acumulada.

_ E como você participou dos jornais alternativos *Opinião, Movimento e Versus*?

Trabalhar com o Raimundo Pereira, editor dos dois primeiros, era produtivo porque ele centraliza, cobra, manda, critica, e temos que estar à altura para não sermos engolidos. E assim crescemos profissional e pessoalmente.

Participei bastante de *Opinião*, para mim o melhor jornal que a imprensa alternativa teve no pós-1964. Já o Marcus Faerman, editor do *Versus*, era uma doçura mal expressa naquele homenzarrão. Deixava seus colaboradores livres para escrever o que quisessem. E assim pudemos enfrentar a máquina de manipulação do regime, ganhando mesmo quando perdíamos.

_ E como era o projeto do *Bandeira 3*, em Belém?

O *Bandeira 3* tentava ser uma válvula de escape para a criatividade, o humor, o livre pensamento e a controvérsia. Mas também para a consciência do chão onde firmávamos nosso pé. Era de início um suplemento de *A Província do Pará*. Em 1975, passamos a editá-lo como um tablóide independente, que durou sete números.

Depois, colaborei com quase todas publicações nanicas. Até que, em 1981, comecei a editar a primeira "publicação-de-um-homem-só", o *Informe Amazônico*.

_ Qual a censura mais poderosa e tirana para o jornalismo?

A censura política, do Estado, é uma abominação. Mas a censura econômica, que leva à auto-censura, pode ser mais letal. Porque ela cria a ilusão que não há censura.

[Nanani Albino]

[HISTÓRIA] JORNAL PESSOAL
[ONDE E QUANDO] BELÉM (PA), DESDE 1987
[QUEM CONTA] LÚCIO FLÁVIO PINTO
[ENTREVISTA REALIZADA] JUNHO DE 2004

ÉLSON MARTINS: JORNALISTA DA AMAZÔNIA

LEANDRO ALTHEMAN é jornalista. Trabalha na *Rádio Juruá FM* e no jornal *Folha do Juruá*, na cidade de Cruzeiro do Sul, Acre

Élson Martins nasceu no seringal Nova Olinda, no alto rio Iaco, vale do Purus, município de Sena Madureira, Acre, em 17 de junho de 1939. Cresceu, nas suas palavras, "ouvindo histórias do boto e do mapinguary [1]". Em 1956, quando cursava o Colégio Acreano em Rio Branco, publicou o impresso estudantil *O Selecionado*. Em 1958, saiu do Acre em um navio gaiola e foi para o Amapá, onde participou de *A Voz Católica*, semanário da diocese de Macapá. Foi correspondente de *A Província do Pará* e de *O Liberal*, publicações da capital paraense.

Em 1963, foi para Belo Horizonte, onde ficou até 1969. Na época, trabalhou como redator nas emissoras de rádio *Inconfidência* e *Tiradentes*. Freqüentou os cursos de Cinema na Universidade Católica de Minas Gerais, cursou Belas Artes na Escola Guignard e Química Industrial (tecnólogo) na Universidade do Trabalho de Minas Gerais, mas não concluiu nenhum deles.

Em 1974, tornou-se correspondente de *O Estado de S. Paulo*. Em seu trabalho para o diário paulista, mudou-se para o Acre, em 1975, onde conheceu, em dezembro do mesmo ano, Chico Mendes, no período de organização do Sindicato dos Trabalhadores Rurais de Brasiléia (AC). Nas palavras de Élson "eram tempos muito difíceis, em que seringueiros, colonos e ribeirinhos viviam sobressaltados com o ronco das moto-serras".

Para falar da Amazônia, Élson baseia-se na própria história do Acre: plena de lendas e heróis, em que figuras históricas e mitológicas se confundem. No rol de heróis lendários, a figura de Chico Mendes aparece com sua simplicidade de seringueiro, reinventando a ecologia com bases mais humanas, mais brasileiras e, portanto, mais viáveis.

Élson revela ao mundo o que existe sob a floresta: uma preciosa população humana, culturalmente rica e portadora de uma sabedoria intuitiva.

Sobre as dificuldades da imprensa na época da ditadura na Amazônia, ele revela outro perigo: uma elite segura de sua impunidade secular, que dominava e que, em alguns casos, ainda domina a mídia local. Nessa entrevista, Élson conta um pouco de sua história, das particularidades do jornalismo na região amazônica e de suas esperanças para o futuro.

_ A criação do jornal *Varadouro*, no Acre, é um exemplo interessante para começar-

mos a contar sobre seu trabalho e sobre a realidade da região?

O *Varadouro* circulou de maio de 1977 a dezembro de 1981. Devia ser mensal, mas saía com atraso, devido a dificuldades de impressão. Ao todo, foram 24 edições com grande repercussão.

O jornal foi criado por um grupo de jornalistas e intelectuais, organizados pela Contag (Confederação Nacional dos Trabalhadores na Agricultura) e com apoio da igreja do Acre e do vale do Purus, liderada por Dom Moacyr Grechim, do Sindicato de Trabalhadores Rurais, de setores progressistas da Universidade e do governo estadual, além de entidades populares que se organizavam, na época, para impedir o desmatamento da floresta acreana e a expulsão das famílias residentes nos seringais.

Logo no primeiro número fui intimado, como diretor-geral do jornal, a comparecer à Superintendência da Polícia Federal (PF), em Rio Branco. O superintendente, Geraldo, olhou-me de forma ameaçadora e indagou, com um exemplar na mão: "Você sabe o que vai lhe acontecer se continuar produzindo esse jornal?". Respondi que não sabia, mas expliquei que continuaríamos com o nosso trabalho, reconhecido pela sociedade. A partir daí, muitas vezes fui avisado para esconder-me, pois os agentes da PF estariam me procurando pela cidade.

_ Como você analisa o momento político vivido na época pelo País e pela região Amazônica?

A ditadura militar que se instalou no Brasil em 1964 planejou a atabalhoada Operação Amazônia, no começo dos anos 70, com a intenção de ocupar a imensa floresta com migrantes do Centro-Sul, sobretudo com fazendeiros que contavam com incentivos fiscais e outros programas de financiamento.

O Sul do Pará e todo o estado de Rondônia foram tomados por essa migração, mas o Acre resistiu, com sua tradição extrativista. Nessa época, o Acre tinha mais de 70% da população vivendo nos seringais, extraindo borracha e castanha. Estas duas atividades em declínio eram complementadas pela agricultura de subsistência e pequenas criações. O governo federal não levou isso em conta ao financiar, via Basa (Banco da Amazônia) e Sudam (Superintendência de Desenvolvimento da Amazônia), a compra dos seringais pelos pecuaristas do Centro-Sul. Estes, ao tentarem ocupar as terras adquiridas e desmatar a floresta, estabeleceram o conflito com os habitantes tradicionais.

Varadouro descreveu muito bem o conflito, até o assassinato de Wilson Pinheiro, em julho de 1981, assumindo claramente o lado dos invadidos. Fui ameaçado de morte e passei um mês dormindo com um revólver 38 sob o travesseiro. Em 1979, juntamente com o delegado regional da Contag, João Maia da Silva Filho, sofri uma emboscada preparada por um fazendeiro na estrada de Boca do Acre (BR-317).

MILITÂNCIA E JORNALISMO

_ Você chegou a participar da luta armada contra a ditadura, antes do *Varadouro*?

No final de 1969, juntei-me ao ex-governador do Amapá [*de 1995 a 2002*] e atual senador[1], João Alberto Capiberibe (PSB), para atuar na guerrilha no Estado do Pará. Capiberibe tinha uma missão, que recebeu do líder comunista Carlos Marighella, da Ação Libertadora Nacional, ALN, que devíamos passar por um "aparelho" montado em Belém.

No "aparelho", tivemos discussões mal resolvidas e me tornei dissidente, seguindo para o Amapá. Pouco tempo depois, outro militante, Tito Guimarães juntou-se a mim, alegando pouca objetividade na turma que comandava a atividade clandestina.

Atuamos no jornal *A Voz Católica* e na *Rádio Educadora*, da Prelazia de Macapá, onde nosso protetor era o Padre Caetano Maiello, que pregava idéias esquerdistas entre os jovens.

Quando o regime militar matou o líder comunista Carlos Marighella, em São Paulo, em novembro de 1969, nós nos excedemos ao registrar o fato na primeira página do jornal católico, com esta expressão: "Morreu um grande brasileiro. Assassinado". A partir daí, passamos a ser observados de perto pelos agentes.

Em 1970, o casal João Alberto e Janete Capiberibe foi preso no interior do Maranhão. Eu e o Tito começamos a planejar o seqüestro de um avião da Varig, tentando ir para

Cuba. Chegamos a comprar as passagens no trecho Macapá-Belém, conseguimos um revólver, mas eu desisti na madrugada da viagem, pensando na represália que cairia sobre a minha família (pais e irmãos) em Macapá.

A PF de Macapá recebeu ordem para prender-me como suspeito de participante da Guerrilha de Caparaó [*na divisa do Espírito Santo com Minas Gerais*]. Fui levado a Belém, mas com a ajuda de amigos influentes, consegui ser liberado. Capiberibe ficou preso no presídio São José, em Belém, fugindo um ano depois com nossa ajuda.

_ Como foi sua relação com o jornalista Lucio Flávio Pinto?

Minhas matérias publicadas nos dois jornais paraenses chamaram a atenção de Lúcio Flávio Pinto, que me encomendou algumas reportagens para seu jornal alternativo, o *Bandeira 3* (*ver "Escravo de um Jornal Pessoal", à página* 272).

Depois, o Lúcio indicou-me para correspondente de *O Estado de S. Paulo*. Em outubro de 1974, o jornal paulista me transferiu para o Acre, onde os conflitos pela posse da terra começavam a chamar atenção da imprensa nacional.

A minha profissionalização como jornalista se deu a partir de *O Estado de S. Paulo*. O jornal, embora conservador, assumiu posição independente e arrojada (para a época) na cobertura dos conflitos na Amazônia, mantendo correspondentes nas principais capitais da região. Éramos todos, de certa forma, orientados pelo Lúcio Flávio Pinto, que tinha sua base em Belém. Nosso noticiário tinha bom aproveitamento e era lido pelos militares no poder.

Nesse período, trabalhei no caderno especial que comemorou os cem anos de vida do jornal, com um texto contando como era meu trabalho no Acre; fui convocado para depor na CPI da Terra, na Câmara Federal; participei como ganhador do Prêmio Esso em equipe, em 1977, dividido com Ricardo Kotscho (autor do texto final) e mais quatro jornalistas. Em 1983, fui convidado pela Agência Novosti, da União Soviética, para conhecer Moscou, Leningrado e os países comunistas da região do Mar Báltico.

O Lúcio Flávio Pinto, embora 10 anos mais novo que eu, foi sempre meu orientador e guru. Acho que é o que há de melhor na imprensa amazônica e o que restou de confiável.

Quem quiser estar bem informado sobre a região, desde o mais simples até os mais complexos temas, tem nos seus textos a solução. Informação, análise, investigação e precisão.

_ Hoje, quais são as principais formas de censura à imprensa?
A censura hoje é mais do Estado e do poder econômico. A maioria dos jornais têm empresários no comando e eles mantêm na redação jornalistas com pouca influência para se opor aos seus interesses. A modernização tecnológica dos jornais os deixou presos aos que podem bancá-los. Mas o bom jornalismo sempre encontrou meios de driblar a censura, com competência e criatividade.

AMEAÇAS E ESPERANÇAS NA AMAZÔNIA

_ Quais são as maiores ameaças à Amazônia no que diz respeito ao meio ambiente e às populações tradicionais?
A política atrasada pensada em Brasília, que discute e planeja para depois fazer de conta que executa. Há mais de 20 anos se anunciam ações para reduzir o desmatamento, mas o que se vê é a continuação ampliada. Ibama, Incra, Funai, Sudam, e outras siglas que operam na Amazônia, aprenderam a conviver com sua lenta destruição.
Os fazendeiros pequenos e grandes continuam desmatando e descumprindo leis ambientais. Os fiscais públicos continuam se corrompendo e se dando bem em seus cargos.
As populações tradicionais, notadamente no Acre, se defendem cada vez melhor e sobrevivem, mas isso não é geral. O governo brasileiro não consegue chegar até essas populações e fazer um pacto honesto com elas.
Perde-se em leis caducas ou novas, que não refletem a realidade. Dou um exemplo: a legislação que criou o Parque Nacional do Divisor, no Acre, exige a retirada de seus ocupantes tradicionais. Ou seja, tira os seus verdadeiros fiscais, escancarando a porta para os traficantes, os exploradores de madeira e os biopiratas.
Ficamos sempre vulneráveis quanto à soberania nacional na região. Muitos países cobiçam a Amazônia e suas riquezas, mas acho que os americanos são a pior ameaça. Eles

estão presentes com suas pesquisas, suas ONGs suspeitas e seus esquemas de combate ao narcotráfico.

_ A região Norte já encontrou seu modelo de desenvolvimento?

Nos últimos anos, os governadores Jorge Viana (do Acre) e João Alberto Capiberibe (do Amapá) trabalharam o desenvolvimento sustentável, que é a saída viável para a região. As ONGs nacionais e internacionais desenvolveram experiências demonstrando a viabilidade do modelo. Mas não é o que predomina nos estados de maior peso, como Pará e Amazonas.

O problema é que o modelo que é bom para a sociedade da Amazônia e do Brasil não é bom para as elites que detêm o dinheiro e o poder na região. Um outro problema é o planejamento para a Amazônia sempre feito à distância, por tecnoburocratas, que a vêem superficialmente, sem enxergar sua riqueza ambiental e humana. Isso, sem falar nos apetites corruptos da elite técnica, política e socialmente atrasada que planeja a vida do País.

Conheço algumas experiências desenvolvidas no Acre com ótimos resultados, como o projeto Seringueiro, criado há 22 anos e executado pela ONG acreana CTA (Centro dos Trabalhadores da Amazônia), que fez uma revolução na região do alto rio Acre.

A iniciativa abriu mais de 80 escolas nos seringais, produziu cartilhas com a linguagem adequada e projetou lideranças, que assumiram postos conquistados nas décadas de 1970 e 1980 por Chico Mendes e seus companheiros. Alunos dessas escolas dirigem hoje cooperativas, associações e tornaram-se vereadores e prefeitos.

O CTA coordena, atualmente, vários programas de manejo florestal, com resultados animadores. Nesse sentido, o jornal *Varadouro* também foi um exemplo de como a imprensa pode atuar bem nesse campo, junto a esses atores.

CHICO MENDES E O ACRE SUSTENTÁVEL

_ Como foi retratada na imprensa acreana a morte de Chico Mendes?

Quando Chico Mendes foi assassinado, ele já andava meio desacreditado nas redações de Rio Branco. A imprensa da época, solidária com o governo do PMDB, achava que ele estava exagerando com a sua morte anunciada. Mesmo o jornal *Gazeta do Acre*, depois transformado em *A Gazeta*, que sempre apoiou suas lutas, mostrava-se reticente. Os jornais, rádios e TVs fizeram na época um esforço elogiável. Mas a corrida atrás do furo acabou deixando para trás algumas abordagens que poderiam explicitar melhor o crime e as circunstâncias que o cercavam. Os fazendeiros sulistas que queriam a morte do Chico, e os seus parceiros locais, não foram corretamente nomeados. Olhando bem, para muitos, o crime compensou. O Acre ficou sem Chico Mendes e sem outras alternativas, e a imprensa tem parcela de culpa nisso. É a minha opinião.

Na verdade, acho que a opinião pública do Acre ainda é algo difuso: percebo que as elites, e boa parte da classe média, disfarçam mal a discriminação secular contra os que viveram ou vivem na mata cortando seringa e comendo carne de macaco. Se assumissem melhor sua identidade acreana, possivelmente, Chico Mendes ainda estaria vivo.

_ Mudou a forma de se falar de meio ambiente antes de Chico Mendes e depois?

Creio nisso. A morte de Chico Mendes o consagrou como líder ambientalista no País e no mundo. A candura, simplicidade e obstinação dele, expressos em defesa da floresta, penetram fácil nas novas gerações. Chico pode ser definido como um Guevara dos trópicos.

_ No que o Acre se diferencia hoje dos outros estados do Norte?

O Acre constrói um modelo de desenvolvimento sustentável. Modelo semelhante avançou no Amapá, de 1995 a 2002, com o ex-governador João Alberto Capiberibe, mas não está tendo continuidade com o sucessor deste.

O Acre é quem está na vanguarda da aplicação do conceito. O movimento que criou Chico Mendes e outros líderes, desde a década de 1970, elegeu o Governo da Floresta e, já no segundo mandato, estende-se na consciência popular e consolida- se.

O Acre tem uma história muito rica e massa crítica que não se vê em outros estados. O estado é belicoso, no bom sentido. Parece, ao mesmo tempo, resignado e afoito, introduzindo novas idéias sem perder sua cultura tradicional.

Mas ainda existe um fosso entre o que está proposto e o que o povo imagina, mas não sei outra forma de avançar neste momento histórico. Outras alternativas de desenvolvimento oferecidas não são menos arriscadas.
Comparando com um passado recente, em que os investimentos eram em outra direção, o Acre sustentável progride de forma correta. Sua grande riqueza é a floresta e o seu povo, que tem cem anos de vida extrativista. É preciso encontrar um meio de produzir riqueza, gerando bem estar para as famílias sem, contudo, esgotar os recursos renováveis de que dispomos. Enfim, acho que o modelo é esse mesmo em execução, com aprimoramentos que a população poderá introduzir.

AMAZÔNIA NOS JORNAIS

_ A Amazônia é retratada de modos muito diferentes na imprensa nacional, internacional e na imprensa regional?
A imprensa nacional vê a Amazônia de um jeito cômodo, com acesso a informações acadêmicas que lhes bastam. A imprensa internacional faz isso com maior distância e mais competência técnica. A imprensa regional peca por incompetência e por interesses escusos. A região tem uma identidade que precisa ser entendida como solução regional e nacional. As políticas públicas a serem aplicadas na Amazônia não podem ser as mesmas do resto do País. Para enxergar a identidade amazônica, a imprensa, de um modo geral, terá que voltar às grandes e boas reportagens.

_ O jornalista, ao retratar a Amazônia, em que deve ter atenção?
Sugiro mais atenção para a cultura, o conhecimento e os meios de vida, criados por essas populações isoladas e colocadas à margem do desenvolvimento nacional. Somos mais da metade do território brasileiro, possuímos a maior biodiversidade do planeta, além de grandes jazidas de minério de alto valor industrial. Também temos 500 anos de história, durante os quais acumulamos conhecimentos, sobre a natureza, indispensáveis ao mundo moderno.

Não temos que trocar nossa identidade por outra, que não sentimos na alma. Somos brasileiros, gostamos de ser brasileiros, mas temos especificidades, sem as quais não vamos construir o nosso bem-estar regional. Temos que acabar de importar e depender de tantas coisas: produtos, comportamento, moda, cultura, hábitos alimentares, linguajar, formas de lazer e tanto mais que nos faz sentir inferiores na comparação com os outros. Em resumo, temos que honrar o País com nossas diferenças e nos sentirmos bem com isso.

_ Na sua opinião qual é o maior "pecado" cometido pela imprensa nacional e internacional ao retratar a Amazônia?

Olhar para a região com distância, discriminação e faz de conta. Não respeitar os seus 22 milhões de habitantes, o enorme conhecimento que estes possuem da floresta, o sentimento humano que preservam e que pode servir de lição para a humanidade. O significado estratégico da Amazônia é um valor que se expressa através das populações tradicionais. Só poderemos retratá-los se formos beber na fonte, ou seja, se trabalharmos com o conhecimento e modo de vida dessas populações.

A imprensa nacional fala da Amazônia que conhece superficialmente. Como disse antes, um bom texto trabalhado e dados repisados produzem resultados atraentes para quem está acostumado a ver, ler e ouvir sobre o exotismo da região. É um prato cheio: a *Globo* tem estoque dessas imagens e o utiliza com freqüência para montar programas especiais, tipo *Fantástico* ou *Globo Repórter*.

Mas nunca vimos uma reportagem sobre a vida num dos enclaves que dominam economicamente o Pará, por exemplo. Como será a vida nas cidades de selva da Vale do Rio Doce? Será que o grupo pode dialogar com a população paraense e abrir sua caixa-preta? Como andam as explorações minerais, os latifúndios com boi e soja, que benefícios reais deixam para a Amazônia?

Nós, daqui, sabemos pouco sobre essas coisas. Acabamos acreditando na Amazônia que a *Globo* exibe, sem perceber que a região está ruindo por dentro com o aval do governo brasileiro.

Temos exemplos, como Lúcio Flávio Pinto, de jornalistas que denunciam esses enclaves mostrando números. Mas o Lúcio trabalha sozinho, com dificuldades de toda ordem. Afinal, a responsabilidade de salvar a Amazônia não pode ser delegada a ele ou à imprensa de um modo geral. A responsabilidade é da nação brasileira.

[1] João Capiberibe foi afastado de seu mandato no Senado Federal na legislatura de 2003 a 2007, após ter sido acusado de compra de voto pelo concorrente Gilvam Borges (PMDB-AP).

[Arquivo jornal Folha do Amapá]

[HISTÓRIA] COMUNICAÇÃO NA AMAZÔNIA
[QUEM CONTA] ELSON MARTINS
[ENTREVISTAS REALIZADAS] JULHO DE 2004

ANEXOS

CRONOLOGIA

[1960 - 1970]

1960

ABRIL A nova capital federal, Brasília, é inaugurada pelo presidente Juscelino Kubitschek.

OUTUBRO Jânio Quadros elege-se presidente do Brasil e João Goulart é eleito vice.

_ O ano de 1960 foi marcado pela criação da Organização dos Países Exportadores de Petróleo (Opep).

1961

JANEIRO Estados Unidos rompem relações diplomáticas com Cuba. John Kennedy, eleito em novembro de 1960, assume a presidência.

AGOSTO Jânio Quadros renuncia alegando a pressão de "forças ocultas". Ministros militares e setores conservadores da sociedade vetam a posse de João Goulart. Divisão e crise no Exército fazem com que Jango aceite assumir a presidência dentro do parlamentaristo. Tancredo Neves fica como primeiro-ministro.

Muro de Berlim divide simbolica e concretamente os mundos capitalista e comunista na Alemanha.

1962

FEVEREIRO Na Argentina, o presidente Frondizi é derrubado por golpe militar.

JUNHO Criada a Ação Popular (AP), organização ligada à esquerda católica. O presidente João Goulart cria a Eletrobrás.

JULHO Atentado contra o Congresso da UNE tem participação de militares. É criado o 13º salário e, no mesmo mês, greve nacional, marcada por saques, termina com 42 mortos no Rio de Janeiro.

AGOSTO União Soviética instala mísseis nucleares em Cuba secretamente. Em outubro, a operação é descoberta pelo governo norte-americano, que bloqueia Cuba. Crise quase leva à guerra nuclear. Os mísseis são retirados pelos russos, em troca da garantia dos EUA de que não invadirão a ilha.

OUTUBRO Nas eleições parlamentares, o PTB, de Jango, é o partido com maior número de cadeiras obtidas na Câmara dos Deputados.

1963

JANEIRO Plebiscito restabelece o presidencialismo como regime de governo brasileiro e restitui os poderes de João Goulart.

JULHO Pesquisa do Ibope mostra grande aprovação popular ao governo de Jango.

SETEMBRO Carlos Lacerda defende golpe militar contra o presidente da República.

OUTUBRO Jango faz tentativa de colocar o país em estado de sítio, mas recua.

NOVEMBRO Presidente dos EUA, John Kennedy é assassinado em Dallas.

1964

MARÇO Comício da Central do Brasil pró-reformas de base reúne 300 mil no Rio de Janeiro em clima já carregado pela iminência do golpe. Goulart anuncia nacionalização das refinarias de petróleo. Greve geral dos trabalhadores, em apoio às reformas de base, é anunciada. A Marcha da família com Deus pela Liberdade, mobilização da direita brasileira, reúne cerca de 100 mil. Sargentos realizam uma assembléia no Automóvel Clube, no Rio. Jango comparece e fala em defesa das reformas de base e isso serve de estopim do golpe.

ABRIL O general Mourão Filho lança tropas de Minas Gerais sobre o Rio de Janeiro. O Departamento de Estado dos EUA aciona a *Operação Brother Sam*: navios e aviões militares com 110 toneladas de armas para derrubar Jango. O golpe militar depõe o presidente João Goulart. Inicia-se uma onda de prisões pelo país. Um incêndio na sede da União Nacional dos Estudantes (UNE), no Rio, destrói o acervo do Centro Popular de Cultura (CPC). Leonel Brizola tenta resistir no Rio Grande do Sul. A repressão atira contra passeata no Recife e mata os estudantes Ivan Aguiar e Jonas Barros. General Castello Branco é nomeado pelo Congresso Nacional como novo chefe de Estado. O III Exército adere ao golpe, frustra resistência de Brizola no Rio Grande do Sul e reprime passeata em Porto Alegre. Ato Institucional cassa dezenas de mandatos parlamentares.

JUNHO Criado o Serviço Nacional de Informação (SNI). Lei antigreve é aprovada. Juscelino Kubitschek tem seus direitos políticos cassados.

SETEMBRO Emenda Constitucional nº 9 prorroga o mandato do general Castello Branco até março de 1967.

NOVEMBRO Aprovada por 126 votos a 117 a Lei Suplicy (do ministro da Educação, Suplicy de Lacerda), que proíbe a existência da UNE, da União Brasileira dos Estudantes Secundaristas (Ubes) e das Uniões Estaduais dos Estudantes (UEEs).

Na Bolívia, golpe militar leva o general Barrientos ao poder.

DEZEMBRO Ano termina com várias mortes e dezenas de denúncias de casos de tortura no Brasil. Situação vai perdurar até o final da ditadura e muitos casos ficarão sem qualquer explicação oficial.

Martin Luther King Jr. ganha o Prêmio Nobel da Paz.

1965

MARÇO Intelectuais brasileiros lançam um Manifesto à Nação, em luta pelo restabelecimento das liberdades democráticas e dos direitos individuais.

Primeiras tropas de combate terrestre norte-americanas chegam ao Vietnã.

ABRIL Miguel Arraes é libertado após um ano de prisão e parte para 14 anos de exílio na Argélia.

JULHO O Conselho de Segurança Nacional e o presidente Castello Branco revogam o decreto que proibia o acesso da iniciativa privada à indústria petroquímica. O Congresso Nacional aprova a Lei de Inelegibilidades, que cria limitações para os candidatos aos governos estaduais, beneficiando os políticos ligados à ditadura.

AGOSTO Missão Fulbright atesta o aval dos EUA ao Brasil pós-1964.

PUC-SP inaugura o auditório do Tuca com o auto *Morte e Vida Severina*, com versos de João Cabral de Melo Neto e música de Chico Buarque.

OUTUBRO Ato Institucional nº 2, instituído por Castello Branco, acaba com os 13 partidos políticos e suprime a eleição direta para presidente. A polícia invade e fecha a Universidade de Brasília. Mais de 200 professores se demitem em protesto. É fundado o Movimento Democrático Brasileiro (MDB).

NOVEMBRO Castello assina o Ato Complementar nº 4, que institui o bipartidarismo e formaliza a criação da Aliança Renovadora Nacional (Arena) e do MDB.

DEZEMBRO Governo compra a Companhia Telefônica Brasileira por US$ 96 milhões.

_ O ano de 1965 é marcado pela primeira transmissão da *TV Globo* e também pelo I Festival de

Música Popular Brasileira, em que Elis Regina canta *Arrastão*.

1966

JANEIRO Durante a Conferência Tricontinental, realizada em Cuba, a ilha é escolhida como sede provisória do Comitê das 12 Nações, criado para coordenar a luta de guerrilhas e a revolução anti-imperialista e anticolonialista na Ásia, na África e na América Latina.

FEVEREIRO O presidente Castello Branco baixa o Ato Institucional nº 3: eleição indireta para governador. Os prefeitos passam a ser nomeados nas capitais. O MDB lança manifesto em defesa das eleições diretas.

ABRIL Castello decreta todo o território do Rio Grande do Sul como área prioritária para fins de reforma agrária.

MAIO Início da Revolução Cultural chinesa.

JUNHO Adhemar de Barros é deposto do governo de São Paulo e cassado. Luís Carlos Prestes é condenado a 14 anos de prisão.

Golpe militar na Argentina alça ao poder o general Onganía.

AGOSTO O corpo do sargento Manoel Raimundo Soares, preso pela ditadura, aparece boiando no Rio Jacuí, no Rio Grande do Sul, cheio de marcas de tortura.

SETEMBRO Realiza-se, em 12 estados, a eleição indireta para governador. Todas são vencidas pela Arena.

Criado o Fundo de Garantia por Tempo de Serviço (FGTS).

OUTUBRO Lançada no Rio a *Frente Ampla*, antiditadura, unindo Carlos Lacerda, João Goulart e Juscelino Kubitschek.

Costa e Silva é eleito presidente pelo Congresso Nacional.

Mais seis deputados federais são cassados por Castello, que fecha o Congresso Nacional por dez dias.

DEZEMBRO Ato Institucional nº 4 compele o Congresso a votar a Constituição de Castello Branco.

_ No ano de 1966, Chico Buarque vence o Festival da Record, com *A Banda*.

1967

JANEIRO O Congresso referenda a Constituição outorgada por Castello. MDB lança manifesto pedindo revisão da Carta.

Artistas, escritores, intelectuais e jornalistas fazem ato de protesto em São Paulo contra a nova Lei de Imprensa.

FEVEREIRO Castello Branco sanciona a nova Lei de Imprensa, alcunhada "Lei Rolha".

MARÇO General Costa e Silva assume a presidência. Delfim Netto é nomeado ministro da Fazenda.

Ditadura estabelece a 1ª Lei de Segurança Nacional.

Justiça Militar condena Miguel Arraes, exilado na Argélia, a 23 anos de prisão.

ABRIL Exército prende oito guerrilheiros do Movimento Nacionalista Revolucionário (MNR), e desmonta o foco guerrilheiro contra a ditadura que vinha sendo organizado na Serra de Caparaó, divisa entre Minas Gerais e Espírito Santo.

Manifestação contra a Guerra do Vietnã reúne cerca de 500 mil norte-americanos no Central Park, em Nova Iorque. O número de soldados do país na guerra também chega a meio milhão em 1967.

JULHO Costa e Silva apresenta o Plano de Diretrizes Básicas de seu governo. O jornalista Hélio Fernandes é preso e enviado à ilha de Fernando de Noronha por ter escrito, no vespertino *Tribuna da Imprensa*, críticas ao ex-presidente Castello Branco, que havia morrido dias antes.

AGOSTO O ex-Cabo da Marinha, Anselmo dos Santos, que foi dado como morto após o golpe militar, reaparece como membro da delegação brasileira na 1ª Conferência da Organização Latino-Americana de Solidariedade (Olas), em Cuba. Santos é condenado a 18 anos de prisão pela Justiça Militar.

OUTUBRO Che Guevara é assassinado na Bolívia.

1968

JANEIRO Estréia da peça *Roda-Viva*, de Chico Buarque e direção de José Celso Martinez Corrêa.

MARÇO O secundarista Edson Luis de Lima Souto é morto pela Polícia Militar, em ato junto ao restaurante Calabouço, no Rio de Janeiro. Milhares de pessoas comparecem ao enterro e a atos contra o assassinato de Edson.

ABRIL Milhares de metalúrgicos fazem greve em Contagem (MG).

Martin Luther King Jr. é assassinado nos EUA.

JUNHO Sexta-feira Sangrenta: repressão da Polícia Militar a manifestação no Rio de Janeiro deixa 27 civis mortos, além de um policial. Passeata dos 100 mil contra o episódio é realizada no Rio.

Acontecem outros protestos em todo o País.

JULHO General Médici, comandante do III Exército, pede o estado de sítio. A ditadura proíbe manifestações públicas no Brasil.

O Comando de Caça aos Comunistas (CCC) ataca em São Paulo o elenco da peça *Roda-Viva*: atores são espancados e o teatro depredado.

Cerca de quatro mil metalúrgicos de Osasco paralisam seus trabalhos.

AGOSTO Prisão do líder estudantil Vladimir Palmeira no Rio é seguida por centenas de prisões de estudantes na cidade e em São Paulo.

OUTUBRO Na Rua Maria Antonia, em São Paulo, acontece o conflito entre estudantes de Filosofia da Universidade de São Paulo (USP) e grupos direitistas da Universidade Mackenzie. A PM intervém. O secundarista José Guimarães é morto e a Faculdade de Filosofia da USP, fechada.

No Cabo, interior de Pernambuco, acontece uma greve com a participação de 10 mil canavieiros.

A polícia prende em Ibiúna (SP) cerca de mil participantes do 30º Congresso da UNE. O líder estudantil José Dirceu é preso e, depois, banido do País.

O agente norte-americano da CIA, capitão Charles Chandler, é executado por militantes organizados.

NOVEMBRO Costa e Silva cria o Conselho Superior de Censura e sanciona a nova Lei de Censura de obras teatrais e de cinema.

DEZEMBRO A Câmara dos Deputados, desafiando a ditadura, rejeita, por 216 votos a 141, o pedido de licença para processar o deputado Márcio Moreira Alves. À noite, o Ato Institucional nº 5 suprime todo resquício do estado de direito: fechamento do Congresso, pleno poder ao presidente para cassar mandatos eletivos e direitos políticos, além de demitir ou aposentar juízes e funcionários. O AI-5 também restringe o *habeas corpus*, permite intervenções em estados e municípios e amplia a censura à imprensa.

Caetano Veloso, Gilberto Gil, Lacerda, Juscelino Kubistchek e outras centenas de pessoas são presas na onda repressiva logo após a edição do ato. O presidente militar passa a legislar por meio de decretos e decretos-lei.

_ Ano de 1968 é marcado pela canção *Pra não dizer que não falei de flores*, de Geraldo Vandré, e pelo início do Milagre Brasileiro, com crescimento de 9,8% do Produto Interno Bruto (PIB). Nos anos que se seguem, até 1973, o País apresenta índices de crescimento entre 9,5% e 14% do PIB.

França, Tchecoslováquia e o mundo assistem à multiplicação das manifestações e lutas dos estudantes.

1969

JANEIRO Costa e Silva edita o Ato Institucional nº 6. Parlamentares são cassados, junto a ministros dos superiores tribunais de justiça.

FEVEREIRO O presidente edita os Atos Institucionais nº 7 e nº 8, destinados à suspensão das eleições e a aceleração do processo de Reforma Agrária, respectivamente.

MAIO É assassinado o padre Henrique Pereira Neto, 28 anos, auxiliar de Dom Hélder Câmara na arquidiocese de Olinda e Recife.

JUNHO Lançado o jornal O *Pasquim*, reduto do humor e resistência no auge da ditadura.

JULHO Operação Bandeirante (Oban) é criada pela ditadura militar em São Paulo, centralizando atividades repressivas do regime, com estrutura própria e inserindo um corpo de polícia política dentro do Exército. A estrutura será reproduzida em outras localidades.

Membros da Ação Libertadora Nacional (ALN) tomam a *Rádio Nacional* de São Paulo e transmitem pelo sinal da rádio um manifesto antiditadura.

AGOSTO Junta de três ministros militares assume a presidência face à doença do general Costa e Silva, preterindo o vice, Pedro Aleixo, com base no AI-12. Anos depois, sem citar nomes, Ulysses Guimarães alcunha-os de "Os Três Patetas".

SETEMBRO Comando da ALN-MR-8 seqüestra o embaixador dos EUA Charles Burke Elbrick, trocado pela libertação de 15 presos políticos.

A Junta Militar baixa os AI-13 e 14. Pena de morte e banimento passam a ser aplicáveis para atos subversivos. Posteriormente, lançam o AI-15, adiando por mais um ano as eleições municipais em alguns estados do País.

Virgílio Gomes da Silva, membro da ALN que dirigiu o seqüestro do embaixador norte-americano, tido por desaparecido, é morto na tortura pela Operação Bandeirante. Documentos que comprovam sua morte seriam encontrados somente em 2004.

OUTUBRO O Congresso Nacional é reaberto. Emílio Garrastazu Médici assume como presidente do Brasil, eleito pelo Congresso.

Com a edição do Ato Complementar 77, os professores punidos pela resolução ficam proibidos de lecionarem nas instituições oficiais.

NOVEMBRO Carlos Marighella é assassinado em emboscada na Alameda Casa Branca, em São Paulo, pela equipe liderada pelo delegado Sérgio Fleury.

_ O ano de 1969 assiste também ao histórico Festival de Woodstock, nos EUA. No Brasil, 1969 é marcado pelo exílio de vários artistas, músicos, intelectuais e escritores.

1970

JANEIRO Câmara aprova o decreto-lei da censura prévia em livros e periódicos. O decreto 1.077, do ministro Buzaid, impõe a censura prévia à imprensa.

SETEMBRO A Oban é transformada em DOI-Codi.

Salvador Allende é eleito presidente do Chile.

OUTUBRO Preso Joaquim Câmara Ferreira, sucessor de Mariguella no comando da ALN. Levado ao sítio clandestino do delegado Fleury em São Paulo, sob violentas torturas, falece horas depois.

Militares invadem a redação de *O Pasquim*, prendendo Ziraldo e outros colaboradores.

NOVEMBRO Arena conquista grande maioria nas eleições legislativas para a Câmara dos Deputados e Senado.

_ O ano é marcado pelos seqüestros de embaixadores da Alemanha e da Suíça, trocados por presos políticos.

[1971 - 1980]

1971

JANEIRO Rubens Paiva, deputado cassado, é seqüestrado pela ditadura, dado por desaparecido e morto pela tortura. O atestado de óbito sai apenas em 1996.

FEVEREIRO Dom Aloísio Lorsheider e Dom Ivo Lorsheider, da ala progressista, são eleitos respectivamente presidente e secretário-geral da Conferência Nacional dos Bispos do Brasil (CNBB). Ulysses Guimarães assume a presidência nacional do MDB. Batista Ramos assume a presidência da

Arena.

MARÇO Teodomiro Romeiro dos Santos, tido como terrorista, é condenado à morte pelo Conselho de Justiça Especial da Aeronáutica, na Bahia. Três meses depois, o Superior Tribunal Militar converte a sua pena em prisão perpétua.

JULHO O MDB, na Carta de Recife, pede uma Constituinte.

AGOSTO Com ajuda do governo brasileiro, o coronel Hugo Banzer assume o poder na Bolívia após golpe militar.

SETEMBRO Após dias de caçada no sertão baiano, a repressão executa Carlos Lamarca. José Campos Barreto também é morto na operação.

NOVEMBRO Médici arroga-se por decreto-lei o direito de editar decretos secretos.

1972

FEVEREIRO É realizada a primeira transmissão de televisão a cores do Brasil.

MARÇO O Comitê Central do PC do B, reunido na clandestinidade, aprova o texto *50 Anos de Luta*, por motivo do cinqüentenário de fundação e décimo aniversário da reorganização do partido.

ABRIL Emenda Constitucional torna indireta a eleição de governadores em 1974.

Cerca de cinco mil homens do Exército, da Aeronáutica e da PM chegam à região do Araguaia para combater a guerrilha. Deixam a região em julho.

Em junho, é assassinada a sangue frio pelo Exército, com uma bala na cabeça, aos 22 anos, Maria Lúcia Petit. Ela será a primeira guerrilheira do Araguaia a ter seu corpo identificado, em 1996. Seus irmãos Jaime e Lúcio também morrem na guerrilha.

Em setembro, quase dez mil homens do Exército voltam à área para a segunda campanha, esta de um mês, contra a Guerrilha do Araguaia.

MAIO Anastásio Somoza, com golpe no final de seu mandato de presidente, permanece no poder na Nicarágua.

SETEMBRO A censura proíbe a imprensa de publicar notícias sobre a Anistia Internacional. Em agosto, a censura já havia sido imposta às notícias referentes à sucessão presidencial.

José Alves da Silva, acusado de pertencer ao Esquadrão da Morte, é condenado em São Paulo a mais de 19 anos de prisão.

OUTUBRO Começa a circular o semanário alternativo *Opinião*, que também marca época.
NOVEMBRO É instalada a Telebrás, empresa que coordenará as atividades da Empresa Brasileira de Telecomunicações (Embratel) e empresas-pólos estaduais.
Eleições municipais no Brasil têm vitória esmagadora da Arena, que conquista cerca de 80% dos prefeitos.
Nixon é reeleito presidente dos EUA.
DEZEMBRO A repressão aniquila bases do Partido Comunista Brasileiro Revolucionário (PCBR), no Rio de Janeiro e em Recife, e deixa sete mortos.
_ O ano de 1973 é palco também do retorno de Caetano e Gil do exílio, além da criação do Conselho Indigenista Missionário (Cimi).

1973

JANEIRO Acontece o massacre da Chácara São Bento: equipe do delegado Fleury destrói a Vanguarda Popular Revolucionária, em Paulista (PE).
MARÇO O estudante de Geologia da USP Alexandre Vannucchi Leme é torturado e morto pelos agentes da ditadura no DOI-Codi, em São Paulo.
Fim do ciclo de governos militares na Argentina. Héctor Cámpora, eleito presidente, renuncia, abrindo espaço para que Juan Perón assuma.
SETEMBRO O MDB lança Ulysses Guimarães como "anticandidato" para a eleição presidencial do Brasil.
Após golpe militar no Chile, Salvador Allende se suicida e Pinochet assume.
OUTUBRO É preso no Rio de Janeiro e desaparece o líder estudantil brasiliense Honestino Guimarães, 26 anos, presidente da UNE, jurado de morte pelos órgãos repressivos. Nos anos seguintes torna-se, ao lado de Edson Luís, símbolo da resistência estudantil à ditadura.
Primeiro Choque do Petróleo: com a redução da produção orquestrada pela Opep, os preços disparam.
NOVEMBRO Código de Processo Penal é alterado por Médici de modo a evitar que o delegado Sérgio Fleury vá para a cadeia.
DEZEMBRO Exército realiza, durante a terceira campanha de aniquilamento, um ataque decisivo à

Guerrilha do Araguaia. Morrem Maurício Grabois e um número de guerrilheiros que o Exército nunca revelou.
_ A peça *Calabar*, de Chico Buarque e Ruy Guerra, é proibida pela censura em 1973.

1974

JANEIRO General Ernesto Geisel é eleito no Colégio Eleitoral novo presidente do Brasil, com 406 votos. A anticandidatura de Ulysses Guimarães-Barbosa Lima Sobrinho conta 76 votos no Colégio.
Censura prévia às rádios e televisões é iniciada.
MARÇO General Figueiredo assume a chefia do Serviço Nacional de Informação (SNI).
ABRIL Na Revolução dos Cravos, movimento em Portugal põe fim a décadas do salazarismo e alça ao poder o general Antônio de Spínola, ligado aos setores mais à esquerda dos militares.
No Brasil, ditadura proíbe que a imprensa fale em recessão.
AGOSTO Geisel define o processo de abertura política do Brasil como "segura, lenta e gradativa distensão".
Richard Nixon renuncia à presidência dos EUA, derrubado pelo escândalo de *Watergate*.
SETEMBRO Geisel manda ao Congresso o projeto do II Plano Nacional de Desenvolvimento, que fixa as metas sociais e econômicas do governo para qüinqüênio de 1975 a 1979.
OUTUBRO Escolha indireta para governador: os 22 serão apontados por Geisel.
NOVEMBRO Eleições legislativas: MDB elege 16 senadores, quase o triplo dos seis eleitos pela Arena. Na Câmara, a bancada do MDB cresce de 87 para 160 deputados.

1975

JANEIRO O Comitê Central do PC do B aprova a Mensagem aos Brasileiros, propondo uma Constituinte livremente eleita, a abolição de todos os atos e leis de exceção e a Anistia geral.
No centenário de sua fundação, o jornal *O Estado de S. Paulo* não tem mais suas matérias submetidas à censura prévia.
FEVEREIRO Luiz Inácio Lula da Silva, o Lula, é eleito presidente do Sindicato dos Metalúrgicos de São Bernardo do Campo.
ABRIL Final da Guerra do Vietnã.

JUNHO Durante o Encontro de Pastoral da Amazônia em Goiânia (GO), convocado pela CNBB, nasce a Comissão Pastoral da Terra (CPT), que luta, desde então, pelos direitos dos trabalhadores rurais, peões e posseiros, sobretudo na Amazônia.

Geisel encaminha ao Congresso os anteprojetos do Código Civil, do Código de Processo Penal, da Lei de Contravenções Penais e da lei que altera em parte o Código Penal.

AGOSTO Geisel reafirma a determinação do governo militar por manter seus poderes excepcionais. Garante, por outro lado, que tais poderes não causam prejuízo ao lento e gradativo processo de distensão.

SETEMBRO Surge o semanário *Movimento*, lançado por uma cooperativa de jornalistas e dirigido por Raimundo Pereira. Circula até 1981, sofrendo forte censura até 1978. Assume as lutas democráticas, antiimperialistas e populares, a oposição intransigente à ditadura, o debate de temas como a dívida externa e a Constituinte.

OUTUBRO O jornalista Vladimir Herzog é assassinado nas dependências do DOI-Codi, em São Paulo. O II Exército apresenta o corpo e alega suicídio por enforcamento. Uma semana após sua morte, mais de oito mil participam de ato ecumênico na Catedral da Sé, na capital paulista.

NOVEMBRO Angola proclama sua independência.

CNBB divulga a Pastoral Social, primeiro documento de orientação dos católicos sobre problemas sociais e políticos.

1976

JANEIRO O metalúrgico Manoel Fiel Filho é preso e morto por agentes do DOI-Codi, em São Paulo. Novamente, o governo Geisel alega suicídio.

Geisel demite o general Ednardo D´Avila Mello do comando do II Exército.

MARÇO Isabelita Perón é derrubada por golpe na Argentina. Assume o poder uma junta militar.

JUNHO Suspensa à censura prévia na revista *Veja*.

JULHO A censura proíbe o jornal *Movimento* de publicar a Declaração de Independência dos Estados Unidos, que completava 200 anos. O ministro das Comunicações, Euclides Quandt de Oliveira, constitui a nova empresa oficial de radiodifusão, a *Radiobrás*.

Presidente Geisel sanciona a chamada "Lei Falcão"(em referência ao então ministro da Justiça

Armando Falcão). A lei limita drasticamente a propaganda eleitoral, impedindo que candidatos falem na tevê ou rádio durante o horário eleitoral.

AGOSTO A Aliança Anticomunista Brasileira (AAB) lança bombas nas sedes da Ordem dos Advogados do Brasil (OAB) e da Associação Brasileira de Imprensa (ABI), no Rio de Janeiro, e no Centro Brasileiro de Análise e Planejamento (Cebrap), em São Paulo. O ex-presidente Juscelino Kubitschek morre em acidente de carro na via Dutra, em circunstâncias nunca esclarecidas.

SETEMBRO Censura: determinada apreensão de edição do semanário O *Pasquim*.

DEZEMBRO II Exército invade sede do PC do B em São Paulo. No episódio, conhecido como "Massacre da Lapa", foram mortos os dirigentes do partido Pedro Pomar, Ângelo Arroyo e João Baptista Drummond.

_ João Goulart recebe o passaporte brasileiro após 12 anos de sua deposição. Entidades como a CNBB e o jornal *Opinião* tambem são vítimas de atentados à bomba.

1977

FEVEREIRO Em resposta ao manifesto de intelectuais sobre as restrições de liberdade de expressão e constrangimento à capacidade criadora, o então ministro da Justiça, Armando Falcão, diz que a censura é seu dever e que permaneceria fazendo-a com "serenidade e firmeza, dando execuções às leis em vigor".

MARÇO Governo brasileiro rompe acordo militar com os EUA em função de críticas do governo estadunidense a questões ligadas aos direitos humanos no País.

ABRIL Geisel fecha o Congresso. Ele alega, na TV, a necessidade da Reforma do Judiciário. A OAB declara-se em sessão permanente frente à crise e ao fechamento do Legislativo. Geisel baixa o Pacote de Abril: eleição indireta dos governadores e nomeação de senadores biônicos, entre outras medidas. Sufocado pela censura e por outros problemas, o semanário *Opinião* deixa de circular.

MAIO O ministro Armando Falcão torna obrigatória a censura prévia às publicações vindas do exterior. O arcebispo de Diamantina (MG), D. Geraldo Sigaud, envia ao núncio apostólico Dom Carmine Rocco um relatório sobre a "opção pelo comunismo" de grande número de bispos no Brasil. Os alvos principais do relatório são os bispos Dom Pedro Casáldaliga e Dom Tomas Balduíno.

JUNHO Mais de 2.500 jornalistas assinam manifesto da ABI contra a censura.

JULHO O Deops-SP prende o escritor e cineasta Renato Tapajós por causa do romance *Em Câmera Lenta*, que abordava o tema da repressão da ditadura e a resistência. O presidente Geisel edita o Ato Complementar nº 104, que suspende o acesso dos partidos políticos ao rádio e à televisão, suprimindo a "Lei Falcão" que lhes garantia dois programas anuais de 60 minutos.

AGOSTO Rachel de Queiroz se torna a primeira mulher a ser eleita na Academia Brasileira de Letras.

SETEMBRO O MDB inicia campanha pró-Constituinte. A Pontifícia Universidade Católica de São Paulo é invadida pela polícia, comandada pelo coronel Erasmo Dias, em represália à realização do 3º Encontro Nacional de Estudantes. Ao final, mais de duas mil pessoas são presas e várias ficam feridas.

OUTUBRO Geisel demite o ministro do Exército, Sylvio Frota, integrante da chamada "linha dura".

DEZEMBRO O Brasil cresce 4,9% em 1977. A dívida externa já chega a US$ 32 bilhões, a maior do Terceiro Mundo.

A Anistia Internacional ganha o Prêmio Nobel da Paz.

1978

JANEIRO Geisel indica à Arena os nomes do general João Figueiredo e de Aureliano Chaves como candidatos para a presidência e vice-presidência da República.

MARÇO Assembléia popular de sete mil pessoas cria, em São Paulo, o Movimento do Custo de Vida, que mais tarde se chamará Movimento Contra a Carestia. A inflação do ano chega à casa dos 40%.

MAIO Após a criação, em fevereiro, do Comitê Brasileiro de Anistia (CBA) do Rio de Janeiro, é a vez de o CBA ser formalmente constituído em São Paulo. Em poucos meses formam-se CBAs na maioria dos estados, em cidades, bairros, escolas e categorias profissionais.

"Braços cruzados, máquinas paradas". No ABCD paulista, movimento iniciado com greve de trabalhadores da Saab-Scania leva a inúmeras paralisações que perduram até dezembro e confirmam o momento de crescente força e organização dos metalúrgicos da região.

JUNHO É fundado, em São Paulo, o Movimento Negro Unificado (MNU). Acaba a censura prévia à imprensa, que sufocou jornais como *Opinião* e *Movimento* e fez *O Estado de S. Paulo* esgotar os versos dos Lusíadas, que colocava no lugar das matérias censuradas. A oposição em alta força o regime militar a dar esse recuo, que por sua vez estimula mais rebeldias.

AGOSTO O Movimento do Custo de Vida reúne 10 mil pessoas em ato na Praça da Sé, em São Paulo, sob forte repressão, após coletar 1,3 milhão de assinaturas para documento de reivindicações e críticas populares às políticas do governo militar.

SETEMBRO Portaria 3.337 do governo militar reitera, em vão, a proibição das articulações intersindicais. Os novos governadores são escolhidos indiretamente.

OUTUBRO Três anos depois da morte de Vladimir Herzog, o processo movido pela família do jornalista na 2ª Vara da Justiça Federal de São Paulo trouxe à tona a verdade sobre o caso. A União foi responsabilizada pelas torturas e pela morte do jornalista.

João Figueiredo é eleito presidente pelo Congresso Nacional.

NOVEMBRO I Congresso Nacional Pela Anistia é realizado em São Paulo.

O movimento negro elege a data da morte de Zumbi como Dia Nacional da Consciência Negra.

Nas eleições para o Congresso Nacional, Arena vence no total de representantes eleitos, mas MDB obtém total de votos superior.

_ O final do ano de 1978 é marcado também pela revogação do AI-5, aprovada pelo Congresso e sancionada em seguida pelo General Geisel. Entra em vigor a nova Lei de Segurança Nacional, com penas mais brandas que as previstas na anterior.

1979

FEVEREIRO No Estádio do Morumbi, em São Paulo, durante jogo entre Santos e Corinthians, é aberta faixa pela Anistia Ampla, Geral e Irrestrita, no meio da torcida corintiana.

MARÇO Por dois meses, acontece uma intervenção nos sindicatos metalúrgicos do ABCD paulista. Mas a greve continua. A pedido de Lula, a assembléia de metalúrgicos de São Bernardo do Campo, no estádio de Vila Euclides, vota pelo fim da greve.

General Figueiredo toma posse como presidente do Brasil.

MAIO Morre em acidente no mar o mais célebre torturador da ditadura militar, Sérgio Fleury. Fala-se em "queima de arquivo". O Congresso rejeita emenda das eleições diretas para governador, do senador Montoro (MDB-SP).

Nas comemorações do Dia do Trabalho, mais de 100 mil pessoas se reúnem no estádio de Vila Euclides, em São Bernardo, onde é lançada a Carta de Princípios do PT.

Ocorre o 31º Congresso da UNE, em Salvador, com a presença de dez mil estudantes. É o primeiro desde Ibiúna (SP), em 1968. Uma cadeira fica vazia: é a de Honestino Guimarães, último presidente da entidade, preso pela ditadura em 1973 e dado por desaparecido.

JUNHO Liderado por Brizola, e com a presença de Mário Soares (do Partido Socialista português), acontece o Encontro de Lisboa, que lança a Carta de Lisboa. O documento propõe "um novo trabalhismo" e finca as bases do futuro PDT.

JULHO Em Belo Horizonte, cerca de 80 mil trabalhadores da construção civil fazem greve. Numa das mobilizações, cinqüenta pessoas ficam feridas e uma morre.

AGOSTO O Congresso vota a "Lei da Anistia", que beneficia cerca de 4.500 presos políticos. A esquerda do MDB rejeita o caráter recíproco e parcial da lei. Figueiredo sanciona a Anistia limitada, mas ainda assim uma conquista. Parte dos presos políticos é libertada, os exilados começam a retornar à pátria, os clandestinos voltam à cena cotidiana.

O MR-8 lança o jornal *Hora do Povo*.

SETEMBRO Começa a mobilização da primeira greve nos canaviais de Pernambuco em 11 anos. Na capital gaúcha, os bancários também fazem greve. Numa intervenção no sindicato, cinco pessoas foram presas, inclusive seu presidente, Olívio Dutra. Brizola retorna ao Brasil depois de 15 anos no exílio. O ex-governador de Pernambuco Miguel Arraes também retorna, após 14 anos de exílio. Além deles, retornam também ao País importantes nomes da história política como Márcio Moreira Alves, Gregório Bezerra, Mário Covas e José Serra.

OUTUBRO A UNE realiza sua primeira eleição direta, com 343 mil votantes. Num piquete na metalúrgica Sylvania, em São Paulo, a Polícia Militar mata a tiros o líder operário católico Santo Dias da Silva, de 37 anos. Mais de 10 mil pessoas protestam no enterro.

Em São Bernardo do Campo, grande São Paulo, é lançado oficialmente o Movimento pelo Partido dos Trabalhadores.

NOVEMBRO O Congresso aprova a reforma partidária, enviada pelo general Figueiredo no mês anterior. É o fim da Arena e do MDB. Novos partidos podem ser criados.

1980

JANEIRO A censura libera *Calabar*, peça de Rui Guerra e Chico Buarque que discute a questão da traição durante a ocupação holandesa.

FEVEREIRO Mil pessoas, entre sindicalistas, intelectuais, líderes rurais e religiosos, aprovam, no Colégio Sion, em São Paulo, o manifesto de fundação do Partido dos Trabalhadores. O Conselho de Censura libera o *Encouraçado Potemkin*, filme de Sergei Eisenstein.

O Tribunal Superior Eleitoral cancela os registros do Arena e MDB e regulariza o registro de cinco novos partidos: Partido do Movimento Democrático Brasileiro (PMDB), Partido Popular (PP), Partido Democrático Trabalhista (PDT), Partido Trabalhista Brasileiro (PTB), Partido dos Trabalhadores (PT) e Partido Democrata Cristão (PDC).

MARÇO Jornalistas da Cooperativa dos Jornalistas de Porto Alegre são processados com base na Lei de Segurança Nacional. Mais uma vez é apreendida a edição do semanário *O Pasquim*.

ABRIL Começa a grande greve de 330 mil metalúrgicos no ABC e mais 15 cidades no estado de São Paulo. Em São Bernardo, dura 41 dias e polariza o Brasil. Onze líderes grevistas do ABCD, entre eles Lula, são presos e enquadrados na Lei de Segurança Nacional.

MAIO Cerca de 120 mil grevistas chegam à Igreja Matriz de São Bernardo, que já está ocupada pela Polícia Militar. Após horas de tensão em frente à matriz, o governo cede. Uma triunfal passeata precede a manifestação no estádio da Vila Euclides. A OAB, na Carta de Manaus, prega a Constituinte e rejeita "remendos" constitucionais.

SETEMBRO Explode a Guerra Irã-Iraque, que perduraria até 1988, sem vencedores e com a morte de centenas de milhares de civis e militares de ambos os lados.

NOVEMBRO Congresso aprova o voto direto para governadores e parlamentares em 1982 e o fim dos senadores biônicos em 1986.

Ronald Reagan é eleito presidente dos EUA. Ex-ator de *Hollywood*, Reagan marca sua primeira gestão pelo endurecimento das relações junto à União Soviética e aos países com governos de esquerda. Entre os destaques de seu mandato, o presidente lança o programa "Guerra nas Estrelas", símbolo da corrida armamentista empreendida pelos EUA em seu governo. Seria reeleito em 1984.

DEZEMBRO A 5ª Vara Federal de São Paulo responsabiliza a União pela morte do operário Manoel Fiel Filho, no DOI-Codi, em 1976. O ano termina com inflação de 110%.

A economia encerra o ano com elevação de 9,2% do PIB, última grande alta do período da ditadura militar, e que não seria superado nos 25 anos seguintes.

[1981 – 1990]

1981

FEVEREIRO Sindicalistas da greve do ABCD no ano anterior são julgados e condenados pela Justiça Militar a três anos de prisão.

ABRIL Caso Riocentro: bomba em show de 1º de Maio no Rio explode no colo de um militar. As apurações tentam acobertar o plano de atribuir um suposto atentado a "terroristas de esquerda". Militar sobrevivente sai condecorado. O episódio desmoraliza em profundidade a lenta abertura do general Figueiredo.

MAIO A Polícia Federal apreende a edição da *Tribuna Operária* sobre o Riocentro, com a manchete "Figueiredo engole a bomba".

AGOSTO Em Praia Grande, São Paulo, cinco mil delegados de 1.126 entidades realizam a Conferência Nacional das Classes Trabalhadoras (Conclat), que elege a Comissão Pró-CUT.

SETEMBRO Supremo Tribunal Militar anula condenação de sindicalistas do ABCD por greve em 1980.

DEZEMBRO O PIB fecha o ano com retração de 4,3%. Começa um ciclo de estagnação da economia brasileira que perduraria por quase toda a década.

1982

JANEIRO Congresso de fundação da Confederação Nacional das Associações de Moradores (Conam), em São Paulo.

ABRIL Proibido o filme *Pra frente Brasil*, de Roberto Farias, por denunciar as torturas da ditadura.

NOVEMBRO O governo revela que teve de recorrer ao Fundo Monetário Internacional (FMI). O anúncio foi adiado para não pesar nas eleições. No pleito – com exceção da Presidência da República, de dois terços do Senado e de munícipios considerados de segurança nacional – todos os cargos seriam decididos pelo voto. O PDS vence em 12 estados, PMDB em nove e o PDT no Rio de Janeiro, com Leonel Brizola. Todos os partidos de oposição tiveram, somados, 8 milhões de votos a mais que o PDS. O TRE susta a apuração após o *Jornal do Brasil* revelar manipulação anti-Brizola na contagem dos votos do Rio de Janeiro.

Os generais Figueiredo e Alfredo Stroessner, ditador paraguaio, inauguram Itaipu, na época a maior usina hidrelétrica do mundo.

DEZEMBRO Dados da Comissão Econômica para a América Latina (CEPAL), ligada à ONU, vão confirmar que o ano foi o pior para a região nos últimos 40 anos. Altas taxas de inflação e aumento da dívida externa dos países.

Reconhecida a eleição de Brizola ao governo do Rio de Janeiro, com um mês de atraso devido às denúncias de fraude na apuração.

Polícia reprime reunião com 91 membros do Partido Comunista Brasileiro (PCB), em São Paulo. Enquadrados na Lei de Segurança Nacional, sete militantes tiveram sua prisão preventiva decretada. Ação da polícia gera protestos do governador eleito Franco Montoro e do arcebispo Dom Paulo Evaristo Arns.

_ O ano de 1982 também é marcado pelo fato de o México ter decretado a moratória de sua dívida externa, desencadeando a chamada "Crise da Dívida" na América Latina.

1983

FEVEREIRO Repetindo o que aconteceu em 1979, o Cruzeiro tem desvalorização de 30%. Fundo Monetário Internacional divulga aprovação do acordo com o governo brasileiro para empréstimo de US$ 5,46 bilhões.

MARÇO No dia 15, governadores eleitos tomam posse. Também acontece a posse dos prefeitos e legisladores.

Extinto o Deops de São Paulo. A ditadura militar transfere para a Polícia Federal o último titular do órgão de repressão, Romeu Tuma. Em mensagem ao Congresso, Figueiredo pede "trégua política" para enfrentar crise econômica. PMDB responde que aceita desde que haja eleições diretas e a formação de uma Assembléia Constituinte.

ABRIL Passeata de desempregados no Largo 13 de Maio, região Sul de São Paulo, termina em saque de supermercado. Começa onda de centenas de ações similares que se estende até o Rio. Cinco mil desempregados fazem passeata de 9 km, da periferia Sul de São Paulo ao Palácio dos Bandeirantes.

MAIO Acordo Geral sobre Tarifas e Preços (GATT), embrião da Organização Mundial do Comércio, publica relatório sobre os seus países mais onerados por dívidas externas: Brasil lidera lista, seguido por México, Coréia do Sul e Argentina.

Trabalhadores rurais e posseiros protestam na Transamazônica e Polícia Militar prende bispo do Xingu, Dom Erwin Krautler. CNBB publica nota de repúdio.

JULHO Primeira greve geral nacional pós-64. Êxito parcial apesar do sindicalismo encontrar-se dividido. Forte repressão. Intervenção nos sindicatos dos Bancários e Metroviários de São Paulo.

AGOSTO Congresso com a presença de mais de cinco mil delegados aprova a fundação da Central Única dos Trabalhadores (CUT).

DEZEMBRO Aprovada no Congresso Nacional nova versão da Lei de Segurança Nacional, que reduz número de crimes contra o País.

O ano termina novamente com recessão econômica. O PIB tem queda de 2,9%.

1984

JANEIRO Encontro nacional de quatro dias em Cascavel, no Paraná, funda o Movimento dos Trabalhadores Rurais Sem-Terra (MST).

Manifestação em Curitiba inicia mobilização pelas eleições diretas. A disputa política também chega à guerra de informação. Alguns veículos de comunicação, como a *Rede Globo*, omitem os fatos.

Acontece o primeiro comício-gigante da campanha pelas Diretas Já, na Praça da Sé, em São Paulo. As estatísticas de público nos comícios diferem muito entre si. Nesta cronologia, são estimativas.

ABRIL Comício de 1,2 milhão de pessoas pelas Diretas Já, na Candelária, Rio de Janeiro. Comício pró-Diretas reúne 250 mil pessoas em Goiânia. Comício de mais de 1,5 milhão de pessoas pelas Diretas Já, no Vale do Anhangabaú, São Paulo.

A oito dias da votação das Diretas, Figueiredo decreta estado de emergência no Distrito Federal, aplicado com violência pelo general Newton Cruz. Objetivo era conter as manifestações na capital federal. Apesar da maior campanha de massas que já se viu no Brasil – mais de 8 milhões nas ruas em 100 dias –, a emenda das Diretas não passa na Câmara. Tem 298 votos a favor, 65 contra e 113 ausências. Isso significava 22 votos a menos que os dois terços exigidos. Eleição será decidida no Colégio Eleitoral.

MAIO A Câmara dos Deputados aprova nova redação do Código Civil, que prevê a igualdade de gênero. Greve de dez mil bóias-frias inicia três meses de lutas nas áreas da cana-de-açúcar e laranja de São Paulo e Minas Gerais. Protestos terminam com grande parte das reivindicações atendidas.

Paralisação também de cerca de 37 mil professores das universidades federais.

AGOSTO Ato do PT reúne mil pessoas pelas Diretas e contra a eleição via Colégio Eleitoral, em São Paulo. Seguem-se atos no Rio, Santa Catarina, Minas Gerais e Goiás.

O deputado federal Paulo Maluf vence o ministro do Interior, Mário David Andreazza, na convenção do PDS para indicar candidato a presidente. Já a convenção do PMDB confirma o nome de Tancredo Neves.

OUTUBRO Governadores do PDS nordestinos aderem a Tancredo, e invertem a relação de forças no Colégio Eleitoral. O Senado aprova projeto de Nélson Carneiro (PMDB) que revoga a "Lei Falcão" e libera propaganda eleitoral na televisão.

DEZEMBRO A mesa do Senado, contrariando o malufismo, opta pelo voto aberto no Colégio Eleitoral.

1985

JANEIRO - O Colégio Eleitoral elege Tancredo presidente e Sarney vice, por 480 votos. Maluf tem 180. Há 17 abstenções dos que rejeitam a eleição no Colégio. Tema da reforma constitucional, que ganhou força desde o ano anterior, provoca o debate de quando e como realizar a Assembléia Nacional Constituinte.

FEVEREIRO Primeiro satélite brasileiro de telecomunicações é colocado em órbita.

MARÇO O vice-presidente eleito, José Sarney, toma posse enquanto Tancredo está doente. Governo reabilita 164 sindicalistas, entre eles Lula, punidos pela ditadura. Sarney envia ao Congresso projeto de lei que devolve autonomia a 31 municípios classificados como áreas de segurança nacional, que não podiam eleger prefeito.

Frei Leonardo Boff é proibido pelo então cardeal Joseph Ratzinger – nomeado Papa em 2005 – chefe da Sagrada Congregação para Doutrina da Fé, de lecionar e divulgar suas idéias. No centro do debate, a Teologia da Libertação.

ABRIL Após 38 dias de agonia e sete cirurgias, morre Tancredo Neves aos 75 anos. Os funerais reúnem dois milhões em São Paulo, Brasília, Belo Horizonte e São João Del Rey (MG). Metalúrgicos da Grande São Paulo e interior fazem greve.

Assassinada Irmã Adelaide, militante da Comissão Pastoral da Terra, em Eldorado dos Carajás (PA).

MAIO Congresso aprova o "Emendão", que prevê eleição direta em todos os níveis e a conseqüente extinção do Colégio Eleitoral. Também inclui o voto para os analfabetos e a liberdade para a criação de partidos e coligações.

JUNHO No dia 28, José Sarney envia emenda constitucional que convoca a Assembléia Nacional Constituinte. Proposta é votada em novembro.

NOVEMBRO A Arquidiocese de São Paulo lança o livro *Brasil: Nunca Mais*. É o primeiro levantamento sistemático da repressão durante a ditadura de 1964, listando inclusive os nomes de 444 torturadores. Primeiras eleições diretas para prefeituras. O PMDB vence na maioria das 23 capitais brasileiras.

1986

FEVEREIRO Governo lança Plano Cruzado na tentativa de conter a inflação, que já superava os índices de 250% ao ano. Salários e preços congelados por 90 dias. Mobilização popular inicia fiscalização de preços em apoio à iniciativa do governo.

MARÇO Lançado o segundo satélite de telecomunicações brasileiro – o *Brasilsat 2*.

Vaticano revê decisão de Ratzinger de impor o silêncio ao teólogo brasileiro Leonardo Boff.

Primeiros resultados do Plano Cruzado: deflação pela primeira vez desde a década de 1930. Ao mesmo tempo, começariam a aparecer os sintomas que enterrariam o plano: explosão do consumo, escassez de produtos essenciais e redução do superávit da balança comercial.

JULHO Para complementar o Plano Cruzado, José Sarney lança o Plano de Metas com base em medidas que visavam levantar recursos para sua execução: elevação do imposto de renda para aplicações financeiras de curto prazo, isenção para investidores estrangeiros que aplicassem nas bolsas brasileiras, empréstimo compulsório na compra de automóveis, gasolina ou álcool combustível. Elas não serão suficientes.

NOVEMBRO Eleição dos parlamentares do Congresso, que participariam da Constituinte, dos governos e deputados estaduais. O PMDB faz todos os governadores brasileiros, menos o de Sergipe. O partido passou a ser responsável por 54% das cadeiras do Congresso que instalaria a Assembléia Nacional Constituinte.

Após a eleição, novo pacote econômico lança o Plano Cruzado II com elevações excessivas nos preços dos automóveis, combustíveis, tarifas de energia, telefone, cigarros, bebidas e outros. Reação da sociedade é imediata.

1987

JANEIRO Instalado o Congresso Constituinte.

FEVEREIRO O presidente Sarney anuncia, pela televisão, a moratória unilateral da dívida externa. Medida foi tomada porque o País não tinha reservas em dólar para pagar sua dívida. O valor correspondente em cruzados passaria a ser depositado no Banco Central.

MARÇO Bancários paralisam atividades em todo o Brasil por mais de uma semana. Greve reafirma força da categoria e importância da mobilização.

JUNHO Após fracasso do Plano Cruzado, inflação atinge seu recorde até então: 26% em um mês. Ônibus que conduzia o presidente Sarney é apedrejado ao passar pela praça 15 de Novembro, no Rio de Janeiro.

AGOSTO Dois mil manifestantes levam à Constituinte projetos de emenda popular.

NOVEMBRO Fim da moratória decretada por José Sarney. O Brasil volta a pagar compromissos com o FMI.

DEZEMBRO Levante de quatro mil garimpeiros de Serra Pelada. A Policia Militar reage a bala: 133 mortos na rodovia PA-150.

1988

FEVEREIRO Congresso Nacional aprova prorrogação por um ano do mandato do presidente José Sarney. Concessões de radiodifusão e verbas da União são liberadas para diversos políticos aliados do presidente.

MAIO Marcha de 11 mil no Rio. O movimento negro renasce e contesta os festejos oficiais do centenário da Lei Áurea.

SETEMBRO O Conselho Superior de Censura passa a ser de Defesa da Liberdade de Criação e Expressão.

OUTUBRO O deputado Ulysses Guimarães, após presidir a Constituinte, promulga a "Constituição Cidadã". O texto consagra amplo direito de greve, jornada semanal de 44 horas e proíbe discriminação trabalhista por sexo, raça, idade e estado civil. Educação ganha o direito a, no mínimo, 18% das receitas da União e 25% nos estados e municípios. O presidencialismo é escolhido como sistema de governo. Militares pressionam e mantêm ministérios do Exército, Marinha e Aeronáutica.

NOVEMBRO Exército e Polícia Militar invadem a Companhia Siderúrgica Nacional (CSN), em Volta Redonda, RJ, que estava ocupada por 8 mil metalúrgicos em greve. Repressão violenta dos 1.300

soldados, com três operários mortos.

Seis dias depois, eleições municipais em todo o Brasil mantêm hegemonia do PMDB nos municípios. PT elege o prefeito de três capitais, São Paulo, Porto Alegre e Vitória.

DEZEMBRO Assassinado por fazendeiros o sindicalista e ambientalista acreano Francisco Alves Mendes, Chico Mendes. O seringueiro deixou o legado da luta ambiental em prol dos povos da Floresta Amazônica.

1989

JANEIRO Governo lança novo programa econômico, o Plano Verão, que congela preços e cria o Cruzado Novo, com corte de três zeros no antigo Cruzado. A medida desvaloriza a moeda em 17% e eleva em cerca de US$ 19 bilhões a dívida externa brasileira.

ABRIL Medida Provisória fixa índices de reposição para os salários e institui novas regras para aumento de preços. A correção monetária, extinta três meses antes, volta a vigorar, marcando o início do fracasso do Plano Verão. Ministro da Fazenda Maílson da Nóbrega reconhece que o Estado brasileiro atravessa "a pior crise de sua história".

MAIO Após grande apoio da mídia, o governador de Alagoas, Fernando Collor, fica conhecido nacionalmente como "Caçador de Marajás". Nas pesquisas de intenção de voto, assume o favoritismo, passando a ser reconhecido pelas elites como o "anti-Brizula", em referência a Leonel Brizola, do PDT, e Luiz Inácio Lula da Silva, do PT.

JUNHO Massacre da Praça da Paz Celestial. Em Pequim, milhares de cidadãos chineses, sobretudo estudantes, são assassinados aos olhos do mundo. Na luta por reformas democráticas na China, colocam-se à frente dos tanques e canhões do exército, mas terminam executados. Nas décadas seguintes, o país conquistaria índices de crescimento econômico que assombrariam o mundo. Apesar dos novos rumos da economia – em muitos aspectos baseados nas leis sagradas do capitalismo – e do crescimento da influência chinesa na política global, os seguidos governos do Partido Comunista da China continuariam a receber duras críticas dos países ocidentais no que diz respeito aos direitos humanos e liberdades democráticas em geral.

NOVEMBRO O candidato do Partido da Reconstrução Nacional (PRN), Collor, vence o primeiro turno com 28,5% dos votos válidos, à frente de Lula, com 16% e Brizola com 15,4%. O resultado

desbanca figuras históricas como Paulo Maluf, Mário Covas e Ulysses Guimarães.
Queda do Muro de Berlim, ícone da Guerra Fria. A queda do muro abre caminho para a reunificação da Alemanha, que aconteceria em 1990. Evento é considerado marco no processo de queda do socialismo no mundo no século XX, especialmente no Leste europeu. Nos anos seguintes, esse processo vai ser acentuado pelas reformas de Mikhail Gorbatchov de abertura econômica e política da então União Soviética. O país enfrentaria sua crise derradeira em 1991.
DEZEMBRO Segundo turno da primeira eleição para presidente em 29 anos: Collor vence com 35 milhões de votos (42,7%). Lula, por sua vez, obtém 31,1 milhões (37,9%). Às vésperas da votação, o Jornal Nacional, da TV Globo, exibe uma edição tendenciosa do último debate dos candidatos.
Os chilenos vão às urnas eleger um novo presidente e dão fim à última ditadura militar sul-americana, do general Augusto Pinochet. Naquele mesmo ano, um golpe havia encerrado a mais longa ditadura latino-americana, no Paraguai, e o general Alfredo Stroessner, que desde 1954 presidia o país, foge para exilar-se no Brasil. Em 1983, já havia se encerrado a ditadura Argentina e, em 1984, no Uruguai.

1990

MARÇO A inflação alcança seu pico histórico no mês: 84,3%. Para combater a inflação, o Plano Collor confisca aproximadamente US$ 85 bilhões, ou seja, aproximadamente dois terços de todo dinheiro em circulação no País. Medida bloqueia contas correntes e poupanças.
ABRIL Inflação cai para 7,87%, mas recessão faz produção industrial cair 25,7%.
AGOSTO Tropas iraquianas, comandadas por Saddam Hussein, invadem o Kuait para controlar os valiosos campos de petróleo do país. Quase seis meses depois, uma coalização, autorizada pela ONU, bombardeia as forças iraquianas. Entre os mortos ficaram mais de 30 mil kuaitianos, cerca de 80 mil soldados das tropas de Saddam e apenas 230 das tropas chefiados pelo então presidente dos EUA, George Bush.
DEZEMBRO Darli Alves da Silva e Darci Alves Pereira são condenados a 19 anos de prisão pela morte do sindicalista e defensor da Amazônia Chico Mendes, em Xapuri, no Acre.
O ano se encerra com a pior recessão econômica desde 1981: queda de 4,3% do Produto Interno Bruto. Segundo o IBGE, a renda per capita do brasileiro caiu 5,3% na década de 1980. As informações do instituto mostram que 24% dos 62 milhões de brasileiros da população

economicamente ativa entraria no início da década de 1990, recebendo até um salário mínimo. Outros 52,9% ganhavam até dois salários mínimos e 8% não tinham renda.

_ Ao longo do ano, o governo Collor extingüe 24 órgãos governamentais e estatais, como a Fundação Nacional de Arte (Funarte) e a Embrafilme.

[1991 - 2000]

1991

JANEIRO A aprovação popular do presidente Collor, que era de 64% na época de sua posse, cai para 22%.

FEVEREIRO Ministra da Economia, Zélia Cardoso, baixa o Plano Collor 2, que congela preços e salários e impõe aumento de tarifas públicas de até 60%.

JUNHO Conselho Monetário Nacional abre a Bolsa de Valores de São Paulo para investimentos em moeda estrangeira.

OUTUBRO Acontece a primeira privatização de estatais do país com a venda da siderúrgica Usiminas.

DEZEMBRO Homologada a demarcação de 22 áreas indígenas.

Governo reduz tarifas sobre produtos estrangeiros. Medida causa aumento das importações, quebradeira na indústria nacional e problemas na balança comercial do País.

1992

MARÇO Governo Collor completa dois anos. Promessa do presidente de baixar para 3% a inflação mensal ainda está longe de ser atingida. A média até o início daquele ano era de 18% a cada trinta dias. E o salário mínimo tinha o menor patamar desde sua implantação.

MAIO Em entrevista à revista *Veja*, o irmão do presidente Collor, Pedro Collor, denuncia que Paulo César Farias, o PC, tesoureiro da campanha presidencial de Collor, manteria um esquema de corrupção no governo federal. O Congresso, sob forte pressão popular, instaura uma Comissão Parlamentar de Inquérito (CPI) para apurar as denúncias de Pedro Collor.

JUNHO A revista *IstoÉ* publica entrevista com Eriberto França, ex-motorista de Collor, com detalhes sobre o esquema de PC Farias.

O Rio de Janeiro sedia a Conferência das Nações Unidas sobre Meio Ambiente e Desenvolvimento, a Eco-92.

AGOSTO Atos com o lema "Fora Collor" acontecem no Rio, Cuiabá, Porto Alegre e outras capitais.

SETEMBRO A Associação Brasileira de Imprensa (ABI) e a Ordem de Advogados do Brasil (OAB) encaminham ao presidente da Câmara dos Deputados, Ibsen Pinheiro, o pedido de cassação de Collor. O motivo era a suspeita de favorecimento com o esquema de PC Farias. A cassação é defendida em São Paulo, em ato com 1,2 milhão de pessoas.

Plenário da Câmara aprova abertura de processo por 441 votos a 38. Com isso, o presidente foi afastado do cargo para ser julgado pelo Senado.

OUTUBRO Assume interinamente o vice-presidente Itamar Franco (PMDB). A formação de seu ministério inclui PMDB, PDT, PFL, PSDB, PTB e até PT.

A Polícia Militar paulista, sob as ordens do governador Luiz Antonio Fleury Filho, invade o Carandiru para conter uma rebelião e executa 111 prisioneiros.

NOVEMBRO O segundo turno das eleições municipais consolida a queda dos partidos que apoiaram o governo Collor (PDS, PL, PDC, PTB e PFL). E marca a ascensão de PT, PSDB, PDT e PSB. Já o PMDB mantém o espaço conquistado nas eleições municipais de 1988.

DEZEMBRO No dia 29, sem qualquer perspectiva de reverter a cassação, Collor envia carta de renúncia ao Senado Federal. No dia seguinte, acontece a votação do impeachment: os senadores votam e aprovam cassação de Collor por 76 votos a 3. O ex-presidente perde o direito de concorrer em eleições e ocupar cargos públicos até 2000.

1993

JANEIRO Câmara dos Deputados aprova pela primeira vez a criação do Imposto Provisório sobre Movimentação Financeira (IPMF). A arrecadação ajudaria o governo equilibrar as contas públicas. A previsão é de que já em 1993 a tributação fosse responsável pelo adicional de mais de US$ 7 bilhões.

Greve dos estivadores do país contra decisão da Câmara dos Deputados de aprovar o fim do monopólio dos sindicatos de trabalhadores portuários na contratação de mão-de-obra.

MARÇO O fazendeiro Darli Alves da Silva e seu filho Darci Alves Pereira, condenados pela morte do sindicalista Chico Mendes, fogem da Penitenciária Estadual do Acre, em Rio Branco.

ABRIL Manifestantes protestam na Bolsa de Valores do Rio de Janeiro contra o leilão de privatização da Companhia Siderúrgica Nacional. A empresa-símbolo da industrialização nacional é vendida por US$ 1,05 bilhão. A análise do jornalista Aloysio Biondi mostra que, desse valor, mais de 95% era de "moedas podres".

Resultado do plebiscito sobre a forma de governo dá vitória à república e ao presidencialismo. O sociólogo Herbert de Souza, o Betinho, lança a Ação da Cidadania contra a Miséria e pela Vida.

JULHO No dia 23, policiais à paisana, agindo como grupo de extermínio, matam a tiros oito meninos de rua que dormiam perto da Igreja da Candelária, no Rio de Janeiro. As investigações apontaram indícios do envolvimento de policiais. Somente três foram julgados e condenados anos depois. Três foram absolvidos. Um deles foi assassinado antes do julgamento.

AGOSTO Na madrugada do dia 30, outro massacre no Rio de Janeiro. Vinte e um moradores da favela de Vigário Geral foram executados por cerca de 30 homens encapuzados e à paisana. A chacina foi atribuída à vingança de policiais pela morte de quatro colegas do 9º Batalhão de Polícia Militar, fuzilados na mesma favela, um dia antes, dentro de um carro policial.

OUTUBRO Congresso com 950 delegados, em Belo Horizonte, funda a Central de Movimentos Populares (CMP). Entre os representantes de 22 estados brasileiros, integrantes de vários movimentos: prostitutas, negros, mulheres, crianças, adolescentes, homossexuais, moradores de rua, portadors de deficiência, índios, desempregados, movimentos por transportes coletivos e moradia, saúde.

Instalada a CPI para investigar denúncias de desvio da de dinheiro das emendas parlamentares ao Orçamento da União.

DEZEMBRO A inflação medida pela Fundação Getúlio Vargas no ano de 1993 foi de 2.567,46% – a mais alta que o Brasil já teve. PIB tem crescimento de 4,96% em relação a 1992.

1994

JANEIRO Comissão Parlamentar de Inquérito que investigou denúncias de irregularidades no uso de recursos do Orçamento recomenda a cassação de 18 parlamentares. Quatro deles renunciaram: os deputados João Alves (PPR-BA), Genebaldo Correia (PPR-BA), Cid Carvalho (PMDB-MA) e Manuel

Moreira (PMDB-SP). Ibsen Pinheiro, que presidiu a Câmara dos Deputados durante o impeachment de Collor, seria cassado.

FEVEREIRO Medida provisória, assinada pelo ministro da Fazenda, Fernando Henrique Cardoso (FHC), cria a Unidade Real de Valor (URV). Passa a funcionar como referência monetária que precedia o início do Plano Real - o sexto plano desde o fim da ditadura. O salário mínimo passa a valer 64,79 URV, em que cada unidade era o equivalente a um dólar.

MAIO Congresso Nacional aprova por 323 votos a emenda constitucional que reduz de cinco para quatro anos o mandato do presidente da República. A escolha para a presidência, integrantes do Congresso, assembléias legislativas e governos estaduais passaram a coincidir todas na mesma eleição.

Toma posse o primeiro presidente da África do Sul eleito democraticamente: Nelson Mandela, condecorado com o Prêmio Nobel da Paz, após passar 28 anos na cadeia do regime racista conhecido como *apartheid*.

JUNHO FHC se licencia para concorrer à presidência. Seu substituto, o ministro Rubens Ricupero anuncia Medida Provisória 542, que institui o Real como a nova moeda a partir do dia 1º de julho. O Banco Central estabeleceu que a unidade do Real valeria CR$ 2.750.

SETEMBRO Sinal transmitido apenas para antenas parabólicas mostra Rubens Ricupero dizendo, no intervalo de entrevista ao jornalista Carlos Monforte, da *TV Globo*, não ter "nenhum escrúpulo" de "esconder o que é ruim" para eleger o candidato tucano Fernando Henrique Cardoso. Ricupero renuncia. Ciro Gomes assume a pasta.

Primeiro Grito dos Excluídos, com apoio da CNBB. Celebrado todo ano, em centenas de cidades, reúne multidões.

OUTUBRO FHC vence no primeiro turno as eleições para presidente. Com 54,3% dos votos válidos, a sua coligação PSDB-PFL derrota o candidato petista Luiz Inácio Lula da Silva. A soma dos brancos e nulos supera todos os outros candidatos.

DEZEMBRO Crise do México desencadeia fase de instabilidade econômica junto aos "mercados emergentes". Países da América Latina, entre eles o Brasil e a Argentina, são atingidos especialmente pelo "efeito tequila". Para ter acesso ao pacote bilionário de socorro do FMI e EUA, México amplia a abertura de sua economia, oferecendo suas reservas petrolíferas como garantia aos credores.

1995

JANEIRO FHC toma posse no Congresso Nacional e promete acabar com a fome e a miséria no Brasil. Entre seus primeiros atos, está a extinção da Legião Brasileira de Assistência e dos ministérios do Bem-Estar Social e da Integração Regional.

Lançado pelo governador do Distrito Federal, Cristovam Buarque (PT), o primeiro programa brasileiro de transferência de renda vinculado à educação, o Bolsa Escola.

Entra em vigor a união aduaneira do Mercado Comum do Sul, o Mercosul. Brasil, Argentina, Paraguai e Uruguai passam a adotar uma tarifa externa comum. O processo de integração da América do Sul, iniciado com o Tratado de Assunção, ainda em 2005 enfrentava os desafios e percalços decorrentes das diferenças econômicas, políticas, históricas e sociais da região.

ABRIL O Conselho Indigenista Missionário (Cimi), órgão ligado à Conferência Nacional dos Bispos do Brasil, divulga que a população indígena brasileira dobrou nos últimos 40 anos e ocupa 10% do território nacional.

MAIO Começa a greve nacional dos petroleiros, liderada pelo sindicalista Antonio Carlos Spis. Paralisação é convocada para reivindicar reposição salarial e protestar contra as reformas constitucionais previstas de FHC, como a que propõe a quebra do monopólio da União no petróleo. No final do mês, Exército ocupa refinarias para reprimir trabalhadores e acabar com o movimento.

AGOSTO Cem policiais militares de Roraima invadem acampamento de trabalhadores rurais sem-terra na fazenda Santa Elina, em Corumbiara, para executar reintegração de posse. Na operação, nove sem-terra e dois PMs morrem. Inquéritos policiais revelam extrema violência, tortura e execução na ação da PM.

OUTUBRO Governo anuncia que indenizará viúva do operário Manoel Fiel Filho, morto pela ditadura em 1976 no DOI-Codi, em São Paulo. Embora a versão oficial atribuísse sua morte a um enforcamento, o corpo do operário apresentava sinais evidentes de tortura.

NOVEMBRO Senado aprova fim do monopólio estatal do petróleo, referendado pela Câmara em junho. A partir da sanção de FHC, União podia contratar, com empresas privadas, a realização de atividades de pesquisa e lavra de petróleo e gás natural.

DEZEMBRO IBGE apura índice de 22,47% de inflação no ano de 1995, o mais baixo desde a criação do Índice de Preços ao Consumidor Ampliado (IPCA) em 1980.

Instalada no Ministério da Justiça a Comissão de Mortos e Desaparecidos Políticos para análise dos processos de reconhecimento de pessoas que tenham sido assassinadas em decorrência de atividades políticas contra a ditadura.

1996

MARÇO A então diretora de privatizações do BNDES, Elena Landau, comunica a venda da Light, por US$ 2,35 bilhões, a um consórcio liderado pela estatal francesa Életricité de France (EDF). Leilão foi marcado por sucessivas concessões. A tarifa passou a ser reajustada pelo IGP-DI, o que permitia aumentos maiores que as médias da inflação. Houve liberação para compra de tecnologia estrangeira e um acordo de acionistas deu o controle acionário à EDF, embora BNDES e Eletrobrás ainda detivessem, juntas, a maior fatia das ações.

ABRIL Polícia Militar do Pará executa 19 sem-terra em Eldorado do Carajás, no Sul do Pará. Segundo dados do Instituto Nacional de Colonização e Reforma Agrária (Incra), o Brasil possui 35.083 latifúndios improdutivos, que ocupam uma área de 153 milhões de hectares, o equivalente a 18% do território nacional.

MAIO Com sanção presidencial da Lei de Patentes, os medicamentos que fossem patenteados no exterior só poderiam ser produzidos no Brasil com o pagamento de *royalties*. A Lei de Patentes era uma antiga reivindicação dos laboratórios estrangeiros.

A Justiça de São Paulo inocenta parte dos policiais militares que mataram 111 presos no massacre do Carandiru em 1992 – alguns ainda aguardam o julgamento. O coronel Ubiratan, deputado estadual pelo PP-SP, é condenado, mas recorre à decisão em liberdade.

JUNHO O ex-tesoureiro de Fernando Collor, PC Farias, aparece morto a tiros ao lado da namorada, Suzana Marcolino, em Maceió.

SETEMBRO A Comissão de Mortos e Desaparecidos da Câmara aprova o pagamento de indenização às famílias de Carlos Lamarca e Carlos Marighella, executados durante a ditadura militar.

1997

JANEIRO A emenda que prevê a reeleição para cargos do poder Executivo é aprovada em primeiro turno pela Câmara Federal. Oposição critica decisão.

ABRIL O MST coloca 40 mil pessoas nas ruas de Brasília em protesto contra o governo no primeiro aniversário do massacre de Eldorado dos Carajás. FHC recebe João Pedro Stédile e outros líderes dos sem-terra em audiência no Planalto.

Cinco jovens de classe média de Brasília ateiam fogo ao índio pataxó Galdino Jesus dos Santos, que morre por causa das queimaduras.

MAIO Após uma guerra de liminares, Vale do Rio Doce é comprada por US$ 3,13 bilhões com participação e recursos dos fundos de pensão das estatais. Às vésperas do leilão, foram descobertas grandes jazidas cujas estimativas de lucro e aumento de patrimônio não foram incluídas no preço mínimo. A empresa foi repassada ao comprador com R$ 700 milhões em caixa.

Reveladas pela imprensa as gravações em que dois deputados do PFL do Acre, Ronivon Santiago e João Maia, dizem que venderam voto a favor da reeleição por R$ 200 mil. Ameaçado com uma CPI, FHC busca apoio do PMDB, nomeando dois ministros do partido: Íris Rezende (Justiça) e Eliseu Padilha (Transportes). Ronivon e Maia renunciam ao mandato para escapar da cassação. A CPI não sai do papel.

JUNHO O Senado aprova a reeleição em segundo turno. Emenda segue para sanção presidencial. A suposta compra de votos na Câmara dos Deputados não é apurada.

JULHO Começa a greve dos 42 mil homens da Polícia Militar de Minas Gerais. Nas semanas seguintes, os baixos soldos deflagram uma explosão de protestos dos PMs por todo o país.

A Câmara aprova lei que permite privatizar e desnacionalizar as empresas de telecomunicações.

Condenados os três fazendeiros mandantes da morte do Padre Josimo, da Comissão Pastoral da Terra, em 1986.

AGOSTO Começa a Crise Asiática, que avança das bolsas para a economia e logo atingirá o mercado financeiro brasileiro.

DEZEMBRO Senado prorroga a cobrança da Contribuição Provisória sobre Movimentação Financeira (CPMF) até janeiro de 1999.

1998

MAIO O líder Chicão Xucuru é assassinado com seis tiros de pistola em Pesqueira, Pernambuco. No final de 2004, a justiça condena o assassino Rivaldo Cavalcanti de Siqueira a 19 anos de prisão.

JULHO Leilão de privatização da Telebrás. Protestos em frente à Bolsa do Rio de Janeiro não impedem que as 12 holdings estatais de telefonia sejam vendidas por R$ 22 bilhões. Capitais da Espanha, Portugal e Estados Unidos passam a controlar o setor. O valor total ficou abaixo dos R$ 35 bilhões previstos pelo então ministro das Comunicações, Sérgio Motta, no início do processo de privatização. Nos dois anos e meio anteriores à privatização, o governo havia investido R$ 21 bilhões na modernização da empresa. Mais que o preço mínimo estabelecido pelo governo FHC.

AGOSTO A Rússia decreta a moratória. A crise econômico-financeira, que já mergulhou a Ásia na recessão, passa a afetar com força o Brasil e Argentina.

OUTUBRO FHC é reeleito em primeiro turno, com 53,06% dos votos válidos. Lula perde novamente e fica em segundo, com 31,71%. Quatro dias após reeleger-se, FHC anuncia acordo com o FMI, incluindo pacote fiscal com drástico corte nos gastos sociais.

NOVEMBRO O FMI anuncia empréstimo de US$ 41,5 bilhões ao Brasil, em troca do corte nos gastos públicos. O objetivo é "prevenir" a crise do Plano Real, que arrebenta dois meses depois.

Uma escuta telefônica na diretoria do BNDES revelou conversas entre o ministro das Comunicações, Luiz Carlos Mendonça de Barros, e o presidente do BNDES, André Lara Resende, para intervir no processo de privatização de estatais de telecomunicações. Episódio provoca a queda de ambos e de vários outros integrantes do governo FHC. Presidente é poupado.

DEZEMBRO À beira da quebra do Real e somente após as eleições, o governo assina um acordo com o Fundo Monetário Internacional (FMI) que permite ao Brasil sacar US$ 19,6 bilhões.

1999

JANEIRO Fernando Henrique Cardoso toma posse para o segundo mandato consecutivo como presidente da República. O Banco Central libera a cotação do Real. A moeda perde a âncora cambial e o Real quebra. Com a desvalorização, empresas que mantinham contratos em dólar têm grandes prejuízos, inclusive as grandes empresas de comunicação do País. O governador de Minas Gerais, Itamar Franco, decreta moratória e suspende por 90 dias o pagamento de todas as dívidas do estado.

FEVEREIRO É criada uma Comissão Parlamentar de Inquérito (CPI) no Senado para investigar o processo de desvalorização do Real e a possibilidade de funcionários do Banco Central terem fornecido informações confidenciais a alguns setores financeiros. Cai presidente do Banco Central, Francisco Lopes, que estava há 20 dias no cargo. Em seu lugar, é nomeado Armínio Fraga, ex-funcionário do megaespeculador George Soros.

MARÇO Metade do Brasil fica às escuras. O maior blecaute da história atinge dez estados e deixa 76 milhões de brasileiros sem luz nas regiões Sul, Sudeste e Centro-Oeste. Seis anos depois, o BNDES ainda financiaria a Light, empresa privatizada, em R$ 727 milhões para fazer investimentos contra um novo apagão.

ABRIL FHC lança o Plano Plurianual, que previa R$ 1,1 trilhão ao longo de quatro anos, com recursos do Tesouro e da iniciativa privada para desenvolvimento integrado com preservação do meio ambiente, geração de empregos, ampliação das telecomunicações e uma atenção maior às áreas geográficas mais carentes, como o Nordeste.

A CNBB e outras entidades realizam, no Rio de Janeiro, o Tribunal da Dívida Externa. Calculam que ela já foi paga muitas vezes e, mesmo assim, contratos fazem com que continue crescendo. O veredito é que o Brasil deve decretar a moratória.

AGOSTO FHC enfrenta o maior protesto contra seu governo: a Marcha dos 100 mil, manifestação promovida por partidos de oposição, MST, CUT, UNE e vários outros movimentos sociais. Durante o ato, a oposição entrega ao presidente da Câmara, Michel Temer (PMDB-SP), o pedido de criação de uma CPI para investigar a privatização da Telebrás. O documento foi assinado por um milhão de eleitores.

2000

ABRIL Diversos movimentos sociais, principalmente o indígena, seguem para Porto Seguro, na Bahia, para realizar protestos contra as comemorações conservadoras dos 500 anos do "Descobrimento" do Brasil pelos portugueses. Polícia Militar baiana reprime violentamente estudantes e indígenas enquanto FHC e seu colega português, Jorge Sampaio, participavam de cerimônia oficial.

Plenário do Senado aprova a Lei de Responsabilidade Fiscal, que impõe limites às autoridades públicas na administração das despesas com pessoal e para o endividamento público. Caso o governante não cumpra as obrigações da LRF, ele estará sujeito a penalidades que incluem até o enquadramento em crime de responsabilidade fiscal.

JUNHO Governo realiza leilão de áreas extração de petróleo, algumas delas com capacidade para produzir de 7 mil a 10 mil barris por dia e com potencial de gerar bilhões de reais ao ano. Mesmo assim, foram vendidos por, no máximo, R$ 120 milhões.

OUTUBRO Nas eleições municipais, PSDB, PMDB, PFL e PT passam a dividir o grupo dos quatro principais partidos do quadro político brasileiro. PT vence em grandes cidades, entre elas São Paulo, com a candidata Marta Suplicy. PSDB, do presidente Fernando Henrique, é o partido mais votado na contagem geral do País.

NOVEMBRO Depois de muitas liminares e denúncias de negociatas, o Banespa é vendido ao Grupo Santander por R$ 7,05 bilhões. A venda encerra o ciclo de privatizações dos bancos públicos nos governos do PSDB, em que o Estado assume a parte podre das instituições e os compradores ficam com as fatias rentáveis. Ao longo dos anos anteriores, na execução do programa de ajuda aos bancos privados, o Proer, o governo já havia assumido bilhões de reais em dívidas não calculadas ou liquidadas mesmo muitos anos depois.

DEZEMBRO Juiz Nicolau dos Santos Neto, ex-presidente do Tribunal Regional do Trabalho de São Paulo, negocia sua entrega à polícia. Acusado de desviar R$ 169 milhões da verba para a construção da sede paulista do TRT, o juiz foi condenado pelo crime de evasão de divisas e lavagem ou ocultação de bens, direitos e valores.

[2001 - 2006]

2001

JANEIRO Ocorre o primeiro Fórum Social Mundial, em Porto Alegre. Cerca de 20 mil pessoas participam, representando sindicatos, partidos, organizações não governamentais e movimentos sociais de 117 países. O encontro coloca juntos a esquerda que sobreviveu aos anos 80 e os novos movimentos nascidos na luta contra o neoliberalismo nos anos 90.

FEVEREIRO O senador Antonio Carlos Magalhães (PFL-BA) reconhece que, no ano anterior, durante a votação que cassou o parlamentar Luiz Estevão, havia sido quebrado o sigilo do painel eletrônico do Senado. O então líder do governo, senador José Roberto Arruda (PSDB-DF), e ACM são denunciados como autores. Após investigação, ambos renunciam para evitar perda dos direitos políticos.

MARÇO O Departamento de Estado dos EUA torna públicos documentos que até ali eram considerados secretos. Uma mensagem da Casa Branca ao então embaixador norte-americano no Paraguai serve como mais um indício da chamada Operação Condor. Com o apoio de Estados Unidos, França e Portugal, a operação conjunta envolveria as ditaduras de Argentina, Bolívia, Brasil, Chile, Paraguai e Uruguai na repressão, tortura e assassinato de pessoas que participavam das ações de resistência aos militares.

MAIO Governo federal anuncia racionamento, ocasionado pela escassez de energia elétrica. Foram estabelecidos limites de consumo para setor produtivo e consumidores residenciais.

AGOSTO Congresso aprova o Novo Código Civil brasileiro, que substituirá a versão de 1916. Mudanças incluem novas regras para uniões e separações civis, constituição de empresas, entre outras.

SETEMBRO Terroristas lançam ataques com aviões contra as torres do *World Trade Center* e o Pentágono. Milhares de civis norte-americanos morrem nos atentados. Presidente George W. Bush, filho do ex-presidente Bush, lança a "Guerra ao Terror", que levaria à invasão do Afeganistão e Iraque nos anos seguintes.

2002

JANEIRO Ocorre o 2° Fórum Social Mundial, em Porto Alegre, com cerca de 50 mil pessoas, consolidando um espaço de discussão política da esquerda. O encontro é marcado pelo protesto contra as invasões militares dos Estados Unidos.

ABRIL Três dias após um golpe de Estado ter afastado Hugo Chávez da presidência da Venezuela, a população da capital Caracas exige sua volta, tomando a frente do palácio presidencial. Preso ao liderar um golpe de Estado no início da década de 1990 e eleito em 1998 com a maior votação da história venezuelana, Chávez implanta profundas mudanças sociais, com sua "Revolução Bolivariana" – em alusão a Simon Bolívar, maior líder da independência da América Latina. Com a pressão popular, o chefe da Federação da Indústria, que havia se auto-denominado presidente da República, deixa o cargo e Chávez é reconduzido ao poder.

JUNHO Durante os embates que antecedem as eleições presidenciais, Lula divulga a *Carta ao Povo Brasileiro*. Documento visa proteger a candidatura dos ataques do PSDB, além de tranqüilizar o mercado financeiro. Apesar de reafirmar compromissos históricos, o documento destaca, sobretudo, diretrizes para manter o ajuste fiscal. Conflito presente na carta se prolongaria pelo mandato do futuro presidente.

JULHO Lula, José Serra, Ciro Gomes e Anthony Garotinho – os quadro principais candidatos – passam a se dedicar exclusivamente às campanhas eleitorais para presidente da República. O petista era favorito com alianças que iam PC do B aos políticos do Partido Liberal, liderados pelo candidato a vice, José Alencar.

SETEMBRO A cerca de um mês da eleição, governo renova o acordo com FMI e reafirma compromissos com a instituição.

NOVEMBRO O segundo turno das eleições confirma o candidato Luiz Inácio Lula da Silva como o novo presidente da República. O petista vence com mais de 52 milhões de votos o candidato tucano José Serra, ex-ministro da Saúde do governo FHC. Começava o período de transição dos oitos anos da era FHC para o início do governo Lula.

As eleições confirmam o PSDB como o partido com o maior número de governadores eleitos – sete no total, frente a cinco do PMDB, quatro do PSB e PFL, três do PT, dois do PPS e um do PDT e PSL.

DEZEMBRO Congresso Nacional aprova medida provisória do presidente FHC que permite o ingresso de até 30% de capital estrangeiro em jornais, revistas, emissoras de rádio e TV do país.

_ Neste ano, o IBGE divulgou que pelo menos 28 milhões de brasileiros vivem em condições de extrema vulnerabilidade, em domicílios sem saneamento básico e dirigidos por pessoas com escolaridade inferior a quatro anos, além de renda abaixo de dois salários mínimos.

2003

JANEIRO Depois de 13 anos de espera, o ex-torneiro mecânico e ex-líder sindical Luiz Inácio Lula da Silva toma posse como presidente. Mais do que presidente de honra, Lula é o ícone maior do Partidos dos Trabalhadores e traz consigo a esperança de um novo governo. Mais de 150 mil pessoas vão à Brasília comemorar a posse.

Ao final do mês, Lula discursa na abertura do 3° Fórum Social Mundial, do qual participam 100 mil pessoas. A visita do presidente venezuelano Hugo Chávez também leva esperança a participantes do Fórum de que as teorias anti-neoliberais seriam colocadas em prática na América Latina. Logo após o discurso, o presidente brasileiro viaja a Davos, na Suíça, para falar ao Fórum Econômico Mundial.

MAIO Em meio a grave crise social, econômica e política, que levou a sucessivas quedas de presidentes e ministros, Néstor Kirchner é eleito presidente da Argentina, com discurso de resgatar a soberania nacional e fazer frente ao FMI e às reformas neoliberais que implodiram a economia do país nos governos anteriores.

NOVEMBRO O ministro das Comunicações, Miro Teixeira, divulga documento de mais de 500 páginas com a lista de todos os donos de rádios e televisões do país.

DEZEMBRO Senado aprova reforma da Previdência que estabelece a contribuição de servidores inativos e aumenta as exigências para a aposentadoria do funcionalismo, além de incentivar a previdência privada. Proposta avança sobre as mudanças liberais já aprovadas por FHC.

_ Neste ano, o número de rádios comunitárias fechadas por serem consideradas ilegais pela Agência Nacional de Telecomunicações cresce cerca de 37%.

_ A ortodoxia da política econômica do governo, capitaneada pelo ministro da Fazenda, Antonio Palocci, e pelo presidente do Banco Central, Henrique Meirelles, mantém a rígida orientação de ajuste fiscal do FMI: superávit primário e cortes no Orçamento. O dólar fecha o ano como uma das moedas mais valorizadas do mundo.

2004

FEVEREIRO Início da primeira crise do governo Lula. Assessor parlamentar da Casa Civil, Waldomiro Diniz, é flagrado pedindo propina a bicheiros durante sua gestão à frente da Loteria do Estado do Rio de Janeiro (Loterj), em 2002. No Congresso, oposição pede CPI para investigar o caso. Governo edita medida provisória que proíbe jogo do bingo e caça-níqueis em todo o país. MP seria derrubada no mês de maio pelo Senado Federal.

MARÇO Atentados à bomba no metrô de Madri matam centenas de civis.

JUNHO Em meio ao acervo do Arquivo do Governo do Estado de São Paulo, o jornalista Mário Magalhães encontra um laudo necroscópico que comprova a morte de Virgílio Gomes da Silva, militante da ALN conhecido como "Jonas". Era o caso mais antigo de desaparecidos políticos da ditadura militar.

AGOSTO Projeto de criação do Conselho Federal de Jornalismo, defendido pela Federação Nacional de Jornalistas (Fenaj), foi apresentado. Ministério da Cultura abre consulta pública sobre projeto para criar a Agência Nacional do Cinema e Audiovisual (Ancinav), responsável por fiscalizar e regulamentar o setor. Ambas propostas são bombardeadas pela grande mídia e abandonadas pelo governo.

OUTUBRO Tabaré Vázquez é eleito presidente no Uruguai, fato inédito para a esquerda uruguaia em mais de 170 anos de vida democrática do país. Todos os governos anteriores foram dos partidos tradicionais de centro-direita, o Partido Colorado e o Partido Nacional.

NOVEMBRO No terceiro julgamento do massacre de Eldorado dos Carajás, Justiça do Pará reafirma condenação e determina prisão imediata de dois comandantes da operação que executou 19 sem-terra em 1996.

Segundo turno das eleições municipais confirmam mais uma vez a hegemonia do PMDB no número de prefeituras conquistadas.

George W. Bush é reeleito presidente dos EUA, em meio a cenário caótico no Iraque ocupado e com discurso de novas medidas beligerantes no combate ao terrorismo.

DEZEMBRO Governo Lula comemora resultados da economia. Ampliação do saldo comercial, redução da taxa básica de juros, aumento das reservas internacionais, crescimento do PIB, controle da inflação.

Medida provisória altera os prazos do sigilo obrigatório de documentos oficiais do Estado. Os prazos de duração da classificação de sigilo dos documentos ficaram assim: ultra-secreto: máximo de 30 anos; secreto: máximo de 20 anos; confidencial: máximo de dez anos e reservado: máximo de cinco anos. Debate sobre abertura dos arquivos da ditadura militar leva crise à cúpula das Forças Armadas e revela dificuldade da sociedade e governo brasileiros em abordar o tema.

2005

JANEIRO Em sua quinta edição, o Fórum Social Mundial volta a Porto Alegre, depois de ter passado pela Índia. Reúne 150 mil pessoas, em torno da orla do Guaíba, tentando usar, na própria organização do encontro, as teorias defendidas por seus participantes: bioconstrução, comunicação alternativa, economia solidária, e incentivo à aglutinação política. Hugo Chávez é o principal convidado do evento.

FEVEREIRO Assassinada a tiros a missionária norte-americana e naturalizada brasileira Dorothy Stang, em Anapu, no Pará. A freira integrava o trabalho da Comissão Pastoral da Terra e era uma das principais lideranças na luta dos trabalhadores rurais pela posse da terra. As investigações apontam um crime de encomenda feito por grileiros da região.

MARÇO Governo Lula opta por não renovar acordo com o FMI.

ABRIL Após décadas de lutas, indígenas das etnias Macuxi, Taurepang, Wapixana, Ingarikó e Patamona conseguem a homologação pelo governo da Reserva Raposa Serra-do-Sol, em Roraima.

Marcha do MST vai de Goiânia a Brasília e exige que governo Lula cumpra as metas do Plano Nacional da Reforma Agrária.

Rede Globo completa 40 anos. Apesar da crise financeira, empresa continua monopolizando setores da radiodifusão no Brasil.

MAIO Parada Gay em São Paulo reúne cerca de dois milhões de pessoas e se torna a maior manifestação do gênero no mundo.

JUNHO Denúncias de corrupção nos Correios que envolveriam o PTB, levam o presidente do partido, deputado Roberto Jefferson, a atacar o governo Lula. Em entrevista ao jornal *Folha de S.Paulo*, Jefferson denuncia a existência do pagamento de mesadas a parlamentares do PP e do PL em troca de apoio nas votações. O ministro-chefe da Casa Civil, José Dirceu, nega, mas, pressionado, pede demissão e volta à Câmara dos Deputados para se defender.

A Corte Suprema da Argentina declara inconstitucional a legislação de anistia que impede processos contra militares por envolvimento na repressão durante a ditadura. Isso permite oprosseguimento dos processos judiciais por crimescontra a humanidade e violações de direitos humanos. Grupos como a Associação das Mães da Praça de Maio continuam a luta e os protestos contra a violência executada pela ditadura argentina.

Carlos Mesa, presidente boliviano, cai em meio a intensas manifestações populares que defendem a soberania do país em relação às suas reservas naturais, especialmente as de gás. Eleições gerais, Constituinte e retomada das reservas são prováveis desfechos para a crise.

JULHO CPI que investiga denúncias de corrupção nos Correios passa a ser acompanhada por todo o País. Um dos investigados, o publicitário Marcos Valério, tem movimentações financeiras suspeitas.

O tesoureiro do PT, Delúbio Soares, reconhece que o partido utilizou caixa 2 na campanha de 2002 e que também pegou dinheiro emprestado de Marcos Valério. Investigações são abertas no Legislativo, no Judiciário e no próprio Executivo. PT e governo Lula enfrentam grande crise.

A onda de denúncias também atinge a oposição durante a crise política do governo Lula. Em reportagem, o jornal *O Globo* publica que o PSDB teria feito caixa dois na campanha de 1998, em

que o ex-presidente do partido, Eduardo Azeredo (MG), tentava a reeleição no governo de Minas.
O ministro das Comunicações, Hélio Costa, diz que o Brasil precisa aumentar a velocidade do processo de implantação da TV Digital. Nos meses seguintes, faz diversas reuniões com empresários e afirma, em novembro, que a Copa do Mundo de junho de 2006 poderá ser vista no Brasil já no novo sistema. A grande mídia resume o debate a critérios técnicos, deixando em segundo plano, dentre outras questões, a discussão econômica, tecnológica, da inclusão digital e dos serviços públicos, e sobretudo, a respeito de um sistema capaz de democratizar a televisão: o número de canais abertos poderia aumentar significativamente, desmantelando o monopólio das poucas famílias que dominam o setor. Hélio Costa, ex-funcionário da *Rede Globo*, diz em entrevista à revista *Carta Capital* (07/12/05) que esse é um "sonho de uma noite de verão".
A *Telesul*, ou *Telesur*, entra no ar em caráter experimental. É uma iniciativa da Venezuela, apoiada pelos governos de Cuba, Argentina e Bolívia, para construir uma alternativa de comunicação para a América Latina e Caribe, em resposta à hegemonia das grandes corporações estadunidenses, como a *CNN*. O congressista norte-americano Connie Mack propõe que haja interferência dos EUA para evitar uma suposta propagação do anti-americanismo que seria proporcionada pelo canal.
Atentados à bomba matam dezenas de pessoas em Londres.
SETEMBRO Relatório conjunto entre a CPMI dos Correios e a CPMI do Mensalão recomenda investigação de 18 parlamentares por quebra de decoro a partir de suspeitas de envolvimento em um esquema de pagamento de mesadas no Congresso.
Até outubro, quatro deputados renunciariam antes da abertura dos procedimentos para cassação: Valdemar Costa Neto (PL-SP), Bispo Rodrigues (PL-RJ), Paulo Rocha (PT-PA), José Borba (PMDB-PR). A manobra evitou que perdessem os direitos políticos e permite que disputem as próximas eleições.
A crise política atinge a cúpula do Parlamento. O presidente da Câmara dos Deputados, Severino Cavalcanti (PP-PE), também renuncia 218 dias após assumir o cargo. Sua queda liga-se à denúncia de cobrança de propina do dono de restaurante da Câmara entre 2001 e 2002.
Começam as transmissões da *TV Brasil – Canal Integración*, com a cobertura da 1ª Reunião de Chefes de Estado da Comunidade Sul-Americana de Nações. Emissoras de diversos países da América acompanham as transmissões da emissora pública internacional do Estado brasileiro. O canal a cabo promete refletir a diversidade e a pluralidade de temas, formatos e linguagens da América do Sul com

a transmissão de filmes, documentários, programas educativos, musicais e jornalísticos dos países sul-americanos.

NOVEMBRO Cúpula da Sociedade da Informação da Organização das Nações Unidas reúne representantes de todo mundo. Discussões paralelas da sociedade civil fortalecem uma articulação internacional para lutar pela democratização da comunicação. Entre as pautas, a proposta de gestão da internet que não seja centralizada nos Estados Unidos.

Pesquisa do IBGE mostra que, em 2004, Brasil reduziu para 25,08% a porcentagem da população brasileira que vivia abaixo da linha de pobreza, ou seja, ganhava menos de R$ 115,00 por mês. Em 2003, eram 27,26% dos brasileiros.

Conselho de Ética da Câmara dos Deputados analisa processos sobre quebra de decoro de 13 parlamentares. Até o início de março de 2006, dois seriam cassados – Roberto Jefferson (PTB-RJ) e José Dirceu (PT-SP) – , e quatro absolvidos – Romeu Queiroz (PTB-MG), Sandro Mabel (PL-GO), Roberto Brant (PFL-MG) e Professor Luizinho (PT-SP).

Apesar das tentativas da oposição em prorrogar o funcionamento CPMI do Mensalão, não há número suficiente de assinaturas para aprovar o requerimento. Sem a prorrogação dos trabalhos, nem mesmo o relatório com o resultado das investigações tem valor, pois não foi aprovado em votação. As atenções se voltam novamente para a CPMI dos Correios, que tem seus trabalhos prorrogados até abril de 2006.

Presidente Lula publica decreto para abrir os arquivos de documentos produzidos durante a ditadura militar e mantidos em sigilo pela Agência Brasileira de Inteligência (Abin). Os arquivos são transportados para o Arquivo Nacional do Rio de Janeiro para acesso do público. Grupo Tortura Nunca Mais afirma que há filtragem de documentos e que infomações importantes sobre o destino dos presos políticos continuam secretas.

DEZEMBRO Renovação dos contratos com as operadoras de telefonia por mais vinte anos. Negociação acontece sem a participação da sociedade. As mudanças previstas traziam um novo índice de reajuste para as contas de telefone, além da conversão de pulsos em minutos para medir os gastos dos consumidores. Medida é suspensa posteriormente pelo governo federal.

Brasil antecipa pagamento de US$ 15,5 bilhões de dívida com o Fundo Monetário Internacional (FMI). O cronograma original do empréstimo previa o pagamento das parcelas até dezembro de 2007.

Relator da CPMI dos Correios apresenta relatório parcial das investigações. Entre as irregularidades estão alterações nas regras de licitação, fraudes contábeis e contratos de publicidades oferecidos como garantia em empréstimo.

A *Rede TV!* inicia, no dia 12, a transmissão de 30 programas de uma hora produzidos por organizações sociais – trata-se do *Direitos de Resposta*. O Ministério Público Federal (MPF) de São Paulo e seis organizações de direitos humanos (entre elas, o Intervozes) haviam entraram com uma ação civil pública contra as cenas de humilhação de pessoas exibidas no programa *Tardes Quentes*, apresentado por João Kléber. Uma decisão liminar da justiça suspendeu, então, por 60 dias, o programa e as "pegadinhas", obrigando a transmissão de "contra propaganda das mensagens nocivas alardeadas pelo referido programa". Depois de a emissora impedir a entrada de oficiais de justiça na *Rede TV!,* descumprindo decisão judicial, o MPF pede a interrupção do sinal da emissora, que fica 25 horas fora do ar. Com isso, chega-se em seguida a um acordo inédito na história da comunicação brasileira: a emissora se compromete a pagar R$ 400 mil - destinados a um fundo público de direitos difusos - como indenização dos danos causados pelo programa, mais R$ 200 mil para custear programas educativos de informações sobre direitos humanos a serem transmitidos pela emissora em canal aberto. A *Rede TV!* decide tirar do ar também o outro programa de João Kléber e não renova seu contrato. Entra no ar o blog www.direitosderesposta.com.br , com informações sobre a ação pública e detalhes da programação.

A Justiça do Pará condena a dezessete anos de prisão Clodoaldo Batista e a 28 anos Rayfran das Neves, pelo assassinato da missionária Dorothy Stang, em fevereiro de 2005.

2006

JANEIRO O líder cocaleiro de origem indígena Evo Morales assume a presidência da Bolívia, após vencer as eleições em dezembro. O presidente anterior, Carlos Mesa, havia renunciado em junho, pressionado por movimentos sociais. Apesar de os indígenas serem maioria no país, é a primeira vez que um deles assume a presidência. Morales realizou uma cerimônia de posse indígena tradicional, levando a Tihuanaco, cidade mais importante da civilização pré-incaica, mais de 40 mil pessoas. O último mandatário a receber o título de máxima autoridade originária foi Tupac Amaru, líder indígena do povo inca da época da dominação espanhola, morto em 1572.

A 6ª edição do Fórum Social Mundial conta com eventos na Venezuela e Mali - as atividades no Paquistão seriam realizadas em março. Na Venezuela, o FSM tem cinco diferentes iniciativas para reunir veículos alternativos de comunicação, entre elas o Fórum de Rádios, que reuniu veículos venezuelanos, brasileiros, uruguaios e de outros países para fazer a cobertura radiofônica do encontro. O Fórum de TVs une emissoras comunitárias e públicas de Caracas – *Catia TV*, *Vive* e *Índia*. Juntas, fazem o programa *Cayapa do Fórum*, transmitido por satélite para a América Latina e, em sinal aberto, na Venezuela. Cayapa é expressão indígena para trabalho coletivo, mutirão. Minga, palavra quéchua de mesmo significado, é o nome dado à cobertura compartilhada de veículos online coordenada pela Agência Latino-americana de Informação (Alai).

FEVEREIRO Justiça de São Paulo realiza novo julgamento e absolve por 20 votos a 2 o coronel da Polícia Militar Ubiratan Guimarães, condenado em 2001 a 632 anos de prisão pela morte de 102 dos 111 prisioneiros no complexo penitenciário do Carandiru, em 1992.

O Haiti elege o candidato René Préval como novo presidente do país. São as primeiras eleições após a crise política e social que derrubou Jean Bertrand Aristide. Brasil continua a liderar tropas militares da ONU no país mais pobre das Américas.

Uma crise gerada pela publicação de charges com referência ao profeta Maomé, publicadas originalmente em setembro em um jornal dinamarquês, culminam com muçulmanos incendiando o consulado dinamarquês na capital libanesa, Beirute. O mundo assiste às discussões sobre liberdade de expressão, enquanto se deterioram as relações entre países árabes e ocidentais. Analistas sugerem que a espiral de revolta e violência no mundo árabe seja uma explosão de frustração, ira e raiva armazenados pela dominação econômica, militar e cultural ocidental. Outros reafirmam que liberdade de imprensa também envolve responsabilidade da imprensa.

...

[COLABORARAM]

CHRISTIANE PERES, jornalista.

DANIEL MERLI, jornalista, editor de economia da *Agência Brasil*, da Radiobrás, e integrante do Intervozes.

JULIANA BORRE, jornalista.

MATERIAL CONSULTADO

_ Arquivo *Folha de S.Paulo* – reportagens diversas a partir de 1995
www.uol.com.br/fsp

_ Fundação Perseu Abramo – cronologia elaborada para séries especiais
www.fpabramo.org.br

_ Portal *Agência Brasil*: reportagens diversas a partir de 2002
www.radiobras.gov.br

_ *Portal Vermelho*: cronologia a partir da década de 60
www.vermelho.org.br

_ Portal do Senado Federal: histórico da legislação brasileira
www.senado.gov.br

_ Portal da Câmara dos Deputados: histórico da legislação brasileira
www.camara.gov.br

_ BIONDI, Aloysio. *O Brasil privatizado: um balanço do desmonte do Estado*. São Paulo: Ed. Fundação Perseu Abramo, 1999. (Coleção Brasil Urgente).

_ GASPARI, Elio. *A Ditadura escancarada*. São Paulo: Companhia das Letras, 2002.

_ ___________. *A Ditadura envergonhada*. São Paulo: Companhia das Letras, 2002.

_ ___________. *A Ditadura derrotada*. São Paulo: Companhia das Letras, 2003.

_ ___________. *A Ditadura encurralada*. São Paulo: Companhia das Letras, 2004.

_ LIVRO DO ANO. Edições consultadas: de 1975 a 2005. São Paulo: *Encyclopaedia Britannica* do Brasil e Barsa Planeta Internacional.

BIBLIOGRAFIA SUGERIDA

_ AARÃO REIS FILHO, Daniel; GASPARI, Elio; BENJAMIN, César; MARTINS, Franklin; MAGALHÃES, Vera Silvia; SALEM, Helena; MOREIRA LEITE, Paulo; NAHAS, Jorge; RIDENTI, Marcelo; FREIRE, Alípio; HORTA, Celso; SADER, Emir; ALMADA, Izaías; LINS, Consuelo; PIVETA, Idibal; MUNIZ, Dulce; TAPAJÓS, Renato. *Versões e ficções: o seqüestro da história.* São Paulo: Fundação Perseu Abramo, 1997.

_ ABRAMO, Laís. *O resgate da dignidade: greve metalúrgica e subjetividade operária.* Campinas: Ed. da Unicamp, 1999.

_ ABREU E LIMA, Maria do Socorro. *Revisitando o campo: lutas, organização, contradições – Pernambuco – 1962-1987.* Tese de Doutorado em História apresentada à UFPE. Recife: 2003.

_ AÇÃO CATÓLICA OPERÁRIA – *História da Classe Operária no Brasil: Resistindo à ditadura (1964-1978).* Rio de Janeiro: ACO, 5. Caderno, outubro, 1990.

_ ADUSP – *O Livro Negro da USP – O Controle Ideológico da Universidade.* São Paulo: Ed. da USP, 1978.

_ AGUIAR, Flávio (org.). *Com palmos medida: terra, trabalho e conflito na literatura brasileira.* São Paulo: Boitempo/Ed. Fundação Perseu Abramo, 1999.

_ AIDAR, A. C. K. *Ocupando os espaços vazios. O caso de Mato Grosso.* São Paulo: EAESP-FGV, 1980, mimeo.

_ ALMEIDA, Maria Hermínia Tavares e SORJ, Bernardo (orgs.). *Sociedade e política no Brasil pós-64.* São Paulo: Brasiliense, 1983.

_ ALVES, Isidoro; BARATA, Ronaldo; BARATA, Ruy Antônio; CORTEZ, Roberto; LIMA, Pedro Galvão de; LOUREIRO, João de Jesus Paes; NUNES, André Costa; SERÁFICO, José. *1964 – Relatos subversivos (os estudantes e o golpe no Pará).* Belém: Autores Paraenses Editora, 2005.

_ ALVES, Márcio Moreira. *68 mudou o mundo.* Rio de Janeiro: Nova Fronteira, 1993.

_ _________. *Torturas e Torturados*. Rio de Janeiro: Idade Nova,1987.

_ ALVES, Maria Helena Moreira. *Estado e oposição no Brasil*. Petrópolis: Vozes, 1984.

_ _________. *Estado e oposição no Brasil: 1964-1984*. Petrópolis: Vozes, 1984.

_ AMAZONAS, João – *Pela liberdade e pela democracia popular*. São Paulo: Anita Garibaldi, 1982.

_ ANDRADE, Manuel Correia de. *1964 e o Nordeste – Golpe, Revolução ou contra-revolução?*. São Paulo: Contexto, 1979

_ ANTUNES, Ricardo. *A rebeldia do trabalho: o confronto operário no ABC paulista*. São Paulo/Campinas: Ed. da Unicamp/Ensaio, 1988.

_ AQUINO, Maria Aparecida de. *Censura, imprensa, Estado autoritário (1968-1978)*. Bauru: Edusc, 1999.

_ ARANTES, Paulo Eduardo (s/d). *Esquerda e direita no espelho das ONGs*. São Paulo: s/d., mimeo.

_ ARAÚJO, José Pessoa de. *Lamarca, Herzog e outros heróis*. São Paulo: Scor Ed. Tecci, 1998.

_ ARAÚJO, Silvia e CARDOSO, Alcina. *Jornalismo & militância operária*. Curitiba: Editora da UFPR, 1992.

_ ARBEX JR., José. *Shownarlismo – A notícia como espetáculo*. São Paulo: Ed. Casa Amarela, 2001.

_ ARBEX JR., José. *O Jornalismo Canalha – A promíscua relação entre a mídia e o poder*. São Paulo: Editora Casa Amarela, 2003.

_ ARQUIDIOCESE DE SÃO PAULO – *Perfil dos atingidos*. Petrópolis: Vozes, 1988.

_ AZEVEDO, Clóvis Bueno de. *A estrela partida ao meio: ambigüidades do pensamento petista*. São Paulo: Entrelinhas, 1995.

_ AZEVEDO, Ricardo e MAUÉS, Flamarion. *Rememória: entrevistas sobre o Brasil do século XX*. São Paulo: Ed. Fundação Perseu Abramo, 1997.

_ BALDESSAR, Maria José; CHRISTOFOLETTI, Rogério (orgs.). *Jornalismo em perspectiva*. Florianópolis: Editora da UFSC, 2005.

_ BANDEIRA, Moniz. *O Governo João Goulart: as lutas sociais no Brasil*. Rio de Janeiro: Civilização Brasileira, 1983.

_ BAYMA, Israel Fernando de Carvalho. *A concentração da propriedade de meios de comunicação e o coronelismo eletrônico no Brasil*. Brasília: UnB, 2001.

_ BENEVIDES, Maria Vitória. *Cidadania ativa*. São Paulo: Ática, 1992.

_ BERGER, Christa. *Campos em confronto: a terra e o texto*. Porto Alegre: Editora da UFRGS, 1998.

_ BETTO, Frei. *Cartas da Prisão*. Rio de Janeiro: Civilização Brasileira, 1977.

_ ________. *Batismo de sangue*. Rio de Janeiro: Civilização Brasileira, 1982.

_ ________. *Lula, biografia política de um operário*. São Paulo: Estação Liberdade, 1989.

_ BICUDO, Hélio. *Meu depoimento sobre o Esquadrão da Morte*. São Paulo: Pontifícia Comissão de Justiça e Paz de São Paulo, 1976.

_ BIONDI, Aloysio. *O Brasil privatizado: um balanço do desmonte do Estado*. São Paulo: Ed. Fundação Perseu Abramo, 1999. (Coleção Brasil Urgente).

_ ________. *O Brasil Privatizado II: o assalto das privatizações continua*. São Paulo: Ed. Fundação Perseu Abramo, 2000. (Coleção Brasil Urgente).

_ BOLAÑO, César Ricardo Siqueira. *Mercado Brasileiro de Televisão*. Aracaju: Editora UFS, 2ª edição revista e ampliada, 2002.

_ BORBA, Ângela; FARIA, Nalu e GODINHO, Tatau (org.). *Mulher e política: gênero e feminismo no Partido dos Trabalhadores*. São Paulo: Ed. Fundação Perseu Abramo, 1998.

_ BORGES, Mauro. *O golpe em Goiás – história de uma grande traição*. Rio de Janeiro: Civilização Brasileira, 1965. (Coleção Retratos do Brasil).

_ BOSI, Ecléa. *Cultura de Massa e Cultura Popular*. Petrópolis: Vozes, 1986.

_ BRAGA, José Luiz. *O Pasquim e os anos 70*. Brasília: UNB, 1991.

_ BRANCO, Carlos Castelo. *Os militares no poder*. Rio de Janeiro: Nova Fronteira, vol. 1, 1976.

_ BRITOS, Valério Cruz; BOLAÑO, César Siqueira (orgs). *Rede Globo: 40 anos de poder e hegemonia*. São Paulo: Paulus, 2005.

_ BUCCI, Eugênio (2000). *Sobre Ética e Imprensa*. São Paulo: Cia. das Letras, 2000.

_ CACCIA-BAVA, Silvio. *A luta nos bairros e a luta sindical: a experiência de São Bernardo*. São Paulo: Cedec, 1983.

_ CALDEIRA, Teresa. *A política dos outros: o cotidiano dos moradores da periferia e o que pensam do poder e dos poderosos*. São Paulo: Brasiliense, 1984.
_ CAPARELLI, Sérgio; LIMA, Venício A. de. *Comunicação e televisão – desafios da pós-globalização*. São Paulo: Hacker editores, 2004.
_ CAPARELLI, Sérgio. *Comunicação de massa sem massa*. São Paulo: Cortez, 1980.
_ CARONE, Edgar. *Movimento operário no Brasil, 1964-1984*. São Paulo: DIFEL, 1984.
_ CASTORIADIS, Cornelius. *A Experiência do Movimento Operário*. São Paulo: Brasiliense, 1981.
_ CAVALCANTI, Paulo. *O caso eu conto como o caso foi. Memórias*. Vol. 1. *Da coluna Prestes à queda de Arraes*. São Paulo: Alfa-Omega, 1978; vol. 2. *Memórias políticas*. Recife: Guararapes, 1980; vol. 3. *Nos tempos de Prestes*. Recife: Guararapes, 1982; vol. 4. *A luta clandestina*. Recife: Guararapes, 1985.
_ CHAUÍ, Marilena. *Cultura e democracia: o discurso competente e outras falas*. 4ª ed. revista e ampliada. São Paulo: Cortez, 1989.
_ CHOMSKI, Noam. *Novas e velhas Ordens Mundiais*. São Paulo: Hucitec, 1996.
_ COELHO NETO, Armando. *Rádio comunitária não é crime*. São Paulo: Ícone Editora, 2002.
_ COMBLIM, J. *A ideologia da Segurança Nacional*. Rio de Janeiro: Civilização Brasileira, 1978.
_ COMPARATO, Fábio Konder. *Muda Brasil*. São Paulo: Brasiliense, 1986.
_ ___________. *Para Viver a Democracia*. São Paulo: Brasiliense, 1989.
_ CONTI, Mário Sérgio. *Noticias do Planalto. A imprensa e Fernando Collor*. São Paulo: Companhia das Letras, 1999.
_ CONY, Carlos Heitor; VENTURA, Zuenir; VERÍSSIMO, Luis Fernando. *Vozes do Golpe*. São Paulo: Companhia das Letras, 2004 (4 vol.).
_ COSTA, Luciana. *Discurso e conflito. Dez anos de disputa pela terra em Eldorado dos Carajás*. Belém: Núcleo de Altos Estudos Amazônicos, 1999.
_ COUTINHO, Carlos Nelson. *Cultura e Sociedade no Brasil – ensaios sobre idéias e formas*. 2ª edição revista e ampliada. Rio de Janeiro: DP&A editora, 2000.

_ CRUZ, Denise Rollemberg. *A idéia de revolução: da luta armada ao fim do exílio, 1969-1979*. Niterói: (S.N), 1992.
_ DANTAS, Marcos. A *lógica do capital informação*. Rio de Janeiro: Contraponto, 1996.
_ D'ARAÚJO, M.C., Soares G.A D e Castro, C. *A volta aos quartéis: a memória política sobre a abertura*. Rio de Janeiro: Relume-Dumará, 1995.
_ D'ARAÚJO, M.C., Soares G.A D e Castro, C. *Visões do Golpe: a memória militar sobre 1964*. Rio de Janeiro: Relume-Dumará, 1994.
_ DIMENSTEIN, Gilberto e PINHEIRO, P. *A Democracia em Pedaços: direitos humanos no Brasil*. São Paulo: Companhia das Letras, 1996.
_ DIRCEU, José e PALMEIRA, Vladimir. *Abaixo a ditadura: o movimento de 68 contado por seus líderes*. Rio de Janeiro: Garamond e Espaço&Tempo, 1998.
_ DOIMO, Ana. *A Vez e a Voz do Popular. Movimentos Sociais e Participação Política no Brasil Pós-70*. Rio de Janeiro: ANPOCS, Relume. Dumará, 1995.
_ DÓRIA, P. et al.. *A guerrilha do Araguaia*. São Paulo: Alfa-Ômega, 1978.
_ DOWBOR, Ladislau; IANNI, Octávio. (org.). *Desafios da comunicação*. Petrópolis: Vozes, 2001.
_ DREIFUSS, Renè Armand. *1964: a conquista do Estado – Ação política, poder e golpe de classe*. Petrópolis: Vozes, 1981.
_ EGGER, Marise; GOMES, Sérgio; NETTO, João Guilherme Vargas (orgs.). *A Cabeça do Congresso – Quem é Quem na Revisão Constitucional* (Pesquisa do DIAP). São Paulo: OBORÉ Editorial, APVAR e Sinafresp, 1993.
_ FAMILIARES DE MORTOS E DESAPARECIDOS. *Dossiê dos Mortos e Desaparecidos a partir de 1964* – CEPE – Companhia Editora de Pernambuco (Governo do Estado de Pernambuco), 1995.
_ FAUSTO, Boris. *História concisa do Brasil*. São Paulo: Edusp e Imprensa Oficial de São Paulo, 2001.
_ FERNANDES, Florestan. *A revolução burguesa no Brasil*. Rio: Zahar, 1981.
_ __________. *Pensamento e ação: o PT e os rumos do socialismo*. São Paulo: Brasiliense, 1989.

_ FESTA, R. e SILVA, C. E. L. S. (orgs.). *Comunicação popular e alternativa no Brasil.* São Paulo: Ed. Paulinas, 1986.

_ FREDERICO, Celso (org.). *A esquerda e o movimento operário, 1964-1984*. Vol. 1. São Paulo: Novos Rumos, 1987. Vols. II e III. Belo Horizonte: Oficina de Livros, 1991.

_ FUSER, Bruno (Org.) *Comunicação Alternativa: Cenários e Perspectivas*. Campinas: Centro de Memória da Unicamp, 2005.

_ GABEIRA, Fernando. *O que é isso companheiro?*. Rio de Janeiro: Codecri, 1979.

_ GALETTI, Lylia da Silva Guedes. *Mato Grosso: barbárie e identidade regional*. Textos. Revista da Pós Graduação da UNB. Vol. 3 (2), 1995.

_ GASPARI, Elio. *A Ditadura Envergonhada*. São Paulo: Companhia das Letras, 2002.

_ ____________. *A ditadura derrotada*. São Paulo: Companhia das Letras, 2003.

_ GIANNOTI, Vito. *O que é jornalismo operário*. São Paulo: Brasiliense, 1988.

_ GINDRE, Gustavo. *Comunicação nas Sociedades em crise*. São Paulo: ie editora, 2002.

_ GOMES, Pedro Gilberto. *Cultura, meios de comunicação e igreja*. São Paulo: Loyola, 1987.

_ _________. *O jornalismo alternativo no projeto popular*. São Paulo: Paulinas, 1990.

_ GOMES, Pedro e PIVA, Marcia Cruz (orgs.). *Políticas de comunicação e participação popular*. São Paulo: Ed. Paulinas, 1988.

_ GOMES, Pedro; BULIK, Linda e PIVA, Marcia Cruz. *Comunicação, memória e resistência*. São Paulo: Ed. Paulinas, 1989.

_ GOMES, Sérgio; MORAES, Ricardo; NORONHA, Carlos, VEIGA, Rui (orgs.). *A Greve na Voz dos Trabalhadores – da Scania a Itu. São Paulo:* Editora Alfa-Ômega. 1979.

_ GOMES, Sérgio (org.). *Quem foi Quem na Constituinte nas Questões de Interesse dos Trabalhadores* (Pesquisa do DIAP – Departamento Intersindical de Assessoria Parlamentar). São Paulo: Cortez Editora e OBORÉ Editorial, 1988.

_ GONÇALVES, Maria de Fátima Duarte. *TV dos trabalhadores: um olhar brasileiro sobre o país global*. Rio de Janeiro: Escola de Comunicação da Universidade Federal do Rio de Janeiro, 1995.

_ GORENDER, Jacob. *Combate nas trevas – A esquerda brasileira: das ilusões perdidas à luta armada*. São Paulo: Ática, 1987.

_ GUARESCHI, Pedrinho. *Comunicação e poder: a presença e o papel dos meios de comunicação estrangeiros na América Latina*. Petrópolis: Vozes, 1988.

_ HABERMAS, Jurgen. *Mudanças na Esfera Pública*. Rio de Janeiro: Tempo Brasileiro, 1984.

_ HADDAD, Fernando (org.). *Desorganizando o consenso: nove entrevistas com intelectuais à esquerda*. São Paulo/Petrópolis: Ed. Fundação Perseu Abramo e Vozes, 1998.

_ HENFIL. *Como se faz humor político*. Petrópolis: Vozes, 1985.

_ _______. *Diretas Já!*. Rio de Janeiro: Record, 1984.

_ HERZ, Daniel. *A história secreta da Rede Globo*. Porto Alegre: Editora Tchê, 1995.

_ HOBSBAWN, E. J. *Mundos do Trabalho: novos estudos sobre história operária*. Rio de Janeiro: Paz e Terra, 1987.

_ IANNI, Octávio. *A Sociologia Global*. Rio de Janeiro: Civilização Brasileira. 1992.

_ ___________. *O ABC da greve operária*. São Paulo: Hucitec, 1980.

_ JACOBSEN, Kjeld et alii. (org.). *Mapa do trabalho informal: perfil socioeconômico dos trabalhadores informais na cidade de São Paulo*. São Paulo: Ed. Fundação Perseu Abramo e Central Única dos Trabalhadores, 2000. (Coleção Brasil Urgente).

_ JORGE, Fernando. *Cala a boca, jornalista!*. Rio de Janeiro: Vozes, 1987.

_ JOSÉ, Emiliano e MIRANDA, Oldack. *Lamarca, o Capitão da guerrilha*. São Paulo: Global, 1980.

_ JOSÉ, Emiliano. *Carlos Marighella – o inimigo número um da ditadura militar*. São Paulo: Sol e Chuva, 1997.

_ JOSÉ, Emiliano. *Imprensa e poder: as ligações perigosas*. Salvador/São Paulo: Edufba e Hucitec, 1996.

_ JUCÁ, Pedro Rocha. *Exemplo e Palavra de Jornalista. Biografia e Perfil Profissional, Cultural, Político e Empresarial do Jornalista Archimedes Pereira Lima*. Cuiabá: Memórias Cuiabanas, 1995.

_ JUNIOR, Caio Prado. *1987 A revolução brasileira*. São Paulo: Brasiliense, 4ª ed., 1972.

_ JUREMA, Abelardo. *Sexta-feira, 13 – Os Últimos Dias do Governo João Goulart*. Rio de Janeiro: Edições "O Cruzeiro", 1964.

_ KINZO, M. Dalva Gil. *Oposição e autoritarismo: gênese e trajetória do MDB, 1966/1979*. São Paulo: Sumaré, 1990.
_ KOTSCHO, Ricardo. *Explode um novo Brasil: Diário da campanha das Diretas*. São Paulo: Brasiliense, 1984.
_ __________ *et alii*. *Caravana da Cidadania: diário de viagem ao Brasil esquecido*. São Paulo: Scritta, 1993.
_ KOWARICK, Lúcio. *A espoliação urbana*. Rio de Janeiro: Paz e Terra, 1979.
_ __________ (org.). *As Lutas Sociais e a Cidade*. São Paulo: Paz Terra. Cedec, 1988.
_ KRISCHKE, P. J. (org.). *Brasil: do 'milagre' à 'abertura'*. São Paulo, Cortez, 1982.
_ KUCINSKI, Bernardo. *Jornalistas e Revolucionários*. São Paulo: Scritta,1991.
_ LAERTE. *Ilustração Sindical do Laerte*. São Paulo: Oboré Editorial, 1986.
_ LAMOUNIER, Bolivar. *Depois da transição: democracia e eleições no governo Collor*. São Paulo: Loyola, 1991.
_ LANDIM, Leilah. *A Serviço do Movimento Popular. As Organizações não Governamentais no Brasil*. PREAL (Programa de Relaciones Polítcas y de Cooperación al Desarrollo entre Europa y América Latina), 1987.
_ LATTMAN-WELTMAN; CARNEIRO, José Alan Dias e RAMOS, Plínio de Abreu. *A imprensa faz e desfaz um presidente*. Rio de Janeiro: Nova Fronteira, 1994.
_ LIMA, Venício A. de. *Mídia: teoria e política*. São Paulo: Editora Fundação Perseu Abramo, 2001.
_ LIMA, Venício A. de; MOTA, Gonzaga e outros. *A transição política e a democratização da comunicação social*. Brasília: CEC, 1985.
_ LIPIETZ, Alain. *Audácia: uma Alternativa para o século 21*. São Paulo: Nobel Ed., 1991.
_ MACHADO, Cristina Pinheiro. *Os exilados: 5 mil brasileiros à espera, da anistia*. São Paulo: Alfa-Ômega, 1979.
_ MAMEDE, Maria Amélia B. *A construção do Nordeste pela mídia*. Fortaleza: Secretaria da Cultura e do Desporto do estado do Ceará, 1996.
_ MARCONI, Paolo. *A censura política na imprensa brasileira 1968-1978*. São Paulo: Global, 1980.

_ MARINGONI, Gilberto (org.). *Os filhos da Dinda: a CPI que abalou o Brasil*. São Paulo: Scritta, 1992.

_ MARTINS Filho, João Roberto. *Movimento estudantil e ditadura militar: 1964-1968*. Campinas: Papirus, 1987.

_ MAUÉS, Flamarion. *Editoras de oposição no Brasil no período de abertura política (1974-1985)*. In: COGGIOLA, Osvaldo (org.). *América Latina: encruzilhadas da história contemporânea*. São Paulo: Xamã, 2003.

_ MELO, José Marques de. *Comunicação e Modernidade*. São Paulo: Loyola, 1986.

_ ________. *Comunicação na América Latina: desenvolvimento e crise*. São Paulo: Papirus, 1989.

_ ________. *São Paulo na Idade Mídia*. São Paulo: Arte & Ciência, 2005.

_ ________. (org.). *Comunicação e classes subalternas*. São Paulo: Cortez, 1980.

_ ________. (org.) *Comunicação e transição democrática*. Porto Alegre: Mercado Aberto, 1985.

_ ________; e outros (org.). *Memórias das ciências da comunicação no Brasil: grupos do Centro-Oeste*. Brasília: UniCEUB, 2001.

_ MIRANDA, Nilmário e TIBÚRCIO, Carlos. *Dos filhos deste solo – Mortos e desaparecidos políticos durante a ditadura militar: a responsabilidade do Estado*. São Paulo: Fundação Perseu Abramo e Boitempo, 1999.

_ MOMESSO, Luiz Anastácio. *Comunicação sindical: limites, contradições, perspectivas*. Recife: Editora UFPE, 1996.

_ __________. *José Duarte, um maquinista da história*. São Paulo: Editora 8 de Março, 1986.

_ MORAES, Dênis de. *Combates e utopias: os intelectuais num mundo em crise*. Rio de Janeiro: Editora Record, 2004.

_ _____________. *O rebelde do traço: a vida de Henfil*. Rio de Janeiro: José Olympio, 1996.

_ _____________. *Por uma outra comunicação – mídia, mundialização cultural e poder*. Rio de Janeiro: Record, 2003.

_ ____________. (org.). *Globalização, mídia e cultura contemporânea*. Campo Grande: Letra Livre, 1997.

_ ____________. *A esquerda e o golpe de 64: vinte e cinco anos depois, as forças populares repensam seus mitos, sonhos e ilusões*. Rio de Janeiro: Espaço e Tempo, 1989.

_ MOREL, Mário. *Lula, o metalúrgico: anatomia de uma liderança*. Rio de Janeiro: Nova Fronteira, 1989.

_ MOURA, C. (Apresentação). *Diário da guerrilha do Araguaia*. São Paulo: Alfa-Ômega, 2ª edição, 1979.

_ MURTINHO, Rodrigo. *O mercado de TV por assinatura no Brasil: crise e reestruturação diante da convergência tecnológica*. Tese de mestrado. Niterói: UFF, 2005.

_ NOBRE, José Freitas. *Imprensa e liberdade: os princípios constitucionais e a nova legislação*. São Paulo: Summus, 1987.

_ NOVAES, Washington. *A década do impasse*. São Paulo: Editora Estação Liberdade e Instituto Socioambiental, 2002.

_ ___________. *A quem pertence a informação*. Petrópolis: Editora Vozes, 1989.

_ ___________. *A Terra pede água*. Brasília: Sematec-DF, 1992.

_ ___________. *Xingu, uma flecha no coração*. São Paulo: Editora Brasiliense, 1985.

_ OLIVEIRA, Ariovaldo Umbelino. *A Geografia das Lutas no Campo*. São Paulo: Contexto, 1988.

_ OLIVEIRA, Deborah Caldas de (1997). *O papel da Fenaj na luta pela democratização no*

Brasil. Dissertação de mestrado. São Bernardo do Campo: Umesp, 1997.

_ OLIVEIRA, Francisco; STÉDILE, João Pedro e GENOÍNO, José. *Classes sociais em mudança e a luta pelo socialismo*. São Paulo: Ed. Fundação Perseu Abramo, 2000. (Coleção Socialismo em Discussão).

_ OLIVEIRA, Francisco et all. *Contradições Urbanas e Movimentos Sociais*. Rio de Janeiro: Paz e Terra, Cedec, 1978.

_ PARKER, Phyllis R. *1964: O papel dos Estados Unidos no golpe de Estado de 31 de março*. Tradução de Carlos Nayfeld. Rio de Janeiro: Civilização Brasileira, 1977.

_ PAZ, Carlos Eugênio. *Nas Trilhas da ALN*. Rio de Janeiro: Bertrand Brasil, 1997.

_ ________. *Viagem à luta armada*. Rio de Janeiro: Civilização Brasileira, 1996.

_ PERUZZO, Cicilia Maria Krohling. *Comunicação nos movimentos populares*. Petropólis: Vozes, 1998.

_ ________. *Comunicação nos movimentos populares*. Ed. Vozes: Petrópolis, 1998.

_ PINTO, Lúcio Flávio. *Amazônia: o anteato da destruição*. 2ª edição, Belém: Grafisa, 1977.

_ ________. *Amazônia: o Século Perdido (A batalha do alumínio e outras derrotas da globalização)*. Belém: Jornal Pessoal, 1997.

_ ________. *Carajás : o ataque ao coracão da Amazônia*. Rio de Janeiro: Marco Zero, 1982.

_ ________. *CVRD: a sigla do enclave na Amazônia*. Belém: Jornal Pessoal, 2003.

_ ________. *Hidrelétricas na Amazônia: Predestinação, Fatalidade ou Engodo?*. Belém: Jornal Pessoal, 2002.

_ ________. *Internacionalização da Amazônia (Sete reflexões e alguns apontamentos inconvenientes)*. Belém: Jornal Pessoal, 2002.

_ ________. *Jari: toda a verdade sobre o projeto de Ludwig: as relações entre Estado e multinacional na Amazônia*. São Paulo: Marco Zero, 1986.

_ POCHMANN, Marcio. *O trabalho sob fogo cruzado*. São Paulo: Contexto, 1999.

_ POMAR, P. *Guerrilha: as razões da derrota*. Movimento, 23 de abril de 1979.

_ POMAR, Wladimir. *Araguaia: o Partido e a guerrilha*. São Paulo: Brasil Debates, 1980.

_ __________. *Pedro Pomar, uma Vida em Vermelho*. São Paulo: Editora Xamã, 2003.

_ __________. *Quase lá. Lula, o susto das elites*. São Paulo: Brasil Urgente, 1990.

_ PORTELA, Fernando. *Guerra de guerrilhas no Brasil*. São Paulo: Global, 1979.

_ POSSEBON, Samuel. *Globo e Abril diante de um novo paradigma comunicacional: a Internet*. Tese de mestrado. Brasília: UnB, 2002.

_ PÓVOAS, Lenine C. *Mato Grosso. Um Convite à Fortuna*. Rio de Janeiro: Guavira, 1977.

_ RAINHO, Luís Flávio. *Os peões do Grande ABC*. Rio de Janeiro: Brasiliense, 1980.

_ ________ e Osvaldo M. *As lutas operárias e sindicais dos metalúrgicos em São Bernardo*. São Bernardo do Campo: Associação Cultural Beneficente dos Metalúrgicos de SBC e Diadema, 1983.

_ RAMOS, Murilo; BAYMA, Israel; LUZ, Dioclécio. *Por políticas democráticas de comunicação*. Brasília: 2001. mimeo.

_ __________. *A polêmica presença do capital estrangeiro nas empresas de comunicação social brasileira: uma análise exploratória*. Brasília: UnB, 2001.

_ __________. *Às margens da estrada do futuro – comunicações, políticas e tecnologias*. Livro-eletrônico: www.unb.br/fac/publicacoes/murilo. Brasília: UnB, 2000.

_ _________. *Uma nova legislação para as comunicações brasileiras e o paradoxo da radiodifusão*. Brasília: UnB, 1997.

_ RAMOS, Roberto. *Manipulação & controle da opinião pública: a grande imprensa e o Plano Cruzado*. Rio de Janeiro: Espaço & Tempo, 1988.

_ RIDENTI, Marcelo. *Cultura e política: os anos 1960-1970 e sua herança*. In: FERREIRA, Jorge; DELGADO, Lucilia de Almeida Neves (orgs.) *O tempo da ditadura – regime militar e movimentos sociais em fins do século XX*. Rio de Janeiro: Civilização Brasileira, 2004. (Coleção O Brasil Republicano, Vol. 4).

_ ____________. *Em busca do povo brasileiro – artistas da revolução: do CPC à era da TV*. Rio de Janeiro: Record, 2000.

_ ____________. *O fantasma da revolução*. São Paulo: Ed. Unesp, 1ª reimpressão, 1996.

_ RODRIGUES, Leôncio Martins. *CUT: os militantes e a ideologia*. São Paulo: Paz e Terra, 1990.

_ RODRIGUES, A. T. *Estudantes na política, em tempos de mobilização e crise*. São Paulo em Perspectiva (revista da Fundação SEADE), vol. 7, no 1, jan.-mar. 1993.

_ ________. *A massa na praça: mobilização e conflito na campanha das 'Diretas Já'*. Comunicação & Política. Rio de Janeiro: vol.1, nº 3, 1995.

_ SADER, Eder. *Quando Novos Personagens Entraram em Cena. Experiências e Luta dos Trabalhadores da Grande São Paulo. 1970-1980*. São Paulo: Paz e Terra, 1991.

_ SADER, Emir (org.) *Movimentos Sociais na Transição Democrática.* São Paulo: Cortez Ed., 1987.

_ __________. *O anjo loiro: esquerda (e direita) no Brasil.* São Paulo: Brasiliense, 1995.

_ SANFELICE, José Luis. *Movimento Estudantil – A UNE na Resistência ao Golpe de 64.* São Paulo: Cortez, 1986.

_ SANTOS, Milton. *Por uma outra globalização: do pensamento único à consciência universal.* Rio de Janeiro: Record, 2001.

_ __________. *Território e sociedade – entrevista com Milton Santos.* São Paulo: Ed. Fundação Perseu Abramo, 2000.

_ SANTOS, Wanderley Guilherme dos. *Sessenta e quatro – Anatomia da crise.* São Paulo: Vértice, 1986.

_ SCHILLING, Paulo. *Como se coloca a direita no poder.* São Paulo, Global: 1979-1981.

_ SEGURADO, Rosemary. *Rádios livres: desconcentrando o poder.* Tese de mestrado. São Paulo: Ciência Política da PUC-SP, 1996.

_ SILVA, Alberto Ribeiro da. *Sinal Fechado – a música popular brasileira sob censura (1937 – 45/ 1969-78).* Rio de Janeiro: ed. Obra Aberta, 1994.

_ SILVEIRA, Sérgio Amadeu da. *Exclusão digital: a miséria na era da informação.* São Paulo: Ed. Fundação Perseu Abramo, 2001. (Coleção Brasil Urgente).

_ SINGER, André. *Esquerda e direita no eleitorado brasileiro: as eleições presidenciais de 1989 e 1994.* São Paulo: Edusp, 1999.

_ SILVEIRA, Sérgio Augusto da. *Reportagem e resistência.* Recife: Comunicarte, 1983.

_ SKIDMORE, Thomas. *Brasil: de Castelo a Tancredo.* Rio de Janeiro: Paz e Terra, 1988

_ SODRÉ, Muniz. *O monopólio da fala – função e linguagem da televisão no Brasil.* Petrópolis: Vozes, 1989. 5ª edição.

_ __________. *A comunicação do grotesco – um ensaio sobre a cultura de massa no Brasil.* Petrópolis: Vozes, 1992. 12ª edição.

_ SODRÉ, Nelson Werneck. *História da imprensa brasileira.* Rio de Janeiro: Graal, 1977.

_ __________. *A História militar no Brasil.* Rio de Janeiro: Civilização Brasileira, 1979.

_ SOUZA, Herbert de. *As ONGs na Década de 90.* Rio de Janeiro: IBASE. s/d. mimeo.

_ SOUZA, Márcio Vieira de. *As Vozes do Silêncio: o movimento pela democratização da comunicação no Brasil.* Florianópolis: Diálogo, 1996.

_ STÉDILE, João Pedro e FERNANDES, Bernardo Mançano. *Brava gente: a trajetória do MST e a luta pela terra no Brasil.* São Paulo: Ed. Fundação Perseu Abramo, 1999.

_ TAVARES, Maria da Conceição e FIORI, José Luis. *(Des)ajuste global e modernização conservadora.* Rio de Janeiro: Paz e Terra, 1993.

________; SADER, Emir e JORGE, Eduardo. *Globalização e socialismo.* São Paulo: Ed. Fundação Perseu Abramo, 2001.

_ TOLEDO, Caio Navarro de. *O governo de Goulart e o golpe de 64.* São Paulo: Brasiliense, 3ª ed., 1983.

_ UNESCO (1983). *Um mundo e muitas vozes: comunicação e informação na nossa época.*

Comissão Internacional para o Estudo dos Problemas da Comunicação. Rio de Janeiro: FGV, 1983.

_ VENTURA, Zuenir. *1968: o ano que não terminou.* Rio de Janeiro: Nova Fronteira, 1988.

_ ________. *Chico Mendes – Crime e Castigo.* São Paulo: Companhia das Artes, 2003.

_ VIANA, Gilney; SILVA, Marina e DINIZ, Nilo (orgs.). *O desafio da sustentabilidade: um debate socioambiental no Brasil.* São Paulo: Ed. Fundação Perseu Abramo, 2001._

_ VILARINO, Ramon Casas. *A MPB em movimento – música, festivais e censura.* São Paulo: Editora Olho d'Água, 1999.

_ WEBER, Maria Helena. *Ditadura e sedução: redes de comunicação e coerção no Brasil-1969/1974.* Porto Alegre: Ed. UFRGS, 1994.

_ WEFFORT, Francisco Correa. *Por que democracia?* São Paulo: Brasiliense, 1984.

_ ________. *Qual democracia?* São Paulo: Cia. das Letras, 1992.

_ ZANATTI, Carlos Roberto. *As prévias eleitorais no espetáculo noticioso.* São Paulo: Escola de Comunicações e Artes da Universidade de São Paulo, 1995.

SITES INTERESSANTES

_ Folha de S. Paulo – 40 anos do Golpe:
www1.folha.uol.com.br/folha/almanaque/ditadura.htm
_ Fundação Perseu Abramo – especiais sobre o período:
www.fpa.org.br/especiais
_ 1964: Golpe ou Revolução? – defende o caráter revolucionário da ação:
www.militar.com.br/artigos/artigos1999/schvartz/art109.htm
_ Atos Institucionais – do Ato Institucional nº 1 ao nº 17:
www.brjur.com.br/index.php?inc=legislacao&categ=19
_ Banco de Imagens Ag. Globo:
www.agenciaoglobo.com.br/bancodeimagens/vitrine.asp?categoria=39
_ Carlos Marighela – biografia do fundador da Ação Libertadora Nacional:
www.conscienciapolitica.hpg.ig.com.br/marighela.htm
_ Da Cruz à Estrela – a trajetória da Ação Popular Marxista Leninista:
www.espacoacademico.com.br/025/25ckuperman.htm
_ Especial AI-5 – razões e conseqüências do AI-5:
txt.estado.com.br/edicao/especial/AI5/ai5abre.html
_ Especial sobre os 40 anos do Golpe Militar – Agência Carta Maior:
http://agenciacartamaior.uol.com.br/esp_golpe.asp
_ Galeria dos Presidentes – imagens e perfis dos ex-presidentes do Brasil:
www.planalto.gov.br/Infger_07/presidentes/gale.htm
_ Golpe Militar de 1964 – como foi noticiado o golpe:
www.culturabrasil.pro.br/golpemilitar.htm
_ João Goulart e as Reformas – os planos de João Goulart:
www.pdt.org.br/personalidades/jango_historia_1.htm
_ Lamarca: Ficção e Realidade – baseia-se no filme *Lamarca*:
www.ufba.br/~revistao/o2arma.html

_ Lei da Anistia – o texto atualizado da lei:
www.presidencia.gov.br/ccivil_03/Leis/L6683.htm
_ Memória do Movimento Estudantil Brasileiro:
http://www.memoriaestudantil.org.br
_ O Golpe de 1964 e Seus Ensinamentos:
www.vermelho.org.br/pcdob/80anos/docshists/1964.asp
_ O Regime Militar – comentário sobre a situação eleitoral:
www.tse.gov.br/ines/regime%20militar/regime-militar.html
_ O Senado e o Regime Militar – ditadura e reabertura:
www.senado.gov.br/web/historia/Rep20.htm
_ Os Nacionalistas de Linha-Dura – os militares mais radicais:
www.folha.uol.com.br/folha/especial/2002/eleicoes/historia-1967.shtml
_ Passeata Pediu o Golpe de 64 – Marcha da Família com Deus pela Liberdade, contra João Goulart:
www.educaterra.terra.com.br/almanaque/aula/familia.htm
_ Pastas Temáticas do Dops – dados sobre pastas:
www.pr.gov.br/arquivopublico/indice_dops.html
_ Regime Militar – a organização política no regime:
www.mre.gov.br/cdbrasil/itamaraty/web/port/consnac/orgpol/periodos/regmil
_ Resistência – descreve grupos de oposição:
www.resgatehistorico.com.br/resistencia.htm
_ Resquícios da Ditadura – sobre mortos e desaparecidos:
www.dhnet.org.br/denunciar/JusticaGlobal/RequiciosdaDitadura.html
_ Subversivos – breves biografias de "heróis anônimos" das lutas populares:
www.subversivos.com.br

REFERÊNCIAS

_ Legislação nacional sobre os temas do livro consultada especialmente em:
Presidência da República – http://www.planalto.gov.br
Senado Federal – http://www.senado.gov.br

_ Destacam-se, entre outros, os seguintes textos:
Constituição Federal da República Federativa do Brasil, 1988;
Lei 4117/1962 (Código Brasileiro de Telecomunicações);
Decreto Lei 236/1967, que regulamenta o Código Brasileiro de Telecomunicações;
Lei 9472/1997, Lei Geral das Telecomunicações;
Lei 9612/1998, que regula a radiodifusão de sons de caráter comunitário no Brasil.

SOCIEDADE CIVIL HOJE

_ Agência de Notícias dos Direitos da Infância (ANDI):
http://www.andi.org.br
_ Associação Brasileira de Emissoras de Rádio e Televisão:
http://www.abert.org.br/
_ Associação Brasileira de Emissoras Públicas, Educativas e Culturais (Abepec):
http://www.abepec.com.br
_ Associação Brasileira de Imprensa:
http://www.abi.org.br/
_ Associação Brasileira de Jornalismo Investigativo:
http://www.abraji.org.br
_ Associação Brasileira de Radiodifusão Comunitária (Abraço):
http://www.abraconet.org.br
_ Associação Brasileira de Televisão Universitária (ABTU):
http://www.abtu.org.br

_ Associação Brasileira de TVs Comunitárias (Abccom):
http://www.abccom.com.br
_ Associação Nacional de Editores de Revistas:
http://www.aner.org.br/
_ Associação Nacional de Jornais:
http://www.anj.org.br/
_ Campanha Quem Financia a Baixaria é Contra a Cidadania:
http://www.eticanatv.org.br
_ Centro de Mídia Independente (CMI):
http://www.midiaindependente.org
_ Congresso Brasileiro de Cinema (CBC):
http://www.congressocinema.com.br
_ Conselho Indigenista Missionário – Cimi:
http://www.cimi.org.br
_ Creative Commons: http://www.creativecommons.org
_ Executiva Nacional dos Estudantes de Comunicação Social (Enecos):
http://www.enecos.org.br
_ Federação Interestadual dos Trabalhadores em Telecomunicações (Fittel):
http://www.fittel.org.br
_ Fenaj – Federação Nacional dos Jornalistas:
http://www.fenaj.org.br/
_ Fórum Nacional pela Democratização da Comunicação (FNDC):
http://www.fndc.org.br.
_ Idec – Instituto de Defesa do Consumidor:
http://www.idec.org.br
_ Indecs – Instituto de Estudos e Projetos em Comunicação e Cultura:
http://www.indecs.org.br
_ Informativo Eletrônico SETE PONTOS:
http://www.comunicacao.pro.br/setepontos/

_ Inesc – Instituto de Estudos Socioeconômicos:
http://www.inesc.org.br/pt/index.php
_ Instituto Gutenberg:
http://www.igutenberg.org/
_ Instituto Indígena Brasileiro para Propriedade Intelectual:
http://www.inbrap.org.br
_ Movimento Nacional de Direitos Humanos:
http://www.mndh.org.br/
_ Movimento Nacional dos Trabalhadores Sem Terra (MST):
http://www.mst.org.br
_ Movimentos de Rádios Livres:
http://www.radiolivre.org
_ Núcleo Piratininga de Comunicação:
www.piratininga.org.br
_ Observatório da Imprensa:
http://observatorio.ultimosegundo.ig.com.br/
_ Ordem dos Advogados do Brasil:
http://www.oab.org.br/
_ Projeto Software Livre Brasil:
http://www.softwarelivre.org.br
_ Rede Brasileira pela Integração dos Povos:
http://www.rebrip.org.br
_ Rede de informações para o Terceiro Setor (Rits):
http://www.rits.org.br

SOBRE O INTERVOZES

Se fosse para definir em uma palavra, seria diálogo. O Intervozes – Coletivo Brasil de Comunicação Social, constituído juridicamente em 2003, é um coletivo que luta com base na compreensão de que a comunicação é um direito humano. Sem o direito à comunicação não existe democracia e a palavra cidadania transforma-se em mera retórica. Sem o direito humano à comunicação, os outros direitos não se efetivam.

Nesse sentido, a comunicação de que falamos não pode ser compreendida como arena de especialistas. É terreno de cada cidadão, de qualquer lugar do planeta. A ampliação radical da sociedade civil na definição das políticas de comunicação é, portanto, um dos nossos objetivos. E quando falamos em política, não nos referimos apenas aos espaços que sustentam a democracia em sua forma representativa. Falamos dos ambientes criados pela luta por uma sociedade mais justa: os movimentos sociais e suas campanhas, as redes de ONGs, os comitês pastorais, o Fórum Social Mundial. Espaços em formação, que prefiguram a existência de um outro mundo, que estamos ajudando a construir.

Na essência do que fazemos, estão os princípios. Verbos como construir, ouvir, compreender, criar, unir, viver e respeitar são os fundamentos da nossa coletividade. Verbos que orientam tanto a nossa organização interna quanto a nossa inserção na sociedade.

É na luta, porém, que submetemos a teoria ao crivo da ação. Desde seu nascimento, o Intervozes trabalha para difundir a idéia de que a comunicação é um direito. O que só ocorre a partir do reconhecimento da sociedade de que se trata de algo fundamental.

O grupo, atualmente, se estrutura em três grandes áreas de trabalho e definiu, em sua última assembléia, realizada em maio de 2005, três grandes objetivos de atuação: formular, difundir e disputar um sistema público integrado de comunicação para o Brasil; dedicar esforços para construir um movimento de base em defesa do direito à comunicação; e ampliar o diálogo permanente com outros movimentos sociais e grupos organizados da sociedade para fortalecer a luta por uma sociedade mais justa e igualitária.

Um papel que muito orgulha o Intervozes é o de participar da construção no Brasil da Campanha Communication Rights in the Information Society (CRIS), ao lado de organizações como a Associação Mundial das Rádios Comunitárias (Amarc), o Centro de Cultura Luiz Freire, de Recife, o Grupo de Trabalho Amazônico (GTA) e a Rede de Informações para o Terceiro Setor (Rits).

Lançamos também, em 2005, um amplo relatório sobre o direito à comunicação no Brasil. Trata-se do braço brasileiro de uma pesquisa de governança que ocorreu em vários outros países, entre os quais Colômbia e Quênia, como parte da Campanha CRIS. Para obter mais informações e adquirir um exemplar dessa publicação, entre em contato conosco pelo site www.intervozes.org.br.

É bom destacar também a nossa atuação no sentido de aprender e educar. Compartilhar. Até agora, realizamos dois cursos de formação de comunicadores comunitários, em parceria com entidades como a Oboré Projetos Especiais, a Fundação Friedrich Ebert e a Andi (Agência de Notícias dos Direitos da Infância) e universidades como USP, Metodista e PUC-SP. Um trabalho que resultou numa articulação sólida com militantes e entidades de São Paulo, e pode se frutificar em novas atividades.

Além disso, o Coletivo Intervozes foi uma das organizações da sociedade civil que tirou do ar os programas do apresentador João Kléber, que eram líderes do ranking da baixaria elaborado pela Campanha Quem Financia a Baixaria é Contra a Cidadania (www.eticanatv.org), e ocupou a *Rede TV!* com 30 programas sobre direitos humanos, entre dezembro de 2005 e janeiro de 2006. Uma vitória histórica, resultado do excelente trabalho da Procuradoria dos Direitos do Cidadão do Ministério Público Federal de São Paulo, na figura do procurador Sérgio Suiama. O programa *Direitos de Resposta*, originado dessa ação, é considerado hoje um dos grandes momentos da luta pela democratização da comunicação no País.

Por fim, estamos, neste momento, concentrando nossas forças na batalha por garantir que o interesse público seja respeitado durante o processo de transição da TV aberta analógica para a TV digital. Essa mudanças vão produzir uma revolução no modo como assistimos televisão e podem (oxalá, Deus nos ouça!) alterar o cenário de extrema concentração dos meios de comunicação. Uma revolução que pode garantir que o direito à comunicação no Brasil seja efetivado. Ou nos jogar de volta às mãos das mesmas famílias que sempre mandaram no País. No nosso site, supracitado, você encontra muitas informações sobre esse tema.

Como coletivo, somos denominador das lutas sociais travadas nas últimas décadas. Existimos porque elas existiram e para que continuem a existir. Existimos, junto a tantos outros lutadores e lutadoras, para que o ser humano se afirme sobre o capital; para que a economia seja enxergada como meio e não fim; para que a diferença seja respeitada; para que o desenvolvimento seja colaborativo e não predatório; para que o meio ambiente seja respeitado; para que os limites entre público e privado sejam evidentes; para garantir a justiça social; para que os povos decidam soberanamente sobre os seus caminhos. E para que a comunicação se consolide como um direito essencial para a construção desta sociedade que tanto queremos.

Se você acredita nessa luta, junte-se a nós. Levante sua voz! Sem comunicação democrática não existe democracia.

VOZES DA DEMOCRACIA – HISTÓRIAS DA COMUNICAÇÃO NA REDEMOCRATIZAÇÃO DO BRASIL

São Paulo, Brasil, 2006

EDIÇÃO

Aloisio Milani

André Deak

Antonio Biondi

Mariane Rodovalho

Rodrigo Savazoni

PROJETO GRÁFICO

Daniel Trench

REVISÃO

Bia Barbosa

Carolina Ribeiro

Marina Gonzalez

Rachel Bragatto

INTERVOZES – COLETIVO BRASIL DE COMUNICAÇÃO SOCIAL

www.intervozes.org.br

Publicações da Imprensa Social

A Escola Sustentável
Eco - alfabetizando pelo ambiente
Lucia Legan
IPEC / Imprensa Oficial/SP

Álbum de Histórias
Araçuaí de U.T.I educacional a cidade educativa
Tião Rocha
Centro Popular de Cultura e Desenvolvimento /
Imprensa Oficial/SP

Alianças e Parcerias
Mapeamento das publicações brasileiras sobre
alianças e parcerias entre organizações da sociedade
civil e empresas
Aliança Capoava
Instituto Ethos / Imprensa Oficial/SP

Aprendendo Português nas Escolas do Xingu
Parque indígena do Xingu
Terra indígena Panará
Terra indígena Capoto-Jarina
Livro inicial
Vários autores
ISA / ATIX/ Imprensa Oficial/SP

A Violência Silenciosa do Incesto
Gabriella Ferrarese Barbosa, Graça Pizá
Clipsi / Imprensa Oficial/SP

Brincar para Todos
Mara O. Campos Siaulys
Laramara / Imprensa Oficial/SP

Educação Inclusiva:
O que o professor tem a ver com isso?
Marta Gil
Ashoka / Imprensa Oficial/SP

Em Questão 2
Políticas e práticas de leitura no Brasil
Vários Organizadores
Observatório da Educação / Ação Educativa /
Imprensa Oficial/SP

Espelho Infiel
O negro no jornalismo brasileiro
Flávio Carrança, Rosane da Silva Borges
Geledés / Imprensa Oficial/SP

Gogó de Emas
A participação das mulheres na história do
estado de Alagoas
Shuma Shumaher
REDEH / Imprensa Oficial/SP

Jovens Lideranças Comunitárias e Direitos Humanos
Conectas / CDH/ Imprensa Oficial/SP

Kootira Ya Me'ne Buehina
Wa'ikina Khiti Kootiria Yame'ne
Vários Organizadores
ISA / FOIRN / Imprensa Oficial/SP

O Caminho das Matriarcas
Maria do Rosário Carvalho Santos
Geledés / Imprensa Oficial/SP

Orientação Para Educação Ambiental
Nas bacias hidrográficas do estado de São Paulo
Cyntia Helena Ravena Pinheiro, Mônica Pilz Borba e
Patrícia Bastos Godoy Otero
5Elementos / Imprensa Oficial/SP

Pela Lente do Amor
Fotografias e desenhos de mães e filhos
Carlos Signorini
Lua Nova / Imprensa Oficial/SP

Saúde, Nutrição e Cultura no Xingu
Estela Würker
ISA / ATIX/ Imprensa Oficial/SP

Vivências Caipiras
Pluralidade cultural e diferentes temporalidades
na terra paulista
Maria Alice Setúbal
Cenpec / Imprensa Oficial/SP

ctp, impressão e acabamento

imprensaoficial

Rua da Mooca, 1921 São Paulo SP
Fones: 6099-9800 - 0800 0123401
www.imprensaoficial.com.br